国家社会科学基金青年项目"新出墓志与唐代少数族裔文学研究"(17CZW018)结项成果

大连理工大学"星海骨干"人才项目、大连理工大学人文与社会科学学部优秀学术著作出版项目资助成果

胡汉同风：
唐代民族文学研究

龙成松 著

图书在版编目(CIP)数据

胡汉同风:唐代民族文学研究/龙成松著. —北京:中华书局,
2024.1
ISBN 978-7-101-16422-0

Ⅰ.胡… Ⅱ.龙… Ⅲ.少数民族文学–文学研究–中国–唐
代 Ⅳ.I207.9

中国国家版本馆 CIP 数据核字(2023)第 216792 号

书 名	胡汉同风:唐代民族文学研究	
著 者	龙成松	
责任编辑	葛洪春	
责任印制	陈丽娜	
出版发行	中华书局	
	(北京市丰台区太平桥西里 38 号 100073)	
	http://www.zhbc.com.cn	
	E-mail:zhbc@zhbc.com.cn	
印 刷	三河市中晟雅豪印务有限公司	
版 次	2024 年 1 月第 1 版	
	2024 年 1 月第 1 次印刷	
规 格	开本/920×1250 毫米 1/32	
	印张 13⅛ 插页 2 字数 320 千字	
印 数	1-1500 册	
国际书号	ISBN 978-7-101-16422-0	
定 价	78.00 元	

目　录

序　一 ………………………………………… 尚永亮　1

序　二 ………………………………………… 徐希平　7

前　言 ……………………………………………………… 1

上　编
唐代民族文学研究的理论范畴、学术范式和史料基础

第一章　唐代民族文学研究概观 ……………………… 3

　第一节　唐代民族文学研究的学科特点 ……………… 5

　第二节　唐代民族文学研究的理论基础 ……………… 9

　第三节　唐代民族文学研究的史料基础 …………… 17

　结　语 ……………………………………………… 24

第二章　百年李白、白居易"氏族"争议

与唐代"民族—文学"研究 …………………… 27

　第一节　李白、白居易"氏族"公案始末 …………… 27

　第二节　李白、白居易"氏族"公案的

　　　　　社会文化及学术背景 …………………… 37

第三节　从李白、白居易"氏族"公案
　　看唐代"民族文学"研究的出路 ……………… 45
　结　语 ……………………………………………… 51
第三章　回到陈寅恪——陈寅恪民族文学研究方法述略 ……… 55
　第一节　发凡起例——种族及文化通论 …………… 55
　第二节　融会贯通——民族文学与比较文学之沟通 …… 58
　第三节　钩沉索隐——民族作家与民族文化研究 ……… 64
　结　语 ……………………………………………… 72
第四章　新出石刻与唐代民族文学史料 ………………… 79
　第一节　民族作家生平史料 ………………………… 80
　第二节　民族作家作品史料 ………………………… 88
　第三节　民族语言文学史料 ………………………… 93
　第四节　民族宗教文学史料 ………………………… 98
　结　语 ……………………………………………… 101

中　编
族裔文学视角下的唐代民族文学研究

第五章　唐代鲜卑族裔文学个案研究
　　——于志宁家族文学 ……………………………… 105
　第一节　于志宁家族文学渊源及传承述略 ………… 107
　第二节　于志宁家族的婚姻网络与文学关系 ……… 120
　第三节　于邺与于武陵诗集考 ……………………… 128
　结　语 ……………………………………………… 149
第六章　敦煌与长安之间——唐代内迁突厥族裔文学考论… 153
　第一节　内迁突厥的安置和汉化 …………………… 153

　　第二节　内迁突厥族裔的汉文学之路　………　162

　　第三节　敦煌写卷所见突厥族裔诗歌考辨　………　169

　　结　语　………………………………………　176

第七章　丝路奇葩——唐代粟特族裔文学考论………　179

　　第一节　粟特族裔文学概说　………………　180

　　第二节　粟特族裔文学的典范——安雅《王昭君》诗　…

　　结语——粟特族裔文学的特质问题　………　233

第八章　胡越同风——浙东唐诗之路上的"胡声"………　235

　　第一节　中古浙东地区的胡人踪迹　………　235

　　第二节　浙东诗坛的"胡声"　………………　247

　　第三节　浙东唐诗之路与丝绸之路的交会　…　258

　　结　语　………………………………………　268

下　编
多元视角下的中古胡、汉关系研究

第九章　中古胡、汉文化融合模式

　　　　——以话语和文本为中心的分析………　273

　　第一节　"话语权力"与"文化想象"………　275

　　第二节　"身份焦虑"与"文化展演"………　281

　　第三节　"自我宣称"与"话语建构"………　286

　　第四节　"文本的张力"

　　　　——契苾何力"诵古诗"故事新解　………　292

　　结　语　………………………………………　298

第十章　中古胡、汉氏族理论的反思

　　　　——以《氏族论》为中心　………………　301

第一节　《氏族论》与《唐书》的关系 ·················· 302

第二节　韦述之谱学与《氏族论》 ·················· 310

第三节　《氏族论》史源和关键概念辨析 ············ 317

结　语 ·················· 326

第十一章　中古胡姓郡望的成立与民族融合·················· 331

第一节　胡姓郡望的成立过程 ·················· 332

第二节　胡姓郡望的社会认同 ·················· 341

第三节　"想象的共同体"

——胡姓郡望成立与中古民族融合 ············ 347

结　语 ·················· 352

第十二章　中古胡族谱系的"制造"

——"遗忘"与"记忆"的两个案例 ·················· 355

第一节　白居易家族谱系的"改造"和"遗忘" ············ 357

第二节　阿史那家族谱系的"断裂"和"重构" ············ 375

结　语 ·················· 396

后　记·················· 399

序 一

尚永亮

　　一部成功的学术论著,大抵与其选题的角度、提出问题的深度、占有史料的广度、核心研究的效度相关。选题规定了研究的方向,"好的选题是成功的一半",这句老生常谈,直到今天,仍不失其现实意义;提出问题,建立在对研究对象准确认识、深入思考的基础之上,只有认得准,想得深,才能提出有价值的真问题,才能确定研究的着力点;占有史料,乃是研究得以深入展开的基石,所谓"长袖善舞""多钱善贾",只有广博的搜罗该领域及其周边的各种材料,竭泽而渔,细加分辨,才能既为研究对象做出准确定位,又能在研究过程中得心应手;至于核心研究,则是重中之重,它关系到方向的落实、问题的解决、史料的运用以及规律的把握和理论的提升。初读龙成松君的新著《胡汉同风:唐代民族文学研究》(下简称"龙著"),感觉在上述几个方面均有较到位的呈现。

　　唐代是中外交通大发展的时期,也是各民族由矛盾、冲突走向交流、融合的时期。关于此一时期的民族关系,以向达、陈寅恪、姚薇元等为代表的前辈学者已做出卓有成效的先行考察,为此一领域奠定了扎实而厚重的基础。然而,将唐代的民族关系与文学发展关联起来,进行刨根问底的而非浮光掠影的、取向多元的而非视角单一的、具体翔实的而非抽象概括的研究，却尚未有令人满意的成果。因而，龙著以唐代民族文学研究为题，聚焦民族与文学两端及其结合部，予以多角度、多层面的深入探析，无疑是一个新的可持续开掘的研究方向。

选题确定之后，接踵而至的，便是重点考察并解决哪些问题。从小的方面看，如何界定唐代的"民族"，并对诗人、文人进行"民族识别"？参与文学创作并发挥较大作用的主要是哪些族群和个体？唐代的"民族观念"是怎样的？又是如何影响文学心理、文学创作的？从大的方面看，典范的"民族文学"的研究路径能否移植、转化、运用到唐代文学研究中来？如何避免这种移植、转化产生的违和与弊端？如何建立"唐代民族文学"的基本范式？如此等等，均是这项研究必须解决的一些重要问题。作者将其提出，说明其思考的重心所在，也由此呈现出鲜明的问题意识和学术眼光。

问题意识与对史料的占有和细密爬梳密不可分。与传统文史研究有所不同，唐代民族文学之存世文献相对稀少，大量相关史料散见于历代石刻和新出土文献，这些文献，有不少尚未编辑整理，获取难度极大；加之史料的属性不明确、典范性较差，需要更多的解读能力和阐释功夫。这是相关研究一直无法形成系统的重要原因。有见于此，作者花费了深心大力，经过多年的收集整理，获得了上千方唐代不同民族人物的墓志，完成了数百万字的释文、录文工作，使得研究所需典范史料得到了极大补充。与此同时，作者还特别关注史料建设工作，先是考辨族源、世系，撰写了多篇论文，初步完成了《新唐书宰相世系表胡族世系补正》，从源头上为众多少数族裔作家厘清身份；继而多方面整理、梳理了传世文献和出土文献中少数族裔作家和作品；最后着眼于民族文学的生成背景，收集、考辨了唐代民族心理、民族认同、民族融合等方面的资料。这些基础工作,为全书的顺利展开发挥了有力的支撑作用。

史料的积累,问题的提出,最终要落实到作家、作品和文学活动的研究中,这既是为了解决"民族"与"文学"之间"最后一公里"的衔接,也是龙著论题所规定的核心任务。为了完成这一任务,作者选定了一些重要的文学家族(如河南于氏家族、会稽康氏家族等)、重要族群(粟特族裔、突厥族裔等)、重点个案(粟特诗人安雅、鲜卑族裔诗人于邺等)、重要文学现象(契苾何力"诵古诗"、"胡越同风"),探求少数族裔文学的发生、发展过程,以及多民族文化、文学互动、融合的具体过程,力图揭示不同族群、家族、个人身上的民族文学特质,包括民族心态、审美特质等。从龙著最终展示的情形看,其相关研究尽管还存在一些未足之处,但仍具有多方面的开创意义。

回到龙著的整体架构,可以更清楚地看出作者的学术理路和目标所在。本书共分上、中、下三编十二章三十六节,大体围绕唐代民族文学史料整理与研究、唐代民族文学的理论和方法探索、唐代民族文学的本体(作家、作品)研究三个主要板块铺展开来。就学术理路言,第一板块是整个研究的基础,第二板块是总体研究的思想指导,最后一个板块是最终目标,即挖掘典范的唐代民族作家、作品及其特质,为唐代民族文学研究的主体性成立作铺垫。就逻辑层面言,这三个板块前后贯通,不可割裂,史料的整理、考辨中包括理论的提炼和文学主体的建构,理论的阐述以具体的史料、现象、案例为支撑,共同组成了一个颇为严整的论述结构。

细审龙著的具体展开过程,涉及了多方面内容,可谓繁富密实,胜义纷呈。其中有对李白、白居易、刘禹锡三大诗人"氏族"问题的述论,有对陈寅恪中古民族文学研究思路的梳理,有对鲜卑、突厥、粟特、西域胡等少数族裔文学的钩沉式论列,有对多个家族和代表作家案例、特别是于志宁家族及其成员于邺的深度剖析，有对浙东唐诗之路与丝绸之路对接的重点分说。与此相应，龙著下编四章从当代族群理论、唐代氏族理论、谱系问题、郡望问题出发，考察了中古时期胡、汉关系的宏观和微观问题，诸如托名柳芳的《氏族论》的真实作者、理论渊源和价值，中古胡姓郡望和谱系的建构与整合，白居易与阿史那弥射两个家族之世系断裂、缝补、重构，均有深细的考察和独到的发明，由此既构成了唐代民族文学的外围研究，也形成了古与今、中与外民族理论的呼应。凡此，这里不拟一一赘述，相信有兴趣的读者可通过阅读原著，获得更真切的感受。

如果放开眼界，站在学科融合与建设的角度作一审视，我们又可发现龙著的另一重意义。如所熟知，唐代民族文学现象较早在民族史、文化史、中外交流史等领域得到关注，在文学领域则主要是在中国语言文学的两个二级学科——中国少数民族语言文学、中国古代文学的框架下开展。由于学科属性的不同，二者研究方法大相径庭，甚至相关的研究者、研究机构、学术共同体也存在明显的分化。这些差异造成了唐代民族文学研究主体性的缺失，一直以来无法建立起共同的学术话语、学术团队。近年来，"多民族文学""中华文学""重绘中国文学地图"等新的文学史观给民族文学研究带来了新的希望，国内外新起的民族、族群理论也为反思传统民族研究路径提供了新的范式。当此之际，吸收相关理论的成果，结合唐代文学的实际，从理论基础、学术史演进角度探索唐代民族文学主体地位的可能性及其研究范式的多元化，建设具有典范意义研究框架，便理所当然地成为龙著欲努力达成的终极目标。相较而言，这一目标的结果固然重要，但其展开过程尤为重要，因为正是在达成此一目标的过程中，集中呈现了作者对唐代民族文学研究的范式借鉴和自觉理论思考,并为后来者提供了若干方法论层面的有益借鉴。

当然,龙著的这些想法和成就的取得并非一蹴而就,而是有着一个不断积累、不断深化的过程。早在十多年前,成松读研之际,就开始了对唐代东西方民族语言交流的探索,由此奠定了一个很好的早期基础。此后读博,更全面展开对中古胡姓家族及相关问题的考察,最后形成数十万字的《中古胡姓家族研究》,获得答辩委员会的一致肯定和高度评价,并由花木兰文化出版社于2019年分上下两册推出,在海内外产生了不小的反响。在此期间,成松又撰写了多篇该领域的论文,分别在《文艺研究》《文史哲》《民族文学研究》等刊物发表,并成功获批、完成以"新出墓志与唐代少数族裔文学研究"为题的国家社科基金青年项目。所有这些,既使其相关研究有了一个稳固的支撑和较高的平台,又促使他通过课题的细密规划和全力打造,在材料占有、学术视野、理性认知诸方面都得到一个大的升进。而这部即将由中华书局出版的《胡汉同风:唐代民族文学研究》,便是其数年努力后的一项学术结晶。

成松为人质朴忠厚,治学勤奋严谨,讷于言而敏于行,深于思而勇于创,可谓难得的读书种子和学术人才。从他在武汉大学读本科到读博士,我作为授课和指导老师,看着他一步一个脚印,不断进步,不断提升,登堂入室,出蓝胜蓝,真心为他感到高兴。成松书成,嘱我为序,义不当辞,谨就所知,略述如上,并祝愿他在今后的学术之路上取得更大的成就,也希望这部新著,能对相关领域的研究产生应有的推动。

壬寅初冬草于终南山麓

序 二

徐希平

临近暑假时，收到成松博士邮件发来的新著《胡汉同风：唐代民族文学研究》电子版，嘱我为之作序。几年前我曾为他的学术伴侣张丹阳博士著作《唐代教坊考论》作序，也关注着他俩的成长。为两位优秀的青年学术伉俪比翼双飞、共同进步而由衷欣慰。不能厚此薄彼，只好应承下来，也借此谈谈自己的读后感。

十多年前，成松从地处西南偏远山区的贵州盘县考入武汉大学学习，他十分珍惜这来之不易的学习机会，勤奋刻苦，一路拼搏，先后获得文学学士、硕士学位，后又师从尚永亮先生攻读博士学位，打下坚实的古代文学文献学基础。或许是故乡民族文化和武大名师相关学术研究的双重影响，成松博士将研究方向定位于汉唐文学、民族文学与文化研究，持之以恒，深度耕耘，取得丰硕的成果，在《文艺研究》《民族文学研究》《文史哲》《敦煌研究》等核心刊物发表多篇文章，还出版了专题学术著作《中古胡姓家族研究》，宏观与微观结合对中古有代表性的胡姓家族进行研究，十分厚重。

在前期民族关系研究基础上，成松主持了国家社科基金青年项目"新出墓志与唐代少数族裔文学研究"，将民族史、民族关系与民族文学研究更紧密地结合，本书便是该课题的最终成果，可以看出其在该领域的持续推进。

20世纪中西文化交流的大背景中,闻一多、陈垣、陈寅恪、岑仲勉和向达等一批先生分别从民族文化与文学、史诗互证,贞石证史、西域文明和胡汉关系等方面开拓了民族史与中华文学研究的学术道路,21世纪以来,出土文献、民族文学关系、汉字文献中的民族文学等研究都受到学术界高度重视,成为古代史学与文学研究前沿和学术增长点。唐代出土文献与文学、南北方民族文学关系等研究领域也都出现了十分丰硕的成果,令人瞩目。

有关民族文学及民汉文学关系研究,人们习惯于将主要目光着眼于魏晋南北朝、辽金元、清代,以及敦煌吐鲁番和西夏等地域,或因其少数民族建立的政权之影响,或因其相关文献之优势。相对而言,对汉唐时期民族文学进行系统探析者则相对较少。虽然汉唐时期是中华文化发展与民族融合之高峰,无论是河西走廊丝绸之路的贯通、张骞通西域,以及唐蒙司马相如协助汉武帝开发西南夷,还是玄奘天竺取经,万方乐奏,长安成为人类文明中心,李唐皇室与贵族不乏多民族血统,民族文化与文学的元素比比皆是,代表作家扬马李杜都广泛吸收各民族文化丰富营养,也是中华文化融合发展最鲜活最集中的典范。但是,汉唐统一帝国海纳百川的胸襟和强大的吸附力,又将多元的民族文化基因纳入汉赋唐诗宏大中原文化主体表达,汇合成万方来朝的时代交响曲。因此,唐诗研究领域虽不乏民族文学相关研究,如先师临川先生《闻一多先生的中华民族文学观》、卞孝萱先生有关刘禹锡族别身份的研究等,涉及唐诗对少数民族文化文学接受影响,部分诗人与民族文化及文学关系个案探讨。但论其总体概况,对唐代民族文学本身进行系统深入全面研究的著作确实不多见。这里有相关概念、传统观念与见解、研究视野与方法等因素,还有史料匮乏、头绪纷繁等多种原因，都对研究形成制约，让人望而却步，绕道而行。成松博士此书包括唐代民族文学研究现状、理论背景、学术范式、史料基础，唐代少数族裔代表性族群家族作家钩沉式概述和案例性深度剖析之内部研究，并结合当代族群理论、唐代氏族理论、谱系问题、郡望问题及胡汉关系宏观微观问题系列之外围研究。可谓最为详实全面的唐代民族文学全方位整体观照。就此而言，其特殊的理论价值、实践意义即已彰显，同时也反映出其勇于突破与创获的胆识与气局。

　　总览全书，感觉其所涉问题十分广泛而复杂，作者将史料解读、作品分析与理论建构有机结合，从史学、民族学、文化人类学、语言文学、艺术理论等多视角予以讨论，条分缕析，新见迭出。既有学术陈案之解剖，如李白、白居易、刘禹锡族属问题，托名柳芳的《氏族论》解析问题，也有新出土石刻文献资料引出的新问题之探析，涉及鲜卑、突厥、粟特、西域胡等代表家族及作家个案研究，还与新的学术热点自然关联，如浙东唐诗之路与丝绸之路关系等。其中有的民族相关研究基础较为成熟，如鲜卑及其后裔文学，成就较高，资料也较丰富，有的则较为薄弱，作者均能广泛利用多种史料，进行颇为深入的研究，提出己见。如对鲜卑族于志宁家族之于邺与于武陵关系的探讨，辨析有据，平实可信。再从敦煌卷抄录哥舒翰《破阵乐》、浑惟明《谒圣容》以及疑似突厥阿史那氏后裔史昂的《述怀》《叹苏武北海》《野外遥占浑将军》等诗，对过去很少有人涉猎唐代突厥裔文学做了初步梳理。另根据粟特诗人安雅及其《王昭君》诗歌个案对其族属生平等做了深入的考论，进而展开粟特族裔文学特质问题之探讨等，都能力求持之有故，论从史出，见出广阔的学术视野和理论功力，呈现大唐时代背景下民族文学基本风貌，也从新的角度展示了当时恢弘壮阔中华文化的深远影响与多元互动。

本书文献资料同样十分丰富,从其引用例证来源、排列数据表格等材料来看,作者从传世文献、敦煌文献和出土墓志等文献中对唐代少数民族文学资料做了几乎竭泽而渔似的收集爬梳,还十分注意吸收最新研究成果,这样就为本书立足于学术前沿打下了坚实的基础。虽然还有零星遗落,其所收部分资料还没有完全用于书中整体分析,或者存在其他一些不足,但就笔者目力所及,该书在唐代少数民族文学史料占有与宏观微观结合全面系统研究方面,贡献十分突出,不愧为民族文学研究的优秀力作。相信该书的出版,对于促进古代民族文化与文学研究的深入,一定可以起到积极的推动作用。

"桐花万里丹山路,雏凤清于老凤声。"成松博士生长于西南,求学于华中,任教于东北,典籍文献之积淀和地域文化之拓展对其扩大学术视野无疑有着积极的影响。成松博士正值青春年华,从事学术研究时间不长而成绩斐然,可喜可贺。祝愿成松再接再厉,在未来漫长的学术道路上,更上层楼,努力发挥文献基础扎实之优势,充分利用各种新的现代化研究条件和手段,取得更加卓著的学术成果,我对此满怀信心,也满怀期待!

是为序!

壬寅夏于成都

前　言

　　本书是我主持的国家社科基金青年项目"新出墓志与唐代少数族裔文学研究"的结项成果。自2017年6月立项以来，经过近五年的探索才初步完成了项目申请之时的构想，但也深感这一课题的复杂性，有待未来继续研究。"复盘"课题设计，很多内容是自己多年来的思考和积累，其中核心的思路甚至可以追溯到十年前。

　　2010年9月我开始攻读硕士学位，因为萧圣中师的引导，对中外交通史及西域民族历史文化产生了兴趣。硕士毕业论文就考察了唐代东西方向民族语言交流的问题，虽然浅尝辄止，但对于唐代中外文化的开放格局和民族关系的辉煌画卷有了感性认识。当时脑子里萦绕着一个问题：唐代中外交通和民族关系的盛况与文学的巅峰之间有何关系？各类唐代文学史中虽常有相关叙述，但二者如何联系上却没有说清。相关研究成果也多在外围，没有回答唐代"民族"与"文学"之间的关键纽带问题。带着这一疑问我进入了博士阶段。

　　为了寻找唐代"民族"与"文学"的关联，在博士论文选题上我进行了多次"失败"的探索，如杜甫诗中的民族关系、盛唐诗歌的民族书写等，这些选题都流于表面化，虽能诗史互证，但无法真正解决自己当初的疑惑。后来业师提醒，民族问题在文学作品是"隐"，但在作家和文人则是"显"，可以把关注点放到人上面。这让我豁然开朗，把关注点转移到唐代诗人、文人的民族身份与文学之间关系问题上。然而进一步思考，困难又随之而来：如何界定唐代的"民族"，并对诗人、文人进行"民族识别"；唐代的"民族观念"是怎样的，又是如何影响文学心理、文学创作的，都难以直接回答。为了进行"民族识别"和文学阐释工作，我关注了中古民族史、当代民族（族群）理论、少数民族文学、比较文学等领域，试图从"古"和"今"两条路上寻找理论资源和史料依据。一方面，以姚薇元《北朝胡姓考》等论著为线索，系统整理中古正史传记、《元和姓纂》、笔记小说等基本文献中有关各民族人物的资料，获得了较为充足的"民族作家"样本；同时系统整理了《全唐诗》《全唐文》中民族人物相关作品，获取了较为可观的"民族作品"数据。另一方面，参照当代民族学、历史人类学、少数民族文学等领域的理论主张和研究方法，为唐代民族观念、认同、心理、民族文学本体性等棘手的问题寻找解释方案。

随着研究的深入，史料的掣肘越来越明显。传世文献所见民族文学材料过于零散，即便辅以灵活的阐释策略，宏观的研究也容易陷入治丝而棼的境地。比如不同族群的文化遗传方式不同，鲜卑文化在唐代无迹可寻，而西域粟特等族群的文化却十分显眼；不同地域的民族文化生态也迥异，比如敦煌与长安、河朔与江南，不可同日而语。经过反复思考，我最终选择以家族（"胡姓家族"）个案为突破口，来观察唐代不同民族的民族认同、地域文化和文学创作问题，并且将史料的关注点从零散的、典范性差的四部文献，转移到家族性明显、数量可观的新出墓志上。经过多年的收集整理，我获得了上千方唐代不同民族人物的墓志，完成了数百万字的释文、录文工作，极大补充了研究所需的典范史料。

限于学力，博士阶段主要完成了前两个问题的研究，文学问题仅仅开了一个头,这也为本项目的开展设下伏笔。项目申报成功之后,我将研究中心转移到挖掘唐代"民族文学"主体性上,从四个方面搭建整体研究框架。

第一个方面是史料的继续收集整理与研究。在攻读博士期间,我收集整理了相对完备的基础资料。然而近年来唐代新出墓志日新月异,各种大型墓志图录、汇编应接不暇,各种数据库也如雨后春笋,提供了大量新资料,也提出了新问题。本项目研究充分发挥了新出墓志的史料支撑作用,除了在相关章节进行专门介绍之外,在各个专题的论证中也竭力发挥墓志材料的典范性功效。在项目史料整理过程中,我完成了二十余篇研究论文,及《新唐书宰相世系表》胡族部分数十万字的校证书稿(初稿),不仅夯实了项目的史料基础,也拓宽了项目的衍生成果。

第二个方面,继续在唐代"民族"与"文学"的外围开展巩固工作。要进入唐代民族文学的中心,外围的铺垫是必要的,甚至是必须的。比如作家"民族身份"识别,必然伴随着族源、郡望、谱系问题,这也是传统上唐代文学研究的基本问题,如唐代三大诗人——李白、白居易、刘禹锡的"氏族"公案都与之有关。族源等问题都是相当主观的认同符号,需要回到历史情境和文本,借助族群认同、历史书写等理论才能看到本质。为此我开展了中古时期胡姓郡望的调查工作,试图从宏观的角度为北朝以来至于唐代少数民族的籍贯、郡望攀附、伪冒等做法找到根源。继从微观的角度,以白居易和阿史那弥射为例,具体解剖了胡姓家族谱系"制造"的过程。另外,我也开展了民族史料的反思性研究,包括还原唐代"氏族"理论的起点——《氏族论》的真正作者和理论渊源,重新解读唐代史书、笔记小说、集部文献中关于少数民族"汉化"的刻板印象等等。这些外围的探索集中呈现在本书下编中。

　　第三个方面，开展学术史的回顾和反思，寻找唐代民族文学主体研究的经验和出路。"民族""民族文学"等概念都是近代以来才出现的，以之为基础形成的各种研究方法、学科体系，本身是一个学术史或观念史的范畴。中国文学史研究已有百年历程，积累的丰富经验有待总结，遗留的问题也亟待反思，其中民族文学的问题尤其复杂。唐代民族文学背靠的学科较为模糊，支撑研究领域也具有交叉特点，所以在文学史中的书写游移不定。为了解决这一理论源头和研究合法性的问题，本书尝试引入了"中华文学""多民族文学史观""重绘中国文学地图"等多学科理论资源，为唐代民族文学建立主体性视域。

　　回顾百年来与唐代民族文学有关的研究，有一些关键的事件和人物起到了重要的推动作用。比如20世纪20年代以来兴起的李白、白居易"氏族"争论一直持续到现在，相关研究可以说见证了百年唐代民族文学研究方法和范式的变迁，其中一些关键人物成为方法和范式的开创者，如向达、陈寅恪、姚薇元等。他们的名字频繁出现在唐代"民族"与"文学"相关的研究论著中，其中最为著名的莫过于陈寅恪。毫不夸张地说，陈寅恪是中古民族文学研究的开创者。他的研究方法和思路，时至今日仍是打通唐代"民族"与"文学"问题"最后一公里"，建构"唐代民族文学"主体性话语的重要参考。本书上编集中阐述了唐代民族文学研究的学科背景、理论依托和学术史传统，力图将本课题研究放到一个广阔的学术背景下展开，这在整个项目中具有思想指导意义。

　　第四个方面是，以"族裔文学"为中心，展开唐代民族文学的内部研究。唐代民族文学的本体问题，最终需要民族作家的典范作品来回答。尽管已经有充足的史料"弹药"和方法"武库"，但包括众多优秀的研究者在内，都没有打通唐代民族文学"最后一公里",揭示出唐代多民族文学的特征,问题究竟出在哪里呢? 我认为还是出在样本的选择上。在古代文学界,李白、白居易、刘禹锡的研究者,曾试图从他们民族出身来揭示他们作品的语言特色、风格风貌,但效果并不理想。考察三大诗人自然是很好的切入口,因为他们的生平信息、作品数量可观,学术研究积累厚实,可以引申关联的民族问题自然也多。然而他们的族源争议很大,几乎难以定论;加之他们出身的民族背景在唐代已经相当模糊,尤其是白居易和刘禹锡,如果强加关联解释,难免落入"猜谜"嫌疑。

经过反复考量,课题确立了唐代民族文学研究样本选择的三个基本条件:重点族群(在唐代还有典范的族群文化)、重要个案(有较为出色的文学成就或特色较为鲜明的文学现象)、典范史料(有典范的史料作为支撑)。同时采用"整体概述"加"个案研究"的呈现方式。宏观上力图展现一个族群文学发生、发展的全貌和全过程。微观上则重点揭示不同人物、家族及其文学作品中的民族特质,包括民族心态、审美特质等。如鲜卑、粟特、突厥三大族裔群体的选择,考量就各有不同。鲜卑族裔是唐代少数族裔文学中成就最高的,作家、作品众多,但大多数家族和个人并没有鲜明的特色;粟特族裔是唐代民族文化标记性最鲜明的族群,但问题是他们的作家、作品数量偏少;突厥族裔是唐代民族关系的"现在时",可以说是最典范的唐代民族文学承担者,然而他们在文艺领域还处于萌芽阶段,没有典范作家、作品。这些看似"消极"的文学现象或为数不多的作家、作品样本,反而揭示唐代多民族文学本质的线索。相关的观察和结论集中呈现于中编四个章节,构成了整个项目的核心部分。

按照项目初期的规划,原本还有唐代三大地域(岭南、河北、长安)民族文学集团研究,尤其是对唐代南方民族文学的个案研究。虽然已经完成了部分工作，然而受限于时间无法整体铺开，成为本书的一大遗憾。

最后，想在此谈谈本项目研究过程中的一点感想。多年来对于唐代中外交通、多民族格局与文学关系的追问，不断将自己推到一个个陌生的研究领域，却一直徘徊在文学的外围，越往前走越发疑惑。学术研究的终点或许并非只有"真相"和"结论"，也可能是更多的"空白"和"疑团"。经过多年研究发现了一个文学史已经承认的事实——唐代文学史是一部多民族文学融合史，与唐代民族大融合的主流是一致的，不能刻意建构一个独立存在、孤芳自赏的唐代民族文学。然而，也不能忽视唐代多民族文学融入整体文学的特殊规律和重大意义。用宏大的融合叙事遮蔽多民族文学存在的事实，用辉煌的汉文学成就抹杀多民族文学对于中华文学的独特贡献，都是不可取的。"胡汉同风"才是唐代文学发展的真实形态。

上　编
唐代民族文学研究的理论范畴、学术范式和史料基础

第一章　唐代民族文学研究概观

在中国古典文学研究中,唐代不仅以成果的丰硕著称,也以范式的成熟著名。毫不夸张地说,唐代是古典文学研究范式的"武库",凡政治、科举、制度、教育、地域与文学关系,皆有众多优秀的成果,并带来外溢效应,深刻影响了其他时段文学研究的方法。然而,在中国文学史其他一些时段已经产生重要成果的"民族与文学"或者"民族文学"研究模式,却仍未在唐代落地生根。

唐代为中国古典文学的黄金时代,也是民族融合、中外交通的荣耀时期,但唐代文学与民族关系却貌合神离。在唐代文学史中,通常会以唐代民族关系和对外交往作为背景进行叙述,如罗宗强先生论唐五代文学:

> 唐朝的立国者,对外来文化采取兼容的政策。去华夷之防,容纳外来的思想与文化。……整个唐代,广泛接受外来文化的影响,从文学艺术到生活趣味、风俗习惯,都可以看到这种影响。……中外文化交融所造成的这种较为开放的风气,对于文学题材的拓广,文学趣味、文学风格的多样化,都有重要的意义。[①]

这成为众多文学史参考的经典表述。美国汉学家薛爱华也曾

---

① 袁行霈主编:《中国文学史》第二卷,高等教育出版社,2005年,第168页。

热情讴歌唐代万花筒般的三个世纪中，外来事物在文学中的精彩呈现①。芮沃寿和杜希德在他们的名著《唐朝面面观》导论中，还创造性地提出"折中主义"（eclecticism）和"世界主义"（cosmopolitanism）来观照唐代外来文化与唐诗的关系②。

然而落实到文学史写作、文学研究，"民族—文学"路径却走得并不通畅，更不用说更为严格的"民族文学"范式。事实上，唐代文学的民族视角很早就引起了学者的关注。程千帆先生在致余恕诚先生的信中曾提及：

> 唐代文学是一座很大的富矿，到现在还有很多领域没有开发，特别是文学与文化和政治的关系，陈寅恪虽提出唐代内乱与外患的连环性，这个题目在文学上的表现就很少有人涉及过。……三百年中，汉族与外族的矛盾和互相吸收，可以钻研的地方似乎不少。③

在此启发下，余先生就加强唐诗与民族关系研究提出过若干方案，并作了个案探索④。21世纪以来，唐代文学与民族关系研究也涌现了众多成果⑤，然而民族关系背景下的唐代文学研究与典范的"民族文学"仍相去一间。

"唐代民族文学"这一提法在学界尚未形成统一的声音，与此前此后时段对照尤其如此，比如"北朝民族文学""辽金民族文学"

---

① 参考（美）薛爱华著，吴玉贵译《撒马尔罕的金桃：唐代舶来品研究》，社会科学文献出版社，2016年，第105—122页。
② （美）芮沃寿、（英）杜希德编：《唐朝面面观》（*Perspectives on the T'ang*），耶鲁大学出版社，1973年，第1—43页。
③ 程千帆著，陶芸编：《闲堂书简》（增订本），上海古籍出版社，2013年，第786页。
④ 参见沈文凡、李莹《余恕诚先生学术思想述评》，《社会科学战线》2014年第3期。
⑤ 参见海滨《新世纪唐代文学与民族研究综述》，载《唐代文学研究年鉴》（2014），广西师范大学出版社，2014年，第321—336页。

就有更严密的学术话语体系。

大凡"××—文学"或"××文学"研究范式，"××"一般都是一套比较成熟的知识体系或理论范畴。就唐代而言这自然不是问题，因为"民族"研究很早就是唐史研究的重镇，且一直是国际显学。要将唐代"民族文学"之路打通并走通畅，更需要做的是转化工作，这涉及对前人成果、理论框架、史料基础的整合和消化。

第一节　唐代民族文学研究的学科特点

唐代民族文学现象较早在文化史、民族史、中外交流史、敦煌学等领域中被关注。20世纪20年代以降，冯承钧、陈寅恪、向达、姚薇元等学者曾关注到李白、白居易、刘禹锡等唐代诗人民族身份问题。其中陈寅恪对"种族及文化"范式的提炼，以及"诗史互证"方法的运用，影响尤为深远。另外，向达的《唐代长安与西域文明》，对唐代内迁西域胡人姓族、宗教、艺术、文化等问题进行了考察，涉及不少文学问题，也有典范意义。

新中国成立后，新的学科体系建立，唐代民族文学研究主要是在中国语言文学的两个二级学科——中国少数民族语言文学、中国古代文学框架下开展。学科属性的不同导致二者研究方法大相径庭。

少数民族文学研究持鲜明的当代民族主体性立场，强调作家的民族身份、作品内容的民族特色，因而关注的范围非常有限。这可以从相关文学史中的内容分布看出。如由马学良等主编的《中国少数民族文学史》(1992年)，隋唐时期仅列举了南诏白族诗人杨奇鲲，回纥诗人坎曼尔，回回诗人李珣，壮族诗人宁纯等12人，而坎曼尔后来还被证明是伪托人物①。其后中央民族大学组织编撰的《中国少数民族古代近代文学概论》（2001年），在第一章概述中提及唐代白族诗人杨奇鲲、段宗义，彝族诗人寻阁劝、赵叔达、董成等人，在其后相应章节也简单介绍了寻阁劝等几位诗人的作品。此后，梁庭望等编《中国少数民族文学》（2003年），在此基础上将唐代少数民族诗人名单扩展到26人，并对元结、元稹和刘禹锡三人做了简要评述。这三种文学史代表了少数民族文学界对唐代民族作家文学的一般认识，其他分族、分体文学史，专题、个案研究多以此为基础展开。因为强烈的"民族性"立场和当代民族身份标准，这些文学史在唐代部分缺乏典范作家和作品支撑，自然也就失去了开拓的空间。

　　不同于此，中国古代文学研究则更多持民族融合的态度，并不刻意强调作家民族身份，采取民族文化与文学相互观照的视角，因而"民族文学"的主体性淡薄得多。如李炳海就从文学书写表现、文人队伍结构、文学思潮风貌、文学文体样式等不同角度探讨过中国古代"民族—文学"的问题②，其发散的研究方式具有相当代表性。从具体的切入角度看，古代文学研究者多倾向于唐代典范作家（如李白、杜甫等），代表性区域（如西域、西南），重要文学体裁和流派（如"边塞诗""音乐文学"）。典型的案例如周勋初对李白身世之"谜"与文学浪漫的研究③，余恕诚及其弟子对于唐蕃关

――――――――

① 杨镰：《〈坎曼尔诗笺〉辨伪》，《文学评论》1991年第3期。
② 李炳海：《民族融合与中国古代文学》，东北师范大学出版社，1997年。
③ 周勋初：《诗仙李白之谜》，收入《周勋初文集》卷四，江苏古籍出版社，2000年，第132—143页。

系与唐诗的研究[①]，徐希平对李白、杜甫诗学与西南民族关系的研究[②]，海滨、高人雄等对西域文化与唐诗关系的研究[③]，等等。古代文学界所采取的"民族—文学"关系方法，虽然扩宽了研究的视野和路径，但却一定程度淡化了文学的"民族性"，或者演变为强加关联的"背景研究"。

少数民族文学和古代文学两个学科格局的形成与历史传统、文化使命有关，但少数民族文学与中国文学的割裂却是现当代文学史观念推动的结果。因为学科立场的不同，二者似乎隔着难以跨越的鸿沟，不仅研究方法和旨趣不同，连研究人群、研究机构、学术共同体也存在明显的分化。也因为这样，唐代民族文学的相关研究话语分散，看似热闹却未能形成学术凝聚力，这从"丝路文学""西域文学"等一度影响颇广后来却逐渐式微的选题可以看出。

"丝路文学"作为学术研究概念起源较晚，而且内涵和外延都不太清晰。20世纪90年代，新疆社会科学院民族文学研究所下设的研究方向就有"沿古丝绸之路文学的比较研究"，在一些丝绸之路历史研究中也常常运用"丝路文学"这一概念，但直到21世纪初宋晓云才对这个概念作了比较系统的论述[④]，而且限定在元代文学，并未外溢到其他领域。此后，随着国家"一带一路"倡议的推

[①] 如余先生与王树森等合作的《唐蕃关系视野下的杜甫诗歌》(《民族文学研究》2011年第5期)、《提升民族精神的诗史——唐代有关吐蕃诗歌的一个侧面》(《民族文学研究》2014年第6期)等文章。

[②] 徐希平：《李杜诗学与民族文化论稿》，民族出版社，2011年。

[③] 海滨：《西域文化与唐诗之路》，中华书局，2022年；高人雄《汉唐西域文学研究》，新疆人民出版社，2017年。

[④] 参见宋晓云《边声四起唱大风——耶律楚材与元代丝绸之路文学》，《新疆大学学报》(哲学社会科学版)2003年第4期；《元代丝绸之路文学的研究》2006年第4期。

广，少数民族文学研究者（主要是当代文学）迅速转移到这一领域，张明廉、石一宁等学者对"丝路文学"的定义和内涵进行了初步的界定①。大致同时，一些古代文学研究者也加入讨论。然而，直到现在，"丝路文学"的研究目标仍然不清晰，不仅无法区别于传统的一些学科如"敦煌文学"和成熟的研究领域如"边塞诗"，也没有建立一套属于"丝路文学"的学术体系②。在学科属性上，"丝路文学"也向着现当代文学、艺术、文化遗产领域衍生③。有学者提出："丝路文学是典型的跨民族、跨语言、跨文化、跨学科的文学和文化现象，更需要一门具备兼容性和开放性特征的学科来吸纳它。在此意义上，比较文学是一个适宜的选择。"④这固然有理，但无疑也削弱了"丝路文学"核心意义。事实上，从一开始就有学者对"丝路文学"的内涵和外延、学科归属、研究主体等问题进行过反思，只是在学术热潮的簇拥下，这些问题渐渐被冲淡。一些研究者直接转向了一种更为综合的、非聚焦的"丝绸之路与文学"研究模式，比如石云涛的《唐诗镜像中的丝绸之路变迁》。总之，作为唐代民族文学关系至为密切一个研究方向，"丝路文学"并没有起到很好的反哺作用。

与"丝路文学"相关的另一个研究方向——"西域文学"，是与唐代民族文学关系至密的领域，也曾给学术界带来一股新鲜血液。

---

① 张明廉：《对"丝绸之路文学"及"多民族文学"的思考》，《文艺报》2015年9月7日006版；石一宁：《丝路文学：少数民族文学新的发展机遇》，《人民日报》（海外版）2015年10月27日007版。
② 任竞泽梳理了"丝路文学"的一个学术谱系，囊括学科之多、涉及领域之广，可见一斑，参见《"丝路文学"研究述评》，《学习探索》2020年第11期。
③ 参见程金城、乔雪《丝绸之路文学新探索——新视域、整体观、拓展性和审美性》，《中国高校社会科学》2019年第3期。
④ 王汝良：《"丝绸之路文学"正义》，《中国社会科学报》2020年11月11日009版。

"西域文学"作为一个地域文学范畴,虽然空间边界相对比较清晰,然而研究对象也较为松散。如高人雄教授的《汉唐西域文学研究》就采取了"民族本位"的路径和聚焦视角,观照了西域佛经翻译文学、佛教戏剧、粟特文书、突厥碑铭、粟特胡裔诗歌、西域乐舞诗等。而海滨的《西域文化与唐诗之路》则是发散的思路,涉及唐代西域边塞诗人、唐诗中的西域乐舞、西域民俗等问题。研究对象的不确定使得"西域文学"的核心竞争力不断流失,海滨曾提出警示并呼吁进行范式转型①。然而从近年的成果看,相关研究多数未超越"边塞诗"等传统路径,且走向广义"西域文化"阐释方向,范式的转型任重而道远。

第二节　唐代民族文学研究的理论基础

"民族文学"或者"民族—文学"之所以没有成为唐代文学研究的核心选题,没有涌现其他时段那样主体性鲜明的成果,除了学科分化、研究力量分散等外在原因之外,深层的原因还在于唐代民族文学的理论基础非常复杂,并不容易厘清。下面试从一些关键概念入手做一番辨析。

一、民族问题的"内""外"与"古""今"

民族问题或胡、汉问题是唐代历史的关键词,是唐研究的共识。陈寅恪指出"种族及文化"问题,"实李唐一代史事关键之所

---

① 海滨:《"唐诗与西域文化"研究范式的转型呼唤》,《上海大学学报》(社会科学版)2007年第5期。

在,治唐史者不可忽视者也"①。内藤湖南把贵族制和胡汉关系作
为六朝隋唐史的基本课题②。无论这些观点如何张扬民族问题在
唐代的重要性,唐代民族研究依然面临一个先天"缺陷",那就是
唐代的国家性质。国外学者曾将中国历代王朝分为由汉族建立的
"典型的中华王朝",包括秦、汉、隋、唐、宋、明等;及由北族建立的
"渗透—征服型北族王朝",包括北朝、辽、金、元、清等③。由唐代国
家性质出发,唐代的民族问题也就更多指向一种中外关系,比如唐
与突厥、回鹘、吐蕃、南诏等,与北朝、金、元、清等"在场"的民族不
同,这也影响了民族史、文学史的叙述视角。

　　当然,关于唐代的国家性质也有其他学说。学者们很早就认
识到,隋唐王朝的统治阶层与北朝胡族的联系密切,唐代国家性
质、文物制度、统治基础都有"胡汉融合"的特征。国内学者中,陈
寅恪于此有较多的论述,唐长孺等继有申论。有学者明确指出:
"唐朝建国的路径与秦汉特别是后者出自中原核心区的差异是,
它所经历的途径是由鲜卑国家建设的道路逐步转向中原传统的模
式之中。……唐朝的胡汉关系之形成,本源于其政权建构的多样
性。"④这些观点为唐代国家性质问题注入了多元特质。日本、欧
美学者走得更远,提出唐代"拓跋国家论",从内亚史的视角极力强

① 陈寅恪:《唐代政治史述论稿》,生活·读书·新知三联书店,2001年,第183页。
本书所引陈寅恪诸书,不特别说明者,皆出自三联书店2001年、2002版《陈寅恪
集》,个别加以新式标点,改正讹字。
② (日)谷川道雄著,李凭译:《魏晋南北朝隋唐史的基本问题总论》,收入《魏晋南
北朝隋唐史学的基本问题》,中华书局,2010年,第5页。
③ (美)魏特夫著,唐统天等译:《中国社会史——辽(907—1125):总论》,王承礼主
编《辽金契丹女真史译文集》第一集,吉林文史出版社,1990年,第42—44页。
④ 李鸿宾:《墓志所见唐朝的胡汉关系与文化认同问题》"序言",中华书局,2019
年,第9—10页。

化唐代国家性质中的鲜卑因素,代表学者有杉山正明、森安孝夫、梅维恒、濮德培、陈三平等。他们的学说有特殊的语境和局限,已有学者辨驳过①,但也给唐代民族研究提供了新的视角。

唐代民族研究的"外"(或者说"边缘")、"内"(或者说"华夏")两个视角,直接影响了唐代民族文学的叙述方式。如果从前者来看,唐代民族文学的叙述重点就是突厥、回鹘、吐蕃、南诏、渤海等华夏周边民族政权的文学,一些少数民族文学史也是如此处理的。如果从后者来看,唐代民族问题不仅包括唐朝统治、羁縻下的西域、突厥、回鹘、契丹、南方各民族,还包括北朝胡族在内的众多民族遗产,相应的文学对象也扩大到传统上视为汉化了的各种少数民族。

唐代民族观念还涉及"古""今"问题。中国自古以来就形成了各民族多元一体格局,但"民族""国家""民族主义""民族认同"等观念则是近代以后才出现的,古、近(今)民族范畴的转换异常复杂,争议也极多。

一般认为,现代汉语"民族"一词的确立,与日本明治时期转译西方nation一词及其概念所使用的汉字新词"民族"有关②。但nation一词内涵在西文中也经历了复杂的历史演变,在不同时期、不同地域(国家)、不同语言中有较大的差异,英国学者雷蒙·威廉斯曾对其"族群"和"政治组织的群体"两个意义的演变作过勾

---

① 参考钟焓《"唐朝系拓跋国家论"命题辨析——以中古民族史上"阴山贵种"问题的检讨为切入点》,《史学月刊》2021年第7期。
② 参见郝时远《中文"民族"一词的源流考辨》,《民族研究》2004年第6期;又参见黄兴涛《重塑中华:近代中国"中华民族"观念研究》,北京师范大学出版社,2017年,第51—55页。

勒①。近代以来，"民族"概念在中国的兴起也是从两个方面展开的。20世纪初，经过梁启超、杨度等政治家的鼓吹以及近代报刊的推广，"民族"一词的内涵不断扩容，并且衍生出"国族""国民""民族主义"等概念②，最终形成了"中华民族"这一重要的政治体涵义。相比之下，学术界对于"民族"概念的运用则更偏向于族群的含义。二三十年代王桐龄的《中国民族史》（1928年）、吕思勉的《中国民族史》（1934年）、林惠祥的《中国民族史》（1936年），都采用了近代民族概念来重新阐释古族资料。新中国成立以后，马克思主义民族理论成为我国民族问题的指导思想。经过不断发展，"民族"一词事实上已成为涵盖从人类共同体、民族国家到少数民族等不同层次的复合概念。除了经典马克思主义，现代主义民族理论在当代学术界的讨论也十分激烈。他们引入"族群""认同""边界"等概念，为反思古今中外民族理论提供了新视角。

现代民族（族群）理论在对接古代的时候，或多或少会存在一些龃龉。为此，研究者也采用了古代的族称或者特定的一些概念，比如"胡人""胡族""蕃族"等。此外，一些学者还创造了不同的表达方式，比如"北族""少数族""非汉人"等。"视情境而定"的古今民族概念混用已成为当代学术研究不能避免的情况③。

二、民族文学观念的诞生与三大文学史观

中国文学史上"民族文学"观念，也是在中西文化碰撞背景下

---

① （英）雷蒙·威廉斯著，刘基建译：《关键词：文化与社会的词汇》，生活·读书·新知三联书店，2005年，第316—317页。
② 黄兴涛：《重塑中华：近代中国"中华民族"观念研究》，第56—60页。
③ 如费孝通先生在其经典论文《中华民族的多元一体格局》中就频繁使用"少数民族""非汉人""胡人"等概念。

产生的。具体而言,20世纪30年代前后"民族文学"的用法开始出现,在抗战前后形成井喷现象。虽然当时这一概念更多指向"国族",如赵景深《民族文学小史》(1940年)、梁乙真《中国民族文学史》(1943年),对应中国文学或外国文学,但有少数一些古代文学论著中已经有特定"民族身份"指向。如郑振铎的《插图本中国文学史》(1932年)第十三章"中世文学鸟瞰"中直接指出:"金虽是勃兴的野蛮民族,但入主北地以后,其文化也突然的成就得很高的地位。"[1]陈子展的《中国文学史讲话》(1933年)有"蒙古民族与杂剧"一节。陈易园的《民族文学之研究方法》中也提及:"中华合六大民族以立国(汉满蒙回藏苗)……世所传者,皆汉族文学,爰于汉族文学之外,录其优美文学作品之三四,以殿吾篇。"[2]后举外蒙古老胡歌、清宗室寿富、越南遗臣阮尚贤、朝鲜遗臣金调元多篇,已经是一种比较纯粹的"民族文学"观念。

　　三四十年代"民族文学"呈现的混融不分状态,在新中国建立之后得到很大程度的扭转。随着民族地区解放、民族识别工作的开展,民族文学的中心转移到少数民族上来。"少数民族文学"概念应运而生。茅盾在1949年9月《人民文学·发刊词》对全国文艺工作者所提要求就包括开展"中国国内少数民族文学"研究,已经具有一定的学科性质。大规模的民间(民族)文学搜集工作、各民族文学史编撰在新中国成立后的第一个十年中轰轰烈烈展开,1979年中国社会科学院少数民族文学研究所创立,稍后隶属于该研究所的学术刊物《民族文学研究》创立,这被视为中国少数民族

---

① 郑振铎:《插图本中国文学史》,北平朴社出版部,1932年,第233页。按:1957年作家出版社再版,"野蛮民族"改为"少数民族"。
② 陈易园:《民族文学之研究方法》,《协大艺文》1937年第7期。

文学学科成立的标志①。稍后，学术界对于"民族文学"的内涵外延和话语特征进行了不同维度的界定，"民族文学"作为一种文学观念和阐释方法得以确立，不仅被少数民族文学学科普遍采纳，也成为研究古代民族文学现象的参照系。七八十年代以来多次掀起作家民族身份大讨论，李白、白居易、刘禹锡之外，还有元好问、李贽、蒲松龄、曹雪芹等，正与当时兴起的"民族文学"观念和阐释方法合流。

"民族文学"观念的诞生必然引出与中国文学关系的问题，为此学术界进行了持续的讨论。其中，"多民族文学""中华文学""重绘中国文学地图"三大文学史观的影响最为深广，对于唐代民族文学研究的思想指导意义也最为突出。

"多民族文学"根植于中国自古以来就是一个多民族国家的事实，然而"多民族文学史观"却并不是中国文学史一以贯之的理念，其产生、论争、完善经过了漫长的过程；其影响已经从文学研究、文学史撰写扩大到学科体系建设、民族文化集体认同等高度。"多民族文学史观"明确包含中国古今各个民族创造的全部文学成果，不仅包括少数民族文学，也包括汉族在内的各民族文学；不局限今天的56个民族，也包括历史上已经消失的、为今天多元一体中华多民族文学做出了贡献的所有民族②。这一理论成果直接解决了唐代等古代民族文学存在的合法性问题。

"多民族文学史观"作为一个十分完备的理论体系得到了学术

---

① 朝戈金：《中国少数民族文学学科的概念、对象和范围》，《民族文学研究》1998年第2期。

② 关于"多民族文学史观"的发展过程、理论内涵、理论意义，详李晓峰、刘大先《多民族文学史观与中国文学研究范式转型》（中国社会科学出版社2016年版）相关章节。

界的广泛认同，然而要深入到民族文学研究、民族文学史撰写中，仍有待完善。相比之下，"中华文学"理论框架的实践性更突出。尽管其理论的阐述至今仍未形成完备的论著，然而在实践上已经走得很远。作为学术概念的"中华文学"，较早可以追溯到1989年前后首届中华文学史料学研讨会及中华文学史料学会的成立。稍后，《文艺争鸣》开设"中华语言文学大视野"专栏，后改为"中华文学"专栏，先后发表过马学良、张公瑾、吴重阳、傅朗云等学者论述中华文学多民族性的系列文章。同一时期，社科院文学研究所和少数民族文学研究所组织编撰了《中华文学通史》，张炯先生为这套书写的"导言"，对"中华文学"的理论构想作了多方位的阐释①。这套书也包括古代民族文学的内容，如其唐代部分设置了吐蕃、突厥、南诏、岭南文学等章节，关注到了民族地区以及内迁少数民族的文学成就。2015年，《文学评论》、《文学遗产》、《民族文学研究》、中国人民大学先后联合主办的"中华文学的发展、融合及其相关学科建设""空间维度的中华文学史研究"等学术研讨会，来自古代文学、少数民族文学、现当代文学等领域的学者，进一步就"中华文学"的理论与实践问题作了深入讨论。《文学遗产》《民族文学研究》《文史知识》还推出了"中华文学"为主题的相关专栏，将相关讨论引向深入。通过"中华文学史料学会"及其分会的统合，目前"中华文学"已经成为多学科融合的典范。

　　"中华文学"根植于中华民族"多元一体"的民族格局和中华文化"群星璀璨、百川归海"的历史趋势，强调"你中有我，我中有你"的中国文学史，其开放的理论体系不断辐射到"民族—文学"相

---

① 张炯：《走向完整的中国文学史研究——〈中华文学通史〉导言》，《文学评论》1996年第4期。

关研究学科和领域，成效初显。

　　不同于上述两大文学史观经过了很多代学人的不断丰富完善，"重绘中国文学地图"主要是杨义一人之力开拓的文学史观念，它同时也是一个理论性、实践性都很强，包容性极大的文学史书写范式。杨义在其论著中从不同层面阐发过这一理论构想，在谈及"文学的民族学的问题"时他指出：

　　　　对于中华民族的文学整体而言，汉语文学只是部分，尽管是主体部分。只有从整个中华民族和文学总进程出发，才能看清少数民族文学这些部分的位置、功能和意义，也才能真正具有历史深刻性地看清汉语文学的位置、功能和意义。①

他还从文化动力学角度创造了"边缘活力"说，作为"重绘中国文学地图"的重要理论支撑。在《中国古典文学图志》（宋、辽、西夏、金、回鹘、吐蕃、大理国、元代卷）中，他进一步完善了自己对于"重绘文学地图"的构想，在三个理论版块中，就有"跨地域民族文化的多元重组，即中原文学与边地（边远或边疆之地）少数民族文学的相激相融"②。《图志》的诞生，也从实践上为民族文学研究、民族文学史撰述提供了新的样本。

　　上述三大文学史观和文学史撰述方法，是当前民族文学研究领域最有代表性的理论探索和实践模式，也是古代民族文学研究的理论源泉。

---

① 杨义：《重绘中国文学地图与中国文学的民族学、地理学问题》，《文学评论》2005年第3期。

② 杨义：《中国古典文学图志·导言》，生活·读书·新知三联书店，2006年，第1—2页、第18—19页。

第三节　唐代民族文学研究的史料基础

史料是研究的基础,也是一个学科成立的先决条件。梁启超说:"治科学者——无论其为自然科学,为社会科学,罔不恃客观所能得之资料以为其研究对象。而其资料愈简单愈固定者,则其科学之成立也愈易,愈反是则愈难。"①包括唐代在内的古代民族文学史料有其独特之处,套用梁启超的说法就是"既不简单也不固定"。不简单,是史料较少、获取较难,需要更多的挖掘;不固定,是相关史料的属性不明确、典范性较差,需要更多的阐释功夫。较之其他时代,上述特点在唐代更为明显,这也是相关研究一直无法形成系统的重要原因。然而,这并不意味着相关史料没有开拓的空间。

要解决史料少、史料缺乏典范性的问题,更多需要深度挖掘和阐释现有史料。挖掘史料的一个工作就是扩大"史料"范围。梁启超说:"史料者何? 过去人类思想行事所留之痕迹,有证据传留至今日者也。"②倘若根据他这个定义,史料的范围可以说是非常的广泛。梁氏进一步将史料分为两大类:在文字记录以外者,在文字记录者。具体又分为若干类。当代文学史料学著述也罗列了很多类型的文学史料,从研究的角度而言都是可以挖掘的。

一、唐代民族文学史料的开拓方向

唐代民族文学史料的挖掘,无外乎传世文献与新出文献两大

① 梁启超:《中国历史研究法》,中华书局,2014年,第40页。
② 梁启超:《中国历史研究法》,第40页。

类型。就前者而言,尚有如下一些可开拓的空间。

首先,唐代诗人、文人"民族识别"还有很大余地。狭义的"民族文学"研究要求作家必须是少数民族,但确定古代民族作家的族源、族属身份是一件棘手的事。古代史书、文集中有大量人物传记,对于少数民族往往有族源介绍,或者有意"标记"族属。姓氏书、谱牒中也会标记人物族属信息。当然,这些信息需要综合起来看。比如《元和姓纂》中有"云安冉氏",称"盘瓠后冉駹之种类也,代为巴东蛮夷酋帅"①,南朝陈时南康太守、巴东王冉伽轮家族,入唐后至高位,亦颇有文学,可谓南方民族文学的宝贵资料,惜未曾引起学者注意。中古史书、姓氏书、谱牒材料众多,整理、考订的工作也是一门专学。幸运的是,前辈学者已经打下了坚实基础。如王桐龄的《中国民族史》,即有大量历代内迁少数民族人物表、少数民族家族世系表、胡汉通婚表等等,是对传世文献相关史料的汇集。另外,关于中古胡姓研究的一些经典著作,也具有重要参考意义,如姚薇元《北朝胡姓考》、陈连先《中国古代少数民族姓氏研究》等。中古胡姓综合考订或者个案剖析,近年又成为学术热点,不断推进中古"民族识别"工作也是古代民族文学研究需要关注的。

其次,传世文献中典范的唐代民族文学作品还有进一步挖掘的空间。受制于既往的民族知识和文学观念,学者们对于唐代民族文学的范围认识过于狭隘,以至于难以发现相关的作品。事实上,如果系统梳理传世文献,辅以更为灵活的民族观念,唐代民族文学作品量能在很大程度上扩充。除了典范的诗文材料外,其他一些文类也可以进一步扩大范围。如唐代数量丰富的笔记小说,

---

① 林宝撰,岑仲勉校记,郁贤皓、陶敏整理,孙望审订:《元和姓纂》卷七,中华书局,1994年,第1148页。

其中不乏典范的民族文学作品。如《酉阳杂俎续集》中记录的故事《叶限》，文末说："成式旧家人李士元所说。士元本邕州洞中人，多记得南中怪事。"①这就是非常典型的一个南方民族口头文学作品。另外，古典图书分类系统下，除了集部的文献，经、史、子三部中也有相当数量的唐代少数民族著述，从"大文学""杂文学"的观念看，这些著作也有重要的文学价值。尤其值得关注的是佛、道二藏文献。中古时期，非汉人出身的各族高僧、高道翻译、纂述、笺释的佛、道典籍众多。唐代梵僧、胡僧译经情况，以《贞元新定释教目录》"总集群经录"著录统计，武德元年至贞元十六年，"传译缁素已有四十六人，所出经律论及传录等，总四百三十五部二千四百七十六卷"②，其中非汉族高僧作品25人、255部、605卷，分别占到50%、59%、24%。其中不乏文学水平高、研究价值大的作者和作品，如不空、法藏等高僧的著述今人已有整理。

传世文献之外，新出文献是唐代民族文学史料有待挖掘的"富矿"。新出文献的范围很广，包括新出土、新出版、新发现的文献。与唐代民族文学关系比较密切的是敦煌文书和新出石刻文献。下面试从敦煌、吐鲁番等地出土文书及其他一些特殊新出史料举例说明。

敦煌、吐鲁番等地出土文书中保存了丰富的民族文学资料，其中有数量不少的民族语言（包括于阗文、梵文、粟特文、突厥文、回鹘文、古藏文等等）文书，体裁包括书信、诗歌、散文、戏剧等等，是最典范的民族文学作品。比如敦煌写卷Or.8212、Ch.00269、P.2027、P.2786上的于阗语韵文书简，"文句大体相同或相似，和汉

① 段成式撰，曹中孚点校：《酉阳杂俎续集》卷一，《唐五代笔记小说大观》本，上海古籍出版社，2000年，第714页。
② 圆照：《贞元新定释教目录》卷一一，《大正新修大藏经》第五十五卷，新文丰出版公司，1983年版，第852页。

人的一些书仪类似,有些写本有具体内容,大多是在敦煌的于阗人写给家乡父母或师长的问候信,也是于阗语文学作品的组成部分"①。粟特文写卷文学作品,如中国人民大学博物馆藏和田出土的粟特语书信(编号GXW0114),可以看出汉语书信格式影响的地方②。粟特语文献中还有一些佛教文学作品③,如《须达拏太子本生经》,是佛陀前世故事,约1500行,篇幅宏富,蔚为壮观;还有一些仪式文献,如法国国家图书馆藏祈雨文书(编号Pelliot sogdien 3),其中包括一段"风神之诗",引起了国内外学者的重视④。新疆哈密出土的回鹘文写本《弥勒会见记》,是一部包括二十七幕的佛教原始剧本,被称为"我国维吾尔族的第一部文学作品,同时也是我国民族(包括汉族)现存最早的剧本"⑤。诸如此类的民族语言文献为国际汉学的研究热点,有待系统整理观照。

　　敦煌吐鲁番文书中保存的大量汉文学作品不少出自少数民族作家手笔。其中一些依托于各种宗教文献存在,比如《摩尼教残经》《下部赞》《大秦景教宣元本经》等"三夷教"经典,或为内迁胡人辗转引介、转译、转述,其中不乏珍贵的文学资料⑥。一些则为

①　荣新江、朱丽双:《于阗与敦煌》,甘肃教育出版社,2013年,第366页。
②　毕波、(英)辛威廉:《中国人民大学博物馆藏和田出土粟特语文书》,中国社会科学出版社,2018年,第18—27页。
③　参见(日)吉田丰:《佛教相关粟特文献简明参考目录》(*A handlist of Buddhist Sogdian texts*),《京都大学文学部研究纪要》2015年第54期,第167—180页。
④　参考胡晓丹《从敦煌粟特文书P3看中古祈雨术中的多元文化因素》,《唐研究》第二十二卷,北京大学出版社,2016年,第457—491页。
⑤　耿世民:《古代维吾尔语佛教原始剧本〈弥勒会见记〉(哈密本)研究》,《文史》第12辑,1981年;收入《回鹘文哈密本〈弥勒会见记〉研究》附录,中央民族大学出版社,2008年,第594页。按:哈密本《弥勒会见记》成书时间有争议,上限到8世纪,下限到11世纪,比较公认的说法是8至9世纪之间。
⑥　参见胡晓丹《摩尼教离合诗研究》,上海古籍出版社,2023年。

典范的诗文作品，如敦煌词《献忠心》调"臣远涉山水""募却多少云水"，《赞普子》"本是蕃家仗"，以及失调名"（上缺）褰旧戎装，却著汉衣裳"残篇，从情调、口吻和内容都表现出周边民族对大唐的向化之意，一般认是西北少数民族文人献给汉族权臣的作品①。另外，敦煌文书中还保留了不见于传世文献的唐代少数民族人物诗歌，比如突厥族裔哥舒翰《破阵乐》、浑惟明《谒圣容》，沙陀后唐皇帝李存勖《皇帝癸未年膺运灭梁再兴（缺四字）迎太后七言诗》等。诗歌之外，其他文学类型作品在敦煌吐鲁番文书中也有丰富的遗存，其中不乏隋唐时期胡族作家的作品，如薛道衡的《典言》、陆法言《切韵序》、白行简《天地阴阳交欢大乐赋》；还有作者不详但涉及对象为胡族的，如《回鹘上后梁表》《康大娘遗书》《归义军节度使曹致蕃官首领书》，等等。

　　敦煌吐鲁番文书中还保留了边裔地区胡族学习汉文学的一些痕迹，很多习字、抄书写卷上有胡族人物题名。如吐鲁番文书有唐景龙四年卜天寿抄《论语郑氏注》《十二月新三台词》及五言诗，在抄书空白处他还作了一首"打油诗"②。卜氏本为匈奴贵姓，卜天寿或为当地的少数民族，从这一文书中可以看出他学习汉人诗文的具体情况。近年新获吐鲁番文书中，也有一件唐代西州时期抄写佚名五言诗及隋代岑德润《咏鱼》诗的习字残卷③，可能出自西州学生，反映了中原诗文在当地的传播。

　　新出文献也包括近现代以来新发现、整理的谱牒文献、地方志文献、民族志文献、域外文献等等。比如当代民族学者整理的彝族

---

① 伏俊琏：《敦煌文学总论》，甘肃教育出版社，2013年，第39页。
② 唐长孺主编：《吐鲁番出土文书》（叁），文物出版社，1992年，第582—583页。
③ 李肖、朱玉麒：《新出吐鲁番文献中的古诗习字残片》，《文物》2007年第2期。

诗学著作《彝族诗律论》《彝族诗文论》等等,研究者认为可能成书于魏晋至唐宋时期①,已写入一些民族文学史中。类似的民族志文献、民间文学文献也是唐代民族文学史料应该关注的。

除了文字资料,新出土文物中还有一些与文字具有"互文"关系的资料,与民族文学研究密切相关,比如墓葬图像、雕塑、器物、遗址等等"历史文物"也属于"史料"。有学者发现,族群观念、记忆集体,常常通过各种媒介,"如实质文物(artifact)及图像(iconography)、文献,或各种集体活动来保存、强化或重温"②。换言之,这些"历史文物"也能发掘其中的族群文化和观念,是民族文学史料"多重证据"链条中的重要环节。

二、唐代民族文学史料"家底"的整体观察

经过传世文献与出土文献的充分挖掘,现在可以对唐代民族文学史料的"家底"进行一个整体观察。诗人和诗作的情况,我们初步统计了《全唐诗》《全唐诗补编》及新出文献中可考唐代少数民族诗人及其作品数量的情况,得少数民族诗人200余位,作品6000余篇(残句视为一篇)。根据尚永亮师对唐代诗人3228人、诗

---

① 何积全将两书作者的时间都上推至魏晋南北朝到唐这一段时间,参见《一部别具特色的彝族文艺理论著作——谈〈彝族诗文论〉》(《民族文学研究》1987年第6期)、《浅谈彝族古代诗学专著〈彝语诗律论〉》(《民族文学研究》1989年第1期)。另外,巴莫曲布嫫认为绝大多数彝族文献文本、版本年代具有模糊性,作者身份多为佚名,这导致了彝文古籍文献年代都具有不可考性,其上下年限应以彝文字的成形并运用于文献记载为上限的起点(因其具体年代的复杂性,迄今学界尚无定论),下限以新中国成立的1949年为止,参见《鹰与诗魂——彝族古代经籍诗学研究》,社会科学文献出版社,2000年,第84—85页。

② 王明珂:《华夏边缘:历史记忆与族群认同》(增订本),浙江人民出版社,2013年,第25页。

50454首的统计①，则少数民族诗人、诗作分别占比6%、12%。这算是一个比较亮眼的数据，真实的体量应还在其上。当然，作品数量主要是因为三大诗人白居易（西域胡）、元稹（鲜卑）、刘禹锡（匈奴）的加持（李白族源争议较大未算进去）。但是即便扣除三大诗人，剩下的作品也是相当可观的。

　　唐代少数民族散文及作者的情况，我们也作了初步调查。《全唐文》（包括《唐文拾遗》《唐文续拾》）1088卷，收录唐五代文章共23029篇，作者3532人②；陈尚君《全唐文补编》178卷，补文近7000篇，作家2600余人③。二者合观之，唐文1266卷、30000余篇，作者6100余人。其中，可考少数民族作品约100卷、3700篇，作者290余人，分别占9%、12%、5%。因为族属判断采取相对较严的标准，加之学力所限，未被识别的应该还有不少，所以真正的比例应该更高。另外，近年新出墓志中也发现了数量可观的少数民族作者，经过大致的梳理，计270余人、320余篇。随着研究的推进、新出墓志的不断涌现，这个数字应该还会不断增大。如果考虑特殊的作品如佛教经、律、论、文史著述，相关文献量还可以进一步扩充。

　　上面统计的作品、作者情况，可以说就是唐代民族文学研究基本史料的"家底"了。进一步而言，数据背后还有一系列问题值

---

① 尚永亮：《数据库、计量分析与古代文学研究的现代化进程》，《文学评论》2007年第6期。按：唐代诗歌作品和诗人数量一直是比较模糊的，加之重出互见问题严重，准确统计数字存在难点。另外，新出土墓志中亦偶见新出唐诗及其作者，也在不断修正唐诗及诗人数量。

② 统计数据参见叶树仁《谈谈〈全唐文〉及其索引》，《四川图书馆学报》1985年第6期。

③ 参见戴伟华、赵小华《现代学术与传统考据学——陈尚君教授〈全唐文补编〉及其相关成果的意义和方法》，《中国文哲研究通讯》2006年第2期。

得探究，比如唐代民族文学发展的族群差异、代际变迁、社会分层、地域结构、文学样式特点等等。这些问题与不同民族、部族内迁的时间和规模、汉化进程、家族文学积累、地域文学熏习等因素有关。以往对这些问题的探讨都是从个案的角度展开，就是因为对于史料的掌握不够全面。现在有了这样一个"家底"，就可以进一步验证有关唐代民族文学的宏观问题。

结　语

前文对唐代民族文学的研究现状、理论背景、史料基础进行了简要概述，力图勾勒出唐代民族文学研究的基本框架。然而，研究轮廓越来越清晰，研究对象和方法固化、窄化、平化的问题也会随之而来。放眼未来，融通或许才是唐代民族文学研究的出路。

其一，少数民族文学与古代文学学科的融通。唐代民族文学研究辐射范围非常大，从目前的学科归属看，除了历史学、宗教学、艺术学等较远学科下的一些方向，至少涉及古代文学、少数民族文学、比较文学、现当代文学、文艺学等文学二级学科，前二者的关系尤密切。中国古代文学研究底蕴厚重、范式成熟，少数民族文学研究视野尖新、理论前沿。如何调和这两种研究路径，充分发掘"民族"与"文学"之间的深层关联，是未来要着力突破的。

其二，历史情境与历史规律的融通。社会历史情境是人物、事件的表象，历史规律则是蕴藏其中的脉络和逻辑，王明珂称前者为"文本"，而以后者为"心性"。文学现象的产生、演变有自身特殊的规律，民族因素直接或间接产生影响。以往的学者曾试图从宏观的角度揭示文学思潮、文体特征、作品风貌与民族文化、民族融合的关系，虽然取得了不少成绩，但难免隔靴搔痒。尽管如此，追问也不能停止。揭示事物或现象的本质或特质,往往在于微观情境。在文学的"民族性""民族特质"等问题上,不同民族(族群、家族)的特征迥异,在不同时代、地域的呈现形态也不同,可能难以勾勒出一个清晰的整体画像,但通过微观情境的不断解读,或许可以不断接近"真像"。

其三,外部研究与内部研究的融通。回顾唐代民族文学的研究历史会发现,围绕民族作家的人物研究和围绕作品的民族文化研究一直占据着主流,而文学作品的语言艺术、文体文风、审美特质是否有"民族性"因子并没有被挖掘出来。即便放眼整个文史学界来看,民族研究都极少突破到文学作品内部,而往往停留于作家问题和作品外围研究或"以诗证史"的层面。由民族文化进入民族作家的生平履迹、文化熏习、民族心理,进而深入到文学作品体裁、题材、风貌、思想,将外部研究和内部研究融通是民族文学研究的重要任务。

其四,各民族文学的融通。唐代民族文学的落脚点并不是"揭示"出一个完全孤立的、独树一帜的民族文学,这不符合历史的真实。强调研究有主体性也并不是有意割裂和区别各种"民族文学"现象,而是为了勾勒相对清晰的研究框架。历史上多民族文学的互动和融合过程非常复杂,"你中有我、我中有你"是常态。"中华文学""多民族文学""重绘中国文学地图"等文学史观都曾试图理顺汉文学与少数民族的关系,但或多或少带有理论先行的意味,文学史叙述和具体研究落实任重道远,各民族文学关系融通将是民族文学研究的长期目标。

第二章　百年李白、白居易"氏族"争议与唐代"民族—文学"研究

在中国文学史上,李白、白居易两位大诗人谜一样的民族身份是学者津津乐道的话题,相关争议已持续百年。众多唐代文史研究者参与了讨论,提出了李白为"突厥人""西域胡人""氐人""外国人""鲜卑化汉人""突厥化汉人",白居易为"蕃姓""龟兹人""西域胡姓""步落稽人"等多种观点,影响广泛。以两大诗人的"氏族"问题为支点,现代意义上的"民族—文学"研究得以开启,并逐渐形成了一套学术范式。百年中两大诗人"氏族"研究,既是多学科的竞赛,也是学术方法的升级,还是社会思潮的涌动,回顾这段学术史对确立唐代文学乃至整个古代文学研究的"民族范式"具有重要参照意义。

第一节　李白、白居易"氏族"公案始末

李白、白居易"氏族"问题自20世纪20年代进入学术讨论,一直持续到当下,先后出现多次高潮。参与学者之多、涉及领域之广、取得成绩之丰,在现当代学术史上具有相当的代表性。具体到不同时期、不同的学者(群体),论点和论据有很大差异,下面就其

关键时期和学者进行概述。

一、李白"氏族"公案

李白"氏族"问题是由其出生地引出的。古人关于李白籍贯就有多种说法，20世纪二三十年代这个问题的讨论出现一个小高潮，其中李宜琛直倡李白生于西域说[①]，其关键证据是李白生年证其生于流放地碎叶（即"条支"），而钟少祥则在旧说基础上另辟民籍陇西、军籍西域、寄籍蜀说[②]。陆侃如、冯沅君也通过李白生年定其籍贯为西域[③]。事实上，李白生年古人年谱已有成说。王琦编李白年谱已有李白生于其家广汉前之疑[④]，西域说呼之欲出。西域说虽指向李白籍贯，却直接引出其"氏族"问题。

李白民族身份问题真正的提出者是冯承钧。30年代初，他在《唐代华化蕃胡考》中将李白列入"八九成属外来血统者"，并据李阳冰《草堂集序》中"条支"信息认定李白生于大食。又引李珣作为蜀中有西域人旁证。但冯氏声明："为慎重起见，疑而未决之人，暂不列入蕃胡之列。"[⑤]并没有把李白为胡人说坐实。

在冯承钧稍后，陈寅恪提出了李白生于西域、其先世本为西域胡人说[⑥]。其内证包括：隋末谪居、凉武昭武后裔说皆为诡称伪托；据李白生年推算他生于西域，至中国后方改姓李；白父名"客"是西域之人名字不通于华夏，以"胡客"呼之，遂取为名。外证有：六

---

①　李宜琛：《李白的籍贯与生地》，《晨报副镌》1926年5月10日（第56期）。

②　钟少祥：《李白籍贯考》，《飞虹半月刊》1929年创刊号。

③　陆侃如、冯沅君：《中国诗史》（卷中），大江书铺，1931年，第730—731页。

④　李白著，王琦注：《李太白全集》卷三五，中华书局，1977年，第1573—1574页。

⑤　冯承钧：《唐代华化蕃胡考》，《东方杂志》1930年第27卷第17号。

⑥　陈寅恪：《李太白氏族之疑问》，《清华学报》1935年第1期。

朝、隋唐时代蜀汉为西胡行贾区域,有西胡人种往来侨寓,《续高僧传》中释道仙、慧岸,杜甫夔州诗中"贾胡"可为证。陈寅恪此论颇为简略,但点出了几个关键问题,其后他又做了一些补充①。此后,詹瑛在其基础上进一步作了完善和扩充②。李白西域胡人说遂成为一段重要的学术公案。

　　陈寅恪西域胡人说之后,李白"氏族"问题又出现了新的方向。《逸经》杂志1936年先后刊载了胡怀琛《李太白的国籍问题》《李太白通突厥文及其它》二文,辨正文献中李白先世流寓之"条支""碎叶""西域"所指,提出其地为呾逻私城(呵达罗支国),而李白则为突厥化程度很深的中国人。他还从李白形貌特征、子女奇特的命名方式、通突厥文等角度补充了李白突厥化的证据。同年,《逸经》还先后发表了幽谷《李白与宗教》《李太白——中国人乎?突厥人乎?》二文,在胡氏基础上进一步论证了李白与突厥的关系,断定李白为中国化的突厥人,并且抛出了李白与景教关系的多条"证据",包括《上云乐》中表明他对景教的经典、历史、教义和仪式非常熟悉,李白名子女名"颇黎""明月奴"有景教的背景,李白与景教徒郭子仪关系颇密,等等。

　　四五十年代,李白氏族问题的讨论进入了一个转折、反思期。先是李长之在《道教徒的诗人李白及其痛苦》中对李白为外国人的观点进行了批评,提出了"华侨"说。然而书中张扬异国情调主宰李白精神的观点,却给李白与"外国"和"胡"的关系涂上了浓重的

①1939年陈寅恪在昆明完成《隋唐制度渊源略论稿》,书中论何稠家族与蜀中西域胡人通商及居留关系,亦引李白为证。1950年7月,陈寅恪为《周叔弢先生六十生日纪念文集》提交《书唐才子传康洽传后》,对李白凉武昭王之裔、武则天篡除李唐宗室时迁谪西域之论进行了驳正。
②詹瑛:《李白家世考异》,《国文月刊》1943年第24期。

粉装①。同时期杨宪益还提出了李白为氐族人的观点②，为前人所未曾发。进入50年代，回归古说、否定此前突厥、胡人说的文章渐多。如蓝文徵曾列举六大理由力证李白虽归自西域，但毫无胡人假冒国姓的嫌疑③。俞平伯也撰文对胡怀琛、陈寅恪、幽谷等人的学说进行了回应，基本上赞成李白为中国人说④。

李白族源问题再一次成为学术焦点，是郭沫若《李白与杜甫》的出版（1971年）。他站在批判陈寅恪西域胡人说上立论，先否定其碎叶地望的判断，继而反驳其先世因罪窜谪之论，最后集中批判了其"西域胡人"说。陈寅恪关于李白氏族的观点只见于几处短札中，没有系统论述，所以存在不少证据链断裂之处。郭沫若抓住了其中漏洞，进行了更为充分的举证，因而其批评是很有力的，切中陈说要害。

郭书出版以后，国内李白为西域胡人说一度偃旗息鼓，但国外仍有持续的火花。日本学者松浦友久在70年代抛出了李白"异族说的再研究"，又站在批评郭沫若的立场上申论。他列举了五大论据力证李白是诞生于西域的异族，但确切民族身份难以断定，不大可能是印度系与伊朗系、阿拉伯系，而可能是与汉族同一个系统的蒙古系或者蒙古系与波斯混血的少数民族⑤。其论据、论证并没有太多新样，结论也没那么坚定，但可以说是李白"氏族"问题的总结

---

① 李长之：《道教徒的诗人李白及其痛苦》，商务印书馆，1940年，第7—8页。
② 杨宪益：《零墨新笺：李白与菩萨蛮》，《新中华》1945年第10期。
③ 蓝文徵：《李白的氏族与籍贯》，《民主评论》1954年第16期。
④ 俞平伯：《李白的姓氏籍贯种族的问题》，《文学研究》1957第2期。
⑤（日）松浦友久：《李白における生地と家系——異民族説の再検討を中心に》，原载早稻田大学中国文学会编《中国文学研究》1978年第4期，译文参见刘维治、尚永亮、刘崇德《李白的客寓意识及其诗思——李白评传》，中华书局，2001，第19—55页。

性研究。

70年代以后,李白"氏族"问题向更广阔的民族文化关联方向拓展。1973年美国学者艾龙(Elling O.Eide)撰写了一篇关于李白的文章,阐述了突厥文化或说中亚文化在李白身上的烙印,重点对李白及家人"客""太白""伯禽""颇黎""明月奴"等人名进行了突厥语的转译①。艾龙在哈佛大学接受过多种语言和中亚史地之学训练,所以从中亚、突厥文化来考察李白家世问题也卓有新见②。稍后,周勋初对于李白的研究也从西域胡人身份延伸到更多西域文化层面,产生了广泛的影响。他通过对李白家人名字及其他行为的考察,认为李白出身于一个由西域迁来的受胡族文化影响很深的家庭,但不是纯粹的胡人③。此后他将这一论点进行延伸,融入《诗仙李白之谜》《李白评传》等著作。在后书中还特辟"李白为胡人说辨正"一节,认为:"李白的种族问题很复杂,不能轻易作出结论……他虽不是西域胡人,却是一位受胡族文化影响很深的汉族诗人。"④这成为学术界的主流观点。

80年代李白"氏族"问题还引申出一个新方向。张书诚在旧说基础上提出李白是西汉李广、李陵、北周李贤、隋朝李穆这一支陇西成纪李氏后裔。其关键的证据包括:《周书》《北史》及出土墓志李贤、李穆等人传记中记载其先世为陇西成纪人,李陵之后;大业十一年家族发生血案,族人"俱徙边徼";李白自述、李阳冰《草

---

① (美)艾龙:《论李白》(*On Li Po*),收入(美)芮沃寿、(英)杜希德编《唐朝面面观》(*Perspectives on the T'ang*),第367—404页。

② 参见秦寰明《美国研究李白的专家艾龙(Elling O.Eide)先生》,收入《中国李白研究》(二〇〇〇年集),安徽文艺出版社,2000年,第455—462页。

③ 周勋初:《李白及其家人名字寓意之推断》,收入《中国李白研究》(一九九〇年集·上),江苏古籍出版社,1990年,第167—181页。

④ 周勋初:《李白评传》,南京大学出版社,2005年,第42页。

堂集序》、范传正《李白新墓碑》皆因此难言之隐而在先世问题上闪烁其词①。尽管存在争议，他的这一发现在当时的学术背景中是有开拓意义的。李贤一族"胡化"痕迹明显，姚薇元在《北朝胡姓考》中曾证其为高车叱李氏，考古发现宁夏固原南郊李贤夫妇墓、西安李静训（李贤曾孙女）墓，也证明李贤家族与胡族的密切联系。与李贤家族的联系成为李白民族问题的新线索，已有不少学者注意到②。

　　进入21世纪，李白族源问题又一次成为热点，20世纪前半段讨论过的一些问题通过各种方式"复兴"。新的学术方法和资料推动了学术界对李白民族问题的反思，产生了一些修正或重释旧说的成果，如陈磊对李白家世的新考。他根据李阳冰《序》"谪居条支，易姓与名"中"与"一作"为"异文，将其联系到突厥人有名而无姓的风俗，由此出发他找到了李白父子名字新的突厥对音和涵义。他还对李阳冰《序》中"惊姜之夕，长庚入梦"的故事进行了新的阐释，认为这个故事的本质是李白之母与一位以"星"［krx］为名的突厥人交媾受孕的降生故事，这与突厥化粟特人安禄山相似，都源于北亚民族"感光而妊"故事原型。其结论认为："李白的种族至少是中亚突厥化的某种胡汉混血人，他的相貌与唐人没有太大的不

---

① 张书诚：《李白先世之谜——论李白属西汉李广、李陵，北周李贤，隋朝李穆一系》，原刊《唐代文学论丛》第8辑，陕西人民出版社，1984年，第55—77页。另外他还有多篇文章从不同的角度丰富、完善上书文中观点，结集为《李白家世之谜》，兰州大学出版社，2000年。
② 如齐东方《从李贤、李静训到李白——考古发现与李白先祖》，载朱玉麒、周珊主编《明月天山："李白与丝绸之路国际学术研讨会"论文集》，国家图书馆出版社，2018年，第1—12页。

同。"①这一研究参考了当代国内外突厥学、粟特学的诸多成果,而且有耿世民、李鸿宾、石云涛、钟焓等历史学者的加持,具有相当的说服力,也显示了当代学者在这一问题上更为广阔的视野。

综上所述,百年来李白民族身份出现过"突厥""突厥化汉人""西域胡人""氏族""外国人""胡汉混血儿"等多种学说。因为缺少直接证据,这些说法多为李白与民族文化研究的衍生观点,并未成为定论。

二、白居易"氏族"公案

与李白稍有不同,白居易的"氏族"问题由其姓氏和世系引发。20世纪30年代,冯承钧、向达曾从语源学反复讨论过龟兹白姓问题②,其中就涉及白居易。冯氏说了一段比较模糊的话:"中国的白姓这一类姓,当然是与龟兹毫无关系,不能效白香山把白公胜、白乙丙拉来通谱。"③大体上是暗示白居易非龟兹胡族。同期刘盼遂加入讨论,引日本学者的观点,以白居易为蕃姓④。白居易龟兹族源更为详备的论述是姚薇元《北朝胡姓考》(1936年完成,1958年出版)。姚氏先考证西域白氏为龟兹族,原居白山,以山名为氏;再证龟兹与中国除政治关系外,宗教、音乐也有紧密联系,故

---

① 陈磊:《李白的家世与幽州之行》,载《中国边疆民族研究》第四辑,中央民族大学出版社,2011年,第35—56页。
② 向觉明:《论龟兹白姓》,《大公报》1930年11月10日0011版;冯承钧《再说龟兹白姓》,《女师大学术季刊》1931年第2期。
③ 冯承钧:《再说龟兹白姓》,《女师大学术季刊》1931年第2期。
④ 刘盼遂:《唐代白氏为蕃姓之史料二事》,《女师大学术季刊》1930年第4期。按:日本学者以白氏为蕃姓的观点,代表是桑原骘藏,其《隋唐时代西域人华化考》(日文版1926年刊出)列白氏为蕃姓条,但指出白敏中"系纯中国人",参见何健民译本,中华书局,1939年,第109页。

龟兹沙门及乐工之来中土者颇不乏人;最后指出唐宰相白敏中亦龟兹族人。其关键的证据是《唐摭言》中白敏中自称"十姓胡中第六胡"及《北梦琐言》中崔慎由称白敏中为"蕃人"、白氏为"蕃姓"。姚氏由此指出:"据此,是白敏中曾自称为'十姓胡',且被斥为蕃人,其出自胡族无疑。按十姓胡即西突厥。龟兹曾役属于西突厥,即西突厥十姓中之鼠尼施部也。"①由白敏中推及其从祖兄白居易也是龟兹人。

40年代,陈寅恪在《白乐天之先祖及后嗣》一文中也注意到白居易家族世系和氏族问题,并补充了一个意见:

> 鄙意白氏与西域之白或帛氏有关,自不俟言。但吾国中古之时,西域胡人来居中土,其世代甚近者,殊有考论之价值。若世代甚远,久已同化,至无何纤微迹象可寻者,则止就其仅余之标识即胡姓一事详悉考辨,恐未必有何发见。而依吾国中古史"种族之分,多系于其人所受之文化,而不在其所承之血统"之事例言之,(见拙著《唐代政治史述论稿》及《隋唐制度渊源略论稿》)则此类问题,亦可不辨。故谓元微之出于鲜卑,白乐天出于西域,固非妄说,却为赘论也。

这一观点比较通达,代表了白居易胡姓家族的"过去时",是一个画句号的论述。但论文后面论证白居易父母婚姻问题时,又抛出一个结论:

> 总之,乐天先世本由淄青李氏胡化藩镇之部属归向中朝。其家风自与崇尚礼法之山东士族迥异。如其父母之婚配与当日现行之制礼(开元礼)及法典极相违戾,即其例也。后来乐天之成为牛党,而见恶于李赞皇,其历史之背景,由来

---

① 姚薇元:《北朝胡姓考》(修订本),中华书局,2007年,第400页。

远矣。^①

此处关于白居易先世与淄青李氏胡化藩镇部属的关系^②，让白居易家族的民族问题变成了"现在时"。陈氏前后二说并不容易调和，反映了他对于白居易族源问题的矛盾想法。

此后，白居易族源的论述基本上是在姚、陈之说（前说）上展开。如顾学颉主张"白"是汉化胡姓之一，由于唐代"胡姓"被轻视，不能和"世族""门第"平等，白居易编造祖先与刘禹锡编造一套假祖先类似，都有苦衷^③。另外，马长寿《北狄与匈奴》（1962）中也持白居易为龟兹胡的后裔说，其后在研究关中碑铭中的部族时有更为详细的论述。他根据渭南县渭河北岸发现的北周开成二年九月《合方邑子百数十人造像记》中支氏、白氏等西域胡姓的混杂情况，论证了白居易家族"关中—太原—关中"的迁徙路线^④，解决了白居易家族族源的关键问题。

蹇长春在2002年出版的《白居易评传》中，对于白居易族源问题也有比较全面的回顾，同时提出了一些关键问题：其一，西突厥十姓部落中，鼠尼施实居左厢第五啜，白敏中诗句中"第六胡"落不到实处；其二，从西域龟兹王族白姓，到家于韩城、下邽的白居易、白敏中一族，这两者之间的中间环节，即其先世何时内迁中土，以

---

① 原载《清华学报》1948年第1期。据蒋天枢《陈寅恪先生编年事辑》（增订本），该文完成于1944年，后收入《元白诗笺证稿》，文字稍改动。

② 陈氏此说源于白居易《襄州别驾府君事状》："建中元年，授彭城县令。时徐州为东平所管。属本道节度使反……公与本州刺史李洧潜谋，以徐州及埇口城归国。"但此事为偶然事件，未见白居易家世与山东、河北有更多联系。

③ 顾学颉：《白居易世系、家族考》，收入《顾学颉文学论集》，中国社会科学出版社，1987年，第16—52页。

④ 马长寿：《碑铭所见前秦至隋初的关中部族》，广西师范大学出版社，2006年，第53—54页。

及汉化过程及世系,仍模糊不清;其三,若依陈寅恪论,白居易家族存在追认白建为近祖问题。因为有这些疑问,所以他最终采取了折中的观点,认为白氏出自西域胡姓(即白氏与西域之白或帛氏有关)①。这实际上是否认了姚薇元的龟兹说,而退到了陈寅恪那里。

从20世纪二三十年代白居易的族源问题被提出,到21世纪初相关问题形成了相对稳定的结论(以蹇长春的《白居易评传》为标志),相关讨论主要停留在白居易及其家族文化表象上,对这些问题进行大胆开拓的是华裔学者陈三平②。陈氏明确标举白居易龟兹血统说,其主要证据前人多已提及,但他进行了更为广阔的语言学、文化学阐释,带有浓郁的欧美汉学作风。尽管其论证不免"猜谜"的嫌疑,但确实将前人翻炒的问题引向深入。正如梅维恒为该书所写序言中说的那样,并不是每个人都能全盘接收其研究成果,但却不能坐视不理。

最近,冯培红先生通过对中古时期步落稽人历史文献和考古资料的细密梳理,并结合自己的实地考察,重新对白居易家族的龟兹族源和迁徙路线问题进行了考论,提出白居易家族极有可能是从龟兹东迁的步落稽人说。步落稽本是中古时期一个包括西域胡、匈奴等族在内的民族杂合体,代表有龟兹白氏和鱼国鱼氏等。在东迁过程中,白氏和鱼氏在同州、晋阳、太原等地区聚集,形成了势力集团和混融共生关系,并遗留到当代。③这是白居易身份之谜最新也是最详尽的研究。

白居易民族身份龟兹说、西域胡姓说产生后,也不乏反对意

①蹇长春:《白居易评传》,南京大学出版社,2002年,第8—19页。
②(美)陈三平:《中古时代中国的多元文化》(*Multicultural China in the Early Middle Ages*),宾夕法尼亚大学出版社,2012年。
③冯培红:《鱼国之谜——从葱岭东西到黄河两岸》,甘肃教育出版社,2023年。

见。比如白居易与白道猷的关系前人多有辨析。还有学者提出崔慎由污白、毕、罗、曹为"蕃人"有门第观念和党争私怨因素在其中①。但白敏中自称"十姓胡中第六胡"等线索仍未能驳倒。近年来新出白居易家族墓志，也推动了白居易族源问题的新进展（参考本书第十二章），学术界基本倾向于认定其西域胡姓的身份。

第二节　李白、白居易"氏族"公案的社会文化及学术背景

李白、白居易的"氏族"在20世纪20年代以前并不是学者关注的问题，相关争论的兴起、发展、高潮、式微，从本质上讲是现代学术研究进程中的现象，然而也与现当代民族观念的转型和社会思潮的涌动同频共振。

一、民族观念变迁与两大诗人"氏族"研究话语奠基

中国古代民族关系错综复杂，古典文献中概念表述也异常繁多。近代以来，"种族""民族""宗教"等概念输入或兴起迫使民族研究学者们在观念上和话语上作出转型，这一过程离不开有中西交通因缘的早期先贤。李白、白居易"氏族"问题的早期倡导者和后来的坚定支持者，或原本为国外学者，或为有西学背景的中国学者。他们进入这一话题的契机多是中外关系史或西域史地研究，其中的代表人物冯承钧、向达、陈寅恪等，人已熟知，即其中一些"彗星式"的学者也是如此。如李白突厥人说的关键人物幽谷，本名董健吾，上海市青浦县人，毕业于上海圣约翰大学，曾任圣彼得

---

① 文艳蓉：《白居易生平与创作实证研究》，上海古籍出版社，2016年，第18—25页。

教堂牧师,主持西安圣公会事务。1927年加入中国共产党,以牧师身份从事党的秘密情报和联络工作。其人生平传奇,学术经历也很复杂。他之所以将李白族源和景教联系在一起,与其信徒身份有关。董健吾本人是基督教义的重要研究者和传播者,曾为《圣公会报》主笔。在他之前,国外基督教徒和国内学者对于景教已经有较多的研究,尤其是景教碑。如上海徐家汇院院长法国人夏鸣雷(Henri Havret)的《景教碑考》三册(1902年出版完)。不少景教研究的论文也是在《圣公会报》上刊载的。可见他对李白与景教之关系的研究渊源有自。幽谷虽然没有冯承钧、向达等人出国的经历,但他因为基督教的纽带,接触了中西文化交通中具有重要意义的宗教领域,并通过李白这一案例表现出来。

随着近代民族观念的推广以及中西学术观念的碰撞,20世纪二三十年代历史学领域兴起了一股民族史撰写之风,开启了重新审视古代民族问题的热潮,其中族源的辨析就是一个重要研究点。可能是因为历史学的特殊原因,这些研究并没有全盘接受当时兴起的现代"民族"概念,而更多采用了复古或者混合的表述。当时有一批研究中古已降"氏族""种族"的论文,如孔德的元结研究,刘盼遂、陈寅恪的李唐皇室研究,都采用了"氏族"一词。同时或稍后,周一良、姚薇元、唐长孺等,也从传统的姓氏、族源角度对中古民族问题进行了深广拓展。陈寅恪《魏书司马叡传江东民族条释证及推论》(1944年),比较多地使用了"民族""非汉族"等概念,是历史学界新旧民族观念融合的重要痕迹。也正是在这一学术环境中,产生了李白、白居易等人"氏族"问题的研究。

20世纪20年代以来历史学领域中的"氏族""种族"研究,在新中国成立以后逐渐退出学术话语,取而代之的是更为通行的"某某民族""少数民族"及"华夏边缘""族群"等概念。不可忽视的是,这些概念和方法都有特殊的"出身",在阐释唐代文学现象的时候存在一定隔阂。一个尴尬的情况就是,七八十年代以来兴起的各种少数民族文学史(通史、断代史、分族别文学史、分体民族文学史)在唐代都出现了"空白",反倒是历史学领域(包括中外交通史、民族史、边疆史地等等)为唐代民族文学研究保留了一线生机。七八十年代以后两大诗人族源问题重新成为热点,也是在历史学领域及文史结合程度非常高的一些学者手上实现的。

二、大众化社会思潮对两大诗人"氏族"热点的推动

两大诗人"氏族"之争的起源和发展,当时的社会思潮尤其是学术层面之外的大众趣味起到了很大的推动作用。周勋初先生曾纵向考察20世纪李白"氏族"研究的背景指出:"李白究竟是汉人还是胡人,这一具体问题,本应限在学术的层面上进行探讨,只是由于东西文化的碰撞,新旧观念的冲突,也就决定了这一复杂问题只能在这一特定的时代发生,并在激烈的论争中折射出时代观念的剧烈变化。"[①]他以陈寅恪、胡怀琛、郭沫若等人的学术著作为例,分析了中国文化西来说、新中国成立后民族主义情感等因素对李白民族身份研究的影响,对考察百年李白、白居易"氏族"公案的演变具有启示意义。

20世纪二三十年代以来,李白等诗人"氏族"问题被关注与报刊媒介的兴起密切相关。以胡怀琛为例,他在《李太白通突厥文及其它》一文中说过一段话:

前次在逸经社遇到林语堂先生,和他闲谈,他也说李太

---

① 周勋初:《李白族系之争的时代背景》,《古典文献研究》第五辑,江苏古籍出版社,2002年,第27页。

白的诗和他国籍有关。林先生又说：唐代的文艺，非常的发达；除了诗，就是颜鲁公的字，王摩诘的画：都是特出的作品。这些都疑和外来的文化有极密切的关系。林先生的见解自然是很高，我是极同意的。[①]

胡氏拉林语堂为自己的中国文化外来论说站台，是有的放矢的。一方面，林氏以中西文化比较论说著称于时；另一方面，林氏也是《逸经》的重要策划者。《逸经》创刊号上有林语堂《与又文先生论逸经》，谈论自己对于该刊的看法及提议，将《逸经》与他自己办的《人间世》比较："《人间世》提倡小品文便是笔记，而《逸经》载野史轶文亦便是恢复笔记。"[②] 这可以说是该刊的办刊特色。该刊的创办人简又文在同期《逸经的故事》中也提到了他的办刊"旨趣"："我们有许多位对于历史掌故是有特殊兴趣的，所以我们想藉本刊以作研究和考求史实的地方。……此类历史的文章，性质虽是硬的，而若用轻松有趣的笔调写将出来，必津津有味读之不厌。"胡怀琛作为该刊的重要作者，自然也深谙这一旨趣。有趣的是，胡怀琛于《逸经》创刊号发文后，第四期"编者按"中还回顾了这篇文章的影响："本刊创刊号里，胡怀琛先生有篇李太白的国籍问题，已为学术界所注意，这期的'中国古代小说之外国资料'证明中国以前的许多故事，都是由外国传入的，这篇文章，不特考据精详，并且富于小说趣味。"这也是为胡氏中国文化外来说作脚注，而"小说趣味"也暴露了胡氏的两篇文章的性质。更有意思的是，胡怀琛的文章刊出后不久，《上海报》就发表了署名"晓"的文章《国学大家胡怀琛又考证诗圣李白是诃达罗支国人》，把胡氏的成果与顾颉刚以大禹

---

① 《逸经》1936年第11期。
② 林语堂：《与又文先生论逸经》，《逸经》1936年第1期。

为"虫"、吕思勉以秦桧为"忠",视为当时"考古"界的三桩"奇迹",充满了揶揄的口气,这或许代表了当时人的主流看法。从当时报刊对于这些"爆款"文章的热衷可以鲜活地看出大众兴趣对于学术研究的影响。

新时期两大诗人民族问题关注点的转移也能看到大众思潮的催化剂效果,这一点与20世纪二三十年代颇为相似。李白突厥人(或西域胡人)、白居易为龟兹人,以及元稹为鲜卑族、刘禹锡为匈奴人等观点,在非严肃的学术领域如各种讲课、访谈、随笔等等,是学人们津津乐道的话题。在一些报刊和通俗读物,尤其是网络中,两大诗人的民族身份常常变为"噱头"。一些以"未解之谜"为卖点的通俗读物,还制作了"李白是胡人还是汉人""白居易是胡人吗"等条目。这些内容并没有充分参考学术界的成果,引证材料也未经严肃的考订,还存在严重的剽窃和抄袭等学术道德问题。虽然如此,因为有广大的受众基础,这些观点在社会中也产生了不小的影响。这种迎合普通大众趣味的传播方法,不仅造成了一些旧说、争议问题的固化,也一定程度上影响了学术研究严肃性和进一步发展。

三、现代学术方法转型与"种族及文化"范式的形成

近代以来西学新知的传入和传统学术方法的转型,推动了两大诗人"氏族"问题研究话语体系、方法范式的建构和更新。纵观百年两大诗人"氏族"研究,可以看到一种贯穿其中的方法,就是经由文化的异质性进入诗人的民族身份问题,或者由民族身份触发文化异质性,借用陈寅恪的说法就是"种族及文化"模式。

经由姓氏、地域、宗教、婚姻、艺术等层面进入民族问题的"种族及文化"模式,虽然在古代学术中已有运用,但二三十年代以来

的研究者赋予了更"现代"的因素，而且视野也更为开阔。李白、白居易"氏族"问题正是这一研究方法的试验田。

在诸多文化领域中，具有标记意义的姓氏在民族研究中往往具有发轫之功，成为20年代以来"氏族"研究的一个亮点。比如冯承钧对于李白姓氏的疑问，引出了胡怀琛《李太白的国籍问题》一文。冯承钧、向达关于龟兹白氏的讨论，后来直接引发了白居易龟兹族源的问题。陈寅恪30年代论著如《李唐氏族之推测》(1931年)、《李唐氏族之推测后记》(1933年)、《李太白氏族之疑问》、《陈垣西域人华化考序》、《三论李唐氏族问题》(以上1936年)，都曾注意到胡族姓氏问题，只是没有系统论述。他指导姚薇元论文《北朝胡姓考》(1936年完成)，始集其大成。姚氏此书是中古时期胡姓研究的代表作，也是两大诗人"氏族"问题的高频引用著作。其研究上承乾嘉姓氏学，启后来胡姓(或者少数民族姓氏)研究之先鞭。1943年姚氏《北朝胡姓考》拟出版，陈寅恪为之撰序说："吾国史乘，不止胡姓须考，胡名亦急待研讨是也。凡入居中国之胡人及汉人之染胡化者，兼有本来之胡名及雅译之汉名。"[1]这里不仅肯定了胡姓研究的价值，又抛出了胡名的研究意义，《读书通讯》当时刊陈寅恪此文时，就特地用大号字和花边装饰前题"论史乘中胡名之考证"作为引介，开启了另一个研究领域。前述艾龙、陈磊等人对于李白一家"客""太白""伯禽""颇黎""明月奴"等人名的解读，可以视为陈寅恪"胡名"研究的延伸。

姓氏之外，宗教也是"种族及文化"模式中又一具有穿透力的阐释角度。中古时期的西域胡人多信奉佛教、三夷教(景教、祆教、

---

① 陈寅恪：《北朝胡姓考序》，原载《读书通讯》1943年第69期，收入《金明馆丛稿二编》，第274页。按：姚书当时并未出版，直到1958年才由科学出版社出版。

摩尼教），这成为胡人的一种文化身份标记，很多学者都是利用宗教信仰挖掘胡人身份、认同迹象，或者反之用胡人身份钩沉他们身上的宗教文化因子。在两大诗人中，李白、白居易都有鲜明的宗教标记，这成为研究者发明其胡族身份的重要线索。20世纪20年代，在景教研究热潮中，很多人注意到李白与景教的关系，尤其是其《上云乐》诗与景教的关系[①]。在这些研究基础上，30年代幽谷对李白与景教关系的研究进行了总结，并引发出李白为突厥人说。其后向达、方豪的中西交通史研究都关注到了李白与景教的关系，方豪还引用冯承钧、陈寅恪说，以"太白为条支人而流寓蜀地，世有定论"，但"若遽以此谓太白为景教徒，则证据犹嫌未足"[②]。直到当代，李白与景教的关系仍是学者们持续关注的话题。在李白出生地碎叶城（吉尔吉斯斯坦国阿克·贝希姆古城），考古研究者发现了三座佛寺、两座景教堂、火祆教墓室、摩尼教墓葬等重要宗教遗迹，也激发了学者们对于李白与西域宗教的遐想[③]。白居易与佛教、摩尼教的关系，也是研究者据以推断他西域胡族出身的重要证据。此外，还有学者从其他宗教文化的角度对两大诗人展开过形式多样的外围探索，也是"种族及文化"模式的题中之义。

另外，中古时期的婚姻也与民族身份密切相关。李白的"异常婚姻"就被贴上异域文化的标记。如章培恒先生提出：李白与非高门的许氏结婚，认社会地位低但家里有钱的鲁地女子刘氏为妻，

[①] 如邠牟《李太白与基督教》，《申报》1924年10月2日第2版；（日）中村久四郎《李太白乐府之景教的解释》，《史学杂志》1926年第37编第2号；陈垣《基督教入华史略》，《真理周刊》1924年第2卷第18号。

[②] 方豪：《唐代景教考略》，《中国史学》1946年第1期。该论文后来整合进入方豪的名著《中西交通史》第二十章"唐宋之景教"中。

[③] 努尔兰·肯加哈买提：《碎叶》，上海古籍出版社，2017年，第202—269页。

都与他的西域胡人出身有关①。沿着这个思路学者们还展开了多角度的探索。白居易父母"舅甥婚"问题，被陈寅恪视为"胡化"现象，也被陈三平作为白居易出身胡族的重要证据。这也是"种族及文化"模式中常见的研究路数。

除了上述例证之外，地域踪迹、仕宦、交游、艺术表现等等，也是"种族及文化"展开的主要领域，并且在两大诗人民族身份问题上作出过"贡献"。"种族及文化"模式在包容性和延展性上无疑具有不可替代的优势，当代一些新说也不断对其进行升级。比如研究李白、白居易家世异俗、诗文中名物意象、对于西域文化（尤其是音乐文化）特殊造诣和兴趣，产生了众多成果。

因为"种族及文化"范式奠基于陈寅恪之手，而陈氏本人在文、史结合中又树立了众多的典范，所以他的两大诗人"氏族"研究也成为焦点。周勋初先生曾对陈寅恪的李白研究进行过述评，认为"就其特殊的文化背景进行考察，无疑是有意义的"②。他的李白研究也是沿着陈寅恪的"文化背景"路线展开的。陈寅恪对两大诗人"氏族"的研究作为一种方法也被专门提出来评议③。

以陈寅恪、姚薇元等人的研究为起点，"种族及文化"范式形成以后，经过数代学人的继承发展，形成了一套相对稳定的话语体系和切入路径，并持续影响到唐代文学研究。这一套研究范式当

---

① 章培恒：《被妻子所弃的诗人》，《中国典籍与文化》1992年第1期，后改题《李白的婚姻生活、社会地位和氏族》，收入《献疑集》，岳麓书社，1993年，第20—28页。

② 周勋初：《李白族系之争的时代背景》，第44页。

③ 参考阮堂明《陈寅恪的李白观述论》，载《中国李白研究》（二〇〇五年集），黄山书社，2005年，第1—23页；梁森《李白家世研究"西域胡人说"平议》，《中央民族大学学报》（哲学社会科学版）2017年第4期。

然有问题,并且曾经遭遇过挑战①,但在新的范式未建立起来之前其适用性仍然是不可否认的。

第三节　从李白、白居易"氏族"公案
看唐代"民族文学"研究的出路

中国古代的文学观念经历了漫长而复杂的演变,而且不同时代、地区、群体呈现不同的特征,但在相当长一段时间内,并没有鲜明的"民族文学"观念。尽管中国古代文献中对汉人之外其他民族的语言、文学有不少描述,一些民族语言文学作品如《越人歌》《白狼歌》《敕勒歌》还进入了汉文学正典,但古人较少强调这些作品的"民族性"。尤其是中古以后,汉人之外的各民族中涌现了众多在汉文学上卓有成就的文学家,当时及后世多有评论,但大多是从慕华同化的角度,其中民族因素的挖掘更多是近现代以来的"新发现"。

回顾百年来两大诗人民族问题研究可以看到,尽管时代背景、社会思潮转移变迁,学科体系和论说话语分合勾连,但相关研究与"民族文学"的基本观念和方法一直是十分契合的。进言之,两大诗人民族问题研究,在现代"民族文学"范畴的成立、确立过程中起到了重要的作用。

---

① "种族及文化"范式在唐代诗人"氏族"研究中遭遇挑战,以前述郭沫若批评陈寅恪李白胡人说为代表。另一个经典案例是刘禹锡民族身份的争议。在姚薇元、卞孝萱等学者"匈奴"族观点提出后,郭广伟发表《刘禹锡氏族考辨——与卞孝萱先生商榷》(《郑州大学学报(哲学社会科学版)》1983年第2期),批判了传统"氏族"研究姓氏、籍贯、谱系、婚姻路径的模糊性、非直接性。虽然其说并未获得主流学界认同,但具有方法论反思价值。

李白、白居易以他们特殊的民族身份和伟大的文学贡献,成为中国古代民族文学史上充满话题的人物。抛开他们民族身份的争议,前人已经从民族文化融合角度关注到他们独特的价值。如松浦友久说:

> 应指出最为重要的是,一个异民族出身者成为中国文学史的代表诗人这一事实所具有的意义。中国文化(汉民族文化)具有很强同化力,已经被中国各异民族的历史所验证。……依靠卓越的才能和突出的努力,一个生于西域的新移民者实际上成了第一流的古典诗人,这一事例也是汉人文化柔韧顽强的同化力在诗文方面的具体体现,在文化史上也应给予积极评价。①

他的这一论断是非常精辟的,而且是站在"中华文化"这一高度来立论,对于我们评价中国古代各时期少数民族文人及其文学的价值具有指导意义。吕正惠在松浦友久论点基础上申论:

> 如果我们能够把唐代出生于"五胡"后代的著名文人都一一找出,我们可能会大吃一惊。事实上,中华文化能够在长期的"五胡之乱"以后焕发出全新的生命,这刚好足以证明中华文化伟大的包容力和融合力,李白只不过是其中一个特例而已。②

他的观察视角从李白放大到整个唐代,虽然将刘长卿、韩愈等争议较少的汉族诗人拉来作陪未免有扩大"胡族"范围的嫌疑,但其眼光独到,确实值得学界"重估"。

---

① (日)松浦友久著,刘维治、尚永亮、刘崇德译:《李白的客寓意识及其诗思——李白评传》,第49页。
② 吕正惠:《第二个经典时代:重估唐宋文学》,生活·读书·新知三联书店,2019年,第211—212页。

尽管古代文学研究、民族文学研究者都注意到了两大诗人民族问题的重要性,然而不能忽视的问题是,这种研究还能走多远?学术范式在不断更新,新出史料在不断扩容,但两大诗人族源问题从20世纪20年代以来至今一百年中,并没有出现突破性进展,甚者还回到了原点。更值得深思的是,百年来两大诗人民族问题形成的"种族及文化"和"民族文学研究"等范式,突破了诸多城池,然而却没有攻下文学作品的城堡,都停留在了文学中心之外"最后一公里",文学作品的语言艺术、文体文风、审美特质是否有"民族性"因子,并没有被挖掘出来。事实上,即便放眼整个文史学界来看,民族研究都极少突破到文学作品内部,而往往停留于作家和作品外围研究以及"以诗证史"的层面。那古代文学作品的"民族性"难题是否无法攻克呢?两大诗人的研究已经提供了一些思路。

一、语言的"民族性"

语言具有"民族性"这是非常容易理解的。然而,内迁已久、汉化已深的少数族裔诗人、文人,他们都已经习得汉语,那他们所习得的汉语是否也具有"民族性"呢?这个问题或许难以解答。换一种思路,少数民族学习汉语是否具有一定的"特殊性"呢?这却是有的。王国维曾评论纳兰容若:"以自然之眼观物,以自然之舌言情。此由出入中原,未染汉人风气,故能真切如此。"[1]陈寅恪也曾跟吴宓说过相似的话,只是这个观点论证起来不容易。吕正惠从李白诗歌语言的特点入手,分析其异域文化的影响,进行了有

---

[1] 王国维:《人间词话》,收入《王国维全集》第一卷,浙江教育出版社,2009年,第476页。

启发性的思考。试举其主要论点如下:其一,李白先世长期生活于西域,已经相当异族化,他们对于汉语的使用不像中原人士一样纯熟,甚至可能都已经忘记了;其二,正因为李白具有异族文化的背景,他所使用的汉语较为平易自然,他的诗歌形成了独特简易的文字风格;其三,因为李白身上深厚的异族文化色彩,能以异文化的眼光来观察汉文化的一切事物,赋予新奇的色彩,所以他的文字与意象鲜活生动①。文章放在了一个比较广阔的汉语特点和汉语学习(二语习得)理论背景下展开,所举例证也颇能说明问题,对于我们思考历代少数民族作家的汉文学作品"民族特质"具有参考价值。

语言的"民族性"还有一种比较直观的表现方式,就是"民族语"的遗留。陈三平在考察白居易的诗文语言与"中亚绪余"的关系时,指出白居易的祭文、白行简的《大乐赋》中出现了和突厥有着关联的阿尔泰语借词"哥""哥哥"等词;白居易诗中使用了罕见的"駃騠"一词,可能是指中亚城市费尔干纳(隋唐时又称鏺汗、拔汗那、判汗等);白居易《阴山道》中"纥逻"一词,可能源自古印度—伊朗和吐火罗语言;白氏对中亚外来语的运用,罕见于其他文人,也与其通俗的诗风不一致。这种做法虽然存在一定的"比附"性,但也是考察文学作品语言"民族性"的一种视角。

二、体裁与题材的"民族性"

文学作品的体裁有"民族性"也是没有疑问的。朝戈金曾举"民族志诗学"的例子,"欧洲人看来是散文体的北美印第安人的民间叙事,在当地人那里却从来都被当作诗歌!在哈萨克人和吉尔

---

① 吕正惠:《第二个经典时代:重估唐宋文学》,第203—209页。

吉斯人当中,对于诗体叙事的划分标准,也不同于汉族的诗歌分类体系"①。就拿北朝的《敕勒歌》来看,汉语中她是三、三、四、四、三、三、七的句式和二、四、五、六、八句押韵特点,但她的鲜卑语(或高车语)形态如何我们不得而知。还可以举一个唐代的例子,《安禄山事迹》载:

> 思明本不识文字,忽然好吟诗,每就一章,必驿宣示,皆可绝倒。尝欲以樱桃赐其子朝义及周贽,以彩笺敕左右书之,曰:"樱桃一笼子,半赤一半黄。一半与怀王,一半与周贽。"小吏龙谭进曰:"请改为一半与周贽,一半与怀王,则声韵相协。"思明曰:"韵是何物?岂可以我儿在周贽之下!"又题《石榴诗》曰:"三月四月红花里,五月六月瓶子里。作刀割破黄胞衣,六七千个赤男女。"郡国传写,置之邮亭。②

史思明为突厥化胡人,长期浸润胡风,汉文都不识,他不知道汉语诗歌的声韵规律非常正常。他创作的"诗"自然不是从汉语诗歌的概念出发,或许源自"误解",或许源于突厥或其他内亚文学传统。

同样,民族作家对于特定体裁的偏爱和创造,可能也有"民族性"的深层因子。如前引艾龙的研究就认为,李白诗韵律、平仄奇特就可能与其西域文化背景有关。艾龙在另一篇论文中还讨论过唐代流行的"踏歌",如《旧唐书》载民间《得体歌》及崔成甫翻唱《得宝歌》、刘禹锡的《纥那曲》、《乐府杂录》中的曲调"得辔子",语源可能是突厥语表示"踢""踏"(伴随"跺脚""鼓掌")的"tep"词系,

---

① 朝戈金:《"中华多民族文学史观"三题》,《民族文学研究》2007年第4期。
② 姚汝能撰,曾贻芬点校:《安禄山事迹》卷下,中华书局,2006年,第111页。

其起源与北方游牧民族葬礼上的挽歌有关[①]。陈寅恪则提出白居易新乐府中使用"三三七"句式与民间流行歌谣有关,是白居易的创造性文体实验,并找到敦煌变文俗曲为证[②]。陈三平认为白居易的"新乐府"和"词"体创作、白行简的《天地阴阳交欢大乐赋》,可能有中亚"绪余"。

题材的民族性更为明显。李白、白居易两大诗人研究中,很多学者都注意到他们诗文中对一些特殊题材的热爱,其背后可能与他的民族背景有关。如李白诗中对于西域意象的热衷,常常被联系到他的西域出生经历,李白的《上云乐》还被一些学者解读为景教宗教文本。

这些探索文学作品体裁、题材"民族性"的视角,对于民族文学研究的主体的张扬也有积极意义。

三、文风与文学思想的"民族性"

相比语言、体裁、题材,文风和文学思想是更为模糊的概念。民族因素对于文风的影响,难以言之凿凿,却又无法断然否认。研究唐代文学的学者也经常提及的一个案例是刘禹锡。他健劲的诗歌风貌往往被归结于他隐秘的匈奴血缘,然而这是无法进行实证研究的。相比之下,从语言风格进入文风,比较有说服力。前述吕正惠对于李白自然简易文字风格的认识,以及陈三平对于白居易

---

① (美)艾龙:《李白为"许云封"取名故事与742年封禅大典和天宝丑闻关系考——附论踏歌和汉-匈语源问题》(*Li Po's Riddle Naming Cloud-Ritual Hsü in Relation to the Feng Sacrifice of 742 and the Great Heavenly Treasure Scandal to Which is Appended A Note on Stamping Songs and A Sino-Turkish Name for the Huns*),《唐研究》(*Tang Studies*),1983年第1卷,第8—20页。
② 陈寅恪:《元白诗笺证稿》,第125—126页。

坚持要用简单易懂的语言来写诗、独树一格的俗人文风的论述,都是如此。

　　文学思想的民族性同样难以实证,但也不是无迹可寻。少数民族文学研究者对此有深入的研究。祝注先曾注意到北朝隋唐时期鲜卑、匈奴、突厥等民族及其后裔的诗论,将宇文逌、元结、元稹、刘禹锡四人的诗歌理论作了串联的解读[①]。王佑夫接着这个思路,提炼出了一条更为鲜明的"民族性"诗学主张[②]。陈弱水在考察中唐古文运动起因时,也注意到了其中三位代表人物独孤及、元结、刘禹锡代北房姓的身份和家族背景[③],虽然将之作为"在文化趋向上和中土旧族恐无明显差异"的北方士族看待,但无疑也承认了"文化趋向"可能的"民族性"因素。他们的探索对于文学思想"民族性"的研究提供了突破口。

结　语

　　李白、白居易民族问题的争论已持续了近百年,牵涉了众多的领域和学者,积累了数量可观的成果。百年来的研究虽然没有解决两大诗人真正的民族身份之谜,但却极大推动了相关领域学术观念和研究范式的发展。从某种意义上看,两大诗人民族问题的学术史意义已远超过问题本身。就其积极的层面看,大略有如下三个方面。

[①] 祝注先:《中国少数民族诗歌史》,中央民族大学出版社,1994年,第262—269页。

[②] 王佑夫:《鲜卑匈奴后裔对唐代汉语诗学的贡献》,《民族文学研究》2000年第2期。

[③] 陈弱水:《唐代文士与中国思想的转型》,广西师范大学出版社,2009年,第217—221页。

其一,两大诗人民族问题研究开创了中古文史研究众多的方法和范式,至今仍有重要的影响。由两大诗人民族问题延伸出来的"民族语言""民族文化"研究方法(不同时期有不同的表述),在中古文学、艺术、边疆史地、中外交通等领域和学科一直具有强大的适用性。具体而言,由族源、姓氏、谱系(所谓"氏族"或"民族识别")入手,推及民族文化(语言、风俗、婚姻、仕宦、宗教、艺术等等)的熏习、传承、变容,已经形成了一个经典的模式,衍生出了众多的成果。此外,两大诗人民族问题研究中广泛采用的"诗史互证"方法,不仅成为唐代文史研究的经典案例,还开创了"丝路文学""西域文学""唐诗与外来文化"等新的研究领域,构成了唐代"民族—文学"的外围。

其二,两大诗人民族问题研究,推动了古代民族文学理论建构,在未来仍有参考价值。尽管学界已经有一套成熟的民族文学定义和阐释框架,但主要在少数民族文学领域中适用,运用到古代文学研究中常常格格不入或者缺少史料支撑。传统的古代文学研究往往采用汉化或民族融合的大背景、宏观叙事,掩盖了多民族因素对于文学多元性的影响。两大诗人民族问题研究贯通了历史、民族、文学多个学科和领域,在话语的创造、方法的使用、意义的阐释等方面积累了丰富的经验,对于古代民族文学研究主体性的建立具有示范效应;对于古代民族文学研究深入到作品民族性的内核,建立民族诗学理论体系也有借鉴意义。

其三,两大诗人民族问题研究,对于唐代文学研究乃至整个中国古代文学格局的提升和突破,都还有很大的开拓空间。在中国文学史上,李白、白居易的成就、影响和地位都是具有代表性的,正因为这样,他们的民族身份问题才能驱动如此多领域的学者进行持续不断的探索。从两大诗人的民族身份出发,学者们对唐帝国的民族关系、社会风貌、中外交通、文学盛况进行广泛而深刻的讨论。从更高的层次看，两大诗人的民族问题是"中华文学""中华多民族文学"的重要样板。

然而也应看到，百年来两大诗人"氏族"研究也展现出了消极的面向，业已形成的研究范式呈现出龙钟老态，难以开拓创新。更为关键的是这些范式在向外的研究方面越走越远，"以诗证史"而未能深入到文学作品的内部，也就放弃了文学的本体追求。这对于民族文学的主体性建设而言，无疑是非常不利的。如何真正打通唐代民族文学的"最后一公里"仍然有待来日。

第三章　回到陈寅恪

——陈寅恪民族文学研究方法述略

陈寅恪自称颇读乙部之书，以自己的研究为不今不古之学，然其于文学精深之鉴识，放诸文学研究界，固毫不逊色。今人颇知陈氏有诗史互证之方法及中西多种语言之眼界，殊不知其于民族文学之成立，亦有发轫之功。贯穿陈氏学术之种族及文化二端，在今日亦为民族文学研究之不二法门。重新回到陈寅恪"种族及文化"之总题，他关于古代民族与文学之探讨，颇值得今人反思。陈氏关于民族文学的论述，夹杂于论著、讲义、报告中，珠玉散落，欲明其统系，需要从其全部论述中钩沉。本章申述如下诸端，作抛砖之用。

第一节　发凡起例——种族及文化通论

陈寅恪之学以通识见长，其经典的话语如"公案体""大事体""关键体"等等，多是发凡起例，也是关于民族（种族）文化、中外交通、地域学术、政治集团等问题提纲挈领之论述。民族关系与整体历史之关系是陈寅恪研究之重心所在，他曾教诲学生如何研究唐史说："对于唐史，则一般皆以为与外族无关，固大谬不然。因唐代与外国、外族之交接最为频繁，不仅限于武力之征伐与宗教之传播，唐代内政亦受外民族之决定性的影响。故须以现代国际观念来看唐史，此为空间的观念。"①

中古时期民族关系纷乱而复杂，治史者往往局于一时一地，不得通解，陈寅恪注目于历史脉络的渊源及嬗变，多能发前人所未发。比如唐代河朔地区的胡化问题，为文史研究一大公案，陈氏从源流上钩沉出北朝时期胡族营户迁徙、唐初山东豪杰之兴起、突厥败亡及复兴、安史之乱、藩镇割据等相互联系之现象，从而揭示出河北地区胡化对于地方士族文化空间、地方与中央政治关系的多重影响。在《论李栖筠自赵徙卫事》中，他得出一结论：

> 凡与吾国邻近游牧民族之行国，当其盛时，本部即本种，役属多数其他民族之部落，即别部。至其衰时，则昔日本部所役属之别部大抵分离独立，转而归附中国，或进居边境，渐入内地。于是中国乃大受其影响。②

这就是陈寅恪"内乱与外患的连环性"理论的经典表述。连环性是一种重要的研究范型，既可以解释宏观历史脉络与民族关系之间的显著关系，也可据之钩沉看似风马牛不相及的史实之间隐含的民族因缘，陈氏于后者尤有心得。

"种族及文化"二端贯穿陈寅恪民族问题研究。在《唐代政治史述论稿》上编卷首，陈氏引朱子语"唐源流出于夷狄，故闺门失礼之事不以为异"，解曰："朱子之语颇为简略，其意未能详知。然即此简略之语句亦含有种族及文化二问题，而此二问题实李唐一代

---

① 石泉、李涵1988年11月整理《听寅恪师唐史课笔记一则》，收入《陈寅恪集·讲义及杂稿》，第495页。
② 陈寅恪：《金明馆丛稿二编》，第5页。

史事关键之所在,治唐史者不可忽视者也。"①以唐代河朔藩镇问题为例:

> 今试检《新唐书》之《藩镇传》,并取其他有关诸传之人其活动范围在河朔或河朔以外者以相参考,则发见二点:一为其人之氏族本是胡类,而非汉族;一为其人之氏族虽为汉族,而久居河朔,渐染胡化,与胡人不异。前者属于种族,后者属于文化。质言之,唐代安史乱后之世局,凡河朔及其他藩镇与中央政府之问题,其核心实属种族文化之关系也。②

胡人或汉人为种族问题;胡化或汉化为文化问题。种族及文化是相反相成的:种族影响文化特征,文化改造种族属性。即:

> 汉人与胡人之分别,在北朝时代文化较血统尤为重要。凡汉化之人即目为汉人,胡化之人即目为胡人,其血统如何,在所不论。③

胡、汉之分的本质是族群边界效应。族群边界理论是一种"主观论",不以语言、血统等客观文化标记族群,而强调不同群体的持续接触、共享文化价值而形成区别于"他族"的族群边界,即通过定义"我族"的特征来排除他者。陈寅恪的"文化决定论",正是族群边界理论的另一种表述,这是破解中古民族问题之关键,亦是民族文学研究的立论根基。在《元白诗笺证稿》附论"白乐天之先祖及后嗣"中他再次强调"谓元微之出于鲜卑,白乐天出于西域,固非妄说,却为赘论也"④。此论对于中古时期民族文学研究是一个提示:考证某人、某家族是否胡姓并非研究的目的,重要在于挖掘种族及

---

① 陈寅恪:《唐代政治史述论稿》,第183页。
② 陈寅恪:《唐代政治史述论稿》,第212页。
③ 陈寅恪:《唐代政治史述论稿》,第200页。
④ 陈寅恪:《元白诗笺证稿》,第317页。

文化之间的关系。李白、刘禹锡、白居易等文人之族属问题为文学史争讼之公案，而研究多停留于族属源流判定之浅层，深层文化因缘方面并未取得突破，原因即在于此。

第二节　融会贯通
——民族文学与比较文学之沟通

　　陈寅恪虽为历史学者，但惠于家世因缘及时势所趋，其于传统诗文有精深的造诣；更为可贵者，其于戏曲、小说、佛经翻译、讲唱弹词等正统文学之外的文学类型亦有独到的见解。又因为其西学（尤其是历史语言学）之背景，其对于外国文学亦有丰富的知识。这种宽厚的学养使其对民族文学有一种比较文学与世界文学的视野和通达的观念。

一、民族文学整体风貌的比较视角

　　泰勒在《艺术哲学》中曾提出考察希腊雕塑的三个因素即种族、时代和制度，可见种族对于民族艺术风貌形成的重要意义。种族文化也是影响文学风貌的重要因素。吴宓《空轩诗话》曾记载一段陈寅恪关于唐代文学风貌的话：

　　　　寅恪尝谓唐代以异族入主中原，以新兴之精神，强健活泼之血脉，注入于久远而陈腐之文化，故其结果灿烂辉煌，有欧洲骑士文学 Chivalry 之盛况。而唐代文学特富想象，亦由于此云云。①

陈氏此论因吴宓论清朝宗室及八旗文人诗歌之异质性而发。强调

① 吴宓著，吴学昭整理：《吴宓诗话》，商务印书馆，2005年，第175页。

唐代异族文化之"血脉",是陈氏一贯的论点,在《李唐氏族之推测后记》中他也说道:

> 李唐一族之所以崛兴,盖取塞外野蛮精悍之血,注入中原文化颓废之躯,旧染既除,新机重启,扩大恢张,遂能别创空前之世局。故欲通解李唐一代三百年之全史,其氏族问题实为最要之关键。[①]

李唐一代氏族问题,不仅是通解其政治问题之关键,实亦把握其文化、文学问题之关键。而唐代文学富于想象与当时民族融合的关系,实在是陈寅恪"突发奇想"的推论。随着多民族文学研究的展开,其观点正逐渐得到印证。

对于唐代文学富于想象的特征,陈寅恪还点出其域外渊源,这集中表现于其论佛教文学中。在《敦煌本维摩诘经文殊师利问疾品演义跋》中云:

> 尝谓吾国小说,大抵为佛教化。六朝维摩诘故事之佛典,实皆哲理小说之变相。……岂以支那民族素乏幽渺之思,净名故事纵盛行于一时,而陈义过高,终不适于民族普通心理所致耶?[②]

印度佛教文学对于中国文学的影响至深且巨,陈寅恪指出文学想象一线索,遂纲举目张,后世民族文学形象渊源、体裁体式的比较研究都是顺着这一线索,成为比较文学的一个重要分支。

二、民族文学体制与形式的比较研究

在整体的民族文学风貌比较之外,具体文学体制的民族基因

---

① 陈寅恪:《金明馆丛稿二编》,第344页。
② 陈寅恪:《金明馆丛稿二编》,第209页。

及域外渊源，陈氏亦颇多卓见，今日治文学史者当有所参考。比如论佛教经典对于中国文体之影响，《西游记玄奘弟子故事之演变》中云：

> 印度人为最富于玄想之民族，世界之神话故事多起源于天竺，今日治民俗学者皆知之矣。自佛教流传中土后，印度神话故事亦随之输入。观近年发现之敦煌卷子中，如维摩诘经文殊问疾品演义诸书，益知宋代说经，与近世弹词章回体小说等，多出于一源，而佛教经典之体裁与后来小说文学，盖有直接关系。此为昔日吾国之治文学史者，所未尝留意者也。①

这种文体的濡染，主要通过佛典翻译的句式特征表现出来，即陈氏《敦煌本维摩诘经文殊师利问疾品演义跋》中所说：

> 佛典制裁长行与偈颂相间，演说经义自然仿效之，故为散文与诗歌互用之体。后世衍变既久，其散文体中偶杂以诗歌者，遂成今日章回体小说。……今取此篇与鸠摩罗什译维摩诘所说经原文互勘之，益可推见演义小说文体原始之形式，及其嬗变之流别，故为中国文学史绝佳资料。②

佛教翻译文学及敦煌所出变文，为比较文学研究之重要课题，亦为民族文学研究者所关注。陈氏关于佛典翻译体制对于中国文学影响之见解，今日视之仍为不刊之论。陈氏曾语其学生："唐诗七言的最多，因与音乐有关。现在中亚细亚人唱的多是七言。翻译的佛经，也是四句七言。可见七言对于饮食、起居、交际，都很有关系。"③今人研究唐诗之句法，似多未曾注意到陈氏此言。

---

① 陈寅恪：《金明馆丛稿二编》，第217页。
② 陈寅恪：《金明馆丛稿二编》，第203页。
③ 陈寅恪：《讲义及杂稿》，第478页。

关于汉语文学声律问题,陈寅恪之经典论文《四声三论》,从梵、汉语比较,佛教转读的角度,对汉语四声之渊源、"永明体"的产生做了开拓性的研究。四声问题关系汉语诗律的核心,永明新体诗又为中古诗歌的一大转关,古今学者聚讼纷纭,陈寅恪孤明先发,提出三个关键问题,截断众流。尽管后来今日对于陈氏之观点或有质疑,但其比较研究之方法及核心的论点论据却不可更易①。此外,陈寅恪《东晋南朝之吴语》《从史实论切韵》等文,是对南北语音差异问题的研究,但其中涉及南北朝民族文化的多个层面,故虽为音韵学之问题,也是南北朝民族文学问题。自《颜氏家训》中提出"南染吴越,北杂夷虏,皆有深弊,不可具论"的语言学界"颜之推谜题"以来②,古今学者从各个视角作出过解读,受此影响,文学研究中也注意到南北文学不同论的具体呈现问题(如音韵和格律)、南北民族文学转译问题(如北朝民歌的转译与保存)以及北朝民族语言文学(如鲜卑语、粟特语、其他胡语)现象,这些问题亦是近年民族文学研究之热点,而陈寅恪对相关问题之探讨有先导之功。

三、民族神话比较研究

30年代初为陈寅恪学术发轫期,陈氏关于民族文学比较研究的实践,不仅反映在其佛教翻译与中国文学关系的系列论文中,还表现在他对古代民族神话的历史比较研究中。民族神话研究是民族文学的重要课题,亦为民族、历史、社会等交叉学科的学术重镇,然学术界似乎较少注意到陈寅恪于此领域之开拓之功。其《蒙古

---

① 参考卢盛江《四声发现与佛经转读关系的再考察》,《社会科学战线》2015年第9期;吴相洲《永明体的产生与佛经转读关系再探讨》,《文艺研究》2005年第3期。
② 参考鲁国尧《"颜之推谜题"及其半解》(上),《中国语文》2002年第6期。

源流》研究系列论文为民族神话研究之代表作。在《彰所知论与蒙古源流》一文中,他指出东西蒙古旧史关于世界创造及民族起源之四类渊源:夫余、鲜卑诸民族感生说,高车、突厥诸民族神话,阿拉伯、波斯诸国天方教之说及天竺、吐蕃佛教之说。诸说之混合:

> 譬诸栋宇,既加以覆盖,本已成一完整之建筑,若更于其上施以楼阁之工,未尝不可因是益臻美备而壮观瞻。然自建筑方面言之,是谓重叠之工事。有如九成之台,累土而起,七级之塔,历阶而登,其构造之愈高而愈上者,其时代转较后面较新者也。①

陈寅恪关于蒙古族源传说"层累"之论,或受当时"古史辨"派的影响。其民族起源神话、传说的分层,以今日神话学视之,不过常识,而在当时陈氏有此通性之见识,可谓得风气之先。另外,陈氏民族神话研究之历史比较方法,也有典范意义。在该文的结论中,陈氏提出:

> 《蒙古源流》于《秘史》所追加之史层上,更增建天竺、吐蕃二重新建筑,采取并行独立之材料,列为直贯一系之事迹。换言之,即糅合数民族之神话,以为一民族之历史。故时代以愈推而愈久,事迹亦因愈演而愈繁。吾人今日治史者之职责,在逐层削除此种后加之虚伪材料,庶几可略得一近似之真。……夫逐层向上增建之历史,其例自不限于蒙古史。其他民族相传之上古史,何独不然。②

"逐层削除此种后加之虚伪材料"而求得历史真相的方法,是今日民族神话与民族历史研究所遵循的重要原则和方法,而在其考证

---

① 陈寅恪:《金明馆丛稿二编》,第129页。
② 陈寅恪:《金明馆丛稿二编》,第135—136页。

李唐先世的问题上得到淋漓尽致的发挥。相对蒙古族源，李唐先世族源亦人为建构之神话，即陈氏所谓"逐层向上增建之历史"。同剥离蒙古族源神话的四个渊源一样，陈寅恪对于李唐先世族源建构过程中的附丽情节作了结构性分离，还原了李唐先世的"真实"[①]。当代民族神话研究学术话语中的"解构"和"祛魅"，在陈氏那里已得到实践，可惜他关于民族神话的研究只是开了个头，此后其学术重心转移到中古史的其他问题上，但其意义不应被忽视。

四、比较文学理论与观念

在中国比较文学尚未成立之前，陈寅恪于《与刘叔雅论国文试题书》一文中首次提出了比较文学研究的两个基本原则：

> 即以今日中国文学系之中外文学比较一类之课程言，亦只能就白乐天等在中国及日本之文学上，或佛教故事在印度及中国文学上之影响及演变等问题，互相比较研究，方符合比较研究之真谛。盖此种比较研究方法，必须具有历史演变及系统异同之观念。否则古今中外，人天龙鬼，无一不可取以相与比较。荷马可比屈原，孔子可比歌德，穿凿附会，怪诞百出，莫可追诘，更无所谓研究之可言矣。[②]

今日治比较文学或世界文学者，有影响研究与平行研究两大流派，就具体之实践而言，陈氏"历史演变及系统异同"之涵义颇与此两流派相契合。陈氏关于佛教翻译文学、汉语声律学的文章，多写于

---

① 陈寅恪关于李唐先世之考证是在一系列文章中先后完成的：《李唐氏族之推测》（1931年）、《李唐氏族之推测后记》（1933年）、《三论李唐氏族问题》（1935年）、《李唐武周先世事迹杂考》（1936年）、《读通志柳元景沈攸之传书后》（1938年），最后在《唐代政治史述论稿》上篇"统治阶级之氏族及其升降"中作了整合。
② 陈寅恪：《金明馆丛稿二编》，第252页。

20世纪30年代，正值其精研敦煌、佛藏文献之时，故能从中窥见先机。中国比较文学早期代表人物如吴宓等与陈寅恪有密切关系，其间学术切磋，相互影响亦可推见。

陈寅恪关于比较文学理论的通达观念，在《俞曲园先生病中呓语跋》一文中也有表达："天下至赜者莫过于人事，疑若不可以前知。然人事有初中后三际（借用摩尼教语），犹物状有线面体诸形。其演嬗先后之间，即不为确定之因果，亦必生互相之关系。故以观空者而观时，天下人事之变，遂无一不为当然而非偶然。既为当然，则因有可以前知之理也。"①此论虽为俞曲园诗发，却具有普适性意义，而对于比较文学观念融通也具有参考价值。

第三节　钩沉索隐
——民族作家与民族文化研究

虽然陈氏没有专文研究某一民族之文学，但关于政治史、学术史、宗教史等专题的研究却多据文学、文人之材料，而夹杂其中之细密考证尤为精彩。陈寅恪对于民族文学相关之考证主要有如下两方面：（一）作家族属的考订；（二）种族文化的索隐。此二层面往往相反相成：或由作家族属而推论其种族文化，或因种族文化特征而考订其族属。而就"种族及文化"范式而言，陈寅恪被后人极力推崇的是对"审音求同"方法的精致运用。

一、作家族属的考订

当代民族文学研究基于确定的民族作家身份，而古代作家族

---

① 陈寅恪：《寒柳堂集》，第164页。

属之模糊及身份之漂移，为文学研究之展开提出了难题，所以族属之考订为古代民族文学研究最基本之工作。陈寅恪关于民族人物（胡姓人物、家族）族属之考订尤其值得后世推崇，其范例是《刘复愚遗文中年月及其不祀祖问题》一文中对于唐代著名文人刘蜕族属之考订。陈寅恪先是从《北梦琐言》卷三"刘蜕舍人不祭先祖"条发现文化异质的线索：刘蜕父子为以儒而进之名教之家，却累世无"菽水之礼""报本之敬"，不符中国礼法；刘蜕之父"乘舟以渔钓自娱，竟不知其所适"，尤不可解。又刘蜕《复崔尚书书》自云："近世无九品之官，可以藉声势。"《上礼部裴侍郎书》又云："四海无强大之亲。"推知刘蜕家世姻戚非仕宦之族。由家族习俗及婚宦两端，陈寅恪遂提出其家族所出实非华夏族类之假设。陈寅恪以家学、婚姻及仕宦为中古士族区别于异族的典范文化标记，为种族及文化分析模型之重要影响因子，所以他能从文化异质中敏感地发现种族问题。为证明刘蜕之种族（族属）问题，陈寅恪又从其籍贯问题中求得解释。刘蜕之籍贯有商州、桐庐、长沙、桂阳诸说，陈氏认为桐庐、长沙均是其侨寄之地。侨寓为陈氏地域文化熏染学说之关键词，侨寓文化是一种混合文化或者迁徙文化，最关乎中外交通和民族关系。陈氏据杜甫《解闷》《清明》等诗及《云溪友议》《甘泽谣》《广东通志》诸书所载，证明刘蜕侨寓的两地有中外交通之关系及胡人存在之事实，增加了刘蜕为胡人之可能。陈氏又引桑原骘藏《蒲寿庚事迹考》及藤田丰八《南汉刘氏祖先考》伊斯兰教徒多姓刘之说，进一步推论刘蜕之姓乃胡姓①。由此形成文化、地域、家世三重证据。该文可谓胡姓文学家族、人物研究的一篇范文。

　　陈寅恪关于作家族属的考订，如李白氏族之假设，曾引发学界

---

① 陈寅恪：《金明馆丛稿初编》，第343—366页。

的广泛争议。在《李太白氏族之疑问》一文中,陈寅恪指出李白生于西域而非中国,其家迁居蜀汉时已至少五岁。又李白之姓有"指李树而生伯阳"(李阳冰语)、"指天枝以复姓"(范传正语)之说:

> 是太白至中国后方改姓李也。其父之所以名客者,殆由西域之人其名字不通于华夏,因以胡客呼之,遂取以为名,其实非自称之本名也。夫以一元非汉姓之家,忽来从西域,自称其先世于隋末由中国谪居于西突厥旧疆之内,实为一必不可能之事。则其人之本为西域胡人,绝无疑义矣。①

从地理而言,六朝、隋唐时代蜀汉亦为西胡行贾区域,蜀中有西胡人种往来侨寓,自无足怪。而李白同时及后来之人称其郡望为"山东人",不合于当时郡望之惯例,盖其家本外族入华,故如此。在《书唐才子传康洽传后》一文中,陈氏以康洽为"西胡族类之深于汉化者,亦李谪仙一流人也",驳斥主张太白为凉武昭王之裔,武则天翦除李唐宗室时其家乃迁谪西域之论,进而申论:"太白之家虽自称西凉后裔,而本未尝著于属籍,按诸当时法制,实不得以唐之宗室目其家也。"②陈氏关于李白为胡人之观点是否确切,学界争议颇多,但这一尖新观点之提出,对于探索诗仙身上的"谜题"多了一种民族视角。

二、种族文化与文学关系的考索

不同于族属考订所遵循的线索,文化的考察是在确知族属的前提下,推寻其影响,这正与当代民族文学研究之方法相似。陈寅恪对于陶渊明等人所代表的南方溪族文学的分析,实为经典案例。

---

① 陈寅恪:《金明馆丛稿初编》,第313页。
② 陈寅恪:《金明馆丛稿初编》,第315页。

在《魏书司马叡传江东民族条释证及推论》一文中，他对溪族的历史渊源及族群分布作了精彩的研究。陈氏据《后汉书·南蛮传》及注释，以溪族即盘瓠之后，分布于武陵、长沙、庐江之地，所以号为"溪"者，与五溪地名有关。又据《晋书·陶侃传》所载陶侃钓鱼得梭化为龙故事及《世说新语·贤媛篇》陶侃少时于寻阳为鱼梁吏，推论陶侃本出业渔之贱户。又《世说新语·容止篇》温峤以陶侃为"溪狗"，其中透露了陶侃为溪人之信息。陈氏据此认为：

> 庐江郡之地即士行（陶侃）乡里所在，原为溪族杂处区域，而士行后裔一代逸民之《桃花源记》本属根据实事，加以理想化之作，（详见拙著《桃花源记旁证》，兹不赘论。）所云："武陵人捕鱼为业，缘溪行。"正是一篇溪族纪实文字。士行少时既以捕鱼为业，又出于溪族杂处之庐江郡，故于太真溪狗之诮终不免有重大之嫌疑。……士行之家，当是鄱阳郡内之少数民族。晋灭吴后，始被徒于庐江。[1]

陈寅恪虽为考证陶侃家族溪人之族属，实亦揭示了陶氏家族的溪族文化特征。关于陶渊明《桃花源记》一文，古今学者从未从陶渊明家族之民族文化角度阐释，陈氏此论虽简短，要为今日治南方民族文学者所应注意之重要文字。陈氏又从《桃花源记》之版本渊源中发现，《续搜神记》中载有《桃花源记》一篇，或为渊明之初稿本，而此本中武陵捕鱼为业之溪人姓名为黄道真。黄氏为溪洞著姓，而"道真"为天师道色彩明显之名字。陶渊明家族本信天师道，以此论之，《桃花源记》不仅是溪族出身之陶渊明关于本族渔业文化之纪实，亦为该族宗教信仰及人生理想之表露。《桃花源记》，可视

---

[1] 陈寅恪：《金明馆丛稿初编》，第91—92页。

为南朝民族文学，或曰"溪族文学"之代表①。

更进一步而言，南朝至唐之长沙豪族欧阳氏，即欧阳颁、欧阳询一族，或为南方俚族或溪族。陈氏由此推论：

> 夫欧阳氏累世之文学艺术，实为神州文化之光辉，而究其种类渊源所出，乃不得不疑其为蛮族。然则圣人"有教无类"之言，岂不信哉！寅恪尝于拙著《隋唐制度渊源略论稿》及《唐代政治史述论稿》中，详论北朝汉人与胡人之分别在文化，而不在种族。兹论南朝民族问题，犹斯旨也。②

今日民族文学研究者，多注目于北朝文学，于南朝民族文学则较少触及。陈寅恪特标出南朝民族问题，连带而及陶渊明、欧阳询诸南方民族出身之文学艺术家，亦有开创之功。

关于文学作品中之民族文化因缘，陈寅恪亦多发前人所未发，这在《元白诗笺证稿》中表现得最为明显。如他对元稹《莺莺传》中莺莺种族之推测，论据如下：唐代女子颇有以九九为名者，元稹诗中之曹十九，或为曹九九之讹；曹姓为西域胡姓；中亚胡人善酿酒，吾国产名酒之地区多是中亚胡族聚居区，莺莺所居之蒲州即其一；中亚胡族，肤色白皙，特异汉人，元稹所描绘之莺莺正如此；莺莺擅长琵琶，而唐代擅此技者多为胡人③。综合诸端，陈氏以为莺

---

① 陈氏早前的论文《桃花源记旁证》（原载1936年1月《清华学报》第十一卷第一期），主要的观点与本文有异，并未注意到陶渊明之种族以及其作品中之民族宗教背景。而在1941年本文前后之论著，如《刘复愚遗文中年月及其不祀祖问题》《读东城老父传》《读莺莺传》及元白诗笺证诸文，皆是从种族与文学、文化的角度切入，可见陈氏关于民族文化的思考亦有一个渐进过程。

② 陈寅恪：《金明馆丛稿初编》，第119页。

③ 《元白诗笺证稿》"艳诗及悼亡诗"附录《读莺莺传》，文后附录校补记第十一则，第375—377页。又参见刘隆凯整理之陈寅恪遗著《元白诗证史之〈莺莺传〉》，载《广东社会科学》2003年第4期。

莺有为"酒家胡"之嫌疑。虽曰姑妄言之,但亦为一种新鲜之视角。今人葛承雍在陈氏的基础上,据历史文献和考古资料,再添五条新证,力证莺莺为中亚粟特胡人[1]。与莺莺相似,陈寅恪还从《琵琶行》中之长安故倡为看到其"酒家胡"之种族因缘,可见这是陈氏一贯的论说作风。这种探索丰富了古代文学作品与中外民族关系之关联,是开拓古代民族文学研究的一个新途径和新方法。

三、"对音勘同"法

如果说"种族及文化"研究范式是一个包罗广泛的"武器库",那么"对音勘同"可谓其中最锋利的一把手术刀。"对音勘同"或谓"审音求同",即运用历史语言学或者比较语言学的知识比定历史人物、名物词汇(尤其是译语)本义的一种方法。这种方法与中国古代的"声训"有相似之处,但所运用的知识更多是西方语言学的成果。这一方法的兴起在20世纪初。1925年7月,王国维在清华国学院作《最近二三十年中中国新发见之学问》的演讲中提到"中国境内之古外族遗子"研究时指出:"惜我国人尚未有研究此种古代语者,而欲研究之,势不可不求之英、法、德诸国。"[2]20世纪二三十年代之交,冯承钧、向达、陈寅恪等人不约而同向西方学习,在蒙元史、西域史地、中外交通研究中尝试了这一方法,其中陈寅恪是将"审音求同"发扬光大的代表性中国学者[3]。

---

[1] 葛承雍:《崔莺莺与唐蒲州粟特移民踪迹》,《中国历史文物》2002年第5期。
[2] 王国维:《最近二三十年中中国新发见之学问》,收入《王国维全集》第十四卷,第243页。
[3] 参见参考陈涵韬《陈寅恪在历史考据中之对音勘同法使用——谨以此文纪念陈寅恪先生逝世30周年》,《无锡教育学院学报》1999年第1期;沈卫荣《陈寅恪与语文学》,《北京大学学报》(哲学社会科学版)2020年第4期。

　　学界熟知陈寅恪曾在欧美接受了严格的梵文、巴利文等语言训练，掌握多种中外古民族语言。陈寅恪在回国后的研究和讲学中，逐渐发展出一套对音研究方法。赵元任在《忆寅恪》中提及：

　　　　第二年到了清华，四个研究教授当中除了梁任公注意政治方面一点，其他王静安、寅恪跟我都喜欢搞音韵训诂之类问题。寅恪总说你不把基本的材料弄清楚了，就急着要论微言大义，所得的结论还是不可靠的。①

陈哲三《陈寅恪先生轶事》中也有相似回忆。陈寅恪使用对音研究的方法考释佛经中的翻译词汇，《童受喻鬘论梵文残本跋》（1927年）、《大乘义章书后》（1930年）等文是早期的代表作。

　　另外，他也关注了蒙元史译名问题，以《元代汉人译名考》（1929年）、《蒙古源流研究》系列（1930年）为代表。另外，陈氏还运用"对音勘同"考证史籍中的音译词汇，发人所未发。如《魏志司马芝传跋》（1949年）中考证"无涧神"即地狱神，"无间"乃梵文Avici之意译，音译则为"阿鼻"，当时意译亦作"泰山"②，由此引申出佛教流行曹魏宫掖妇女间的论断。《三国志曹冲华佗传与佛教故事》，考证三国名医"华佗"之名，源自天竺语agada，本义为"药"，旧译"阿伽陀"或"阿羯陀"。据高本汉古音构拟及日语对照，"华佗"二字古音与gada相契，正agada之省译，由此人名可见华佗故事与印度神话之关联。陈氏由此提出一说："寅恪尝谓外来之故事名词，比附于本国人物事实，有似通天老狐，醉则见尾。……此因名词之沿袭，而推知事实之依托，亦审查史料真伪之一例

---

① 蒋天枢：《陈寅恪先生编年事辑》（增订本），上海古籍出版社，1997年，第62页。
② 陈寅恪：《金明馆丛稿二编》，第89—90页。

也。"[1]此论可谓"对音勘同"法之最佳注脚。

　　陈氏还以"对应勘同"法注解诗文,如考证白居易新乐府《阴山道》中"纥逻敦"一词,疑"纥逻"为突厥语Kara,为玄黑或青色之意,"敦"则为Tuna之对音简译,为草地之意(采用Radloff《突厥方言字典》的解释)。他还引用了敦煌写卷《王昭君变文》中"边草叱沙纥逻分"之句,及《元和姓纂》中宇文部称"草"为"俟汾",音传为"宇文"等记载,证成其说,且引而伸之以为宇文周先世或出自高车俟分部,后诡称出自鲜卑贵种宇文部[2]。此论精审,可以定谳[3]。

---

① 陈寅恪:《寒柳堂集》,第180页。

② 陈寅恪:《元白诗笺证稿》,第262—264页。

③ 按:陈寅恪此说与戴望舒《释"纥逻"、"掉罨子"、"脱稍儿"》一文相合,戴氏亦引W.Adlofe《突厥方言辞典》,证"纥逻"为突厥文Khara之对译,意为青色或黑色;"敦"为Tuna之对译,意为草或草原。戴文创作的具体时间不详,收入吴晓铃整理的《小说戏曲论集》,作家出版社1958年版,第83页。戴望舒对于古小说中俗语、元曲中蒙古语的考释颇有见地。从其零碎的研究中可以看到,他虽然不是专门的研究者,但能注意各种对音资料,或采纳辞典及中外学说。相比之下,陈寅恪对于突厥语的关注很早,且为专学。1935年他撰写《武曌与佛教》(刊于《历史语言研究所集刊》第五本第四分)一文中也曾引突厥语Kara、Kachi、Kara"黑暗"之意,以此解释《北史·于阗国传》中"达利水"之"达利"。1940年他在昆明西南联大开"白居易研究"课,开始白居易诗歌的笺证工作,至1947年左右修改完成《元白诗笺证稿》诸篇,再次征引突厥语资料。陈、戴二人仅见一段交集:1940年夏陈寅恪拟经香港赴英,因欧洲战事搁置,遂留香港大学为客座教授。当时戴望舒在香港主持《星岛日报》的《俗文学》周刊。陈氏曾为《俗文学》上刊登的吴晓铃《〈青楼集〉作者姓名考辨》一文给戴写信,见《陈寅恪书信集》,第235页。二人论说如此雷同,是有相互借鉴还是冥然契合有待进一步考索,然同时注意到一个唐代诗歌中突厥语对音的问题,可见"对音勘同"之法作为当时学术"预流"之端倪。

结　语

当代意义上的民族文学（狭义上即少数民族文学）概念的提出已历七十余年，但发展并不平衡，古代阶段，尤其中古时期的研究相对薄弱。而这一时段民族文学有关之史料多分布在民族史、边疆史等学科中，在文学研究之边缘，造成民族文学研究的"尴尬"处境。陈寅恪"种族及文化"的一种展开形式即"诗史互证"，遂使民族史与文学史在学科分工和史料分布上的矛盾得以很好地调和。具言之，陈寅恪在民族文学学科建立之前，对于古代民族文学研究的基本框架、研究方法和研究旨趣已做了丰富的探索。

（一）确立了古代民族文学研究的基本框架

当代民族文学研究的格局可划分为三块：内部研究、外部研究与比较研究。陈寅恪所致力之中古"种族及文化"诸问题，已涉及了这三个领域，并且奠定了坚实的基础。

内部研究是民族文学研究最核心的领域，涵盖了民族文学作品内容、体制、风貌、美学价值等典范文学问题，当代民族文学史的主要叙事模式即遵循这些问题展开。陈寅恪《刘复愚遗文中年月及其不祀祖问题》一文在判断刘蜕之族属时曾说："关于复愚氏族疑非出自华夏一问题，尚可从其文章体制及论说主张诸方面推测，但以此类事证多不甚适切，故悉不置论。"[1]"文章体制及论说主张"正是民族作家文学内部研究之两个重要维度。虽然他对此持谨慎态度，但这一提法无疑表露出他对于内部研究的关注。在《元白诗笺证稿》等论著中，他对内部研究的方法有熟练的运用，可视

----

[1] 陈寅恪：《金明馆丛稿初编》，第365—366页。

为明证。在陈寅恪民族文学研究中，内部研究往往作为一种辅助手段，配合外部研究和比较研究，这也可以看出中古民族文学研究所固有的特点以及民族文学创立前后的研究范式变迁。

外部研究在陈寅恪民族文学中占据比重最大，这与陈氏史学本位对应："诗史互证"，中心是"以诗证史"。外部研究涉及民族作家所关联之种族文化、时代特征以及文学作品的生产、传播和接受过程，对于历史考证有很大的依赖，前述陈寅恪对于中古时期宏观时代背景、社会历史脉络之把握，微观作家族属之考订、民族文化之钩沉皆是如此，故其能游刃有余。当代民族文学的外部研究，主要也是走文史结合的路线，比如民族文学关系史一类叙事文本以及具体案例研究，由此可以看出陈寅恪外部研究的奠基作用。

比较研究是陈寅恪民族文学研究最有特色的领域。民族文学比较研究是一门新兴的、跨学科的课题。当代民族文学比较研究的主流是各族文学之间、与汉文学之间的比较，旁及民族文学与民族学、民俗学、文化学、人类学等相关学科的综合比较，陈寅恪皆有涉及，并且在一些问题上具有开创之功。不仅中国早期比较文学的代表人物与陈寅恪有密切之关系，新时代比较文学之成立，其实也有陈寅恪之渊源，而其桥梁为季羡林先生[1]。民族文学比较研究的成立，季老有首倡之功，而其学术渊源则为陈寅恪。季老之弟子，又将之发扬光大。今人皆知渊源学说为陈寅恪学术的关键词，而渊源学亦为比较文学研究的重要方法，故季老之弟子乐黛云称"渊源与影响研究的奠基者首推陈寅恪"[2]，其间之学术传承统系读者自明。要之，中国民族文学比较研究，自滥觞至流派，皆有陈

---

① 参见叶绪民《原始文化与比较文学研究》，山东画报出版社，2007年，第265页。
② 乐黛云、王向远：《比较文学研究》，福建人民出版社，2006年，第82页。

寅恪之功。

（二）总结了古代民族文学研究的重要方法

古代民族文学研究的主要途径是文史结合,所谓"诗史互证",其展开的具体研究方法则是多样的,陈寅恪的探索有重要的参考价值。

"大胆假设,小心求证"的实证方法,是陈寅恪一贯秉持的论述方法,在考察民族作家、作品、民族文化背景时有精彩的演示。一种线索是由族属特征探寻文化异质性,即:确定族源;推阐族属文化及熏习(地域、家世);寻得异质文化的种族因子。陶渊明溪族出身与《桃花源记》之种族文化因缘为一经典案例。另一种线索是由文化异质性推定族属特征,即:发现文化的异质性;从地域熏染(籍贯、侨寓地、迁徙路线)和家世遗传(姓氏、种族)等角度寻找因缘;推定其族源。刘蜕家族种族问题为经典案例。古代民族文学所依托的民族、民族文化,往往隐藏在细微的历史情节中,这是研究的难点。而陈氏两条假设线索,使钩沉这些细微情节有法可依。

家世遗传与地域熏习贯穿于陈寅恪学术方法,已凝固为一种研究范型,成为古代文史研究通用的方法[①]。民族(种族)特征是家世(族群、家族)遗传的重要内容,而姓氏为其重要线索;民族地域分布格局是民族文化渐染的重要线索,二者的结合是陈寅恪"种族及文化"研究常见取径,其论隋末唐初"山东豪杰"即是一典型的例子:

　　　综合上引关于山东豪杰之史料,就其性强勇,工骑射,组

[①]"地域熏习与家世遗传"在陈寅恪《天师道与滨海地域之关系》一文中有经典的运用,其另外的表述形态有"人事与地势之关系""地域环境与学说思想关系"等。

织坚固,从事农业,及姓氏多有胡族关系,尤其出生地域之分
配诸点观之,深疑此集团乃北魏镇戍屯兵营户之后裔也。六
镇问题于吾国中古史至为重要,自沈垚以来,考证六镇问题之
著述于镇名地望颇多精义,然似不免囿于时间空间之限制,犹
未能总汇贯通,了解其先后因果之关系也。[1]

陈寅恪认为单纯的地域考证有局限,意即地域与家世(种族姓氏、
文化)的考证需要相结合,并"总汇贯通"[2]。这需要多种学科背景
知识,正是清儒所缺而陈氏所长者。陈寅恪较早用西方历史语言
学的成果结合中国西域史地研究来考察民族问题。这种跨学科研
究方法,是当前古代民族文学研究的重要思路。陈寅恪的弟子姚
薇元将这一方法集中呈现在《北朝胡姓考》一书中,成为中古民族
研究的汇通之作。

　　陈寅恪关于古代民族文学研究方法的探索尚多,兹不赘述。
尚可申述者,陈氏叙述和史料取材方法亦颇有启发。如《以杜诗证
唐史所谓杂种胡之义》《书杜少陵哀王孙诗后》诸文,看似为杜诗作
笺,而着眼处却在民族问题。史料在陈氏笔下只为服务其论点存
在,故诗亦史,史亦诗,并无史料之限制;而长篇、短笺、附论、补注
等不同之文体形态,亦为承载其论点之容量而存在,随意生发,故
能新见迭出。今日谈陈寅恪之学术研究方法者,在其思想统系之
外,亦需注意其论说形式。

---

[1] 陈寅恪:《金明馆丛稿初编》,第259页。
[2] 在《魏书司马叡传江东民族条释证及推论》中,陈寅恪引杜佑《通典》释"虔君种"
条"巴梁间诸巴皆是也"一句,原非《后汉书》所有,而陈氏认为此"乃杜氏依其民
族姓氏及地域之名考证所得之结论,宜可信从也"。可见"民族姓氏及地域之
名"二者的结合是陈氏所推崇的方法。

（三）奠定了古代民族文学研究的学术精神

一种研究之成立,必有其学术精神导向。古代民族文学研究,交汇于民族学、文学、史学之间,其旨趣不同于一般文学研究。陈寅恪以家世传承之旧学渊源,融汇近代西学之精神,其学术追求之独异,研究已详。就其与民族研究相关者言之,推陈出新与了解同情二端,要为今人所应汲取之精神。

今人皆知陈寅恪"独立之精神,自由之思想"名言,殊不知最能体现陈氏此种精神者在于学术之锐意创新和现实关怀。陈寅恪曾在《朱延丰突厥通考序》中自述其治学之理想:

> 寅恪平生治学,不甘逐队随人,而为牛后。年来自审所知,实限于禹域以内,故仅守老氏损之又损之义,捐弃故技。凡塞表殊族之史事,不复敢上下议论于其间。……曩以家世因缘,获闻光绪京朝胜流之绪论。其时学术风气,治经颇尚《公羊春秋》,乙部之学,则喜谈西北史地。后来今文公羊之学,递演为改制疑古,流风所被,与近四十年间变幻之政治,浪漫之文学,殊有连系。……惟默察当今大势,吾国将来必循汉唐之轨辙,倾其全力经营西北,则可以无疑。考自古世局之转移,往往起于前人一时学术趋向之细微。迨至后来,遂若惊雷破柱,怒涛振海之不可御遏。[①]

所谓"塞表殊族之史事""西北史地",即民族问题。"不为牛后""损之又损",即陈氏自道学术追求。他关于"西北"学的寓言,今日回顾,仍为确论。陈寅恪对于自己的新发现颇为自信,往往不吝点出诸重"公案"示人,这是陈寅恪独特的论说风格。

"了解之同情"是陈寅恪的名论,在《冯友兰中国哲学史上册

---

① 陈寅恪:《寒柳堂集》,第162—163页。

审查报告》中有集中的论述，其后成为相关学术领域的共识。陈寅恪指出了此种精神之正、反两面：正面所"真了解"，即"神游冥想，与立说之古人，处于同一境界"；反面即"此种同情之态度，最易流于穿凿附会之恶习"①。陈氏此论于古代民族文学研究有重要启发。当代民族研究的一个弊病即以今揆古，以今日民族观念理解古代民族问题。有学者认为："将现代的民族识别观念硬套在远古以来的民族文学关系史上，难免有先入为主和以今度古的嫌疑。……对思考者的思考范式和思考工具的反思，对现有的学科划分制度合法性的反思，是一项迫切需要展开的学术'基础设施'工作。"②这种问题的根源在于对于古代民族文学缺乏"真了解"与"真同情"。陈寅恪以"种族及文化"二端贯穿中古时期民族问题，其立论根基于旧学传承及西学熏习，所以为稳固；其研究方法为文史结合，融会贯通，所以能契合；其论说遵循损之又损，捐弃故技，故能做到真正"了解之同情"。

---

① 陈寅恪：《金明馆丛稿二编》，第279—280页。
② 叶舒宪：《中国文化的构成与"少数民族文学"：人类学视角的后现代观照》，《民族文学研究》2009年第2期。

第四章 新出石刻
与唐代民族文学史料

　　唐代民族文学的提法,学界并未形成统一的声音,相关研究也处于相对沉寂的状态。究其原因,一方面,唐代民族文化的大融合局面,消解了民族文学主体性存在的背景;另一方面,典范史料的匮乏,使得民族文学研究工作难以展开。要走出这一困境,除引入或建构新的研究范式外,另一个方向便是在深度和广度上开掘唐代民族文学史料,新出石刻文献正是这样的资料宝库。20世纪以来,新出土、新发现、新出版石刻的数量已极大改变了唐代文献的格局。仅以出土墓志为例,据气贺泽保规编撰《新版唐代墓志所在总和目录》(增订版)著录截至2015年的唐代墓志共12523方[1];由复旦大学仇鹿鸣教授主编的《唐五代墓志专目数据库》,收录唐代(截至2020年5月)、五代(截至2021年12月)墓志12304条。

　　石刻史料对于边疆民族研究具有不可替代的作用。罗振玉曾说:"窃谓古刻之裨益史氏,以边裔石刻为尤宏。"[2]足见对边疆

---

[1] (日)气贺泽保规编:《新编唐代墓志所在总合目录》(增订版),汲古书院,2017年。

[2] 罗振玉:《西陲石刻录》"序",收入罗继祖主编《罗振玉学术论著集》第六集,上海古籍出版社,2010年,第479页。

石刻之看重。王国维在《最近二三十年中中国新发见之学问》中所列举当时新材料,特别列"中国境内之古外族遗文"一条,并指出:"中国境内古今所居外族甚多,古代匈奴、鲜卑、突厥、回纥、契丹、西夏诸国,均立国于中国北陲,其遗物颇有存者,然世罕知之。"①又举突厥三大碑铭的发现为例。梁启超也曾指出:

> 大抵碑版之在四裔者,其有助于考史最宏:如东部之《丸都纪功刻石》……西部之《裴岑纪功刻石》……北部之《苾伽可汗碑》……南部之《爨宝子碑》……皆迹存片石,价重连城。何则?边裔之事,关于我族与他族之交涉者甚巨;然旧史语焉不详,非借助石刻,而此种史料遂湮也。②

近年来,石刻研究成就卓著的领域也正是中外关系、民族史领域。由此延展,唐代民族文学研究也颇多获益。新出石刻所见唐代民族文学史料,涉及作家生平事迹、作品著述和相关民族文化背景,内容丰富,数量巨大,是突破唐代民族文学研究资料局限的一大利器。本章拟从具体例证入手,述略如下,见教大方之家。

第一节　民族作家生平史料

石刻文献尤其是墓志和碑刻,是人物生平传记材料的渊薮。近年来本人从新出碑志中收集到的唐代少数族裔人物墓志已有近千方,其中包括相当数量的文人、诗人。这些碑志记载了少数民族作家的族源族属、生平事迹、家族谱系等多方面的信息,是研究他

---

① 王国维:《最近二三十年中中国新发见之学问》,《王国维全集》第十四卷,第243页。
② 梁启超:《中国历史研究法》,第56—57页。按"苾"原误为"芯"。

们生平的第一手资料，下面各举数例说明。

一、族源族属资料

不同于当代少数民族作家族属身份的确定性，古代作家的族属身份并不是"自明"的。正因为这样，姚薇元的《北朝胡姓考》因为揭示了不少唐代著名诗人的少数族裔身份而备受文学界重视。一些作家的族源隐藏很深，需经过考证方能发覆，陈寅恪论证唐代著名文人刘蜕非汉人即为一经典例子。另外，一些作家因为传世文献记载不完整，长期被视为汉人，直到新出石刻史料才揭示其真实的族属。如罗振玉跋《倪若水残碑》云：

> 碑贾刘金科持此残石二纸乞售，云近年出土，不知何碑也。《碑》字隶法谨严，似吾浙《蓬莱观碑》。惜残泐太甚，尚有"□□泉，字若水，其先高辛氏之□□"云云。又有"改贺兒氏为兒"语。据是知为《倪若水碑》。《唐书》本传"若水，字子泉"。据《碑》则名子泉，字若水也。[1]

倪若水为唐初著名文人，《新唐书》《元和姓纂》等文献都未载其族属。据《魏书·官氏志》："贺兒氏，后改为兒氏。"[2] 由此可知，倪若水本鲜卑贺兒氏族裔。倪若水墓志出土[3]，不载此文，足见此残碑对于判断其族源之关键。又如唐代诗人员半千，一般视其为汉人，但北魏员标墓志的出土，揭示了员氏先世本出平凉杂

---

① 罗振玉：《雪堂金石文字跋尾》卷四，罗继祖主编《罗振玉学术论著集》第九集，第505页。

②《魏书》卷一一三，中华书局，1974年，第3009页。

③ 吴钢主编：《全唐文补遗》第六辑，三秦出版社，1999年，第391—392页。

胡的事实①。新出墓志对族源、族属模糊不清或争议较大的少数民族作家也有补正意义，如白居易的族源族属，一直是文学史争讼的问题，民族文学史中一般将之视为西域龟兹胡人。《新唐书·宰相世系表》载白居易之先世："（白）建字彦举，后周弘农郡守、邵陵县男。"②陈寅恪曾据此提出一段公案：白居易祖先为北周另一白姓人物，而攀附北齐名臣白建，其族源和谱系存在"李树代桃"之嫌③。而根据近年新出白羡言、白慎言、白知新等白居易族人墓志，可以确认白居易家族出自北齐白建之后，陈寅恪的观点需要修正。进一步而言，白居易是否龟兹白姓之后也值得商榷（参见下编第十二章）。确定作家的族属是古代民族文学研究的基本工作，但这并不是容易的事。李白、刘禹锡、白居易等著名文人的族源族属，至今还是学术界争讼的问题，可见一斑。在传世文献阙如的情况下，新出石刻成为推进作家族属族源研究新的契机。

二、家族世系资料

谱系是中古时期维系士族社会的重要纽带，唐代不少民族作家依托于强大的家族，其谱系散见于《元和姓纂》《新唐书·宰相世系表》以及一些家人的行状、墓志。如《新唐书·宰相世系表》所载少数民族家族世系有匈奴族裔河南刘氏、独孤氏、宇文氏，鲜卑族裔元氏、窦氏、长孙氏、河南于氏、豆卢氏、源氏，高车族裔房氏，乌

---

① 罗新、叶炜利用新出《员标墓志》，结合传统文献认为："员氏当是魏晋十六国时期由西东迁到达阴槃的少数部族的酋长，故得用于石赵时期。……员半千这一支，很可能经历了改造姓族谱系的过程，即把宗姓渊源从胡族改为华夏旧族。"参见《新出魏晋南北朝墓志疏证》（修订本），中华书局，2016年，第56—57页。
② 《新唐书》卷七五下，中华书局，1975年，第3412页。
③ 陈寅恪：《唐代政治史述论稿》，第280页。

丸王氏,西域胡族阎氏,武威李氏(粟特族裔安氏),铁勒浑氏等,这些家族都有不少文人、诗人显于时。新出石刻尤其是墓志,对于补正这些家族世系具有重要价值。饶宗颐先生说:"墓志可校补世系,与地志、史传、文集参证,史料价值尤高。"①赵超《新唐书宰相世系表集校》收录的罗振玉《新唐书宰相世系表补正》、岑仲勉《元和姓纂四校记》、周绍良《新唐书宰相世系表校异》以及赵超自己的补订,都非常重视对新出石刻墓志的征引②。该书距今已二十余年,这期间新出的墓志又有极大增加,相关研究也有了很多积累,可补充者亦复不少。如河南于氏家族,为鲜卑万纽于氏之后,在唐代地位显赫,出现了于志宁、于頔、于琮三位宰相,而且文人辈出。《新唐书·宰相世系表》"于氏"条详细记载这一家族的谱系,但仍有相当多遗漏和错讹,新出墓志可以补正。通过修补河南于氏家族谱系,尤其是利用《崔特夫人于氏墓志》的记载,我们发现晚唐时期重要的诗人于邺,就是出自河南于氏,纠正了长期以来于邺与于武陵二人诗集、生平相互错乱的问题(参见第五章)。

　通过谱系的梳理,还能帮助辨识作家的族源和族属,如开成二年《史乔如墓志》③,署名"堂兄进士温如撰并书",一些研究者将史乔如兄弟视为粟特胡人。事实上,通过近年新出突厥阿史那氏家族墓志以及《元和姓纂》阿史那氏有关文献的综合考辨可知,史乔如一系为阿史那弥射之后,谱系清晰可考(参见第十一章)。进一步而言,史温如以进士身份撰书史乔如墓志,是唐代突厥族裔文学不可多得的资料。

---

① 饶宗颐:《法国远东学院藏唐宋墓志拓片图录》"引言",收入《饶宗颐史学论著选》,上海古籍出版社,1993年,第547页。
② 赵超:《新唐书宰相世系表集校》,中华书局,1998年。
③ 吴钢主编:《全唐文补遗》第六辑,第150页。

　　唐代出身少数民族的家族,往往主动或被动地通过族源攀附与伪冒、谱系嫁接与转移,来改变家族的民族身份,而通过新出墓志能相当程度上还原这些族源、谱系攀附的过程,如鲜卑族裔窦氏家族①。这些攀附汉人世系的文本,很多出自少数民族作家之手,透过这些作品,能窥视到他们内心隐秘的民族文化认同,是民族文学研究应该重视的一种视角。

三、科第、交游资料

　　登科信息是少数族裔文学修养的重要标记,也是汉人与少数民族之间的族群边界指标之一。通过应举,少数民族不仅可以获得汉人的身份认同,而且能掩盖家族"异类""野蛮"和"无文化"的族群文化身份。清代学者徐松撰《登科记考》对唐代文人的登科信息作了详细的辑录,今人在其基础上多有增补和考订②,所据多为新出墓志资料。唐代登科人物包括了相当数量的少数族裔,是了解这一群体文学之路的重要信息。一些少数族裔的登科信息,在其家族文化背景中来考察会有更深刻的意义。如《康敬本墓志》载:

　　　　君讳敬本,字延宗,康居人也。元封内迁,家张掖郡。酋率望重,播美河西。……曾祖默,周甘州大中正。祖仁,隋上柱国、左骁卫三川府鹰扬郎将。……父凤,隋起家右亲卫,加朝散大夫。……君襟神爽悟,性灵歆俊。操德学海,□羽翰

① 参考拙文《世系建构的传播接受与文本层累——以中古窦氏为例》,《人文论丛》第二十七辑,武汉大学出版社,2017年,第67—77页。
② 相关著作主要有孟二冬《登科记考补正》,北京燕山出版社,2003年;王洪军《登科记考再补正》,广西师范大学出版社,2010年;许有根《登科记考补正考补》,南京大学出版社,2011年。

林。道实因□，才不习古。文秀事刃之岁，穷览孔府之书；子
山受□之年，洞晓姬公之籍。以贞观年中，乡贡光国，射策高
第，授文林郎，寻除忠州清水县尉，改授齓州三水县尉。……
迁上台司礼主事。清览要枢，仙闱总辖。……司成硕学，就释
十翼之微；弘文大儒，询明六义之奥。□□绚彩，笔海澄漪。
耸邓林之翘干，湛薹波而积翠。①

　　康敬本家族本为入华粟特人后裔，其曾祖康默为甘州地方酋
豪，而甘州正是入华粟特胡人聚居之地。康敬本之叔（伯）康武通
墓志亦出土②。从这些墓志中可以看出康敬本家族在隋唐间皆以
武力显要，"胡风"犹存，这是入华粟特后裔常见的家族特征，而康
敬本独能"弃武从文"，"乡贡光国，射策高第"（即进士登第），成为
"弘文大儒"和"笔海澄漪"的文人，在早期入华粟特后裔中实为罕
见。康敬本的受学渊源，在另外的两方墓志中得到了解答。《盖蕃
墓志》载："博览经传，尤精王易。……（至隋末）无复宦情，唯以讲
授为事，洛中后进李大师、康敬本等并专门受业，其后咸以经术知
名，而子畅不弃士林者，实资过庭之训也。"③盖蕃曾在洛中授学，
康敬本、李大师等为门人。《康敬本墓志》中所说"司成硕学，就释
十翼之微"，正是指他跟随盖蕃学《周易》（"十翼"即《易传》）之事。
可见康敬本以传习《易》学显于当时。盖蕃之子盖畅的墓志亦被
发现，其中说到蕃、畅父子"并以经业相传，为当时所重"，"（畅）著
《道统》十卷，诚千古之名作，一代之良才"④。可见盖蕃家族为一个
经学世家。康敬本的同门李大师，即李延寿之父，为唐初著名史学

① 吴钢主编：《全唐文补遗》第二辑，三秦出版社，1995年，第234页。
② 吴钢主编：《全唐文补遗》第二辑，第243页。
③ 吴钢主编：《全唐文补遗》第一辑，三秦出版社，1994年，第64页。
④ 吴钢主编：《全唐文补遗》第二辑，第351—352页。

家，《南史》《北史》的草创者。康敬本师从盖氏经学之家，又与李大师等当时著名文人交游，熏习于这样的文化氛围之中，所以他的学养、仕宦、文才迥异于家族其他人。

又如唐代著名的交趾诗人廖有方，世传其诗、文各一篇，柳宗元有文赠之，《安南志略》将之列入交州"名人"。其生平虽然散见于传世文献，但并不完整，新出《廖有方墓志》揭示了其名字、籍贯、先世、科举、仕宦、婚姻、后嗣、交游及其他经历等多方面的信息，我们对这位安南民族作家才有了较为清晰的认识。比如墓志中提到他早年求学和赴举的过程："速弱冠，始事宗人廖从正于□□□习诵经传，后有谈于廉郡者，遂馆于郡学。由是仍振文笔，闻□交趾。次游太学，知文战可必，故南启二亲，尽室而北。元和十一年岁岁次景申，今太师李公掌贡，果登名天子，为进士及第。"[1]这些信息可以和传世文献所载互为补充[2]。

四、其他生平资料

除了上面一些信息，新出唐代石刻中还记载了不少民族作家其他的生平资料，对于全面理解他们的文学人生、作品多有裨益。如唐女道士元淳，《全唐诗》载其《寄洛中诸姊》《秦中春望》诗两首及存诗名的残句四联。《全唐诗补逸》卷一八补齐《寓言》诗残篇，《全唐诗续拾》卷五三又补《感怀》诗残篇。敦煌所出《瑶池新咏集》写卷收录其诗六首和一个残题，其中三首诗正好是原来传世三

① 赵力光主编：《西安碑林博物馆新藏墓志汇编》，线装书局，2007年，第692页。
② 相关研究参考张安兴《诗人、义士、交趾人廖有方：从一方新出土唐墓志说起》，《碑林集刊》第十三辑，陕西人民美术出版社，2008年，第64—69页；胡可先《新出土唐代诗人廖有方墓志考论》，《中山大学学报》（社会科学版）2009年第5期。

个残联的全璧①。这样一位杰出女诗人的生平,在传世文献中仅有只言片语,直到墓志出才得以见到真面目。据《故上都至德观主女道士元尊师墓志文》:

> 尊师法名淳一,河南人也。系自后魏,郁为令族。……父茂□,怀州河内县丞。才足干时,位不充量。尊师大开顿晤(悟),神假词华。龀岁而日诵万言,笄年而通览三教。□弛(驰)出俗之虑,独蕴登真之想。……于是深入道门,大弘法要。天宝初,度为女道士,补至德观主。闭机丹灶,养德玄坛。人仰宗师,□高令问。优游恬旷,三纪于兹。大历中,揭来河洛,载抱沉痼。粤以十□年七月三日,返真于东都开元观,春秋六十□□终谓门弟子曰:吾方欲撷三芝,练五石,□白日,升青天。虽事将志达,而道与心叶。适去顺也,归夫自然。言已,如□□而不乱。②

据墓志,她本姓元氏,淳一乃其法号,为后魏鲜卑拓跋氏族裔。墓志中记载她天宝初为长安至德观主、大历中卒于洛阳开元观等事迹,可以和她的诗歌相互印证③。

　　石刻文献中还保留了一些少数族裔家族汉化过程的资料。如唐代内迁吐蕃论氏家族,有论惟明能作诗。他有一首献给唐德宗的诗:"豺狼暴宫阙,拔涂凌丹墀。花木久不芳,群凶亦自疑。既为皇帝枯,亦为皇帝滋。草木尚多感,报恩须及时。"④这是唐代内附吐蕃族裔唯一存世的完整诗篇,内容和情感都显得相当质朴。近

---

① 徐俊:《敦煌诗集残卷辑考》,中华书局,2000年,第683—685页。
② 吴钢主编:《全唐文补遗》第六辑,第465页。
③ 参见贾晋华《〈瑶池新咏集〉与三位唐代女道士诗人:中国古代女性诗歌发展的新阶段》,《华文文学》2014年第4期。
④ 陈尚君辑校:《全唐诗补编·全唐诗续拾》卷一八,中华书局,1992年,第917页。

年新出论惟明之兄论惟贞墓志，为当时著名文人、书法家徐浩撰写和书丹，其中记载子论儳、论位、论伾、论伿等"并附学进经，业精迁秩"①，透露出其家族熏习当时文儒风气、学习汉文化的信息。这种情况下，诗人论惟明的出现也就能解释了。

另外，出土石刻还能与敦煌文献关联，共同丰富胡族作家、作品的信息。如法藏敦煌写卷P.3885有一份《前大升（斗）军使将军康太和书与吐蕃赞普》文书，作者或者信息发出者粟特胡人康太和墓志，近年就在西安出土②，详细记载了其生平和家世。另外，敦煌文献多个写卷中有名为安雅创作的《王昭君》诗，其人生平一直不详，而出土安雅撰《罗炅墓志》，揭示了他的重要生平信息，详本书后面章节的分析。

第二节　民族作家作品史料

石刻在古代是文学作品的重要载体，石刻文献也是"集部辑佚的一大渊薮"③。新出唐代石刻保存了大量少数民族作家创作的汉文学作品，不仅丰富了唐代民族文学作品的数量，还在一定程度上提升了唐代民族文学作品的质量。

少数民族创作的石刻文学作品，多数是用汉字书丹之后摹刻的，这本身是他们汉化或者学习汉文学的一个表征。如出土的渤海贞惠公主墓碑，是唐代渤海文学的代表作，金毓黻曾指出："就碑文的文学造诣来说，可以说与当时唐朝金石文字的作风是一致

---

① 齐运通、杨建锋编：《洛阳新获墓志二〇一五》，中华书局，2017年，第231页。
② 陕西省考古研究院编：《陕西省考古研究院新入藏墓志》，上海古籍出版社，2019年，图版、录文分别见第74、272页。
③ 程章灿：《古刻新诠》，中华书局，2009年，第190页。

的。……都是效法唐朝上流文人手笔而写作出来的,因而也应该承认:此碑是一篇值得重视的作品。"① 这样的例子在其他周边民族也是常见的,这是汉字文化圈或汉文化圈扩展的表现。

　　唐代民族作家的著述及作品,是唐代民族文学的主体,也是支撑唐代民族文学得以成立的重要条件。除流传至今的民族作家文集、散见诗文之外,新出石刻墓志是补充唐代民族作家文学作品最主要的来源之一。《新增千家唐文作者考》② 和《唐五代文作者索引》③ 所收录的新出石刻墓志作者,据本人逐一考察,可确定出于少数民族的作家有150余人,而实际数字当远大于此。近年来,新出墓志源源不断,可补充者甚多。这些作家及其作品多为新出,价值极高。

　　具体而言,一些少数族裔文人的墓志,记载了他们文学作品、著述的情况。如敕勒族裔谢观自撰墓志铭云:"及长,著述凡卌卷。尤攻律赋,似得楷模,前辈作者,往往见许。"④《新唐书·艺文志》著录《谢观赋》八卷,《全唐文》中收录其赋作一卷二十三篇,主要是律赋。这些情况与墓志所说相合,但其作品散佚已十分严重。谢观的子女也擅长文学,其子谢承昭撰其妹谢迢墓志,志中还引其妹的诗句"永夜一台月,高秋千户砧"⑤,可见其为一女诗人。高车族裔李问政,张说曾有诗赠之,但文名不显,而其墓志载:"好学善属文,年十有九,乡贡进士对策上第。……雅善为理,尤好著书,有

---

① 金毓黻:《关于"渤海贞惠公主墓碑研究"的补充》,《考古学报》1956年第2期。
② 韩理洲:《新增千家唐文作者考》,三秦出版社,1995年。
③ 陈尚君:《唐五代文作者索引》,中华书局,2010年。
④ 吴钢主编:《全唐文补遗》第一辑,第400页。
⑤ 吴钢主编:《全唐文补遗》第一辑,第396页。

集卅卷行于代。"①李问政子李符彩墓志亦出土,其中引用了李问政诗句"五文何彩彩,十影忽昂昂"②,吉光片羽,弥足珍贵。又唐代著名粟特后裔史宪诚(一说奚族),史传载他以武力见长,不修文学,但其子史孝章墓志载《启父文》一篇,由其"摄衣鼓箧,往诣嵩阳山,读古人书"③之志向,已见出汉化的转变。

　　除了直接补充作品外,有关少数族裔家族文学创作情况的记载,更是多见于出土墓志中。如鲜卑族裔河南于氏,文人辈出,唐大中三年状元于珪女,为孙备夫人,其墓志中载:"下笔成诗,皆葩目涤耳,诵古诗四百篇,讽赋五十首。"④可见尚文之风,渐染及于女性。

　　一些少数民族作家及族裔(如突厥、回鹘等)在传世文献中罕有文学作品,而新出石刻中可补遗。如著名的《九姓回鹘可汗碑》汉文版,因为碑文刻有莫贺达干所撰的信息,我们才知道回鹘汉文学史上有这样一位重要的作家。杨富学认为:"将汉文与突厥文、粟特文部分相对照,可以看出它们的结构与风格大相径庭。说明汉文部分不是由突厥文或粟特文翻译过来的,而是原创作品。这一微弱的信息透露出作者文学素养之高和汉语水平的不凡。"⑤再如唐初内附的突厥契苾部族人契苾何力,《隋唐嘉话》曾记载他诵古诗"白杨多悲风,萧萧愁杀人"之事,可见他对汉文学经典的熟悉。大中八年柳喜撰契苾何力五代孙《契苾通墓志》,其中还传

①吴钢主编:《全唐文补遗》(千唐志斋新藏专辑),三秦出版社,2006年,第134页。
②吴钢主编:《全唐文补遗》第一辑,第153页。
③洛阳市文物管理局编:《洛阳出土少数民族墓志汇编》,河南美术出版社,2011年,第193页。
④吴钢主编:《全唐文补遗》第一辑,第391页。
⑤杨富学:《回鹘宗教文学稽考》,《西北民族大学学报》(哲学社会科学版)2004年第3期。

颂契苾何力"诵古诗"之美谈(参见第九章)。尽管契苾家族的"文名"远播,但并未有文学作品传世。而新出契苾梁宾撰并书《契苾尚宾墓志》,打破了这一尴尬局面。据墓志载:

> 君讳尚宾,其先则武威著姓,今即河南人也。卅岁聪敏,习君子之风;弱冠纵才,有词人之德。历览前史,文章日新。高道自升,风尘不杂。廉洁敦厚,戚里称贤。①

契苾梁宾自称志主的"堂兄",二人皆契苾何力曾孙。从墓志所载内容可知,契苾尚宾具有较好的文学修养。而撰写、书丹墓志的契苾梁宾,则表现出更为娴熟的传记文体叙事能力和书法造诣。这篇墓志可谓唐代突厥族裔文学的又一重要资料。又如唐初内附的百济泉氏家族,在政治、军事等领域颇为活跃,但未见有文学作品传世。赵明诚《金石录》卷五著录了《唐卫尉正卿泉君碑》一篇,题注:"长子隐奉撰叙,仲子伯逸正书;苏晋撰铭,彭杲正书。开元十五年三月。(泉君名实,盖苏文之孙也。)"②可惜这篇兄弟撰书的"合璧"文章没有流传。幸而泉隐为其子泉毖所撰墓志出土③,我们才看到了他汉语文学的造诣。结合《金石录》所载,可知泉隐为泉氏一族之文才翘楚。

此外,透过一些少数民族作家撰写和书写的墓志,还可以一探他们创作时的民族心态。比如唐代十分活跃的昭武九姓粟特胡人之间,存在相互请托撰写墓志的情况,如康杰撰《大唐北岳恒山封

---

① 吴钢主编:《全唐文补遗》第八辑,三秦出版社,2005年,第27—28页。
② 赵明诚撰,金文明校证:《金石录校证》卷六,广西师范大学出版社,2005年,第97页。按:校证本以"隐奉"为人名,并划线标识,实则仅"隐"为人名。
③ 吴钢主编:《全唐文补遗》第四辑,三秦出版社,1997年,第22—23页。

安天王之铭》碑阴①,为安禄山颂德,就是典型的例子。另外,安雅撰《罗昱墓志铭》②,米士炎撰《何德墓志铭》③、《炽俟辿墓志》④,史恒撰《康夫人墓志》⑤,石镇撰《曹彦瑰母康氏墓志铭》⑥、《白守忠暨夫人龙氏墓志》⑦,翟运撰并书《米继芬墓志》⑧,李平(本姓安)书其父《李元谅(安元光)墓志》、撰其弟《李准墓志》⑨,等等。这一方面说明这些"胡气"甚重的外族群体已经掌握了较高的汉文化水平,但另一方面也可能隐含着他们掌握自己的"话语权"的愿望。内迁中原的粟特胡人,为了保持族群文化,长期维持"族内通婚",依托共同的信仰中心(祆祠)聚居;而这种"逆同化"的取向,与他们学习汉文化并行不悖。透过这些请托撰志现象,我们推测:他们对汉文学的借鉴可能带着一种族群思维,隐含着"脱颖而出"的粟特文人在建构"族群话语"方面的努力。这也是窥视唐代民族文学内

① 《全唐文》卷四〇八,中华书局,1983年,第4183页。按:《大唐北岳恒山封安天王之铭》为李荃撰文,其碑阴为康杰撰文,时间为天宝七载。该碑为美化范阳节度使安禄山和博陵太守贾循等而作,实质上是为安禄山的反叛提供舆论支持。

② 吴钢主编:《全唐文补遗》第七辑,三秦出版社,2000年,第49页。

③ 吴钢主编:《全唐文补遗》第三辑,三秦出版社,1996年,第97—98页。

④ 西安市长安博物馆编:《长安新出墓志》,文物出版社,2011年,第189页。

⑤ 吴钢主编:《全唐文补遗》第三辑,第107页。

⑥ 吴钢主编:《全唐文补遗》第六辑,第88—89页。

⑦ 故宫博物院、陕西省考古研究院编:《新中国出土墓志·陕西(肆)》(下),文物出版社,2021年,第140页。按:白守忠一族皆大将军、郎将出身,袭封漆水郡开国公,当为西域胡族。白守忠妻龙氏,也是西域胡姓,通常认为是焉耆王族,参见荣新江《龙家考》,《中亚学刊》第四辑,北京大学出版社,1995年,第144—160页。石镇两篇墓志都是为西域胡姓后裔创作。

⑧ 吴钢主编:《全唐文补遗》第三辑,第143页。

⑨ 李元谅、李准父子墓志,参见王庆卫在"首届古代知识与文明的产生与传播"学术研讨会上的报告《安史乱后一个粟特武将家族的发展史:从新出李元谅子李准墓志谈起》,2020年11月14日,北京。本书所引据友人张驰"仰澍斋"所藏拓本,谨致谢忱。

涵的特殊视角。

第三节　民族语言文学史料

　　新出唐代石刻中有一类民族语言石刻,是民族文学的特殊作品,故本节单独列出来考察。民族语言、文字("胡语""胡书")创作的石刻作品可以说是最典型的民族文学作品。比如突厥文碑铭,是唐代民族文学的重要内容。目前发现的古突厥文碑铭主要有十余方[1],文字释读已较为充分,学者们也注意到这些碑铭的文学价值。岑仲勉评价《暾欲谷碑》:"即就文章论,亦东亚古代有数之作。"[2]林幹也指出《阙特勤碑》和《毗伽可汗碑》:"全部碑文是用散文书写的,有许多部分词句工整,辞藻佳丽,文学意味颇浓,可以说,既是一部突厥史,也是一篇叙事诗。"[3]薛宗正的《突厥史》在"突厥文化"一章中,专门设置"灿烂的文学"一节,重点考察的就是突厥碑铭[4]。各种类型的民族文学史也多设置"突厥碑铭"一节来重点论述,专门研究突厥碑铭文体特征、语言和叙事艺术等问题的论文也有很多,兹不赘述[5]。

　　除了突厥碑铭,吐蕃碑铭也多以古藏文书写,因而也具有典范的民族文学价值。王尧《吐蕃金石录》中收录石刻十三方,除了《唐蕃会盟碑》为汉文、古藏文双语,其余都是古藏文。近年来西藏、青

① 参考耿世民《古代突厥文碑铭研究》,中央民族大学出版社,2005年。
② 岑仲勉:《突厥集史》,中华书局,1958年,第865页。
③ 林幹:《突厥与回纥史》,内蒙古人民出版社,2007年,第133页。
④ 薛宗正:《突厥史》,中国社会科学出版社,1992年,第752—766页。
⑤ 按:目前重要的突厥碑铭主要是19世纪后半叶至20世纪前期发现的,此后又有陆续发现,其中不少尚未引入国内学术界,或最近才被研究者关注到,如慧思陶勒盖碑等。

海、四川、云南等地方又陆续发现一些吐蕃时期古藏文石刻。如青海都兰吐蕃墓出土的古藏文墓葬石刻,虽然只有断篇残稿,但包括丰富的历史文化信息,其中包括古藏文文学体式和内容的信息①。吐蕃文学深受佛教影响,在文体、格律等方面有独特之处。如近年在四川石渠等地发现的吐蕃藏文石刻群,篇幅宏阔,内容富赡,文学价值极高。其中须巴神山石刻古藏文题记,本为佛像赞颂诗和祈愿诗,如第9幅石刻的藏文,完整翻译成诗体如下:

> 清净的圣像是美丽的身体,
> 智慧法印如黄金大山一样,
> 你的盛名在世界各地传遍,
> 你微闭的眼睛指明了正道,
> 对众生你像太阳升起一样,
> 你有天空般宽广的解脱心,
> 你慈悲的声音是悦耳妙音,
> 你用智慧方便使众生解脱,
> 因此向你礼拜供奉和皈依!②

该石刻为赞普赤松德赞在位时期(755—797年)的作品,句式整齐,文字华美,情感清朗,为吐蕃文学中上乘的抒情诗③。同期发现的其他题记,类似的作品还不少,对于藏族文学的研究具有不可忽视的意义。

---

① 相关石刻拓本及转译、研究,参北京大学考古文博学院、青海省文物考古研究所编《都兰吐蕃墓》,科学出版社,2005年;青海藏族研究会编《都兰吐蕃文化全国学术论坛论文集》,文物出版社,2017年。
② 四川省文物考古研究院、石渠县文化局:《四川石渠县新发现吐蕃石刻群调查简报》,《四川文物》2013年第6期。
③ 夏吾卡先另有译文,略有不同,见《石渠吐蕃摩崖刻文的整理与研究》,《藏学学刊》第十四辑,中国藏学出版社,2016年,第19—35页。

　　汉文和其他民族语文字刻于一石是中古以来常见的碑刻样式，如《九姓回鹘毗伽可汗碑》就是汉文、粟特文和突厥文三体合刻；《唐蕃会盟碑》为汉文、藏文合刻。这些"合璧"碑刻是民族交往、交流、交融的见证，为不同语言文学样式的比较研究提供了案例①。此外，新出石刻中还出现了一种双语墓志，也值得关注。目前发现的中古时期的双语墓志有多件：北周大象二年《史君墓志》，是汉文、粟特文双语墓志合刻；同为北周大象年间的游泥泥槃陀夫妇两方墓志，则为粟特文、汉文分别书刻；唐贞元十一年回鹘王子《葛啜墓志》，为汉文、突厥鲁尼文合刻；开元二十七年《大唐故安优婆姨塔铭并序》，为粟特文、汉文合刻；咸通十五年波斯人《苏谅妻马氏墓志》，为汉文与波斯婆罗钵文（一说巴列维文）合刻。经过中外学者的研究，这些胡语已被初步释读，从中可以考察当时文学交流的情况，以及墓志这种文体在胡、汉之间的特殊转换规律。例如《苏谅妻马氏墓志》汉文版正文作：

　　　　左神策军散兵马使苏谅妻马氏，己巳生，年廿六。于咸通十五年甲午岁二月辛卯建廿八日丁巳申时身亡，故记。②

墓志合璧的中古波斯婆罗钵文，据刘迎胜综合国内外学者的研究，考释转译如下：

　　　　此乃已故王族，出身苏谅［家族］之左神策骑兵之长的女儿马昔师（Masisi），于已故伊嗣俟（Yazdkart）二四〇年，及唐朝之二六〇年，常胜君王崇高之咸通十五年，［波斯阳历］十二月五日建卯之月于廿六［岁］死去。［愿］其［住］地与

①　参考史金波《民族交往交流交融的典型例证——中国古代合璧文字文献刍论》，《中央民族大学学报》（哲学社会科学版）2022年第3期。
②　吴钢主编：《全唐文补遗》第二辑，第583页。

阿胡拉·马兹达及天使们同在美好的天堂。祝福。[1]

虽然学者们对波斯语的转译略有不同，但总体上看，胡、汉两种文体存在一些有趣的差别。两篇文字都属于私人写作，虽然有一些对应的信息，但并非直接对译关系，汉文版简单交代了马氏的人物关系、生卒年，而婆文版中则加入了波斯纪年和神名（阿胡拉·马兹达为祆教主神），叙事上更为详备，说明作者对这一文体的谙熟。刘迎胜认为，苏谅等人作为入唐波斯人几代之后裔，在远离故土的环境还能用母语写墓志，"说明唐代聚集在神策军中的信奉祆教的波斯人、安息人社团中，有巴列维文或安息文教学活动"[2]。与《苏谅妻马氏墓志》不同的是，《葛啜墓志》是官方文本。其汉文版更为详尽，是典型的汉人墓志体式，而突厥鲁尼文则突出了葛啜的谱系，记时、记事方面也更为简练，文最后还附刻了一个可能是葛啜王子所属氏族的徽记：这些差异显示了两种不同的文化属性。可以想见，当时撰写葛啜生平的时候，唐朝廷和回鹘之间的某些互动。这两方双语墓志是研究唐代胡语文学和胡、汉文学交流弥足珍贵的史料。

此外，敦煌石窟、安西榆林石窟、克孜尔石窟等地发现的唐代梵语、回鹘语、粟特语、焉耆语、龟兹语等文字题记，也具有重要的民族语言文学价值。以龟兹语（吐火罗语B）为例，6到8世纪间，该语言被广泛运用于文学作品中，"有说书人用龟兹语讲佛教故事。如同之后的汉语变文，这些故事在散体和韵体之间变换。韵

---

[1] 参见刘迎胜《唐苏谅妻马氏汉、巴列维文墓志再研究》，《考古学报》1990年第3期。

[2] 刘迎胜：《丝绸文化·草原卷》，浙江人民出版社，1995年，第128页。

体部分前标有曲调名,告诉说书人应该唱哪个调子"①。石窟中所见龟兹语题记,庆昭蓉将其分为四类:榜题,用以形容壁画题材或补充壁画内容;题铭,记录与石窟建筑过程相关的事件;漫题,例如"某某到此一游"式的游人题记,或住寺徒众涂鸦;壁书,以壁画为素材的文学或书法作品,可视为漫题之变种②。其中一些题记本身就标明是用某种格律、曲调或者文学形式创作的,如克孜尔203窟题记为一首关于死亡的诗歌,经研究者转译如下:

> 噢,死亡!我一点也不怕你。所有的(人)都要死,为什么只有我一个人怕你?唉!(这)就是我心中的想法。我甚么时候都怕你。(因为)你(将来)会带我去阿鼻之类的地狱。③

在这一题记之前有"在Kamsakarvaoa(的曲调)"一个标注用来说明这首诗歌的格律,研究者进一步认为:"题记开头置于格律名称前面的文字‖araisruka大概不是误写、衍文或未完题记,而很可能标示这首诗文的题目。也就是说,龟兹语诗文似可用开头几个音节作为该首诗文的题目或简称。后来我们在213窟发现了类似作法,所以此次调查对于吐火罗语文学研究很有启发。"④克孜尔213窟的题记,诗名《胜地》,开头标注"寄调*Bahudantäk*",有残存的两句为"胜地耶婆瑟鸡寺舍中,勤行之人皆享福"。但据荻原裕敏分析,这残留的两句并不符合*Bahudantäk*格律的要求,因而这

---

① (美)芮乐伟·韩森著,张湛译:《丝绸之路新史》,北京联合出版公司,2015年,第97页。

② 庆昭蓉:《吐火罗世俗文献与古代龟兹历史》,北京大学出版社,2017年,第107页。

③ 新疆龟兹研究院、北京大学中国古代史研究中心、中国人民大学国学院西域历史语言研究所:《克孜尔石窟后山区现存龟兹语及其他婆罗谜文字题记内容简报(一)——第203、219、221、222、224、227、228、229窟》,《敦煌吐鲁番研究》第十三卷,上海古籍出版社,2013年,第368页。

④ 同前。

一题诗"可能是住寺比丘或来访僧徒一时兴起之吟咏"①。近年来，中古时期龟兹石窟题记整理已取得了集成性成果②，对于研究中古时期胡语文学具有全新的意义。

　　现存中古时期胡语碑刻，极少标注作者姓名，这是民族文学的一大遗憾，然而也并不是没有标注姓名的例子。前文提及的石渠吐蕃古藏文石刻，其一就标明由卓玛勒贡书写。蒙古国发现的婆罗谜文《慧思陶勒盖碑》，文末标明为达尔罕所写③。《毗伽可汗碑》和《阙特勤碑》突厥文则都出自药利特勤之手。这些都是珍贵的文学资料。

第四节　民族宗教文学史料

　　此外，出土石刻中有一类宗教碑刻、造像、经幢等，是流寓中国或者久居华夏的少数民族创立的，不仅石刻本身具有浓郁的异域民族之风，石刻文本也是绝好的民族宗教文学资料，而他们的作者也多数不详，所以这里单独列出来考察。有关佛教的文学作品，如景龙三年《大唐阿弥陁石像塔记并序》：

　　　　如闻铜衡广运，天门仰而莫穷；金榜遥临，地户窥而罕测。况乎他方世界，三千日月之循环；聚落城池，百亿山河之弹压。……此塔者，弟子拔也贞家人永安之所立也。永安姓

---

① （日）获原裕敏：《略论龟兹石窟现存古代期龟兹语题记》，《敦煌吐鲁番研究》第十三卷，上海古籍出版社，2013年，第384页。
② 赵莉、荣新江主编：《龟兹石窟题记》，中西书局，2020年。
③ 慧思陶勒盖碑，亦称惠斯陶勒盖碑，1975年蒙古国考古学家纳·达瓦安发现于布尔干省惠斯陶勒盖，碑文译文参考敖特根、马静、黄恬恬《惠斯陶勒盖碑文与回鹘的崛起》，《敦煌学辑刊》2020年第3期。

　　翟氏，元北狄人焉。属皇运勃兴，龚行薄伐，鲸鲵必翦，巢穴
　　无遗。南通火鼠之乡，咸皆启颡；北达烛龙之境，莫不称臣。
　　自隶丹书，丞移缇琯，悲生树橘，恨起鸣笳。思腊祭而无因，
　　冀仁祠而有托。遂削衣减膳，命匠征工。采合浦之珠玑，琢昆
　　峰之玉石。上为应天皇帝爰及曹主，下为法界苍生、存亡眷
　　属。敬造阿弥陀像一铺，并勒般若波罗蜜多心经一卷。①

此塔为文中提到的"拔也贞家人永安"所立，文中明说他为"北狄"
人。从其姓翟来看，当为内迁丁零(高车)族裔。序文用骈文写成，
不失为一篇优美的文学作品。

　　又如唐代渤海号称"海东盛国"，其文物制度一如唐朝，文学
创作也渐染华风，在宗教石刻中也有表现。日本大原县美术馆藏
渤海咸和四年(833)铭文佛龛：

　　咸和四年闰五月八日前许王府参军骑都尉赵文休母李氏
　　敬造阿弥陀佛及观音势至等菩萨尊像。庶俱门眷属，咸济六波；
　　法界苍生，同超八正。乃为颂曰：大矣真如，至哉正觉。开凿四
　　生，舟航五浊。不垢不净，非灭非生。慈云永荫，惠日常明。②

这件完整无缺的铭文造像，是出土渤海文物的珍品，是除贞惠公主
墓碑、贞孝公主墓碑之外又一篇罕见的渤海文学作品。它不仅证
明了渤海国通用汉字，在信仰表达方面和当时唐代颇多共性，而且
说明其国人的汉文学水平也有很高的造诣。

　　唐代"三夷教"(祆教、景教、摩尼教)流行于当时中亚和北方
民族中，对这些民族文化产生过深远影响，甚至他们内迁中国以
后，还在相当长一段时间内保存着对这些宗教的信仰，并将其宗教

---

① 吴钢主编：《全唐文补遗》第一辑，第462页。
② 李殿福：《渤海咸和四年铭文佛龛考释》，《社会科学战线》1994年第3期。

经典传播到内地。敦煌吐鲁番文书中发现了不少有关资料，新出石刻中也有相关的内容，对于考察这些宗教与文学的关系提供了新视角。如2006年洛阳新出土的《大秦景教宣元至本经》经幢残石，为景教（基督教聂斯脱利派）传入中国以后的重要经典，一经问世便引起了学术界的轰动。有关该经幢所刻文字的释读和涉及的其他相关问题，历史考古、宗教界的学者已有深入的研究①。该经幢为洛阳信奉景教的一个粟特胡人之家为亡母"安国安氏太夫人"及"亡师伯"某所立。经幢为八面棱柱，顶部有两组浮雕，都是中间十字架，左右为"天神"护佑；八个立面中第一至第五面第一行，刻《大秦景教宣元至本经》一部，第五面第二行至第八面，刻《大秦景教宣元至本经幢记》文一篇。该经幢所刻经文，可以和敦煌发现的《大秦景教宣元至本经》文书互补互校。幢记则交代了建幢者"森沉感因，卑情蓬心，建兹幢记，镌经刻石"的心理和经过。该经幢与明代出土的《大唐景教流行碑》同为唐代景教文学的重要作品，有研究将之与基督教义和精神相联系②，是唐代少数民族宗教文学深入拓展的新方向。此外，洛阳出土景教徒花献及其夫人安氏墓志③，进一步证实了洛阳粟特胡人的景教信仰，对了解这一群体的精神世界和信仰生活大有裨益。

　　新出石刻还有一些与祆教、摩尼教相关。近年新出长庆三年《唐故回鹘云麾将军试左金吾卫大将军米副侯墓志记》载：

　　　　光同尘内，花出淤泥。处俗时流，依师慕道，是我清净光

---

① 参考葛承雍主编《景教遗珍——洛阳新出唐代景教经幢研究》，文物出版社，
　　2009年。
② 葛承雍：《洛阳唐代景教经幢表现的母爱主题》，《世界宗教研究》2016年第3期。
③ 毛阳光、余扶危主编：《洛阳流散唐代墓志汇编》，国家图书馆出版社，2013年，第
　　535、547页。

明大师之也。净惠严洁,虚堂听而不掇,是我大哉之严师,唯米公年七十有三。住于唐国,奉于诏命,遂和而相滋。客从远蕃,质子传息。身虽蕃目,内典是常。闾里之间,敬奉如严师也。内外传则,共守典章,规门肃仪,示以训而不暇。四息二女,传孝道于盈街,处众推管。赞好能述,满路长月;诚次月晏,进直推亮。[①]

杨富学根据志文"清净光明大师"等信息,结合敦煌写本摩尼教《下部赞》、霞浦摩尼教文献《摩尼光佛》、泉州晋江华表山草庵遗址摩尼教石刻等文献中的"清净光明"说法,证明米副侯其人本为回鹘化的粟特胡人,疑为摩尼传教者。从内容上看,该墓志可能是一个深谙摩尼教的汉人文士或者汉文化程度很高的胡人所作,虽然作者想用汉人的礼仪规范和佛教知识来修饰这一摩尼家庭的形象,但还是透露出浓郁的异域文化之风。吐鲁番地区的石窟还发现了高昌回鹘时期的摩尼教寺院和壁画,保存了不少回鹘语、粟特语等胡语题记和榜题[②],与同一地区出土的摩尼教经典、赞美诗等一起构成了摩尼教文学的基本文献。

结　语

学术研究的推进依赖于新出史料。王国维说:"吾辈生于今日,幸于纸上之材料外,更得地下之新材料。由此种材料,我辈固得据以补正纸上之材料,亦得证明古书之某部分全为实录,即百家

---

① 杨富学:《大唐西市博物馆藏〈回鹘米副侯墓志〉考释》,《民族研究》2015年第2期。按:志文有缺漏、讹误,苦无善本可据,今依杨文整理如上。
② 参考晁华山《寻觅湮没千年的东方摩尼寺》,《中国文化》1993年第1期。

不雅驯之言亦不无表示一面之事实。此二重证据法,惟在今日始得为之。"①陈寅恪将王国维的学术内容和方法概括为:"一曰取地下之实物与纸上之遗文互相释证";"二曰取异族之故书与吾国之旧籍互相补正";"三曰取外来之观念,与固有之材料互相参证"②。即是对"二重证据法"的推演。陈寅恪又说:"一时代之学术,必有其新材料与新问题。取用此材料,以研求问题,则为此时代学术之新潮流。治学之士,得预于此潮流者,谓之预流。"③殷墟甲骨、居延汉简、敦煌文书、内阁大库档案,为影响20世纪学术潮流的四大古文献发现。而就唐代文史研究而言,20世纪以来新出石刻墓志则无疑具有匹敌上述四大发现的意义。石刻文献的收集整理在中国古代有悠久的历史和辉煌的成就,金石学是唐宋以来古代学术的重镇,其主要的贡献之一就是发掘新出石刻史料。

20世纪之初,随着洛阳出土墓志的集中涌现,以罗振玉等人为代表的传统金石学家,迅速开展了收集和整理研究,使得这一领域一开始便占据了制高点。新出石刻墓志史料,除了在补史、证史等传统金石学范畴内推进了有关研究,还开启了一些新的研究领域,如唐代文学家族(士族)研究,民族史、宗教文化、中外关系等研究,而这些研究领域与唐代民族文学直接或间接相关。一方面,新出石刻增加了唐代民族文学的典范作品(如民族作家+民族语言+民族文化内容),提供了唐代民族文学发展、演变与融合的案例;另一方面,新出石刻关联众多元民族文化主题,揭示了唐代民族文学所依托的广阔背景,为多科学交叉研究提供了机遇。

---

① 王国维:《古史新证・总论》,收入《王国维全集》第十一卷,第241—242页。
② 陈寅恪:《王静安先生遗书序》,收入《金明馆丛稿二编》,第247页。
③ 陈寅恪:《陈垣燉煌劫余录序》,收入《金明馆丛稿二编》,第266页。

中 编
族裔文学视角下的唐代
民族文学研究

第五章 唐代鲜卑族裔文学个案研究
——于志宁家族文学

十六国北朝时期，匈奴、鲜卑、羯、氐、羌等胡族大规模内迁，掀起了民族大融合的浪潮，对中国历史进程产生了深远影响。从民族关系的角度来看，那些建立过北族政权和王朝的"五胡"，随着隋唐帝国的统一，已失去了作为独立民族"实体"的性质，被整合进入新的帝国关系中，或者说融入汉人中；但从族群关系的角度来看，包括匈奴、鲜卑等胡族，他们在很长一段时间仍然保持着族群"他者"的特征，他们融入汉人社会经历了复杂的过程。作为多民族聚合体的鲜卑，是十六国北朝时期民族关系的主角，但鲜卑各部（如拓跋部、宇文部、段部），各自有演进、融合的路线，因而要从整体上观察唐代鲜卑族裔的情况，是非常空疏的。前人已经从很多角度切入考察过鲜卑的汉化问题，比如墓葬、习俗、婚宦等等，但文学的发生和发展似乎关注较少。事实上，鲜卑族裔在北朝隋唐时期的文学成就令人瞩目。在北朝时期，以孝文帝等为代表的鲜卑宗室，对当时文坛风气产生了重要影响，并且留下了不少脍炙人口的作品。隋唐时期，鲜卑族裔的文学成就，从整体上升到一个更高的层次。从作家数量来看，《全唐诗》《全唐诗补编》可考鲜卑族裔作家100余人,作品1400余篇(残句按照一篇算)[①]。这个数量占整个现存唐诗的比例虽然很小,但考虑到鲜卑族裔的人口比例,这也是不俗的成绩。另外,从名家、大家的情况看,鲜卑族裔作家也不逊色。元结、元稹、"五窦"等,在唐代诗人中可称名家;长孙佐辅、于邺、于武陵等可列为小家。

　　因为史料的断层,关于古代族裔文学、少数民族文学的研究维度多是静态的,鲜能贯通其发生和发展的过程。为此,本章引入"家族文学"和"文学家族"概念,长线条来观察一个胡族家族文学的演进,或许可以获得一些清晰的族裔文学形象。当然,这就需要选择合适的家族。以鲜卑族裔家族为例,有延续不断史料者寥寥可数,一些北朝显赫的家族进入唐代式微,一些北朝时期杳无痕迹的家族在唐代却有可观的文艺成就,这为长线条观察带来了困难。经过调查,本书选择了河南于氏家族为个案。

　　河南于氏,本出鲜卑万纽于部。赵明诚在《后周延寿公碑颂》跋文中引述家中藏于洛拔子《于烈碑》的情况:"述其世系甚详,云远祖之在幽州,世有部落。阴山之北,有山号万纽于者,公之奕叶居其原趾,遂以为姓。暨高祖孝文皇帝时,始赐姓为于氏焉。"[②]《魏书·官氏志》也载万纽于氏改于氏[③]。北朝较早活跃的鲜卑于

---

① 有学者统计《全唐诗》载鲜卑族诗人51位,存诗数量871首,参见朱仰东《〈全唐诗〉所载唐代鲜卑族诗人考论》,《西安建筑科技大学学报》(社会科学版)2016年第5期。按:该统计存在不少讹误和遗漏,如河南于氏仅列于志宁等9人,阙于濆、于邺等有诗集存世的诗人;河南窦氏仅列窦威、窦参二人,阙窦叔向一族。

② 赵明诚著,金文明校证:《金石录校证》卷二二,第377页。按:点校本"万纽于"之"于"原作"子",据宋本《金石录》改。

③ 按:北朝鲜卑胡姓译无定字,"万纽于"或作"勿忸于",又作"万于"。唐有《处士刘德墓志》,载其夫人万于氏,太原人(《全唐文补遗》第八辑,第353页),或为于氏之未改姓或复旧姓者。

氏是于栗磾一族,初以武艺兴于道武帝拓跋珪时期。其子孙屡居大官,是北朝时期显赫的一支力量,所以史书载:"于氏自曾祖四世贵盛,一皇后,四赠三公,领军、尚书令,三开国公。……魏定中原,于栗磾有武功于三世。"[①]于栗磾一族文学道路经历了数代的积累,其孙于烈还以善射闻名,武力之风尤炽。于烈子忠,世宗时自称"无学识,不堪兼文武之任",但"忠后妻中山王尼须女,微解《诗》《书》,灵太后临朝,引为女侍中"[②]。于忠弟子劲、劲子晖为沃野镇将,以武略显。于晖子于彧:"敏而好学,博见多闻,雅爱辞章,妙解虫隶。"[③]显示了由武入文的迹象。入唐以后,于栗磾一族不显,起而代之的是于谨一族[④]。

　　于谨一族出自六镇,北朝后期郁然勃兴,其子嗣多为贵戚,传承不坠,史称:"崇基弗坠,析薪克荷,盛矣!"[⑤]于谨九子,分为九房,唐五代之世克继先业,先后出于志宁、于頔、于琮、于兢四位宰相,为唐五代历史上煊赫的鲜卑族裔家族,也是典型的胡姓文学家族。本章选取于志宁一系的文学之路为例来说明。

第一节　于志宁家族文学渊源及传承述略

　　北朝隋唐时期,河南于氏文人辈出,成就卓然,其中于志宁家族的文学道路尤具代表性,史称其"以家世文史盛名"(《旧唐

①《魏书》卷三一,第746、748页。
②《魏书》卷三一,第742、746页。
③ 毛远明:《西南大学新藏墓志集释》,凤凰出版社,2018年,第17页。
④ 按,《北史》将于谨一系嫁接到于栗磾一支,造成不少误解,事实上二者为两个不同的支系,参考拙稿《中古时期北方族裔谱系建构与民族认同》,《西南边疆民族研究》第二十三辑,云南大学出版社,2018年,第67—80页。
⑤《北史》卷二三,中华书局,1974年,第863页。

书·于休烈传》),而其家学、家风之积累过程也班班可考,是解剖北朝鲜卑族裔的文学发生、发展的典型案例。

一、"奠基":从于仲文到于立政

于谨一支本出六镇,其曾祖为怀荒镇将,祖父官平凉郡守、高平镇都将,都是武功出身。于谨始有从文的转向,其传记中载:"沈深有识量,略窥经史,尤好《孙子》兵书。"①于谨之子辈,文学积累的程度渐趋明显,如于翼曾"总司仪制","有人伦之鉴"②;于义"少矜严,有操尚,笃志好学"③;于仪"渔猎典籍,谈论纵横"④。至于谨孙辈,家族文学积累开始出现突变,产生了于仲文这样的茂才硕儒,其本传云:

> 仲文少聪敏,髫龀就学,耽阅不倦。其父异之曰:"此儿必兴吾宗矣。"九岁,尝于云阳宫见周太祖,太祖问曰:"闻儿好读书,书有何事?"仲文对曰:"资父事君,忠孝而已。"太祖甚嗟叹之。其后就博士李祥受《周易》、《三礼》,略通大义。及长,倜傥有大志,气调英拔,当时号为名公子。……撰《汉书刊繁》三十卷、《略览》三十卷。⑤

其本传载其狱中上书,骈散结合,言辞恳切动人。另外,出土开皇十年于仲文撰《于仪与广宁公主墓志》,一千八百八十余字,内容宏富,文辞华丽考究,骈俪程度之高,可谓北朝至隋墓志文的典范。于仲文在"文""史"两个领域的开拓,对于后来河南于氏家族的家

---

①《北史》卷二三,第845页。
②《周书》卷三〇,中华书局,1971年,第524页。
③《隋书》卷三九,中华书局,1973年,第1145页。
④胡戟:《珍稀墓志百品》,陕西师范大学出版社,2016年,第28页。
⑤《隋书》卷六〇,第1450、1455页。

学走向,起到了关键的奠基作用,而于志宁为重要过渡人物。

于志宁为于义之孙,于宣道之子,出继叔父宣敏。"宣道字元明,性谨密,不交非类。……宣敏字仲达,少沉密,有才思。年十一,诣周赵王招,命之赋诗。宣敏为诗,甚有幽贞之志。……著《述志赋》以见志焉。"①家族文化熏习对于志宁文学之路的成长起到了重要作用。史载于志宁为太子詹事,李承乾屡有过恶,他上《谏苑》二十卷以讽。其祖父于谨、伯父于翼都曾有谏书,志宁此举亦传承家风。敦煌写卷S.7004所载"劝谏"文章,有学者疑即于志宁所撰《谏苑》残卷②。另外,于仲文为一代硕学,于志宁则预修《隋书》《大唐礼仪》《周易正义》《尚书正义》等典籍,辉光日新。史载于志宁有《文集》四十卷,但都散佚了,今存诗两首,文数篇。其存世两首诗《冬日宴群公于宅各赋一字得杯》《四言曲池醮饮座铭》,都是宴饮唱和之作,同时作者有许敬宗、令狐德棻、杜正伦、岑文本等,讲求对偶、隶事,颇染南朝余习。

于志宁二子,立政、慎言。立政颇能传承家学,编纂《类林》十卷,是一部小型纪事类书,唐宋目录曾著录。其书流传至日本,《日本国见在书目》著录五卷。原书早佚,金代王朋寿《增广分门类林杂说》十五卷,保存了部分内容。敦煌写卷、黑水城西夏文书中存多种《类林》版本(包括西夏文本),为复原该书原貌提供了契机③。

---

① 《隋书》卷三九,第1146—1147页。
② 王使臻:《敦煌写本残卷S.7004定名及作者考》,《古籍整理研究学刊》2011年第4期。
③ 参见史金波、黄振华、聂鸿音《类林研究》,宁夏人民出版社,1993年。另外,唐代另外一部类书《珠玉集》,见于中、日书目,日本真福寺藏唐抄本,敦煌写卷亦有残篇,有学者认为该书与立政《类林》有密切关系,类似简略本或改编本,然而也有不同意见,参见(日)内山知也《隋唐小说研究》,复旦大学出版社,2010年,第100—108页。

从现存的史料看,于立政此书应该受到了其父于志宁《谏苑》体例的影响。于立政在当时也有书名,书法作品有《于志宁神道碑》《河间元王碑》《崔敦礼碑》等,康有为评其书法:"清朗爽劲,与欧、虞近。"[1]于立政四子,游艺、光远事迹不详,知微、大猷有残碑文传世。于知微碑为姚崇撰文,云:"包括艺文,□词场而独步。……永徽元年补宏文生。……释褐授太子内□丞。□年迁授秘书郎兼通事舍人内供奉。……唯以诗书自娱。"[2]传世文献有于知微撰其弟《于大猷碑》,出土文献也有他为自己的妻子卢舍卫撰的墓志,其文学修养可见一斑。于知微四子,克勤、克构、克懋、克诚,虽说"聿修祖德,不坠家风"(《于知微碑》),但已沦为低级官员,文学迹象不显[3],世系亦绝。于大猷碑为其兄于知微撰,里面有一些信息值得玩味。碑称"东海郯人",又说"汉东旧国,随有大名;关西列郡,秦称上京"[4],都是有意识攀附汉人于氏,为的是修正自己家族的鲜卑族源。从碑文也看不出大猷的文学修养。

二、"中兴":从于休烈至于敖

于志宁第二子慎言,生安贞,安贞生仙鼎、默成,三代事迹皆不甚详,可能家道中落。甚者,这几代的名讳和世系在后来文献中都发生了混乱。这段时间大约相当于高宗后期至武后时期。之所

---

[1] 康有为著,崔尔平校注:《广艺舟双楫注》卷三,上海书画出版社,2006年,第120页。

[2]《全唐文》卷二〇六,第2086—2088页。

[3] 陈子昂《于长史山池三日曲水宴》诗,岑仲勉《读全唐诗札记》疑于长史为于克构,彭庆生《陈子昂诗注》《陈子昂年谱》从其说,并系此诗于调露元年。但开元二年《于知微碑》中提到"次子朝议郎行左监门率府长史上柱国武阳县开国男克构",上距陈子昂诗有36年,其为长史未免太久,或克构已早卒,或"长史"另有其人。

[4]《全唐文》卷二三七,第2394、2396页。

以出现这一段家族史上的"黑暗时刻"或者说家族文化的"断层"，可能与武后对于志宁的态度有关。史载："武后以太尉赵公长孙无忌受重赐而不助己，深怨之。及议废王后，燕公于志宁中立不言，武后亦不悦。"①后许敬宗构陷长孙无忌，并诬构志宁党附长孙无忌，因此免于志宁职，接着贬荣州刺史。麟德元年累转华州刺史，二年卒于家。于志宁的贬谪，也连累到他的儿孙，于知微、于大猷碑中都提到显庆三年之后他们有一次缘坐左迁的经历。可能正因为武后的关系，于志宁的后代在高宗朝后期和武后朝时期不再活跃，居官也不显望。直至武后执政结束，开元、天宝中，于默成子休烈始重振家风，开启了于志宁家族的第二次生命。

　　于休烈父默成早卒，官止于沛县令；其两兄嘉祥、休徵，生平皆不详。休烈"自幼好学，善属文，与会稽贺朝、万齐融、延陵包融为文辞之友，齐名一时。举进士，又应制策登科，授秘书省正字。累迁右补阙、起居郎、集贤殿学士"②。天宝三载，贺知章还会稽，群臣赋诗，于休烈有《送贺秘监归会稽诗》。为集贤院学士期间，曾主持杜甫的考试，杜甫《奉留赠集贤院崔于二学士》记其事。后为比部员外郎、郎中。杨国忠排不附己者，出为中部郡太守。安史乱起，肃宗立，休烈自中部赴行在，擢拜给事中，迁太常少卿，知礼仪事。其间献议重修国史，整顿太常音乐。后转工部侍郎、修国史，献《五代帝王论》。为宰相李揆所忌，奏为国子祭酒，权留史馆修撰。代宗即位，宰相元载称之，拜右散骑常侍兼修国史，后加礼仪使，迁工部侍郎，又改检校工部尚书，兼判太常卿事。终工部尚书，东海郡公。于休烈一生"笃好坟籍，手不释卷，以至于终。大历七

---

①《资治通鉴》卷二〇〇，中华书局，1956年，第6312页。
②《旧唐书》卷一四九，中华书局，1975年，第4007页。

年卒,年八十一。有集十卷行于代"①。今《全唐文》《唐文拾遗》存其奏议五篇。

从于休烈的入仕方式和经历可以看出,于氏先世的荣耀光环已经消退,没有给他留下什么政治遗产,他的仕途基本是靠自己的才学努力争取而来。然而,于休烈继承了于志宁开拓的文史之学和汲引后进的儒雅之风②。

于休烈子于益、于肃,相继为翰林学士,其生平傅璇琮先生已有论列③。于益为天宝初进士。《全唐文》存其《左武卫将军白公神道碑》(永泰元年)一篇。于益另有《唐赠太子宾客田道生碑》(《宝刻丛编》卷八),永泰元年作;《唐赠郓州刺史张大询碑》(《宝刻丛编》卷八),大历四年作;《唐再修隋信行禅师塔碑》(《宝刻丛编》卷七),大历八年奉敕撰。文皆不存。于肃科第情况不详,传世资料亦少,《全唐文》存《内给事谏议大夫韦公神道碑》(乾元二年)文一篇。兄弟二人虽然作品存世不多,但翰林学士的身份已经足以证明他们的文学修养。

于肃子于敖,字蹈中,登进士第,释褐秘书省校书郎。相继入湖南观察使杨凭、凤翔节度使李鄘、鄂岳观察使吕元膺幕为从事④。元和六年拜监察御史,转殿中,历仓部、司勋二员外、万年令、

---

① 《旧唐书》卷一四九,第4009页。
② 《旧唐书·于志宁传》本传:"志宁雅爱宾客,接引忘倦,后进文笔之士,无不影附。"于休烈本传说:"在朝凡三十余年……亲贤下士,推毂后进,虽位崇年高,曾无倦色。"
③ 傅璇琮:《唐翰林学士传论》,辽海出版社,2005年,第274—277页。
④ 按:杨凭为湖南观察使,在贞元十八年九月至永贞元年十一月(《唐方镇年表》卷六)。白居易贞元十六年登第,此前后数年皆高郢知贡举,颇疑于敖登第与白居易同年,故二人关系密切。

右司郎中,进给事中①,左拾遗。约长庆初出为商州刺史。长庆四年,入为吏部郎中。李逢吉诬贬李绅案,绅同党庞严、蒋防皆坐贬,于敖助成之,因此留下污点。后因逢吉之力,三迁至户部侍郎,出为宣歙观察使。《唐会要》卷六十八载大和四年八月御史台奏宣州观察使于敖差周墀知池州事,当在其时。大和四年八月卒,年六十六,赠礼部尚书②。《全唐诗》卷三一八收其《闻莺》(《文苑英华》题作《奉和武相公闻莺》)诗一首,为和武元衡《春晓闻莺》之作,同作有皇甫镛、李益、许孟容、韩愈、王建、杨巨源等人。白居易《见于给事暇日上直寄南省诸郎官诗因以戏赠》中之于给事即为于敖,可见二人有交情。《宝刻丛编》卷七载于敖大和元年撰《唐总持寺大果禅师藏山和尚塔铭》。《宝刻类编》卷五载《山南节度韦绶碑》,牛僧孺撰,给事中于敖书,长庆三年立。值得注意的是,李逢吉为牛党早期人物,牛僧孺、周墀等皆是牛党核心人物,于敖与诸人关系皆密。此后于敖子孙中,还多见与牛党关系,其家族在政治集团中之站队大致可知。于敖的学术未见旁证,但《旧唐书》于休烈传附于敖传后说“家世文史盛名”,当是有为而发。

三、“余响”：从于球兄弟到于兢

当盛、中唐之际,于休烈到于敖三代,重续于志宁家族断裂的家学,并一定程度上实现了“中兴”。至晚唐时期,于敖的后嗣进一步从不同方面发展了家学传统,将家族的荣耀延续到五代。

于敖五子球、珪、玗、瑰、琮,皆有名于时,详见于珪女于氏(崔

---

① 按:《旧唐书》本传谓其长庆四年迁给事中,但长庆元年白居易赠于敖诗及长庆三年立《山南节度韦绶碑》,于敖皆为给事中,《旧唐书》误。
② 两《唐书》皆谓于敖卒赠礼部尚书,崔特夫人于氏墓志谓赠太尉。另外,于肃等人赠官亦不同,或于琮为宰相后追赠。

特夫人)墓志①。于球,进士出身。《新唐书·艺文志》载:"《续会要》四十卷,杨绍复、裴德融、崔瑑、薛逢、郑言、周肤敏、薛廷望、于珪、于球等撰,崔铉监修。"②可见其兄弟曾入史官,这是其家族"文史"之学的延续。

于珪,大中三年状元及第。咸通六年,孙备为其夫人、于珪女于氏撰墓志中说:"(于珪)不欺暗室,韬践明节,其声自腾逸于士大夫上。期必相时君康天下,而寿不俟施。首擢第春官,赴东蜀。周丞相辟入蓝簿,直弘文馆,纂《新会要》,皆析析藻雅。时宰执超拟补阙,会有旧懿昵间当轴,众亦以公不妨矣,丐已之。今崔冢卿故贤相,金陵幕中监察御史里行。"③《新会要》即《续会要》。据《旧唐书》崔铉本传,《续会要》大中七年上。于球、于珪兄弟参与了本书的编纂。唐人称浙江西道治所润州丹徒为金陵,所谓"崔冢卿故贤相"当为崔慎由。崔慎由大中九年至十年间领浙西,于珪应该就是在此期间入其幕中,并得其赏识,奏为监察御史。崔慎由子崔安潜,与于珪为大中三年同科进士,于珪或由此入崔幕。咸通十三年,崔特为其妻、于珪第三女撰墓志中称"浙江西道观察支使、兼监察御史讳珪,□□□□□天朝追赠尚书礼部员外郎",当为于珪终官。

崔铉为牛党重要人物④,于珪兄弟与崔铉的关系暗示其家族

---

① 吴钢主编:《全唐文补遗》第九辑,三秦出版社,2007年,第419—421页。按:墓志原题《唐登仕郎前守左千牛卫冑曹参军崔特自铭》,实则为其夫人于氏墓志。

② 《新唐书》卷五九,第1563页。

③ 吴钢主编:《全唐文补遗》第一辑,第391页。

④ 《东观奏记》卷中载:"太尉、卫国公李德裕,上即位后,坐贬崖州司户参军,终于贬所。一日,丞相令狐绹梦德裕曰:'某已谢明时,幸相公哀之,放归葬故里。'绹具以其子滴言。滴曰:'李卫公犯众怒,又崔、魏二丞相(崔铉、魏谟)皆敌人也,见持政,必将上前异同,未可言之也。'"(第114页)可见崔铉、魏谟诸人,实为李德裕之反对集团。

在政治集团中的倾向。前文说过于敖与周墀的关系，《孙备夫人于氏志》中云于珪"首擢第春官，赴东蜀，周丞相辟入蓝簿"，此周丞相即周墀。亦可见其家族在党争中的联系。于球、于珪兄弟参与编纂《续会要》，这亦是其家族文史传统的一个案例。另据周墀本传，其人"长史学，属辞高古，文宗雅重之"[1]。于珪家族与周墀之关系，或有学术相因之渊源。

于瑒，《崔特夫人于氏墓志》称"前平卢军节度使兼御史大夫名涓"[2]。《旧唐书·懿宗纪》，咸通十三年于琮亲党贬谪案中，"前青州刺史、平卢军节度使于涓为凉王府长史，分司东都"[3]。前引《崔特夫人于氏墓志》，咸通十二年，崔特从洪州归洛阳葬夫人，途中"青州大夫霜威执引，雪涕垂缨。……近汝海，青州大夫复假馆食迎接之"。此青州大夫即于瑒。

于瑰，字匡德，大中七年状元。《唐诗纪事》卷五十三有于瑰《和绵州于中丞诗》。于中丞即于兴宗，于頔侄儿，亦于瑰族人。于瑰时为校书郎，当在其及第之后，大中七年左右。敦煌本《甘棠集》载刘邺《与同院于瑰判官》书，称瑰："自冠甲科，迹参戎幕，已擅郄诜之美；仍彰阮瑀之才。发词苑之菁华，高标桂影；耸士林之节操，憩歇棠阴。尚书慎选英僚，必资贞实，判官光膺辟命，允副群情。"[4]张锡厚考本文为大中八年九月高少逸出任陕虢观察使

---

①《新唐书》卷一八二，第5370页。

②《旧唐书》亦作"涓"，《宰相世系表》作"瑒"。崔特夫人原拓作"涓"（参见毛阳光主编《洛阳流散唐代墓志汇编三集》，国家图书馆出版社，2023年，第690页），按于氏兄弟名皆从"玉"，或误刻。

③《旧唐书》卷一九上，第680页。

④ 上海古籍出版社、法国国家图书馆编：《法藏敦煌西域文献》第31册，上海古籍出版社，2005年，第124页。

时,刘邺为高氏纳才所写[1],则时于瑰在高少逸幕。《崔特夫人于氏墓志》中云:"大中九年,特客于蜀。时湖南常侍□事于丞相白公,□特□□□□得阶于门下。虽慎言之道,有愧南容;而坦腹之知,叨名东榻。"崔特夫人于氏为于珪第三女,幼年当为于瑰夫妻抚养,故其婚姻为于瑰安排。白敏中为西川节度使在大中六年夏四月至十一年二月,治蜀五年。于瑰大中八年尚在高少逸陕虢观察幕府,其入白敏中幕当在此后。据《白敏中墓志》,咸通二年白敏中卒凤翔府节度使任上,高璩撰墓志,"州吏朝议郎行御史柱国于瑰书"[2],似于瑰是时还为白敏中幕,他与白敏中关系可见。《旧唐书·懿宗纪》咸通五年三月员外郎于怀等试吏部平判选人。劳格《唐尚书省郎官石柱题名考》卷四考于怀即于瑰之误[3]。咸通十年至十三年,于瑰为湖南观察使[4]。咸通十三年于琮亲党贬谪案中,于瑰正是从湖南观察使贬为袁州刺史。崔特夫人墓志称于瑰"剑南观察使□□左散骑常侍",但行文中屡称"湖南常侍",或是碑文误刻作"剑南"。

　　于瑰为唐代著名之书法家,由《白敏中墓志》可见一斑。于瑰曾摹褚遂良书《文皇哀册文》。王世贞《弇州四部稿》曾予著录。王澍论《唐摹褚遂良文皇哀册》:

　　　　右《唐文皇哀册》一卷,白麻纸书,无书撰人名氏,独卷末有于瑰款,当是于瑰所摹。按,瑰为休烈曾孙,礼部尚书敖第

① 张锡厚:《敦煌本〈甘棠集〉与刘邺生年新证》,《中国文化》第十期,中国文化杂志社,1994年,第96—110页。
② 吴钢主编:《全唐文补遗》第三辑,第247页。
③ 劳格、赵钺著,徐敏霞、王桂珍点校:《唐尚书省郎官石柱题名考》,中华书局,1992年,第254页。
④ 郁贤皓:《唐刺史考全编》卷一六六,安徽大学出版社,2000年,第2427页。

三子,登进士第。今观其笔法秀润精能,廓填之妙,无笔痕墨迹,信能传唐初名贤妙法者也。卷首有"唐文皇哀册褚遂良书"九小字,后有绍彭款,玩其楷法,与前九字同,当是宋薛绍彭所题。董其昌摹入《戏鸿帖》而无薛款,则缘董草率,而于瑰摹本之佳亦可知矣。真迹旧藏岳倦翁家,北燕乔箦成定为唐人书。①

关于传本褚遂良书《文皇哀册文》之真伪,古今学者有多种意见,前人研究已详②。王澍以为于瑰所摹之说最有可能。今日所见传本,钤印累累,如史鉴、岳浚、文彦博、贾似道等诸人鉴藏印共四十余方。历代题跋继踵,蔚为大观。于瑰摹褚遂良此书今传,为最早也最接近"真迹"者。于瑰对于褚遂良书之流传,可谓功莫大焉,其书法之功力可见一斑。前文说过,于志宁之子于立政,书法有名于当时。于敖也曾书《韦绶碑》,可知其家族书法之渊源。其后有于兢以画见长,是于氏一族在艺术一路上的传承余绪。

于敖五子中,最小者于琮,大中十二年进士。尚宣宗广德公主。咸通中以水部郎中为翰林学士,迁中书舍人。咸通八年同中书门下平章事,进中书侍郎,兼户部尚书。咸通十三年二月,因韦保衡之谮罢相,出为山南东道节度使,后贬韶州刺史。僖宗立,韦保衡败,于琮以太子少傅自岳州刺史任召回,复以检校尚书左仆射出为山南节度使,入拜尚书右仆射。黄巢陷京师,扈从不及,为巢所得,欲起为相,不受,遂为所害。于琮本人虽然不以文学见长,但他的政治经历对于其家族影响极大。其与韦保衡交恶,连累其亲党集团数十人之贬谪,成为晚唐贬谪史上一件大案。虽然此事件

---

① 王澍撰,秦跃宇点校:《虚舟题跋》卷四,凤凰出版社,2017年,第41页。
② 参考冯鹏生《唐代于璙摹〈褚遂良文皇哀册〉考辨》,《美术研究》2015年第3期。

对于琼家族只是造成了短暂的打击，随着于琼地位的复归，其家族势力一定程度上又得以保全。然而，黄巢起义之后，唐帝国在风雨中飘摇，于氏家族也面临转型。于邺等一辈人物，正是在这样的背景下从唐末进入五代。

据文献载，于球兄弟之后，尚有不少于氏族人活跃于晚唐五代。于珪女、崔特夫人于氏墓志中介绍其兄弟有："母兄京兆府蓝田县尉蔼，母弟国子司业涛。……季弟乡贡进士邺。"于蔼见于咸通十三年于琼同贬之亲党中，于邺为晚唐时期诗人，有诗集传世，详下节。于涛，曾随于琼南贬，后官至泗州防御使、歙州刺史、淮南节度副使，事见《神仙感应传》等书。崔致远《桂苑笔耕集》卷八、卷十有代高骈给于涛的书信多篇，为在高骈淮南幕时所作。

此外，于氏兄弟行者尚有于棁、于兢等人。于棁，《新唐书·宰相世系表》列为于球子，其史源为《唐摭言》"恶得及第"条：

> 于棁旧名韬玉，长兴相国兄子。贵主视之如己子，莫不委之家政，往往与于关节，由是众议喧然。广明初，崔厚侍郎榜，贵主力取鼎甲。榜除之夕，为设庭燎，仍为宴具，以候同年展敬。选内人美少者十余辈，执烛跨乘，列于长兴西门。既而将入辨色，有朱衣吏驰报曰："胡子郎君未及第。"（胡子，棁小字。）诸炬应声掷之于地。巢寇难后，于川中及第，依栖田令孜矣。或曰棁及第非令孜力，后依其门耳。[①]

"长兴相国"为于琼，其宅在长兴坊。于琼兄四人，于棁是否为于球子，还存疑。广明元年十二月，僖宗在田令孜神策军的护卫下入蜀，于琼扈从不及，为黄巢所杀。于棁或于乱中入蜀，遂得依田令孜及第。

---

① 王定保撰，陶绍清校证：《唐摭言校证》卷九，中华书局，2021年，第384页。

于兢,字德源。《资治通鉴》载,后梁开平二年四月:"癸卯,门下侍郎、同平章事杨涉罢为右仆射;以吏部侍郎于兢为中书侍郎,翰林学士承旨张策为刑部侍郎,并同平章事。兢,琮之兄子也。"①《新唐书·宰相世系表》径列于兢为于珪子,但于琮兄有多人,于兢是否为于珪子待考。《唐摭言》"通榜"条载:"三榜裴公,第一榜,拾遗卢参预之;第二、第三榜,谏议柳逊、起居舍人于兢佐之,钱紫微珝亦颇通矣。"②此"裴公"为裴贽,光化元年知贡举时于兢为起居舍人,天佑四年以礼部侍郎知贡举。于兢入梁为相,乾化二年判建昌宫事,四年夏四月丁丑贬莱州司马。

于兢曾撰《大唐传》一书,谈钥《(嘉泰)吴兴志》卷十八"事物杂志"曾引文:"于竞《大唐传》云:德清县西前溪村,则南朝集乐之处,今尚有数百家习音乐,江南声妓多自此出。所谓舞出前溪也。"③同卷德清县前溪村条同。杜甫《遣兴》"漆有用而割"篇,卞闿注:"于兢《大唐传》:天宝三年,因萧京兆炅奏,于要路筑甬道,载沙实之,属于朝堂。"④此二条亦见今本《大唐传载》。《大唐传载》一书的作者,宋人许为于兢,最足为凭,今人有赞成者⑤。另有学者考为韦瓘作⑥,或存疑者⑦,并无确证。于兢家族代长文史,多

---

① 《资治通鉴》卷二六六,第8693页。
② 王定保撰,陶绍清校证:《唐摭言校证》卷八,第305页。
③ 李景和等修,谈钥纂:《(嘉泰)吴兴志》卷一八,《宋元浙江方志集成》第6册,杭州出版社,2009年,第2800页。按"竞"当为刻本误"兢"为"競"。
④ 杜甫著,鲁訔编次,蔡梦弼会笺,曾祥波新定斠证:《新定杜工部草堂诗笺斠证》卷七,上海古籍出版社,2021年,第214页。
⑤ 参见陶敏《大唐传载》"叙录",收入《全唐五代笔记》第三册,三秦出版社,2012年,第1839页。
⑥ 严杰:《〈大唐传载〉考》,《古籍整理研究学刊》1990年第5期。
⑦ 罗宁点校《大唐传载》(中华书局2019年)署名"不著撰人","前言"中认为:"全书无一语涉及晚唐人事,不像出自晚唐人的手笔。"此说稍牵强。

人曾入史馆，轶闻旧事，于兢耳闻之余撰为笔记，亦有可能。

于兢存《王审知德政碑》文一篇，天佑三年奉敕撰①。另外，他与贯休等人有唱和。《禅月集》卷第十五有《送于兢补阙赴京》；卷第十二有《晚春寄吴融、于兢二侍郎》，其交情可见。于兢还擅长绘画。郭若虚《图画见闻志》卷二"五代九十一人"中有于兢，云：

> 梁相国于兢，善画牡丹。幼年从学，因睹学舍前槛中牡丹盛开，乃命笔访之，不浃旬夺真矣。后遂酷思无倦，动必增奇。贵达之后，非尊亲旨命，不复含毫。有人赠诗曰："看时人步涩，展处蝶争来。"有写生全本折枝传于世。②

前文说过，于氏家族中有长于艺术之传统，于兢亦传承之。于兢是五代花鸟画的名家，历代评价颇高，惜其画不传。

第二节　于志宁家族的婚姻网络与文学关系

婚姻关系是中古家族文化的主要底色，也是中古文学家族形成和嬗变的重要条件之一。河南于氏北朝时期贵为鲜卑"勋臣八姓"，视同汉人高门"四姓"，入唐以后也是"虏姓"之第一阵列，为皇家、高门贵族、士族之家通婚之良选。尽管婚姻关系中主要考虑的因素是政治利益、社会名望、族群认同，但也为家族文学的勃兴带来了红利。以于志宁家族的婚姻关系为例，在早期虽然有较为明显的政治色彩（北朝皇室联姻）、集团特征（比如于宣道、于志宁与关陇胡族独孤氏、刘氏联姻），但已呈现出一些文学因素的流

① 吴钢主编：《全唐文补遗》第一辑，第15页。
② 郭若虚撰，吴企明校注：《图画见闻志校注》卷二，上海书画出版社，2020年，第121页。

动①，至中晚唐时期越来越呈现出党派化和文学化特点。下面对这一家族婚姻的特点试作分析。

一、李唐皇室通婚

河南于氏在北朝时期为皇室第一集团的婚姻对象，进入唐代以后虽然不以外戚世家名，但与皇室的联姻也不乏案例。如娶公主的就有于季友、于琮（《唐会要》卷六"公主"条），而娶县主的有于孝显（《于孝显碑》）、于元祚（《于士恭墓志》）、于谦（《于谦墓志》）、于隐（《于隐墓志》）等等。

于琮出自于志宁之后，他与宣宗广德公主的婚姻还有一段插曲。据《旧唐书》于琮本传载："琮落拓有大志，虽以门资为吏，久不见用。大中朝，驸马都尉郑颢，以琮世故，独以器度奇之。会有诏于士族中选人才尚公主，衣冠多避之。颢谓琮曰：'子人才甚佳，但不护细行，为世誉所抑，久而不调，能应此命乎？'琮然之。"②唐代士族不愿娶皇室公主，尚阀阅是一个重要原因。如《新唐书·杜中立传》记文宗语："民间修昏姻，不计官品而上阀阅。我家二百年天子，顾不及崔、卢耶？"③但公主们本身亦有问题。裴庭裕《东观奏记》下卷载：

> 始选前进士于琮为婿，连拜秘书省校书郎、右拾遗，赐绯，左补阙，赐紫，尚永福公主，事忽中寝。丞相上审圣旨，上

①　如于志宁侄女所嫁的渤海李睿就出身一个新兴的文学家族。据永淳元年《李睿墓志》，其曾祖以来文学出仕，李睿本人亦进士登第，"雅好文史，尤明政术"。参见郭茂育、赵水森编著《洛阳出土鸳鸯志辑录》，国家图书馆出版社，2012年，第23—26页。
②　《旧唐书》卷一四九，第4010页。
③　《新唐书》卷一七二，第5206页。

曰："朕此女子，近因与之会食，对朕辄折匕箸，性情如此，恐不可为士大夫妻。"许琼别尚广德公主，亦上次女也。[1]

此事被作为士大夫优越性的掌故传颂，故《唐语林》将之收录"企羡"门下。可见这些公主的娇纵或缺少礼法，是士大夫不敢通婚，避之不及的一个重要原因，皇帝自己也深知。《旧唐书》于琼传后称："广德闺门有礼，咸通、乾符中誉在人口。于族内外冠婚丧祭，主必自预行礼，诸妇班而见之，尊卑答劳，咸有仪法，为时所称。"[2]广德公主的"闺门有礼"，正衬托当时公主的"无礼"。于琼应皇室之征婚时，郑颢称其"人才甚佳，但不护细行"，"不护细行"所指不详，但就在此之前，于頔子于季友尚普宁公主时，李绛还以于頔家族为"虏族"为由出来反对。与皇室婚姻，本汉人高门无可奈何之事。郑颢原婚山东高门卢氏，其婚皇室，实有苦衷，而竟劝于琼。这些从侧面反映出作为胡姓家族的于氏，其族性文化身份转型之艰难。当时的人以于琼为士大夫，孙备在为其夫人于氏所撰墓志中称其父珪："不欺暗室，韬践明节，其声自腾逸于士大夫上。"突出称其在士大夫之上，这是很有意味的。

皇室作为政治资源的垄断者为于志宁家族带来了诸多利益，而且皇室也处于唐代文学第一方阵中，他们对于志宁家族文学身份的转变也起到了辉映效果，这从咸通九年《嗣泽王李彦回墓志》中可见一斑。李彦回为高宗六代之嫡孙，已是皇室疏族。其曾祖父李溙，官至秘书监；祖李润，为宗正少卿、右千牛卫将军；父李溶，殿中监，扬州左司马。志文载："外宗河南于氏，先夫人即国初燕公之胄胤，今相国之诸姑。公文学□□，英迈奇特，才超贾、马，

---

① 裴庭裕撰，田廷柱点校：《东观奏记》下卷，第129页。
② 《旧唐书》卷一四九，第4010—4011页。

业懋王、杨。行表洁清,气含贞粹,两举进士,三场焕然。"[1]据此可知李彦回之母为于志宁后,于琮之姑。志文对于他文学修养的夸饰,与于氏家族并置,耐人寻味。

二、汉人文学高门婚姻

于志宁家族与汉人文学高门的通婚,对于其家族文学的转型意义更为重大。从现有的史料看,于志宁家族跟汉人文学高门范阳卢氏、京兆韦氏、荥阳郑氏、弘农杨氏、京兆杜氏、崔氏等有比较密切的婚姻关系。

较早的案例是于志宁孙于知微,娶范阳卢氏、监察御史卢昭度女,见于《卢舍卫墓志》[2]。卢昭道出自"四房卢氏"卢敏之后,据《卢令仪墓志》载,他以"对诏射策在异等,拜监察御史"[3],为唐代第一高门的文学家族。

于休烈夫人韦氏,未详出自哪一个家族,其后人与韦氏还保持联姻。《崔特夫人于氏墓志》载于珪"后婚京兆韦氏,归州刺史端符之女"。韦端符宝历元年贤良方正能直言极谏科登第。于珪先娶杨敬之女,后娶韦端符女。据张读咸通十五年撰《韦端符夫人郑氏之墓志》:郑氏曾祖郑千寻,祖郑迪,考郑素,母韦氏;从父姊婿中书舍人韦词为诸舅;女适河南于珪,以御史从事浙右府[4]。于珪与韦家联姻,由此加入到一个更为庞大的高门婚姻集团中。《郑

---

① 陕西省考古研究院编:《陕西省考古研究院新入藏墓志》,第313页。

② 胡戟、荣新江主编:《大唐西市博物馆藏墓志》,北京大学出版社,2012年,第238页。

③ 赵君平、赵文成编:《秦晋豫新出墓志蒐佚》,国家图书馆出版社,2011年,第971页。

④ 吴钢主编:《全唐文补遗》第七辑,第152页。

氏墓志》中提及"唯长子长安尉汰，及于氏女养膝下"，此女即于珪夫人。韦端符与郑氏的次女嫁给张读，即志文撰者，为张荐孙、张希复子。张氏为著名的文史学家族，张荐的祖父张鷟，为初唐著名文学家，著有《朝野金载》《龙筋凤髓判》《游仙窟》等。张荐长于史学，长期任史馆修撰，"以博洽多能，敏于占对被选。有文集三十卷及所撰《五服图》、《宰辅略》、《灵怪集》、《江左寓居录》等，并传于时"①。张希复、张又新兄弟，皆登进士。又新还是牛党前期核心人物李逢吉之党羽，本传称他"蒙逢吉眷待，指为鹰犬"，与李续之等七人号"八关十六子"②。这是一个由多重婚姻关系联结的政治集团。《郑氏墓志》中载韦端符大和末以屯田员外郎、史官修撰，为权幸所嫉而出归州刺史，或正是集团在党争中的牺牲品。

　　《崔特夫人于氏墓志》中还提及"姊适韦钧，今陇州刺史"。按《新唐书·宰相世系表》"西眷韦氏"有福建观察判官韦钧，为韦保衡之叔父，此韦钧是否为于珪之女婿陇州刺史韦钧，待考。

　　于瑰一支与弘农杨氏也有密切的婚姻关系。据裴庭裕《东观奏记》卷上："贬前乡贡进士杨仁赡为康州参军，驰驿发遣。仁赡女弟出嫁前进士于瑰，纳函之朝，有期国恤，仁赡不易其日。宪司纠论，遂坐贬。"③据此可知，于瑰婚杨仁赡女弟。《崔特夫人于氏墓志》还提及于珪"前婚弘农杨氏，国子祭酒敬之之女。……今纶诰舍人杨公戴为亲舅也"。则于珪、于瑰兄弟皆婚杨氏。据《新唐书·宰相世系表》，杨仁赡、杨戴皆出弘农杨氏"越公房"，同为杨俭九世孙。杨仁赡父杨鲁士，官至长安令。其伯父中，杨汝士官刑部

---

①《旧唐书》卷一四九，第4025页。
②《旧唐书》卷一四九，第4025页。
③裴庭裕撰，田廷柱点校：《东观奏记》上卷，第95页。

尚书、东川节度使;杨虞卿官京兆尹;杨汉公官天平军节度使。其本人官至秘书监,其兄杨希古官至尚书右丞,为一显宦家族。

相比之下,于珪妻杨氏家族更像一个文学家族。杨敬之父杨凌,凌兄杨凭、弟杨凝,皆以文雄,而杨凌尤长。杨凌妻即大诗人韦应物之女[①]。柳宗元为杨凌集作序称:“杨君者,少以篇什著声于时,其炳耀尤异之词,讽诵于文人,盈满于江湖,达于京师。晚节遍悟文体,尤邃叙述。学富识远,才涌未已,其雄杰老成之风,与时增加。”[②]杨敬之亦长于文。前引《孙备夫人于氏墓志》云:“外王父左冯翊太守讳敬之。韩吏部、柳柳州皆伏比贾马,文章气高。”杨敬之与韩愈、李贺等人交游,其“为人说项”之故事为文学史上一段佳话。杨敬之子杨戴不见文学作品流传,但其女却有诗。段成式《寺塔记》中记载宣阳坊奉慈寺有杨敬之小女十三岁时所题六韵诗,存二韵:“日月金轮动,旃檀碧树秋。塔分鸿雁翅,钟挂凤凰楼。”[③]于珪妻为杨敬之女,不知是否即此女。于珪女、孙备夫人于氏,亦擅长文学,其墓志云:“下笔成诗,皆葩目涤耳。诵古诗四百篇,讽赋五十首。”杨敬之卒时,于氏曾“染毫追铭外王父之煦命”,可见她擅长诗文。家学渊源可知。据《旧唐书》于敖本传:“登进士第,释褐秘书省校书郎。湖南观察使杨凭辟为从事。”于敖与杨凭之关系,或为后来于珪与杨凌女通婚奠定了基础。

除上面的婚姻关系之外,于氏家族的婚姻关系中还有崔氏、杜氏,也是唐代第一等高门文学士族。于珪第三女嫁崔特,崔特为其撰墓志。特生平不详,《新唐书·宰相世系表》“清河小房崔氏”中

① 见《韦应物墓志》《韦庆复墓志》,收入赵力光主编《西安碑林博物馆新藏墓志续编》,陕西师范大学出版社,2014年,第421、463页。
② 柳宗元著,吴文治点校:《柳宗元集》卷二一,中华书局,1979年,第579页。
③ 段成式著,曹中孚点校:《酉阳杂俎续集》卷六,第759页。

有崔特,为左庶子、清河公崔道猷孙,岐州刺史崔秀子,于时不合,当非其人。《神仙感应传》载于涛有"表弟杜孺休给事,刺湖州"①。可见于珪家族与京兆杜氏有联姻关系。杜孺休为杜悰子,诗人杜牧侄,杜佑曾孙,乃唐代著名的文学家族。

值得注意的是,杨虞卿家族、杨敬之家族,都是牛党集团核心成员,大中九年七月京兆尹杨虞卿贬虔州司马同正,户部郎中杨敬之贬连州刺史,皆坐李宗闵党之故。杨虞卿与李宗闵关系密切,李"待之如骨肉,以能朋比唱和,故时号党魁"②。又白居易夫人为杨虞卿从妹,而于敖子于瑰夫人为杨鲁士女,同婚杨氏家族。前文曾疑白居易与于敖或为同年,有和于敖诗,可见这种多重关系网络。

三、其他文学家族婚姻

除了上面提及的一些通婚关系,中晚时期,于敖家族与孙景商家族的婚姻比较牢固。孙景商夫人为于敖女,见于《孙景商墓志铭》。另外,于敖孙女、于珪女又嫁给孙景商子孙备。孙景商祖父孙遘,即唐名臣孙逖之弟,父孙起,亦为文学之士。孙景商亦为白敏中集团的重要人物。据大中十年蒋伸撰《孙景商墓志》:

> 大和二年,清河崔公郎下擢进士甲科。……除刑部员外郎,转度支郎中。时宰相李德裕专国柄,忿公不依己,黜为温州刺史,移滁州刺史。……大中五年,今西川白丞相为京西北招讨,都统诸军,以讨叛羌,奏公为行军司马,授左庶子兼御史中丞,赐紫金鱼袋,并授余招讨副使。③

---

① 《太平广记》卷四三"于涛"条引,中华书局,1961年,第273页。
② 《旧唐书》卷一七六,第4563页。
③ 吴钢主编:《全唐文补遗》第六辑,第172—173页。

　　按崔郸为牛党集团人物①,孙景商为其门生。蒋伸亦为白敏中集团中人物,其为孙景商撰墓志,突出交代孙景商与李德裕之间的交恶,矛头直指李德裕,带有明显的党派集团性质。可见孙景商、于敖、白敏中三家之间联姻关系与党派关系紧密交织在一起②。又崔郸子崔瑶,大中七年知贡举,而于瑰、崔殷梦为其门生。崔殷梦为崔龟从子,为牛党核心人物。于瑰家族与牛党人物于婚姻、座主门生、同年皆有密切之联系,共同构成一个庞大政治集团网络。当中晚唐之际,党争集团与文学集团密不可分,这也给于敖家族的文学形象打上了深深的烙印。

　　孙景商子七人,其中孙备、孙侑、孙伉、孙俊、孙任为于氏出。孙瑝撰《孙备墓志》中记载了于氏家族的一些事迹:

> 　　君外族于氏,继积善余美之后,承高门必大之基。闺范母仪,标表冠族。……知季舅丞相雅重之,不与诸甥等。丞相居中书四年,天下事在手,而君未尝以时事挂牙齿。且曰:我终不以私害吾舅之美。……卒年卅九。君之弟曰储、瀚、伉、倚、铎、埴,皆修词立诚,能自强以进者。储尝以艺较试于春官矣。既而,以外族丞相公处钧轴,不欲以亲累至公,遂未

---

①《旧唐书》卷一五五《崔郸传》载:"会昌初,李德裕用事,与郸弟兄素善。"(第4120页)今人误以为崔郸、崔郸兄弟为李党人物。《崔郸墓志》出土后,破解了其中之疑误。该志为牛党代表人物令狐绹撰,对于李德裕有明显的诋毁之词。据毛阳光研究,崔郸会昌二年罢相实因与李德裕有嫌,《旧唐书》二人关系之记载有疑,详《唐崔郸墓志考释》,《四川文物》2011年第4期。

②按,于瑰入白敏中幕具体时间不可考。于瑰大中七年及第,其入幕或正在此时,其时已在西川。而孙景商大中五年入白敏中幕,大中七年党项平,白敏中改任西川,孙景商已出幕。二人或无由同幕。但既同出白敏中幕僚,则关系亦可推知。于敖女即于瑰之姊妹,其适孙景商或为于瑰之媒而成。藉此可见这种政治、婚姻集团错综复杂之联系。

再举。①

志文中提到的"季舅"即于琮。孙备为其夫人于氏所作墓志中,详
细交代了其家与于氏"二世于外氏重姻"的过程。又孙瑝撰《孙备
墓志》自称为孙备再从兄。据《登科记考》,孙瑝与于珪为大中三年
同科进士,其关系为亲族加同年。

此外,中晚唐之际,于敖家族的婚姻网络中还有一些文学之
家。据《旧唐书·魏谟传》:"子潜、滂。潜登进士第。潜,于敖甥。
后琮为相,潜历显官。"②则于敖有女适魏谟。魏谟为魏征之后,有
《魏氏手略》二十卷,文集十卷,文名颇著。《旧唐书》本卷人物李宗
闵、杨嗣复、杨虞卿(弟汉公、兄汝士)、马植、李让夷、魏谟、周墀、
崔龟从、郑肃、卢商皆牛党核心人物,而于敖家族多与之有关。于
敖家族的婚姻网络、政治集团和文学之间的关系,又见一斑。

于珪家族与薛氏也有联姻关系。《崔特夫人于氏墓志》云,"妹
适薛譔,前任卫尉少卿";又据《太平广记》"于涛"条,"涛与表弟前
秘书省薛校书俱与之语";"涛因指薛芸香姬者";"薛校书佐江西宾
幕,知袁州军务"③。从前后文看此薛校书即薛芸香,或与薛譔出同
一家族。

第三节　于邺与于武陵诗集考

于志宁家族虽然在唐代文坛非常活跃,文脉赓续不断,但他们

---

① 吴钢主编:《全唐文补遗》第一辑,第408页。

② 《魏谟传》原作:"潜子敖,韦琮甥。"《唐书合抄》卷二二七注说:"按子敖当作于
　　敖,潜为敖甥,与敖子琮为中表,故琮为相汲引之也。"(中华书局点校本《旧唐
　　书》卷一七六校勘记,第4576页。)

③ 《太平广记》卷四三,第272—273页。

存世的作品并不多,有文集存世者更少。幸运的是,有两位于氏家族后人的诗集保存至今,他们是于武陵和于邺。然而,不幸的是,这二人的生平和诗集又如乱麻混淆在一起。在唐代文学史上,诗人生平事迹相混且诗集又重出互见,或以于武陵、于邺为最甚。虽然研究早已触及这一问题,但长期以来形成的混乱使得这团"疑云"一直未能驱散,反而有越描越黑之势。从北宋王安石《唐百家诗选》以来二人诗已相混。元代辛文房《唐才子传》谓于武陵,名邺,以字行。梁超然对于武陵传之笺注亦以于武陵、于邺为一人,遂合二人诗论其生平[①]。孟二冬在《登科记考补正》中亦采梁说,而据以录于邺(于武陵)为中和二年进士[②]。此后陈尚君补笺"于武陵"条,始考为二人,但以于武陵为大中进士[③]。张固也在此基础上,否定了大中进士说,进一步对于武陵生平、踪迹、诗歌派别做了详细的考察,但未对于武陵、于邺诗歌混乱的情况做出辨析[④]。冉旭在《〈唐音统签〉研究》中对二人诗集渊源有辨析,但又将二人视为一人[⑤],回到了原点。综合诸人之研究成果,关于于武陵之生平,大致可以推定;但于邺之生平却远未触及,至于二人诗集版本之渊源,则更待考索。

　　新出土文献提供了重要线索,前引唐崔特为其夫人于氏撰墓志铭,出现了关于于邺的重要信息。此于邺为诗人于邺的可能性极大,同时也勾连了五代后唐时期另一位于邺,即三个于邺或为同一人。根据于邺及其家族之事迹,可以重新推定于武陵、于邺诗歌

①傅璇琮主编:《唐才子传校笺》第三册,中华书局,2000年,第424—428页。
②徐松撰,孟二冬补正:《登科记考补正》卷二三,第987页。
③傅璇琮主编:《唐才子传校笺》第五册,中华书局,2000年,第412—414页。
④张固也:《中晚唐诗人于武陵考》,《吉林大学社会科学学报》2008年第5期。
⑤冉旭:《〈唐音统签〉研究》,复旦大学博士论文,2004年,第72页。

的内容,进一步接近二人诗集的真相。

一、于邺、于武陵诗集的演变及刊刻情况

据陈尚君、张固也的研究,于武陵为中唐人,与贾岛、无可同时,其卒在大中六年前。其诗歌在《诗人主客图》《又玄集》《才调集》等唐人选唐诗集中已经选录;宋初《文苑英华》更收录其诗三十首。自《新唐书·艺文志》著录其诗集一卷,此后《万首唐人绝句选》有少量新增,终宋之世,其诗未见大量新出,目录著作之著录亦有序,可见其诗集已定型。于邺,《唐诗纪事》云其为唐末进士,其诗唐五代至宋初未见被引用,《新唐书·艺文志》虽著录为一卷,但宋代公私目录中,只有《遂初堂书目》《通志·艺文略》二书同时著录了于武陵、于邺诗集,余皆只著录于武陵诗集,可见于邺诗集尚未定型,或者流传未广。至明代以来,公私书目中,多同时著录于武陵、于邺诗集,这是不同于宋代的现象。另外,明人汇刻唐人诗集中开始出现于武陵、于邺诗集之传本(详见表1),然而已经混乱不堪,或题名歧误,或分合不当,或增删无据,是最应排查者。

表1　明清汇刻唐人诗集中于武陵、于邺诗集

丛书名	编刻者	刊刻时间	于武陵诗	于邺诗	备注
唐十八家诗		明初钞本	无	一卷	
唐五十家集		明正德十四年刻本	无	一卷	南宋陈道人家刻《唐人五十家小集》,江标曾据此影写重刻,其子目与此有异同。

续表

丛书名	编刻者	刊刻时间	于武陵诗	于邺诗	备注
唐百三名家诗		嘉靖刻本	一卷	一卷	存六十家八十五卷。黄裳收书记著录,疑即朱警编《唐百家诗》,经赵兴茂与上图藏本比对,并非全同。冉旭则认为是《唐百家诗》的一个旧刻残本。
唐百家诗	朱警	嘉靖十九年刊本	无	一卷	有前后刻,前刻存二人诗集,后刻只有于邺诗集。
唐十子诗	王准	嘉靖二十六年刻本	一卷	无	题唐于璞撰。
十家唐诗	毕效钦	万历间增刻本	无	一卷	在初、盛唐十家基础上增刻,沿用旧名。
唐四十四家诗		明钞本	一卷	无	题唐于璞撰。
唐四十七家诗		明钞本	一卷	一卷	于武陵诗题唐于璞撰。
百家唐诗		清初钞本	一卷	无	题唐于璞撰,版心间书"百家唐诗"四字。
中晚唐诗纪	龚贤	康熙半亩园刻本	无	一卷	
唐诗百名家全集	席启寓	康熙四十一年刻本	无	一卷	洞庭席氏琴川书屋刊本。
唐人五十家小集	江标	光绪二十一年刻本	一卷	无	江标灵鹣阁据南宋陈道人本湖南使院影刊。

注:资料来源于《中国丛书综录》及《中国丛书广录》。

（一）唐宋元时期

于武陵、于邺诗集虽然《新唐书》中已有著录,但他们诗歌的流传却很复杂。在唐人选唐诗中,《又玄集》选于武陵诗三首:《听歌》《感怀》《长信宫》；《才调集》选于武陵诗九首：《夜与故人别》《洛阳道》《别友人》《寄北客》《洛阳晴望》《东门路》《长信愁》《有感》《劝酒》。唐末张为《诗人主客图》曾引用于武陵诗三联："白日不西落，红尘应亦深"；"青山如有利，白石亦成尘"；"四海少平路，千川无定波"①。据后世传本，分别出自《东门路》《寻山》《送客东归》三诗。

　　入宋，《文苑英华》收于武陵诗三十首（《赠卖松人》一首重见）。此外，王安石《唐百家诗选》与洪迈《唐人万首绝句》以及不少选本选录过于武陵诗。综合起来，唐宋人所引、所集于武陵诗有四十四首，这些诗相比之下疑点较小，可以视为于武陵诗集的基础。但值得注意的是，宋代于武陵的诗歌已经出现混淆。《会稽掇英总集》卷六选于武陵诗《泛若耶宿云门》一首，但此诗一作项斯诗。李璧注王安石《见远亭上王郎中》"鸟背夕阳还"句、《黄鹂》诗"背人飞过北山前"，引此诗"动水花连影，逢人鸟背飞"句，皆作项斯②。

　　元代杨士宏《唐音》中新出于武陵诗《长信宫》"一失辇前恩"一首，与"簟凉秋气初"一首（已见《文苑英华》，题名作《长信愁》），共题《长信宫二首》。

　　于邺诗在宋代还是若隐若现。宋人见于邺诗，或以王安石为早，其《唐百家诗选》选于武陵诗八首：《孤云》《南游有感》《客中》《洛阳道》《夜与故人别》《感怀》《长信宫》《过侯王故第》，并在于武陵后注"或作于邺"，是北宋时二人已混淆。但这八首诗皆见于《文苑英华》于武陵名下。此后，《唐诗纪事》卷六十三"于邺"条有《孤

---

① 丁福保辑：《历代诗话续编》，中华书局，1983年，第93页。
② 王安石撰，李璧笺注，刘辰翁评点，董岑仕点校：《王安石诗笺注》卷二五、卷四七，中华书局，2021年，第928、1804页。

云》《蝉》两首，但同书卷五十八"于武陵"条又认为《孤云》是于武陵诗；而《蝉》即《文苑英华》中《客中闻早蝉》，为于武陵诗。又宋人谢维新《事类备要》前集卷三"天文门"、祝穆《事文类聚》前集卷三"天道部"皆以《孤云》作于邺诗。此外，《分门纂类唐歌诗》卷九四引于邺诗有《路旁草》；《老学庵笔记》卷十引于邺诗句"远钟当半夜，明月入千家"，本自《褒中即事》①。

　　吴师道在《吴礼部诗话》中引时天彝《唐百家诗选》评语："李端、于武陵集，钱塘陈氏刊行，才各百余首，仅是断稿耳。"②陈尚君先生补证《唐才子传》于武陵条据此认为："今合《全唐诗》所收于武陵、于邺二人名下诗，去其重复，仅存六十余首，知亡佚为多。"③按，时天彝南宋宝祐元年登进士第，此时于武陵、于邺诗已有相混的情形，他所见"百余首"于武陵诗，可能是于武陵、于邺二人诗集混在一起的结果。《唐才子传》合二人为一人也是这一背景下的产物。而所谓"钱塘陈氏刊行"本，或正为后来明代人所谓于武陵、于邺诗集"宋本"之渊源。

　　（二）明清时期

　　明清时期是二人诗集最混乱的时期，尤其在汇刻唐人诗集中，这一情况最为严重；但这些汇刻唐诗，也是二人诗歌新出最多的地方，尤其是明前期汇刻，值得重视。

　　现在所见最早的于武陵或于邺诗集，为明初抄本《唐十八家诗》中收于邺诗集一卷。据国家图书馆所藏微缩胶卷，此集收录诗歌四十三首。对比唐宋时期所见于武陵诗，此集"新出"十一首诗：

---

① 陆游撰，李剑雄、刘德权点校：《老学庵笔记》卷十，中华书局，1979年，第130页。
② 丁福保辑：《历代诗话续编》，第612页。
③ 傅璇琮主编：《唐才子传校笺》第五册，第414页。

《出门》《题华山麻处士》《书怀》《路旁草》《书情》《秋夕闻雁》《岁暮还家》《褒中即事》《春过函谷关》《还家》《天南忆故人》。其中《路旁草》《褒中即事》两篇,宋人引用时已作于邺诗。关于明初抄本《唐十八家诗》,有研究认为:

> 　　按此书收录漫无标准,编次亦无伦序,看来是随抄随录,非有意识、有计划的编集,故亦未加刊刻;所收以中晚唐小家居多,当系根据抄录者的需要,而亦有保存资料的价值。类似于此的,尚有明抄《唐四十七家诗》一百三十一卷,《唐四十四家诗》九十八卷,清初抄《唐诗二十家》四十一卷等,辑者均佚其名。①

　　尽管如此,这是现在所见最早的于邺诗集,虽然与于武陵诗相混,但十一首"新出"诗属于邺的可能性较大。

　　与明初抄本于邺诗集关系最为密切、最为接近的一个本子,是明正德十四年刻本《唐五十家集》中的于邺诗集。后者只是最后少了《劝酒》一首,余诗题名、顺序皆同。此本藏于重庆图书馆,较少为人注意。按正德十四年刻本《唐五十家集》,渊源于南宋陈道人家刻《唐人五十家小集》。前文曾引时天彝所见钱塘陈氏刻本于武陵诗集,或即此本于邺诗集更早之渊源。又将之与朱警所刻《唐百家诗》中于邺诗集对比,收录诗歌、题名、排序完全相同,可见诸版本似乎渊源有自。

　　朱警所刻《唐百家诗》有前后刻,前刻中收于武陵、于邺诗集各一卷;后刻只存于邺诗集一卷。冉旭归纳出《唐百家诗》后刻"编次、版式及题名"的三种类型:(一)可确定是宋本的,共十六种。(二)可以确认为明铜活字本者十七家,另外三种伪集《戴叔伦集》

---

① 钱仲联主编:《中国文学大辞典》,上海辞书出版社,1997年,第344页。

《杨炯集》和《常建集》，都和明铜活字本有关；还有不分体编次的七家别集和铜活字本颇有渊源。（三）题作"某某诗集"一类，尤其中晚唐小集，于邺诗集即在其中。该类中的诗集，后世皆云多出"宋本"，冉旭通过比勘来源较清楚的席氏《唐诗百名家全集》，认为这些小集应该都有旧本的依据，至于是否确出宋本已无法详知①。

　　总之，在明人汇刻（钞）唐人诗集中，于武陵、于邺二人诗集的"宋本"渊源并不清楚。在没有新资料的情况下，不妨暂停这种渊源追溯，视这些版本为明人自行编刻或许更通达。毕竟现在所见最早的两个于邺诗集，都与这个明初抄本关系密切。

　　《唐百家诗》前刻中于武陵诗集的面貌亦可推知。胡震亨《唐音统签·戊签》收于武陵诗一卷。其诗分体排列，在"五言律诗"开篇《感怀》题下注云："以下十八首出《文苑英华》及赵玄度家藏宋本。"②赵玄度确实藏有一个于武陵诗集。赵玄度编《脉望馆书目》"妆"字号下面"集"类"唐人诗集"下著录"旧板百家唐诗十四本"③，其残存子目全见于彭元瑞《天禄琳琅书目后编》卷二十所录朱警《唐百家诗》前刻子目，于武陵、于邺亦在其中④。胡震亨所谓赵玄度家藏宋本，或即赵玄度家藏朱警前刻之于武陵诗集。对比《文苑英华》及《戊签》于武陵前十八首诗，十首不见于《英华》：《感怀》《游中梁山》《宿江口》《秋夜达萧关》《斜谷道》《过百牢关贻舟中者》《客中览镜》《长安逢隐者》《与僧语旧》《匣中琴》。此为又一"新出"诗，即出自所谓"赵玄度家藏宋本"于武陵诗集。

---

① 冉旭：《〈唐音统签〉研究》，第189—194页。
② 胡震亨：《唐音统签》卷六三六，上海古籍出版社，2003年，第6册，第473页。
③ 林夕主编：《中国著名藏书家书目汇刊·明清卷》第十册，商务印书馆，2005年，第375—376页。
④ 彭元瑞：《天禄琳琅书目后编》，上海古籍出版社，2007年，第801—802页。

　　关于赵玄度家藏之宋本于武陵诗集，尚有一些问题值得注意。

　　首先，赵玄度"旧板百家唐诗十四本"是残缺的，虽然所存六十二家俱见前刻《唐百家诗》，但并不能就直接说是前刻。《脉望馆书目》中，与"旧板百家唐诗十四本"同在"妆"字号"唐人诗集"下，还著录"百家唐诗三十二本"一目，没有具体子目。朱警后刻的《唐百家诗》，明焦竑《国史经籍志》卷五集类已经著录："百家唐诗一百卷，徐献忠。"[1]题名徐献忠，盖朱警后刻以徐氏《唐诗品》冠编首，后人误以为徐编。此后，祁承㸁《澹生堂藏书目》亦著录："百家唐诗一百五十卷，三十二册，徐献忠编。"[2]清代季振宜《季沧苇藏书目》："唐百家诗三十二本，又百家诗抄本三十本。"[3]这些著录正好是三十二本（册）。可见《脉望馆书目》著录之"百家唐诗三十二本"其实就是朱警后刻本。说明赵玄度家收藏了一个残本的《唐百家诗》前刻，以及一个全本的后刻。

　　其次，"旧板百家唐诗十四本"子目最后为《搜玉集》。据《唐百家诗》前刻子目，并无此集。按《搜玉集》为唐人选唐诗集，为何会混入"旧板百家唐诗十四本"中？而且在《脉望馆书目》同号下，本来已著录"搜玉集一本"。这个"搜玉集"的条目不太可能是误写入"旧板百家唐诗十四本"条下，而是原本如此。那么这个"旧板"或与《唐百家诗》不同；或者彭元瑞著录之前刻目录就有误。前刻的面貌还有一条线索：《中国丛书广录》"总集类"第8108条著录明刊《唐百三名家集》一种，存六十家八十五卷。按语云："是刻半页十行，行十八字，白口，四周单边或左右双边。据黄裳收书记著

①焦竑：《国史经籍志》，王承略、刘心明主编《二十五史艺文经籍志考补萃编》第二十三卷，清华大学出版社，2014年，第651页。
②祁承㸁著，郑诚整理：《澹生堂藏书目》，上海古籍出版社，2015年，第646页。
③季振宜：《季沧苇藏书目》，中华书局，1985年，第51页。

录。曾疑即朱警编《唐百家诗》,后经赵兴茂先生与上图藏本比对,并非全同。"①冉旭据此认为:"今知上图所藏正为后刻本,而检此集子目则清塞、尚颜、司马札等皆在内,正和《唐百家诗集》旧刻集目相合,则颇疑其为一旧刻残本。此集既题云'百三家',则其所收当有超出现存集目以外的。"②这一"旧刻残本"亦为《唐百家诗》前刻范畴。由此证明,彭元瑞所列前刻子目,并不能据以为就是前刻的"定本"。可能的情况是:所谓前刻,本来是陆续刻出的,而且有不同的版本,所以目录家据所见著录,就出现不同的子目。而朱警后刻统一勘定,没有这样的问题。这就是"定本"与"未定本"的差异,符合版刻书的一般规律。既然赵玄度家藏的这个前集为残本,那么《搜玉集》或许就是前刻中补入的。《脉望馆书目》这个现象似乎尚未有人注意到。于武陵诗、于邺诗同时在前刻出现,或也是前刻"未定"状态的一种表现。

此外,赵玄度自己曾收辑过晚唐诗,其家亦刊刻书籍。臧懋循在《答曹能始书》(即曹学佺)中说:

> 又闻赵玄度所辑中晚唐诗,丈悉抄录于《蜀中续梓诗纪》,不审果否,便间幸示之。仆两年间亦颇有所蒐罗。向见徐兴公云,建宁杨氏有诸写本,未尽散失,拟于明岁过贵省访之,兼了荔枝夙愿,亦未知筋力能遂此否。③

臧懋循所谓"赵玄度所辑中晚唐诗",不是指赵玄度所藏朱警等汇刻唐人诗集,而是指赵玄度自己搜集整理刊刻者。曹学佺编《蜀中广记》卷一百中收录了《才调集》十卷,注云:"海虞赵玄度有抄

①阳海清:《中国丛书广录》,湖北人民出版社,1999年,第760页。
②冉旭:《〈唐音统签〉研究》,第187—188页。
③臧懋循撰,赵红娟点校:《臧懋循集》卷四,浙江古籍出版社,2012年,第145页。

本。"① 可见臧懋循信中内容不虚。《脉望馆书目》中"旧板百家唐诗十四本"下所附之《搜玉集》,或赵玄度家刻补入者,亦有可能。如此,则胡震亨所见赵玄度家藏宋本于武陵诗集,或即赵玄度家收罗者,亦有可能,而其中"新出"十首诗,或赵氏父子收集之功耶?

总之,无论赵玄度家藏宋本于武陵诗集是否可信,亦不论其与《唐百家诗》之关系,在胡震亨眼中,此所谓宋本已非"完璧",否则胡氏不至于别据《文苑英华》诸书重辑于武陵诗。据此,"新出"部分归于武陵名下,亦是可疑。"新出"十首诗不一定为于武陵诗,还有其他旁证:

其一,尽管赵玄度家藏"宋本"于武陵诗集与朱警前刻有密切关系,但朱警在后刻中却删去了这个本子。前刻九十八家,后刻一百家,朱警增删的情况如下:后刻删除前刻中许琳、沈云卿、苏瑰、尚颜、于武陵、释清塞、唐求、孟贯、牟融、秦公绪、司马札、无名氏等十二家;增入李百药、杨师道、秦思恭、刘廷芝、卢照邻、骆宾王、沈佺期、张说、张九龄、王维、孟浩然、秦隐君、张籍、李嘉祐等十四家。从朱警删增的子目来看,删的主要是晚唐诗,增的主要是初唐诗,其主要目的是为了取得整个汇编的平衡。朱警在《唐百家诗》的"后语"中说参考了徐献忠《唐诗品》"循其所尚,差其品目"。于武陵诗的删除,就是服务于整个汇刻,但也说明在朱警眼中,这一版本并非善本。同时删去的牟融集,为明人所造伪集②,可为旁证。

其二,就算这些所谓宋本确有依据,但北宋以后,于武陵、于

---

① 曹学伶撰,杨世文校点:《蜀中广记》卷一○○,上海古籍出版社,2020年,第1080页。

② 陶敏、刘再华:《〈全唐诗·牟融集〉证伪》,《文献》1997年第2期。

邺之诗已相混;元代辛文房《唐才子传》误以于武陵、于邺为一人,
则元明以后人题于武陵或者于邺之所谓"宋本",不可盲从。朱警
《唐百家诗》"后语"中所谓"杂取宋刻,裒为百家",虽号称有善本
依据,但明清所谓宋本或善本多不可靠。在上表所列明人汇刻唐
人诗集中,尚有多种收录于武陵、于邺诗集,多在朱警《唐百家诗
集》的基础上分合。明代汇刻唐人诗集中所谓"重刻""翻刻""覆
刻""影刻""仿刻"之"宋本",其实多为明人自行编辑刊刻的。研
究明人翻刻宋本的学者认为:

> 明代翻刻宋本"照式覆刻,纤细必遵"似乎仅占少数,随
> 着研究的深入,许多被清藏书家著录为覆(翻)刻本的,其中
> 文字也有不少改动,大概藏书家多注重于版式、行款、讳字等
> 形式上的异同,传世稀缺,而于文字内容较少细究,这最主要
> 的是宋本难求且庋藏分散,藏书家目力不及,无法进行比勘;
> 再者,以翻刻形式复制宋本,须延请精工,耗费财力,况且用
> 这种方法,在影写时难免有墨迹氤漫透过纸背,对宋本的收藏
> 极为不利。因此,真正以覆(影)刻方法复制宋本的不多,传
> 世更罕。①

这道出了明人动辄以所据为"宋本"的关键所在。明人所据之宋
本,多经改窜,一般藏书家只看形式而较少比勘内容,遂为明人
所误。

其三,从两次"新出"诗歌的内在关系而言,也可以发现同出
一人的证据。明初抄本中《出门》《褒中即事》与赵玄度本《斜谷
道》《游中梁山》《过百牢关贻舟中者》五首诗,很明显是从褒斜道转
金牛道入蜀路线上的作品,当为一整体;而《褒中即事》陆游已引为

---

① 杨军:《明代翻刻宋本研究》,中国社会科学出版社,2011年,第270—271页。

于邺诗。

明代于武陵、于邺诗集的版本尚多，但多源于《唐百家诗》，此不再一一梳理。这里关注一下清人对于武陵、于邺诗集的整理。清代于武陵、于邺诗集在明人的基础上呈现两种发展方向：其一为合编二人诗歌，代表是龚贤、江标；其二是分编二人诗集，代表是《全唐诗》。

龚贤《晚唐诗纪》中收于邺诗六十一首，据贾二强考此后季振宜编《唐诗》正据其本[1]。周亮工《读画录》载龚贤事迹云："酷嗜中晚唐诗，蒐罗百余家，中多人未见本，曾刻廿家于广陵，惜乎无力全梓，至今珍什箧中。古人慧命所系，半千真中晚之功臣也。"[2]郑振铎所藏的四个本子中，于邺诗在第三个本子（丙本）中。对于龚贤之书，他认为："他的中晚唐诸家诗，校勘是很精审的，收罗是很完备的，确曾经过他的一番整理功夫，所据大都善本。"[3]《晚唐诗纪》将明初抄本中新见于邺诗十一首，以及赵玄度宋本于武陵新见十首诗，全部打乱编入于邺诗名下。又增入《下第不胜其忿题路左佛庙》这一首与吴武陵（唐代另外一位诗人）重出之诗，带有明显的重辑色彩。其版本渊源虽不易考察，为龚贤自己重编之可能性极大。

光绪二十一年江标据南宋陈道人书籍铺刻本（俗称"书棚本"）影刻《唐人五十家小集》，其中有于武陵诗一卷，陈尚君据此所谓"宋本"否定于邺诗："今存《于邺诗集》一卷，有明朱警《唐百

①贾二强：《〈全唐诗稿本〉采用唐集考略》，黄永年主编《古代文献研究集林》第三集，陕西师范大学出版社，1995年，第252—280页。
②周亮工著，周飞强、王素柳校注：《读画录》卷二，西泠印社出版社，2008年，第139页。
③郑振铎：《中晚唐诗纪》，收入《郑振铎古典文学论文集》，上海古籍出版社，2009年，第246—247页。

家诗》、清席启寓《唐诗百名家全集》本，但其中所收诗，大多与影宋书棚本《于武陵诗集》重出。疑《于邺诗集》一卷，为南宋以后人据《于武陵诗集》所改题。今存诗，大多或全部皆应为于武陵作，有可能为于邺所作者，仅上列宋人所引及之数首。"[1] 江标之书，虽据南宋书棚本"景写重刻"，但据同本影刻之正德十四年《唐五十家集》却题作于邺诗，且收诗不同。江标所得南宋书棚本，可能与时天彝所见钱塘陈氏刊本于武陵诗集一样，都是混淆于武陵、于邺诗集的结果。江标本于武陵诗集包含了除《春过函谷关》一首之外所有正德十四年刻本于邺诗，同时收录了赵玄度家藏宋本于武陵诗集"新出"十首诗。但《宿友生林舍因怀贾区》《赠买松人》《友人亭松》《早春日山居寄城郭知己》在《文苑英华》中已录为于武陵诗，江标本反未收录，从这个角度而言，这个所谓"宋本"价值亦大打折扣，或为江标重辑。

《全唐诗》对于武陵、于邺诗集的分合，基本上延续了胡震亨的思路，即分二人诗集为无争议部分和重出部分。其中于邺诗歌没有争议的部分即明初抄本《唐十八家诗》于邺诗新出之十一首。这比《唐音戊签》中于邺诗集更纯粹，因为后者还将《感情》《山上树》《洛中有怀》《送魏山田处士西游》等唐宋人已视为于武陵所作之诗作为没有争议的于邺诗。《全唐诗》又将《戊签》于武陵诗中得自赵玄度家藏宋本之十首新出诗放到重出部分。从某种程度来看，《全唐诗》于武陵、于邺诗歌的处理，是最合理的一种。

---

[1] 傅璇琮主编：《唐才子传校笺》第五册，第413—414页。按：席启寓名中之"寓"，今人多作"寓"，实误。清代刻本中明确作"寓"。"寓"见《说文》，为籀文"字"。席启寓字文夏，正与名"启寓"互文。

二、于邺、于武陵新出诗歌归属的内证

（一）诗集演变及版本渊源

宋元明清时期于武陵、于邺诗歌的争议，就是围绕两次"新出"诗进行的。新出诗歌究竟归属何人，是影响二人诗集形态最重要的问题。前文从诗集演进及版本渊源的角度，推论两次"新出"诗歌为于邺诗，即以宋代所见于武陵诗为基点。事实上，在找不到有确切根据的宋本于武陵、于邺诗集之前，最好的宋本就是宋代选本。总而言之，于武陵为中唐诗人，其诗集的编辑流传在晚唐时期已经开始，所以唐人选唐诗中已多见其诗。至宋代，选本、总集中广泛选录其诗，其诗集在目录中亦著录有序，这些都指向其诗集的定型态。而且唐宋时期出现的于武陵诗数量，已接近诗集一卷的容量，大规模的"新出"实不太可能。再看诗人于邺，若其与后唐工部郎中于邺为一人，则其卒在后唐天成三年，则其诗集在唐末五代宋初只可能是"现在时"。虽然《新唐书·艺文志》著录了，但宋代目录中于邺诗多阙如，这是于邺集尚未定型，或者其诗集流传不广的表现，也与宋人零星见到于邺诗的现象相符。但于邺诗确实在不断扩大流传，其诗也不断处于"新出"的过程，其诗集于是呈现出一种动态的"扩张"。明人嗜唐诗，尤其在复古主义诗风的影响下，对唐人诗集的发掘和保存居功至伟，然而也伪冒和混淆了不少唐诗，这为研究者所悉知。在于武陵、于邺混淆的问题上，前人已如此，他们只能延续错误。明初为于邺诗新出的关键时期，《唐百家诗》为发掘于邺诗歌的"先锋"，然而也是于武陵、于邺诗在明代混乱的肇始。两次"新出"诗歌皆与《唐百家诗》前刻有关，而分割于二人名下，遂造成后世莫衷一是。但朱警在后刻中"纠正"了自己的认识，只存于邺诗集，又反映了某种"通性之真实"。

（二）生平事迹的线索

诗集演变和版本渊源的角度，是从外围推论新出诗歌为于邺诗。随着史料的新出，现在我们又获得了从二人诗歌内容来验证上述推论的可能，而诗人于邺之生平即为其突破口。据前引洛阳出土《崔特夫人于氏墓志》，于氏为于珪第三女，咸通十二年卒，享年三十二，咸通十三年葬。时"季弟乡贡进士邺，扶侍在洛"。据两《唐书》于志宁、于休烈传，及《新唐书·宰相世系表》，墓志中所提供信息多可考，并且可补史实之阙。墓志关联的于邺家族政治、婚姻、文学活动前文已有考述。今取有关于邺家族资料与其诗歌有关之部分略述如下。

在晚唐五代有三个于邺。其一是大家熟知的诗人于邺；其二是后唐时工部郎中于邺（见《旧五代史》卷三十九及《新五代史》卷五十五、《南部新书》卷癸）；还有一个是新出崔特夫人于氏墓志中所见于珪子于邺。胡震亨曾疑诗人于邺与后唐工部郎中于邺之关系①。今据墓志，可推测三个于邺为同一人。于珪子于邺在咸通十三年已为乡贡进士，正符合《唐诗纪事》所云诗人于邺为唐末进士之说。而于珪家族为一典型的"衣冠户"，中晚唐时期于氏登第者多出其家族。此外，于珪家族在文学、艺术、史学等领域渊源深厚，虽然他们传世文学作品不多，但著录、职官、交游和当时的评论都指向其文学家族的特质，诗人于邺出于这样的家族是极有可能的。

---

① 《唐音统签·戊签》卷六百三十七于邺小传云："于邺，字里不详，诗一卷。"又注："唐宋志同。《纪事》云邺唐末进士，或又云即于武陵。《百家唐诗》有其集。考《文苑英华》《才调集》，多系于武陵诗。今校除重者，外得十五篇。五代唐明宗时有于邺，除工部郎中。时尚书卢文纪讳业，甚不平。陶铸欲请换曹，其夕，邺醉忿自经死。卢坐贬。不知即邺否？"（第478页）

　　于邺咸通十三年已为乡贡进士,姑记其时年二十①,则至后唐天成三年,将近七十六岁,这与后唐工部郎中于邺相符。于邺兄弟如于涛、于兢、于梲,在唐末五代初尚十分活跃。于兢在梁开平二年为相,作为“季弟”之于邺很有可能到后唐时期依然为官。我们注意到于邺的死,是因为不堪卢文纪之“辱”而忿然自经。结合此时于邺之高龄及其家族因缘,其受辱自经及卢文纪因此被贬,就可以理解了。

　　两次“新出”诗歌中,有出塞、入蜀两条诗人游历的线路,倘若作于武陵诗,则尚少证据,如果从于邺及其家族的事迹来解释则较为合理。“新出”诗歌中《秋夜达萧关》一首曰:

　　　　扰扰浮(一作游)梁路,人忙月自闲。去年为塞客,今夜宿萧关。辞国几经岁,望乡空见山。不知江叶下,又作布衣还。②

张固也根据萧关周边局势及唐、蕃关系认为此诗为于武陵元和十三年十月作,时唐军短暂收复萧关,于武陵参加了收复战役;但萧关旋即失守,所以于武陵抱着失落的心情返回。此论有待推敲。首先,诗中“辞国几经岁”该如何理解。张固也认为“几经岁”是虚语,此次出塞不太长。但从词义及诗意来看,此句显然是感慨出塞时间较长。如此则与于武陵时期萧关短暂收复的情形不符。其次,诗中所叙看不出张固也所说参与收复萧关战役的自豪和萧关复陷的失落心情,而更多是一种旅途中的无聊以及功名未成的惆怅。倘诗人于邺为于珪子,则此诗不用局限在元和十三年十月这

---

① 唐代进士登第年龄多偏大,有“五十少进士”之说,但也不代表没有很年轻就中进士的,个体差异较大。参考傅璇琮《唐代科举与文学》,陕西人民出版社,1986年,第122—123页。况且“乡贡进士”还可能只是表明举人资格,并不代表已经及第,所以其年龄可能更小。

② 《全唐诗》卷五九五,第6896页。又《全唐诗》卷七二五,第8315页。

一节点。于珽子于邺咸通十三年前已取得乡贡进士资格,此诗中云"布衣",是尚未及第。史载大中三年之后,吐蕃退兵,萧关一直为唐控制,于邺以布衣身份出塞入塞,可以有多个时间点。崔特夫人于氏墓志云:"姊适韦钧,今陇州刺史。"此韦钧正为于邺之姊夫,于邺出塞或与此有关。

"新出"诗中另外一次比较清晰的行迹是入蜀。《出门》《斜谷道》《褒中即事》《游中梁山》《过百牢关贻舟中者》等诗完整地记录了此次路线。关于此次入蜀的原因,梁超然认为是于邺(即于武陵)僖宗中和年间入蜀应举;张固也认为于武陵此行不是入成都,而是去南浦郡(今重庆万州区)为地方官幕僚,待了一年左右后,他从南浦沿长江顺流而下,过夔州、归州,下三峡,进入荆湘,并远至吴越。此说尚有可商榷之处。

首先,前文已论入蜀诸诗为一整体,为于邺诗可能性更大。虽然于邺在蜀中活动的行迹没有诗歌内证,但也不能证明诗人未到蜀中。张固也引用《远水》诗"悔作望南浦",认为诗人是到南浦任地方官幕僚,证据不充分,因为《远水》一诗与上述五首入蜀线路上的诗看不出有任何联系。况且"南浦"本为诗文中常见典故,不一定实指。其次,无论于邺还是于武陵,若要去南浦,另有路线,即所谓天宝荔枝道,而不会迂回褒斜道转金牛道。张固也又认为于武陵从南浦沿长江顺流而下,过夔州、归州,下三峡,进入荆湘,从二人所有存诗来看,在进入荆湘之前的那一段都存疑。于武陵《客中》诗有"楚人歌竹枝"一句,或许是张固也以为于武陵过夔州三峡的证据,但楚人是一个很广的所指,《竹枝》也并非只有在夔州、三峡才有。刘禹锡《洞庭秋月行》诗"荡桨巴童歌竹枝,连樯估客吹羌笛"之"竹枝",正是在洞庭湖地区。从唐宋时已比较确定为于武陵诗来看,他确实在洞庭湖有过一段滞留,写了不少诗,但未见写巴蜀地区的诗歌。

　　相对而言，入蜀的经历与于邺生平更为契合。于邺诗中明说此番入蜀是为"名与利"，一种可能是依附其亲党故人，一种可能是入幕求仕，或者如梁超然笺所谓中和年间入蜀应举。广明元年十二月黄巢攻陷长安，僖宗在田令孜神策军的护卫下入蜀，于邺之叔父宰相于琮扈从不及，为黄巢所杀。前文已指出于邺之兄于梲乱中入蜀，依田令孜及第。据此，于邺与家族入蜀的可能极大。唐代"乡贡进士"与"国子进士"一样，作为贡举人的称号，只是表明他们已取得应举资格，并不代表他们已经及第，这也不是一种头衔①。所以于邺咸通十三年称"乡贡进士"，但仍为"布衣"也是很正常的。倘若于邺《书情》一诗为其中和二年入蜀时所写②，其云"不知书与剑，十载两无成"，则是蹉跎十年之久。往前推十年，正是咸通十二年。这正与于邺咸通十三年稍前获得乡贡进士资格（"书"）的说法相合，也与诗人此前出塞（"剑"）而以布衣之身相合，其时当已三十岁左右。

　　总之，从于邺之生平和其家族因缘中，可以找到两次"新出"诗歌为于邺的更多可能；相反，若视为于武陵诗，则缺乏足够证据。结合二人诗集之演变及版本之渊源，"新出"诗歌归属于邺的可能更大。至少，在没有发现新的、确切的版本证据及诗人生平资料之前，是这样的。

---

① 参考吴宗国《唐代科举制度研究》，辽宁大学出版社，1992年，第292页。

② 《书情》诗云："负郭有田在，年年长废耕。欲磨秋镜净，恐见白头生。未作一旬别，已过千里程。不知书与剑，十载两无成。"入蜀途中诗《出门》亦云"西南千里程，处处有车声"。据《通典》从长安至汉中，取斜谷道，为九百三十三里，驿路一千二百二十三里。西南千里，正至褒中。此一系列诗，正为途中所作。

三、于武陵、于邺的关系推测

于武陵诗中多称自己家乡在"鄠杜""杜陵"，当为京兆长安人。河南于氏，本鲜卑万纽于氏族裔，孝文帝改于氏，以河南为望。于谨从宇文泰入关，遂称京兆长安人。《旧唐书》于志宁本传，称其为高陵人。于志宁上高宗书说："臣居关右，代袭箕裘，周魏以来，基址不坠。"①《新唐书》同传作："臣家自周、魏来，世居关中，赀业不坠。"②唐代汉人于氏称京兆长安人者，还有右武候大将军于伯亿以及太仆少卿、怀德公于知机，但其世系不显。于武陵既为京兆鄠县人，其出河南于氏的可能是极大的。

又据《宝刻类编》卷六"李方授"条下著录《三原县尉于武陵墓志》，小注："兄延陵撰，大中六年。京兆。"③可知其墓在京兆。按，京兆三原为河南于氏家族祖茔所在，于谨墓即在三原。刘禹锡《为京兆李尹答于襄州第一书》："阁下以大墓世在三原，而去河南益远，尚系望于数百年之外，于义不安。遂奋然移群从，率先行古，占数为京兆人。"④书中于襄州即于頔，为于寔六世孙。于頔家族"大墓世在三原"已数百年。可见河南于氏家族祖茔的延续性。河南于氏家族，倘若按照房分而言，可从于谨九子来分：寔、翼、义、智、绍、弼、简、礼、广。于邵撰《河南于氏家族谱后序》即以九祖分，只不过各支人物有显隐，有所合并。从现在所见墓志及传世文献来

---

① 《旧唐书》卷七八，第2699页。
② 《新唐书》卷一〇四，第4005页。
③ 佚名：《宝刻类编》卷六，《丛书集成初编》本，中华书局，1985年，第148页。
④ 刘禹锡撰，卞孝萱校订：《刘禹锡集》卷十，中华书局，1990年，第122页。

看,其主体皆归葬京兆而非河南①。除三原之外,河南于氏葬地还有白鹿原、神和原、毕原、高阳原、龙首原、见子原等,虽有所分化,但皆在京兆。唐代汉人于氏较显著者,如东海于惟谦家族,据新出墓志,其旧茔皆在洛阳北邙。

　　从上述模糊的证据来看,于武陵与于邺极有可能同出河南于氏,至于是否就是于邺所在之于义于志宁一系则尚待新的证据。清代有一种调和于武陵和于邺的新说。《全五代诗》于邺小传:"邺,武陵人。唐末进士。唐明宗时,官工部郎中。"②《(光绪)湖南通志·人物志》据此以于邺为武陵人;《艺文志》又收录《于郎中诗》一卷,谓武陵于邺撰。这种以讹传讹的论点,回到了《唐才子传》以"武陵"为于邺之字的怪圈中,是造成历史上二人难分难解的一个重要原因。

　　再就诗人于邺之生平而言,其留下的片段资料,只能大致地勾勒其轮廓如下:他为于珪之子,为河南于氏,出自于志宁一系,家族文学积淀深厚;在他所处的时代,其家族在社会、文化领域的影响都非常可观;他与于武陵不是同一个人,后者的活动时间要稍前。进一步猜测:他可能在咸通十三年稍前获得乡贡进士资格,但未及第;此前后曾有过一段入塞经历;咸通十三年在洛阳奉养亲人,并无官职,其年于琼贬谪案他或受牵连;广明中黄巢之乱,随家人入蜀;中年以后,曾南游洞庭,或为求仕,或依亲人;入五代他已是晚

---

① 按河南于氏葬河南的例子如:《于思□墓志》,五代祖周太师燕文公(即于谨),曾祖于孝武,祖于乾□,父于善询,太极元年四月卒洛阳县俯义里私第,权葬洛阳县北邙原。(参见吴钢主编《全唐文补遗》第五辑,三秦出版社,1998年,第27页。)又《于嘉胤墓志》:高祖于寔,曾祖于象贤,祖于德舆,父于文生,开元廿四年卒洛阳南思顺里之私第,葬洛阳西□五里龙门之平原。(参见赵君平编《邙洛碑志三百种》,中华书局,2004年,第168页。)

② 李调元编,何光清点校:《全五代诗》卷九,巴蜀书社,1992年,第210页。

年,或因家族之力在朝为官;后唐天成三年为工部郎中,因不堪官长卢文纪之辱自杀,其卒年在七八十岁左右。

结　语

文化的演进需要沉淀,文学的进程亦是如此,而对于入华各民族的汉文学历程而言尤其如此。自汉代以来,包括鲜卑在内的很多民族在与中原的冲突、碰撞中内徙,逐渐熏习汉文化;至十六国时期,内迁中原的胡族建立了自己的政权,从朔漠到中原,从纵情放歌到赋诗言志,从游牧文明到礼乐文明,其间的文化身份转变过程,复杂程度不言而喻。站在汉文化本位来看,包括鲜卑在内的北朝民族的汉文学成就可谓"乏善可陈",既没有一流的作家、一流的作品,也没有足够数量、具有代表性的作品。再把时间线条拉长一点,从整个中古汉文学演进的角度来看,也看不到非汉族文学有显著成就。然而,在北朝民族统治的大环境下,各民族自觉参与到文学进程中,对文学史而言本身就是一件意义重大的事。北朝民族文学作为"中华文学"的重要构成部分,具有特殊的、不可替代的价值。

学者们看不到北朝民族文学的成就,一个重要的原因是受到民族融合朝代叙事的影响。简单地说,就是认为北朝结束后,活跃在北朝的各民族自然而然也就变成了汉人,不存在民族关系的维度了。这种"断代"思维消解了民族文学复杂的演进过程。从一种延续的视角来看,家族或族裔无疑是理解民族文学发展的理想观察点。北朝隋唐时期,各民族文学经历了从无到有,从个人至家族,从家族到家族群的发展历程。一些家族在北朝时期已奠定了家族文化的基调,而不少家族到唐代才完成文化身份的转型。各民族文学经过长期的积淀最终融汇到汉文学整体中，但各个族群、不同家族的进程、具体途径各不相同。

以鲜卑族裔来看，鲜卑各部的汉化进程、汉文学萌芽和发展的程度也有很大差别。比如慕容部的汉化就开启较早，而且速度很快，至十六国时期已经成就斐然。拓跋部虽然是鲜卑的核心族群，但在建立北魏政权以前，汉化程度一直不高。入主中原以后，很长一段时间对于汉文化还存有抵制心理。直至孝文帝迁洛以后，才出现文学突变。宋人陈应行在《历代吟谱》中已经注意到了后魏宗室文学的群体现象：

> 孝文帝，好读书，手不释卷。好为文章，诗赋铭颂，任兴而作，有大手笔。马上口授，不改一字。元彧，字文奏，郊庙歌词，时称其美。元晖业，位太尉，尝有诗曰：昔居王道泰，济济富群英。元澄，字道镜。为七言连韵与孝文往复赌赛。元延明，所著诗赋等三百余篇。元勰，字彦和，从幸代都，作诗十步而成曰：问松林，松林经几冬，山川何如昔，风云与古同。元瑜，字宣德，好文章，颇著诗赋。[1]

其他北朝元氏宗室诗人，如北魏孝明帝元诩、孝庄帝元子攸、节闵帝元恭、中山王元熙，都有诗歌传世。北魏宗室中，还有一些文学成就比较全面者，如孝文帝，不仅能写诗，其碑版文，如《吊殷比干墓文》，亦为后人称颂。余如元苌，有《振兴温泉颂》，蔚为雄文佳构；苌弟元珍，亦长于文。元澄子元顺有《蝇赋》，颇有咏物赋之风情。当然，相对于汉人，尤其南朝汉人的文学而言，他们的成就或许显得轻微，但从民族文学的角度而言，其意义无疑是重大的。河南元氏，在北朝时期已经奠定了充分的文化基础，所以入唐以后能

---

[1] 陈应行编：《吟窗杂录》卷二二，中华书局，1997年，第653—655页。

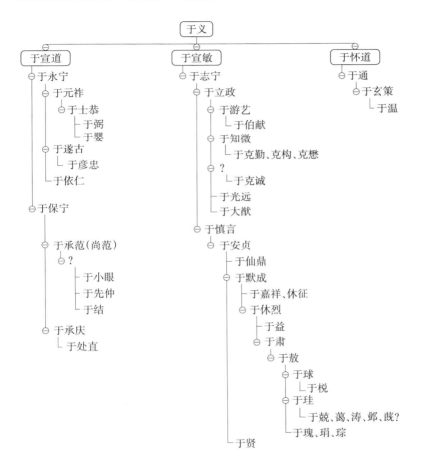

图1　于志宁家族世系图

注：资料来源拙著《新唐书宰相世系表胡族部分补正》（待出版）。"?"号处标识存疑。

在文学领域中大放异彩。唐代北朝胡姓诗人中,元氏家族成就最为突出,产生了元结、元稹等重要诗人。如果我们不从北朝追溯其渊源,就会忽略这些家族文学形成的过程。

唐代不少诗人、文人都族出鲜卑,如长孙无忌家族、窦叔向家族、穆宁家族、源乾曜家族、潘炎家族、谢偃家族、独孤及家族、刘方平家族。中古文学史一般不会把他们作为鲜卑文学的代表,而归入汉文学"大传统"中。殊不知,这些文学家族的萌芽、发展正是中古民族文学的"小传统"。由于史料的断层,很多鲜卑族裔的家族脉络已经不能理清,其文化渊源、传承、变迁亦难钩沉,然而也并非全无迹象。河南于氏家族的家学、文学发育和演进过程就相对清晰,并且呈现出独特的模式,对我们考察中古少数族裔或家族文学具有典型意义。

第六章　敦煌与长安之间
——唐代内迁突厥族裔文学考论

　　《新唐书·突厥传》开篇说:"唐兴,蛮夷更盛衰,尝与中国亢衡者有四:突厥、吐蕃、回鹘、云南是也。"[1]在唐代与周边民族关系中以四者最具代表性,其中突厥、回鹘都曾大规模内附,在唐代政治、军事、文化等领域留下了深刻印记。突厥本土文学自成一系,传世的碑铭和出土突厥语文献,证明了突厥文学的多样和发达,前人已有定论(参见第四章引岑仲勉、林幹等评价)。但从北朝以来不断内迁的突厥族裔,却罕见在汉文学领域有所作为。这一"消极"现象,从中古民族文学演进来看殊有研究价值,但需要对内迁突厥族裔的汉文学史料作全盘检讨。可喜的是,在敦煌写卷及新出石刻中发现了不少唐代突厥族裔的作品及文学活动踪迹,可以勾勒出这个群体汉文学的发展过程、文学家族崛起的大致轮廓。

第一节　内迁突厥的安置和汉化

　　突厥于公元6世纪中叶开始活跃于北方草原,并与中原王朝交往,入隋以后双边关系全面升级。突厥内部矛盾和外部斗争引

——————————
[1]《新唐书》卷二一五上,第6023页。

发了突厥内附中原王朝的第一波潮流,其代表如启民可汗(沙钵略子染干)、处罗可汗达漫、特勤大奈等。唐初,经历短暂的"称臣",唐太宗通过远交近攻、分化离间等手段与突厥展开了反复的斗争,由此造成了双方人口的大规模流动。贞观二年,"户部奏言:中国人自塞外来归及突厥前后内附、开四夷为州县者,男女一百二十余万口"[①]。贞观四年,唐军趁突厥内忧外患之际攻灭东突厥颉利可汗,开启了又一波大规模突厥内附的潮流,史称"来降者尚十余万"[②]。唐太宗用温彦博之计,一方面在北方边州置都护府统其部众,另一方面引其酋首入京拜将军、中郎将等官宿卫京师。此方案后来一度修正,但总体上得以维持并贯彻。

东突厥败亡后,唐代北方边境维持了近半个世纪的安定。至永淳元年阿史那骨咄禄自立为可汗,建立突厥第二汗国。其后约半个世纪,后突厥及别部与唐反复拉锯对抗,陆续内迁、内附者众多,至天宝初势力才衰微。

唐代西突厥内附的情况也与东突厥的动向有关,而且规模也很大。如开元二年至三年,十姓部落左厢五咄六啜、右厢五弩失毕五俟斤等部因默啜的侵扰来降,"前后总万余帐。制令居河南之旧地"[③]。自垂拱以后,西突厥势力衰微,斛瑟罗率部六七万人徙居内地,"西突厥阿史那氏于是遂绝"[④]。

内迁突厥及别部大部分以"降户"身份安置于边州,还有一部

---

① 《旧唐书》卷二,第37页。
② 《新唐书》卷二一五上,第6037页。
③ 《旧唐书》卷一九四上,第5172页。
④ 《旧唐书》卷一九四下,第5190页。

分来到京师。唐初突厥败亡,"入长安自籍者数千户"[①],群体庞大。入京的突厥首领和贵族最初由鸿胪寺专门负责安置,之后唐廷往往给他们赐官、赐宅。如天宝三载《故九姓突厥契苾李中郎赠右领军卫大将军墓志文》载:"家承声朔之教,身奉朝宗之礼。解其左衽,万里入臣。……天宝三载九月廿二日,遘疾终于蒿街。圣恩轸悼,赠右领军卫大将军。以其载十一月七日,安厝于长乐原,礼也。鸿胪护葬,庶事官给,著作司铭,遗芬是记。"[②]契苾某应该是天宝中唐与突厥新战事后内附的,其丧事都由唐朝鸿胪寺操办。墓志中"终于蒿街"是用汉代典故,汉代长安城内有藁街,为蛮夷邸;北魏洛阳城南有四夷邸,也是安置四方归附外族。唐代长安似乎未见专门的"蕃坊""四夷邸",而是给内附突厥赐宅第。如永徽元年车鼻"拜左武卫将军,赐宅于长安"[③]。开元二年,默啜妹婿火拔颉利发石阿失毕携其妻来奔,"制授左卫大将军,封燕北郡王,封其妻为金山公主,赐宅一区"[④]。俾失十囊开元初内附,"主上嘉之,擢拜特进。……加授右卫大将军,封雁门郡开国公……并赐甲第一区,便留宿卫"[⑤]。铎地直侍调露年中来归,平叛阿史那伏念,"令于太平公主宅安置。又赐甲第一区。每日降使存问,便留宿卫,令左羽林供奉"[⑥]。从《唐两京城坊考》及新出墓志所见突厥族裔宅第情况看,长安突厥的分布主要是在朱雀街西,以西市为中心(参见图2),可能是统一规划的结果。洛阳突厥族裔宅第信息相对较

① 《新唐书》卷二一五上,第6038页。《旧唐书·突厥传》说"数千家",《通典·边防》称"其入居京师者近万家"。
② 吴钢主编:《全唐文补遗》第五辑,第374页。
③ 《旧唐书》卷一九四上,第5165页。
④ 《旧唐书》卷一九四上,第5172页。
⑤ 《全唐文补遗》第五辑,第368页。
⑥ 赵力光主编:《西安碑林博物馆新藏墓志续编》,第264页。

少,分布相对较松散,大致分布在洛水南的多个方位①。迁入京城的突厥人也著籍于此,如《契苾明碑》:"本出武威,姑臧人也。圣期爰始,赐贯神京。……今属洛州永昌县,以光盛业焉。"②《哥舒泄墓志》也说:"本阴山之贵族,寄家阙上,乃徙籍于京兆府长安县怀音乡食棋里,遂为此人。"③

内迁突厥尤其是著籍京城地区者,在汉人文化熏习之下,宗教信仰、婚宦关系、生活风尚都开始了新的转变。在宗教信仰方面,突厥最初多信奉原始宗教。北朝以来佛教渐次传入漠北,约在佗钵可汗时佛教经北齐传入突厥,并在上层社会产生实质影响。《布古特碑》中称佗钵可汗为"摩诃特勤",就是一个佛教化的称呼,碑中还提到他建造新寺庙的事情,可见他确实是一位信仰佛教的突厥可汗④。但漠北突厥佛教流行时间并不长,在佗钵可汗之后便趋于衰亡。另外,佛教在突厥并未取得独尊地位,而是与原始萨满教、景教和祆教长期共存,后随着伊斯兰教势力的东浸而衰亡⑤。然而内迁中原的突厥后裔,他们的佛教信仰却传承不辍。

唐代长安、洛阳有不少突厥族裔崇佛遗迹。长安居德坊西北隅有普集寺:"隋开皇七年,突厥开府仪同三司鲜于遵义舍宅所

---

① 主要有道术坊阿史那伽那,从政坊阿史那德感、艺失梁,尚善坊阿史那忠,兴敬坊史瓘,尊贤坊阿史那明义之,延福坊史乔如,淳化坊阿史那祖求。

② 《全唐文》卷一八七,第1898页。

③ 齐运通主编:《洛阳新获墓志百品》,国家图书馆出版社,2020年,第207页。

④ 林梅村:《布古特所出粟特文突厥可汗纪功碑考》,《民族研究》1994年第2期。

⑤ 参考蔡鸿生《唐代九姓胡与突厥文化》中编"突厥奉佛史事辨析"节,中华书局,1998年,第144—164页。杨富学、高人雄《突厥佛教盛衰考》,《南都学坛》(人文社会科学学报)2003年第2期。按:据新发现慧思陶勒盖碑,在佗钵可汗之后直到7世纪初,佛教依然在漠北地区有影响力,参见徐弛《蒙古国考古新发现中的佛教元素——兼论6至8世纪漠北草原的佛教传播》,《中国国家博物馆馆刊》2022年第3期。

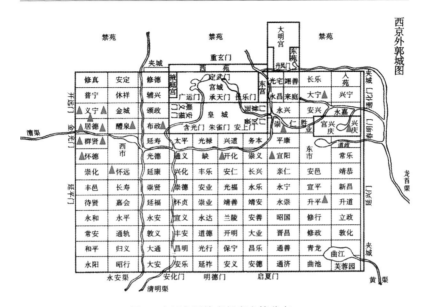

图2　内迁突厥族裔长安宅第分布

图例：▲标识有突厥族裔宅第
主要数据：居德（阿史那思摩、阿史那怀道、右金吾将军史某契苾夫人）；兴庆（史善应）；宣阳（阿史那摸末）；布政（阿史那从政）；怀德（毗伽公主，骨咄禄默啜大可汗女）；升平（史用诚）；怀远（史从及）；群贤（哥舒泄、回纥琼）；大宁（浑瑊、浑俶）；醴泉（失十囊俟）；义宁（炽俟汕、啜禄）；崇仁（哥舒翰①）；开化（李光颜）。

----

① 哥舒泄为哥舒翰孙，据《太平广记》卷三五六"哥舒翰"条引《通幽录》，哥舒翰少时有爱妾曰裴六娘，宅于崇仁坊。

立。"①另外，洛阳龙门石窟中有多处突厥遗迹，如西山北段敬善寺窟区阿史那忠造像，奉先寺南侧火烧洞窟外阿史那忠之子史睐造像，西山南段路洞浑元庆造像②，可见在宗教信仰方面突厥族裔的转变和适应。唐代内迁突厥中，不乏信佛极深者如哥舒翰家族。哥舒翰之父哥舒道元，景云元年十二月曾奉使送于阗国高僧实叉难陀余骸归国，起塔供养，见于《开元释教录》卷九。《不空三藏行状》中也记载天宝十三载，因河陇节度使哥舒翰请求，不空赴武威，"住开元寺，节度已下，至于一命，皆授灌顶"③。哥舒翰之母为笃信佛教的于阗尉迟氏，对于他们家族的佛教熏习应该也有重要影响。至盛、中唐之交，突厥族裔中还出现了佛学修为高深的人物，如李元琮，其墓志载：

> 公讳元琮，阴山之贵族也。以功高命氏，列籍帝枝，今为陇西人也。……尤好释典，曾于金刚三藏，得授灌顶，初入真言之闽阈也。开元中，早宿卫北军。天宝初，以武艺入仕。……十一年，奉使南海。……于三藏和尚处，咨询真谛，得三十七智，修证理门。……十三年，大师奉使往武威郡，公以味道不足，更往求之，授金刚界五部之法，漫荼罗印，瑜伽指归，五智四明，护摩要诀，无不该究。④

有学者从李元琮墓志中阴山贵族、列籍帝枝、母何氏及武艺宿卫等信息综合断定他为唐代内附突厥族裔⑤。元琮为不空三藏法师

① 李健超：《最新增订唐两京城坊考》，三秦出版社，2019年，第318页。
② 高俊苹：《龙门石窟所见阿史那造像研究》，《文博》2006年第2期。
③ 陈尚君辑校：《全唐文补编》卷四六，中华书局，2005年，第558页。
④ 毛远明：《西南大学新藏墓志集释》，第509页。
⑤ 王连龙：《李元琮墓志及相关问题考论》，《吉林师范大学学报（人文社会科学版）》2014年第6期。又参见樊婧《唐李元琮墓志考释》，载《唐史论丛》第18辑，陕西师范大学出版社，2014年，第250—257页。

的俗家弟子,《三藏和上遗书》中称他"依吾受法三十余年,勤劳精诚,孝心厚深,河西南海,问道往来……瑜伽五部,先以授之"[1]。墓志和遗书中的信息相契合。李元琮虽为突厥族裔,但在密宗的发展史上留下了重要的一笔。

　　内迁突厥族裔的婚宦也是考察他们家族文化变迁和汉化水平的重要角度。就仕宦而言,因为突厥安置政策,早期内附突厥多进为武职,是"蕃将"的主要来源。比如东突厥灭国后,"其酋首至者皆拜为将军、中郎将等官,布列朝廷,五品以上百余人"[2]。这种"追入宿卫"模式使得突厥族裔的仕途方式比较固定,并且呈现家族化特征。以出土墓志所见为例,如阿史那摸末内附后授上大将军、迁右屯卫将军;其子勿施起家郎将;勿施子哲起家亦郎将:三代以郎将出身[3]。阿史那婆罗门、阿史那伽那、阿史那感德也是三代以禁卫出身[4]。内迁突厥族裔早期多以军功、门荫入仕,此后转迁官也多在武将序列,但多数家族在三代以后开始出现在文官之秩,甚至有科举入仕的案例。如阿史那苏尼失内附后,官骁卫大将军、宁州都督,其子忠以左屯卫将军出身,此后也是在武职内转迁,但忠子思贞官通事舍人进入文官,思贞子瓛解褐亳州成父主簿,转寿光县丞、垣县令、成安县令,完全从武职中解放出来,走上了普通士人入仕之途。隋大业中内附的史大奈,其子仁基官金吾将军,仁基子思光解褐太子通事舍人,其后历尚乘直长、地方县令、郎将、州别驾

①圆照编:《代宗朝赠司空大辨正广智三藏和上表制集》卷三,《大正新修大藏经》第五十二卷,第52册,第844页。

②《旧唐书》卷一九四上,第5163页。

③阿史那摸末、勿施、哲祖孙墓志,分别见《全唐文补遗》第三辑第345页、第二辑第455页、第五辑第338页。

④阿史那婆罗门、伽那、感德祖孙墓志,分别见《西安碑林博物馆新藏墓志汇编》第77页、《长安新出墓志》第98页、《全唐文补遗》第八辑第302页。

等,官历就比较复杂,思光长子元一官鸿胪寺丞,嗣子孚官太子通事舍人,都是纯粹的文官(参见第十二章)。

当然,这种身份的变化在不同家族或同一家族的不同支系演变有所不同。比如阿史那社尔贞观九年内附拜左骁卫大将军,后至右卫大将军;社尔之子道真位至左屯卫大将军;道真子惟静官河南节度先锋兵马使;惟静子勤官河南节度兵马使;勤子播官河东节度军马都兵马使;播子用诚初入襄阳节度使幕,累迁至马军兵马,终左羽林军大将军:他们一直在武官中转迁。至用诚长子宗简官福王府参军①,似乎才走出武将模式,此时已是大和四年,历前后七代约二百年。而同出阿史那社尔,道真之子务约以武力起家官汉中府折冲,至其子元幹官试大理司直,处于过渡阶段。元幹子璋官太常寺协律郎,已经进入纯粹的文官秩列。璋子从及,释褐授左骁卫兵曹参军,转左监门率府长史,授太府寺丞,也是文官秩列。从及长子宗礼,明经擢第;从及从弟实,会昌中乡贡开元礼出身②,已经纯粹文学化了。同样是七代二百余年,史从及一支的文学路径则较快一些。

另外,由武入文的身份转变过程,也会在特定的情况下发生反复。比如浑释之以武功从军朔方,官至朔方节度留后;其子瑊年十一已善骑射,军功至伟,位至宰相;瑊子镐喜与士大夫交游,其子㑖九岁由宏文生明经及第,释褐参同州军事,历太常寺主簿、太府寺丞、左赞善大夫、太子仆、太府少卿,原本已走上"明习文法"之路,但文宗时超拜金吾卫将军,宣宗时又拜左金吾卫大将军:这一由文入武的经历是时势所造。路岩在《浑㑖碑》中说:"洎公以材能选,

---

① 参考《史用诚神道碑》,《全唐文》卷七四七,第7732—7734页。
② 参考《史从及墓志》,《西安碑林博物馆新藏墓志续编》,第561—562页。

陈力无旷废,浑氏之风类是。自穆宗后,天下少事,由是公未尝有斗战功。始则以至行好学,恂恂若儒者;中则以精力辨疑,为循吏;终则以和众静边,名之良帅。"[1]正表达了浑氏家风在文、武之间徘徊的特殊原因。

　　相比仕宦,唐代突厥族裔的婚姻情况具有明显的"胡化"色彩。自北朝以来,周、齐、隋、唐都曾通过宗室赐婚方式与突厥联姻,但突厥族裔与汉人士族的联姻总体上是比较少的,尤其是与汉人高门大族的联姻极少。据本人初步统计,唐代内迁突厥及其后代的通婚资料64例,其中与李唐宗室联姻8例,与其他汉人士族联姻18例;突厥部族内部联姻18例;与粟特胡族联姻9例;其他胡族(鲜卑、波斯、高丽、西域胡等)11例。可见突厥族裔的婚姻"胡化"色彩还是非常鲜明的,这反映了入唐突厥后裔特殊的民族心理和社会处境。突厥族裔与汉人高门联姻,比较罕见的一例是哥舒翰家族与博陵崔氏的联姻。《崔慎思墓志》中称"外弟河南哥舒峘撰"[2]。哥舒峘为哥舒翰孙,哥舒曜子。史载哥舒曜七子"俱以儒闻",而哥舒峘与元稹、白居易等大诗人都有交往,并且有多篇文章存世,已经是典型的文学家族,这可能也与其婚姻有关。

　　此外,从草原游牧到都市定居,突厥族裔的生活风尚也发生很大变化。比如唐长安士庶热衷赏牡丹,而出自突厥浑部的浑家居然引领了这一潮流。大宁坊有浑瑊宅,盛植牡丹,浑家牡丹号京城之冠。白居易《看浑家牡丹花》、刘禹锡《浑侍中宅牡丹》《送浑大夫赴丰州》皆咏之。这也看出了生活风气方面突厥后裔的汉化。

---

①《全唐文》卷七九二,第8298页。
② 吴钢主编:《全唐文补遗》第三辑,第157页。

第二节　内迁突厥族裔的汉文学之路

　　突厥与中原的文学交往很早,这为突厥族裔汉文学萌芽提供了前期的准备。如北周赵王宇文招之女,号千金公主,出嫁突厥沙钵略为可贺敦。隋代周以后,与突厥相交,赐千金公主姓杨氏,改封大义公主。她曾在突厥写下《书屏风诗》。开皇十七年,沙钵略可汗之子突利可汗请和亲,"遣使来逆女,上舍之太常,教习六礼,妻以宗女安义公主"①。这也是汉地礼法传入突厥的一种方式。唐朝与突厥频繁的遣使,也促进了双方文学的传播。比如突厥第二汗国的重臣暾欲谷就生长于唐朝,对唐文化十分熟悉。突厥第二汗国时期开始制作汉文碑刻,如开元中阙特勤碑、毗伽可汗碑,都有汉文版。阙特勤碑汉文还是唐玄宗所撰,作为一种"文学景观"在突厥境内传播了汉文学。

　　有了这些铺垫,内迁突厥族裔的汉文学之路似乎是较为顺利的,然而稽之文献却并非如此。自隋代以来,内迁突厥及各部族裔鲜有在汉文学领域表现卓尔者,反而能发现他们不长于汉文学的证据。如本书前引《安禄山事迹》中史思明作诗不解押韵为何物的例子,被古人视为"笑谈"。尽管如此,传世文献和出土墓志还是记录了一些突厥家族文学熏习、传承的信息,可据以重新审视突厥族裔文学这一命题。比如总章三年《史崇礼墓志》:

> 惟君资性冲和,器宇恬旷。家承荣贵,不从豪侈之游;生在膏腴,能为礼度之士。孝友昭著,信义可寻,喜愠不形,夷险无变。泛观载藉(籍),妙极精华,兼闲草隶,尤工尺牍。历

①《隋书》卷八四,第1873页。

职文武,能官有裕,舒散琴樽,游扬风月。①

史崇礼出自沙钵略之后,其祖、父辈皆以武力起家,而他本人曾官许王府法曹参军事,染习文学风气。墓志中说他"兼闲草隶,尤工尺牍"虽是模式化的叙述,但"通性的真实"则是他由武入文、初步掌握汉文学的事实。这是初唐时期的例子。

又如源出突厥葛逻禄三部之一的炽俟部族人,近年新出多方墓志,一方面可以看到他们一门都以武功跻身高位,另一方面也能看到这一家族的文学接触过程。其中《炽俟弘福墓志》为"朝散郎行长安县尉裴士淹撰""吴郡陆莅书"②。与炽俟弘福同时下葬,其弟《炽俟思敬墓志》署"朝议郎前长州司户参军事吴郡陆莅文并书"③。可见他们与汉人文士有交往。炽俟弘福之子《炽俟迍墓志》,署名"京兆进士米士炎撰",文中说:

> 先朝以将门子,万岁通天中,特受游击将军、左威卫翊府右郎将,从班次也。圣历载,诏许当下之日成均读书,又令博士就宅教示。俾游贵国庠,从师私第。始谈高而成薮,终覆篑而为山。……效职而玄通周慎,出言而暗合诗书。④

据炽俟迍生卒年推算,圣历年中博士就宅教示时他十四岁,应该是凭借门荫获得了较好的中央官学教育。请一位出身粟特的胡族进士"米士炎"来撰墓志,也表露出炽俟家族对于文学书写的民族认同。

因为有仕宦、婚姻、教育、交游等方面的积累和熏习,突厥族

---

① 汤燕:《新出唐史善应、史崇礼父子墓志及突厥早期世系》,《唐研究》第十九卷,北京大学出版社,2013年,第573页。
② 吴钢主编:《全唐文补遗》第二辑,第21—22页。
③ 齐运通主编:《洛阳新获墓志百品》,第157页。
④ 西安市长安博物馆编:《长安新出墓志》,第189页。

裔的汉文学修养不断提升,并且以家族为中心形成了文学的传递,如较早登上文坛的契苾何力家族。唐代史传很早就流传了契苾何力"诵古诗"的故事:

> 始,龙朔中,司稼少卿梁修仁新作大明宫,植白杨于廷,示何力曰:"此木易成,不数年可庇。"何力不答,但诵"白杨多悲风,萧萧愁杀人"之句,修仁惊悟,更植以桐。①

此事最早出于天宝初刘铢的《隋唐嘉话》,为"小说"家言。稍后的《国史》契苾何力传中也收入,并且成为契苾家族的"荣耀记忆",在墓志中宣扬。故事本身可能带有"文化想象"的意味,但也一定程度表明契苾何力家族初步接触汉文学的事实。契苾何力子契苾明,字若水,已经是典型的汉人式名字。本传称他"性淹厚,喜学,长辩论"②。王勃有《与契苾将军书》:

> 毕公逝矣,伤如之何! ……仆与此公,早投交契,夷险之际,终始如一。……适得韦四郎书,具承大郎雅意,知欲以此公碑志,托之下走。夫抚今怀昔,理寄斯文;旌德叙功,事属知已。……谨遣舍弟勋往,面取进止。临书啜泣,惨惶不次。③

文中的"契苾将军""大郎",蒋清翊注认为是契苾何力及其子契苾明,"毕公"则为唐毕王房宗室毕国公李景淑④。契苾何力尚临洮县

---

① 《新唐书》卷一一〇,第4120页。
② 《新唐书》卷一一〇,第4121页。
③ 王勃著,蒋清翊注:《王子安集注》卷六,上海古籍出版社,1995年,第175—176页。
④ 岑仲勉认为"大郎"是契苾何力,"毕公"为阿史那社尔,见《唐人行第录》,上海古籍出版社,1978年,第74页。按:岑说不可取。最核心的证据就是岑氏自己所揭示那样,阿史那社尔卒于永徽六年,当时王勃最多不过九岁。岑氏以《新唐书》王勃传所说六岁善文辞、不易一字为"信非诬也",殊不知长篇碑志,以九岁孩童为之,未免想当然。王勃集中及新出土王勃撰的碑志,皆在总章、咸亨以后,时王勃至少十九岁。

主，以"毕公"为近属，所以请王勃为李景淑撰碑志，而中间又托韦四郎传话。这里可以看出契苾一族的文学圈子和因缘，故能奠定后来的文学形象。至开元二十一年，契苾梁宾撰并书《契苾尚宾墓志》称："卝岁聪敏，习君子之风；弱冠纵才，有词人之德。历览前史，文章日新。高道自升，风尘不杂。廉洁敦厚，戚里称贤。"[1]契苾梁宾自称志主的"堂兄"，二人皆契苾何力曾孙。因为有契苾何力家族在初唐时期与汉文化圈子的广泛交往和文学积累，所以才会在开元年间结出家族创作的果实。

　　盛中唐之际，哥舒翰家族的文学崛起也值得关注。哥舒翰家族本出突骑施哥舒部，世居安西。哥舒翰为安西节度使王忠嗣赏识，以军功累迁陇右节度副使、河西节度使、西平郡王，官至宰相。哥舒翰早年尚气节，虽不以文学为事，但颇与汉人文士交游，盛唐时期的诗人如李白、杜甫、储光羲、高适、韩翃等都有诗赠之。《记纂渊海》载哥舒翰《题凤凰山》诗云："彩凤舒双翼，宛然半岩间。"《全唐诗续拾》辑为哥舒翰佚诗句，但经学者辨析并非哥舒翰所作，而是前人误解[2]。然而《方舆胜览》等早期文献明确载凤凰山岩间有哥舒翰留题，也侧面说明他确有一定的文学修养。《全唐文》收录哥舒翰《奏苏毗王子悉诺逻降附状》一道，很难确知是否为他本人所撰。敦煌写卷中有哥舒翰《破阵乐》，进一步证明了他的文学水平。

　　哥舒翰的后人在文坛上也颇为活跃。哥舒翰之孙、哥舒曜子哥舒峘（"峘"字在传世文献中又作"烦""垣""恒"等，当以"峘"为

---

① 吴钢主编：《全唐文补遗》第八辑，第27—28页。
② 赵庶洋：《唐诗残句考辨》，《古典文献研究》第十七辑下卷，凤凰出版社，2015年，第215—225页。

正,出土墓志可证①),与元稹、白居易交往,颇有文名。元稹有《酬哥舒大少府寄同年科第》:

> 前年科第偏年少,未解知羞最爱狂。九陌争驰好鞍马,
> 八人同着彩衣裳。
>
> 自言行乐朝朝是,岂料浮生渐渐忙!赖得官闲且疏散,
> 到君花下忆诸郎。②

第四句后自注:"同年科第:宏词吕二炅、王十一起、拔萃白二十二居易、平判李十一复礼、吕四颖、哥舒大恒、崔十八玄亮,逮不肖,八人皆奉荣养。"这次科考在贞元十九年。哥舒峘与白居易、元稹等有同科之谊。白居易也有《酬哥舒大见赠》诗,惜哥舒峘诗不传。《全唐文》收录哥舒恒(峘)《对毁方瓦合判》一道。另外,出土墓志中有三方为哥舒峘所撰,分别是元和五年《崔慎思墓志》③、元和七年《严公故夫人南阳郡夫人扶风马氏墓志》④、元和十一年《复州刺史嗣吴王墓志》⑤。哥舒峘的官历虽然并不显耀,但文名却著于一时,可以说是唐代突厥族裔中罕见的例子。

　　中唐时期另外一支崛起于文坛的突厥后裔为浑瑊家族。据权德舆《浑瑊碑》:"雅好《左氏春秋》《班氏史》。……又尝慕《太史公自叙》,著《行纪》一篇,词不矜大,而事皆明备。"⑥碑刻、史传中胡族武人好《左氏春秋》等辞可能是影射他们擅长武力的模式化叙事,但浑瑊还有著述则非虚辞。浑瑊与当时文人的交往颇多,如大

---

① 参见尹占华《唐宋文学与文献丛稿》,天津古籍出版社,2014年,第448—449页。
② 元稹撰,冀勤点校《元稹集》卷一六,中华书局,1982年,第180—181页。
③ 吴钢主编:《全唐文补遗》第三辑,第157页。
④ 张驰:《唐〈马净行墓志〉考——兼论哥舒翰家族的相关问题》,《青少年书法》2020年第9期。
⑤ 赵力光主编:《西安碑林博物馆新藏墓志续编》,第478—479页。
⑥ 《全唐文》卷四九八,第5081页。

历十才子之一的卢纶,曾在浑瑊河中幕颇得器重,有《将赴京留辞令公》《奉陪侍中登白楼》《奉陪侍中游石笋溪十二韵》《九日奉陪令公登白楼同咏菊》等多篇诗。另外《春日喜雨奉和浑侍中宴白楼》诗还是唱和之作,可见浑瑊原有诗。另外,权德舆、柳宗元、刘禹锡等也有赠浑氏族人诗歌。

相比之下,文献中突厥王族阿史那氏后裔的文学资料很少,这可能与阿史那氏改史氏后与汉人史氏混在一起难以分辨有关[1],如王建《送阿史那将军安西迎旧使灵榇》诗就是少见的阿史那氏人物与汉族诗人交往的例证,但《文苑英华》作《送史将军》,就模糊了其族属。《元和姓纂》史氏河南望条,即突厥阿史那氏王族科罗可汗、处罗可汗等系,包括阿史那忠、史大奈、阿史那弥射等支系,是唐代阿史那族裔的主要代表(参见第十二章)。但钩沉这些家族的资料,却少有文学遗迹。另外,唐代"河南史氏"的一些资料,可能与突厥阿史那氏有关,其中史征(又作"证""之征"等)和他的《周易口诀义》值得注意。《崇文总目》著录《周易口诀义》六卷,注:"河南史证撰。不详何代人。其书直抄孔氏说,以便讲习,故曰《口

---

[1] 洛阳出土天册万岁元年《大周故河州刺史那府君墓志》,该志盖题"周故阿史那君墓志铭",据此"那府君"似乎是突厥阿史那氏。志文署"弟祖雍文",志文又云:"兄讳祖求,字义,家本鲁人。唐永州刺史、天水果公之次孙,大周河州刺史先府君之长子。……六岁受诗礼,遂潜思儒墨。殆将弱冠,涉猎经史,靡不该博。弥留心太史书,常自许以管仲、乐毅,而每叹幼未见识。善草隶,尤工诗笔。年十八,郡方举孝廉,亡于洛州之淳化里。"(洛阳市文物考古研究院编:《洛阳市文物考古研究院藏石集粹·墓志篇》,中州古籍出版社,2020年,第91页。)此那氏为一文学之家。但细审志文拓片,对照传世文献张说《河州刺史冉府君神道碑》、《元和姓纂》卷七"云安冉氏"条等资料,墓志中诸人信息皆能对应,墓志之"那"当为"冉"字,释文误读。云安冉氏为巴东蛮族,为何《冉祖文墓志》的志盖会题"周故阿史那君墓志铭",疑因洛阳考古文物研究院"误配"。姑附此待考。

诀》。"①《直斋书录解题》著录《周易口诀义》六卷,注:"河南史之征撰。不详何代人,《三朝史志》有其书,非唐则五代人也。"②其原书早散佚,四库馆臣据《永乐大典》辑得六卷。书中引《周易》古注,"多出孔颖达《疏》及李鼎祚《集解》之外。……盖唐去六朝未远,《隋志》所载诸家之书犹有存者,故征得以旁搜博引。今阅年数百,旧籍佚亡,则遗文绪论,无一非吉光片羽矣"③。据宋代以来学者之说,史征其人出河南史氏,为阿史那氏的可能极大。徐芹庭考史征活动的时间:"后于孔颖达,约与李鼎祚同时而不相闻。……李鼎祚为唐玄宗、肃宗时人,则史征亦大约在肃宗之时。"④史征的《周易口诀义》引诸说下限不过玄宗时,咸亨四年《史君王夫人墓志》记有子史征⑤,当时年尚小,活动时间当可至于玄宗时期,不知是否就是《周易口诀义》的作者,姑附此待考。

　　幸运的是,出土墓志中阿史那氏后裔的文学资料可以弥补一些缺憾。会昌二年《史从及墓志》,署"从弟乡贡开元礼实撰""朝议郎行庐州巢县丞翰林待诏唐玄序书并篆额"⑥。史从及一支,出自阿史那社尔之后,前文已经指出,其家族的仕宦方式很早就由武入文,尤其是史从及之父史璋,官太常寺协律郎,是典型的文官。史实以乡贡开元礼出身、史从及长子宗礼明经擢第,都是科举出身,所以具备基本的文学修养。史实撰从及墓志也就水到渠成。不仅如此,史实还撰写了会昌四年《唐故彭城刘夫人墓志铭》,志中亦署

---

① 王尧臣等编次:《崇文总目》卷一,中华书局,1985年,第4页。

② 陈振孙撰,徐小蛮、顾美华点校:《直斋书录解题》卷一,上海古籍出版社,1987年,第8页。

③ 纪昀总纂:《四库全书总目提要》卷一,河北人民出版社,2000年,第58页。

④ 徐芹庭:《周易口诀义疏证》,中国书店,2009年,第2—3页。

⑤ 吴钢主编:《全唐文补遗》第五辑,第165页。

⑥ 赵力光主编:《西安碑林博物馆新藏墓志续编》,第561页。

"前乡贡开元礼史实撰"，又载刘氏有子张勋曾举学究一经科，会昌元年擢登上第①。"学究一经"与"开元礼"皆唐代明经科目，疑史实与张勋同登会昌元年明经第，由此有交往。另外，《史从及墓志》的书篆唐玄序一族皆以书法著名，史从及一家与唐氏一族应该也有交往，文学熏习圈子可见一斑。

　　唐代阿史那氏后裔创作的墓志作品，还有开成二年史温如撰并书其堂弟《史乔如墓志》。史乔如一支出于西突厥阿史那弥射系，世袭兴昔亡可汗，为阿史那献玄孙、史震曾孙（参见第十二章）。同出阿史那献，史震之孙史同，大中元年为其妹史怙撰墓志②，也表现出较好的文学修养。其家族的汉化当比较晚起，所以文学痕迹到中晚唐才集中出现。值得注意的是，在目前所见的几方突厥阿史那族裔撰、书的墓志中不少是为家人而作，这种"家族书写"带有一定程度上的族群意识，可以说是突厥族裔文学民族心理的罕见表露。

第三节　敦煌写卷所见突厥族裔诗歌考辨

　　敦煌写卷中曾发现不少突厥鲁尼文文献，其中包括一些文学资料，引起了国内外学者的重视③。敦煌写卷中还保存了一些突厥族裔作家的汉语诗文，展现了这一特殊群体的文学修养和在当时的影响。其中 P.3619 写卷中，抄录了哥舒翰《破阵乐》及浑惟明

① 吴钢主编：《全唐文补遗》第一辑，第331—332页。
② 毛远明、李海峰编著：《西南大学新藏石刻拓本汇释》（释文卷），中华书局，2019年，第377页。
③ 参考（俄）克里亚施托尔内著，杨富学、王立恒译《新疆与敦煌发现的突厥卢尼文文献》，《吐鲁番学研究》2010年第2期。

("惟"原卷作"维")《谒圣容》，以及疑似突厥阿史那氏后裔史昂的《述怀》等诗。与这个写卷同属一人抄写的 P.2673、P.3885①，其中还有翟庭玉、安雅、康太和、盖嘉运、日南王等胡族人物相关的作品。抄写者为何会选择这些"胡气"十分明显的作家和作品，或许不是巧合。哥舒翰、浑惟明等蕃将并不以文学见长，在汉文学正统评价体系里没有他们的一席之地。然而，他们的作品却在边塞地区传播，与当时一流的诗人如李白、高适并列。这一方面说明文学传播接受有自身特殊的规律，另一方面则透露了胡族作家的"身份"标记并没有完全消失，而是在特定的语境中被强调。下面就记录唐代突厥族裔诗人作品的特殊写卷作一番探讨。

　　P.3619写卷中间和尾部残损，长宽约270×28厘米（据国际敦煌项目著录）。正面1至193行抄唐人诗48首（统计有不同），行书字体，为一人所抄；此后由7个片断拼贴残卷抄《释门杂字》，书体与此前不同。背面（约在正面第10行）写"阴仁贵"等字，或许就是本写卷的抄写者。此人又出现在敦煌写卷 P.3418背《唐沙州诸乡欠枝夫人户名目》中。关于本写卷的抄写时间，前人有争议。项楚认为："伯三六一九诗选所载诗人可考者，以盛唐诗人为主，全无中唐以后之人，这个诗卷也应该是中唐以前的抄本。"②徐俊考其中《塞上曲》（一队风来一队沙）为唐末周朴之作③，则似乎写卷抄写年代晚到唐末五代。但《塞上曲》（一队风来一队沙）比较特殊，项楚认为是高适诗，是周朴抄袭或者改写了高诗；徐俊也列举了此诗的多种存在形式，可见周朴说亦未可定论。

---

① 徐俊：《敦煌诗集残卷辑考》，第295页。
② 项楚：《敦煌诗歌导论》，中华书局，2019年，第29页。
③ 徐俊：《敦煌诗集残卷辑考》，第315页。

这个写卷抄录的诗歌分布有一定的规律,主要是登临、咏怀、行旅之作,大致按照顺序编排。其中专门有一类是边塞诗,包括不详作者的《吐蕃党舍人临刑》《日南王》,以及浑惟明《谒圣容》、哥舒翰《破阵乐》、崔希逸《燕支行营》、高适《九曲词》、疑似周朴《塞上曲》、萧沼阙题诗(生年一半在燕支)、王烈《塞上曲》、史昂《述怀》《叹苏武北海》《野外遥占浑将军》。不仅如此,写卷中相关诗人还存在联系。浑惟明为哥舒翰的部下,高适是哥舒翰幕掌书记,史昂则疑似浑惟明幕中人。他们的作品同出现在一卷,或许源自抄录者所据的"祖本",或者是抄录者刻意的一种选择。其中哥舒翰、浑惟明为突厥后裔,活跃在盛唐时期,史昂极有可能为阿史那氏之后。他们的诗歌作品呈现出一些特色,下面逐一来看。

哥舒翰本突骑施哥舒部人,安西副都护哥舒道元子,世居安西,其父卒后客居京师。后入河西节度使王倕幕得到重用,王忠嗣为河西节度使时补为衙将、大斗军副使,屡败吐蕃知名。天宝六载为陇西节度副使、都知关西兵马使、河源军使,后代王忠嗣为陇右节度使。天宝八载拔吐蕃石堡城,名扬天下,拜特进。十一载,加开府仪同三司。十二载为河西节度使,封西平郡王,击败吐蕃,取九曲之地。十三载为太子太保兼御史大夫。安禄山乱起,他率部守潼关,兵败被俘,后被安庆绪所杀。哥舒翰经略河西,威名远播。唐代李白、杜甫、高适等同时大诗人都有诗咏之。他喜欢结交文士,幕僚中多有名诗人,也为他的文学熏习提供了条件。敦煌写卷中署名为他的《破阵乐》如下:

> 西戎最沐恩深,犬羊违背生心。神将驱兵出塞,横行海畔生擒。
>
> 石堡岩高万丈,雕窠霞外千寻。一喝尽属唐国,将知应

合天心。①

《破阵乐》是唐代贞观初创制的舞曲,后入教坊曲。"乃唐代之第一乐曲,犹近世国家之国歌。传于国外,远达吐蕃、日本、印度。"②该曲的一个重要用途是作为凯旋乐。据大和三年八月太常礼院奏:

> 凡命将征讨,有大功献俘馘者,其日备神策兵卫于东门外,如献俘常仪。其凯乐用铙吹二部。……将入都门,鼓吹振作,迭奏《破阵乐》等四曲。《破阵乐》、《应圣期》两曲,太常旧有辞。③

可见大和中太常寺还保留有凯旋乐《破阵乐》。其曲始用清商,后屡经修改,入商调太簇、林钟、黄钟等。传世歌辞有五言四句、六言八句、七言四句三体,哥舒翰此作与六言八句体相合,其律为五平韵,中二联对仗。任半塘认为:"(哥舒)翰恃破石堡功如此,当时撰辞扬己,固宜然也。"④考虑到敦煌写卷诗集中署名的复杂性,以及唐代凯乐歌辞创作者的特殊性,此诗是哥舒翰所做还是咏哥舒翰事,暂无旁证。但从哥舒翰家族的文学积累看,此辞为哥舒翰作品亦合理。任半塘还指出:"唐代二百余年间,蕃汉对峙,互有消长。……此种情形反映于敦煌写本文献中者,不可胜计。……(《定西番》《破阵乐》)一夸军事,一夸外交,皆播于声乐之歌辞也。于史料中益为难得! 文学史内宜先有以处之。"⑤歌辞中这种口吻和写法除了他举的《定西番》《破阵乐》,还有不少。如《菩萨蛮》:

> 敦煌古往出神将,感得诸蕃遥钦仰。效节望龙庭,麟台

---

① 徐俊:《敦煌诗集残卷辑考》,第313—314页。
② 任半塘:《教坊记笺订》,中华书局,2012年,第68页。
③《旧唐书》卷二八,第1053页。
④ 任半塘:《敦煌歌辞总编》,上海古籍出版社,2006年,第434页。
⑤ 任半塘:《敦煌歌辞总编》,第433页。

　　早有名。

　　　　只恨隔蕃部，情恳难申吐。早晚灭狼蕃，一齐拜圣颜。①

"神将"的说法就与哥舒翰的曲辞相合。另外，"合天心"的说法在敦煌曲子中类似的表达更多，如"修文寰还圣明君""今日得逢明圣主""拜玉楼""齐□呼圣明""贺明君""拜圣君""拜龙旌"，连同曲名《感皇恩》《献衷心》《定乾坤》《谒金门》等，表达了立功边疆、登朝谒圣、扬名天下的朴素愿望。遣词造句直白，多用俗语，哥舒翰此诗（曲辞）也具有类似的特点。诗中提到的两个地名——石堡、雕窠，是哥舒翰攻略吐蕃重要功绩所在，在唐诗中多有吟咏。如储光羲《哥舒大夫颂德》、李白《答王十二寒夜独酌有怀》、皇甫松《怨回纥》，可见哥舒翰的功绩在社会的反响。此曲辞或当时传唱于敦煌，或内廷流行之曲传至敦煌者，本事应哥舒翰取吐蕃石堡、雕窠二城。

　　敦煌写卷中出现浑惟明《谒圣容》诗，此人的生平资料极少。据《资治通鉴》，天宝十三载三月，"哥舒翰亦为其部将论功，……皋兰府都督浑惟明并加云麾将军"②。皋兰府初为东皋兰州，"以浑部置，初为都督府，并以延陀余众置祁连州，后罢都督，又分东、西州，永徽三年皆废。后复置东皋兰州，侨治鸣沙"③。自浑阿贪支至浑释之，世为皋兰州都督。浑惟明为皋兰府都督，应该也是浑部人，且与浑释之家族有密切关系，但不详具体谱系。高适有《送浑将军出塞》，孙钦善、周勋初等都以浑将军为浑惟明。安史之乱后，浑惟明成为永王璘的部将，至德元年十二月袭吴郡太守兼江南东

---

① 任半塘：《敦煌歌辞总编》，第449页。
② 《资治通鉴》卷二一七，第6926页。
③ 《新唐书》卷四三下，第1121页。

路采访使李希言。至德二年永王璘败,浑惟明奔江宁,其后生平即不详。疑因为这一政治污点,他与浑瑊家族的关系在史料中被隐去。浑诗如下:

> 法雨震天雷,祁山一半颓。鳞鳞碧玉色,寂寂现如来。
>
> 缧(螺)髻随烟合,圆光满月开。从兹一顶谒,永劫去尘埃。[1]

这是一首礼佛的五言律诗,所谓"圣容"即佛像。从"祁山"来看,应该写于敦煌、河西一带[2]。首联突如其来,写佛法之威力与广大,极尽夸张之势,法雨天雷似实而虚。颔联雨过天青,圣容乍现,由动转静,由虚而实。颈联特写佛身头顶的隐约可见的肉髻和逐渐明亮的佛光,由暗而明,肃穆而崇高。尾联点题,申言礼佛后获得的超脱境界。全诗中规中矩,反映了作者基本的诗歌修养。此外,还有一首疑似浑惟明诗《吐蕃党舍人临刑》:

> 生死谁能免,嗟君最可怜。幼男犹在抱,老母未终年。
>
> 为复冥徒(途)任,为当命合然。设将泉下事,时向梦中传。[3]

此诗也是五言律诗。据《唐六典》,唐代亲王国有舍人四人,掌供引纳驱策事,注者以为"党舍人"当为亲王国属下舍人在西北边地者[4]。但此诗前面明确有"吐蕃"二字,且吐蕃中亦有党氏,则"舍人"或为吐蕃之官名[5]。诗以问句开头,以设想结束,直抒胸臆,沉

---

① 徐俊:《敦煌诗集残卷辑考》,第310页。按:"雨"字徐俊释文为"曲",但细审敦煌写卷,字当作"雨"。另外,原卷"从"字旁注"随"字。

② 胡大浚、王志鹏:《敦煌边塞诗歌校注》,甘肃人民出版社,1999年,第58页。

③ 徐俊:《敦煌诗集残卷辑考》,第312页。

④ 胡大浚、王志鹏:《敦煌边塞诗歌校注》,第59页。

⑤ 按:唐与吐蕃交锋中,吐蕃任用被俘唐代官员进行地方管理,这些在蕃为官唐人多有文艺才能,被称为"舍人",参见赵晓星《吐蕃统治敦煌时期的落蕃官初探》,《中国藏学》2003年第2期;又参见王惠民《河西节度副使杨颐之蕃任官职考》,《吐鲁番学研究》2011年第1期。

痛中颇见无奈。艺术水平并不见得多高明，但情感充实。

与哥舒翰、浑惟明诗同在一个写卷的史昂，有署名诗《述怀》，及另外两首疑似史昂之作《野外遥占浑将军》《叹苏武北海》，同为边塞诗，艺术水平也可圈可点。其人疑为突厥阿史那氏之后，姑附此待考。

敦煌写卷中出现哥舒翰、浑惟明以及疑似阿史那王族后裔史昂的作品并非偶然。敦煌原本为唐代经略突厥的重镇，突厥契苾、浑等部内附即安置于此，所以文献中他们的后裔也活跃于此。敦煌写卷 S.5448《浑子盈邈真赞》，P.2594 及 P.2864《白雀歌》中的"浑舍人"（亦前文"党舍人"为吐蕃官名之证），P.3633《龙泉神剑歌》中的"浑鹞子"，皆为一人。另外敦煌写卷中还有多处记载了浑氏人物，学者认为即铁勒浑部人[1]。敦煌的北面、西面在隋唐之际长期为突厥控制，唐军攻破突厥后在这些地区设置了羁縻州府，所以内迁突厥人活动于西州、伊州等地。如哥舒翰先世原本就世居安西，并且成为唐代经略吐蕃的关键人物。敦煌吐鲁番文书也多见突厥人在西州等地的活动踪迹[2]。

因为这些历史和现实的关联，突厥族裔的作品在敦煌流传，与唐代和突厥、吐蕃、西域的多边民族关系语境形成了"互文"。P.3619 浑惟明诗之前有沙门日进诗《登灵岩寺》。据史载，浑瑊原名"日进"，名著后才改。黄永武认为沙门日进与浑惟明诗歌，"系

---

① 魏迎春：《晚唐五代敦煌突厥浑部落及其居民考——以敦煌写本 S.5448〈浑子盈邈真赞并序〉为中心》，《敦煌学辑刊》2018 年第 4 期。

② 参考姜伯勤《敦煌吐鲁番文书与丝绸之路》，文物出版社，1994 年，第 83—129 页。又参见刘安志《敦煌吐鲁番文书与唐代西域史研究》，商务印书馆，2011 年，第 254—277 页。

联前后,颇为巧合"[1]。虽然据敦煌其他写卷可知沙门日进本姓索,为敦煌本土人。但浑珹一族为皋兰部世袭首领,驻扎在敦煌,在当地颇有名望。抄录、选编诗歌者的这一"联想",或许也是敦煌地区对突厥的另一种"想象"。此外,敦煌写卷 S.2078V 抄佛经中杂抄《史大奈碑》习字,学者认为这可能是寺学教育的产物,"史大奈对大唐帝国忠义的形象受到欢迎,神道碑文遂成为寺学教育的素材"[2]。这也是突厥形象在敦煌的特殊意义。从这些角度来看,敦煌写卷中的突厥族裔作品,虽然是吉光片羽,但意义非凡。

结　语

　　突厥从6世纪中叶兴起漠北,至8世纪中叶退出北方历史舞台,在两个世纪中对中原王朝形成了巨大的振动。与轰轰烈烈的军事关系相比,双方在文学和文化等领域的交往显得比较安静。突厥境内发现了少量的汉文碑,唐代四方乐有突厥乐,教坊曲有《突厥三台》(任半塘认为是《三台》舞合突厥乐)、羯鼓曲有《突厥盐》,这些是双方文艺交流的少数例子。然而,如果将眼光放到内迁突厥人及其后代这一广大的群体,将考察的角度从典范的汉文学转到更广阔的文化领域,则可以打开另外一条通道。

　　自隋代以来突厥大规模内附,并深入中原地区。不少突厥后裔通过著籍、易姓改名、接受汉人典范教育、与汉人士族交游,渐渐走上了文学道路。通过文献的勾稽,我们获得了一些突厥后裔家

---

① 黄永武:《敦煌伯三六一九号写卷中四十一首唐诗的价值》,收入《敦煌的唐诗》,洪范书店,1987年,第242页。
② 游自勇、赵洋:《敦煌写本 S.2078V"史大奈碑"习字之研究》,载《魏晋南北朝隋唐史资料》第三十辑,上海古籍出版社,2014年,第181页。

族文学代际演进的案例,有的步伐稍快,有的慢一点。大约在盛、中唐之际,突厥族裔在汉文学领域开始整体"崛起"。虽然他们的声音非常微弱,没有产生一流的作家,没有出现一流的作品,但他们从朔漠到中原、由武入文的转变,本身就是唐代文学开放包容、富于活力的表现。唐代内迁突厥的汉化进程,以及他们的汉文学成就,不仅丰富了中古民族文化和民族文学的形态,也印证了中华民族多元一体格局的本质。具体而言,有如下两个方面。

　　首先,内迁突厥的汉化,对于理解中古时期民族融合具有重要价值。突厥是唐代前期对外关系的主角,伴随双方拉锯战而大规模内附的突厥部族,在很短的时间内就完成了融入汉人社会的过程,显示了唐代民族政策的卓著成效。在内附突厥的处置上,唐代统治集团进行了比较充分的讨论,因地制宜调整相关政策,离散部族与集中管理相结合,羁縻统治、边州安置与京师宿卫相结合。为促进内迁突厥的汉化,唐廷也灵活采用了改姓、著籍、赐官、赐婚、赐宅、礼乐教化等方式。到中晚唐之际,内迁突厥整体上已融入了汉人社会了。当然,也应该看到民族融合的复杂性,比如婚姻、社会阶层(如职业)方面,内迁突厥及其后裔在很长一段时间还保留着一些民族特征。在微观层面,民族融合也通过族源、谱系等记忆传承、演变。如唐传奇《宇文觐》中的鬼"晋将军契苾锷","衣冠甚伟,鬓发洞赤,状若今之库莫奚云"[1],将隋唐时期活跃的突厥别部契苾族人提前到晋代,又将突厥人的体质形象"错置"到北朝时期宇文部的别部库莫奚,反映了包括突厥在内各民族在民间的"想象"。

　　其次,内迁突厥的汉文学之路,对于理解唐代民族文学关系

---

[1]《太平广记》卷三三六,第2670页。

具有重要意义。唐代是中国古典文学的巅峰时期,也是中国古代民族关系的辉煌时期,然而唐代民族文学却缺乏一个主场。这一现象的出现,看似由于唐代主要的民族关系如突厥、回纥、吐蕃、南诏没有对唐代文学产生直接的、实质性的影响。然而,这仅仅是一种"对外"的视角。视角转换一下,从多民族文学关系来看,包括突厥等在内的不同民族对唐代文学的盛况有重要意义。如伟大诗人李白的出身就与突厥有密切的关系,虽然这一学说并未得到学界的普遍认可,但是从侧面表明了李白与突厥文化的关系(参见第二章)。抛开这些模糊的因素,唐代众多著名的诗人都曾与内迁突厥人有过密切的交往。如前述王勃与契苾明的书信往还,盛唐时期李白、杜甫、高适、韩翃等赠诗哥舒翰、浑惟明,中晚唐时期白居易、元稹、刘禹锡、窦巩、王建、李商隐等与阿史那氏后人、浑瑊家族人物、契苾何力后人的唱和交游。敦煌写卷中哥舒翰、浑惟明等内迁突厥人的汉文诗歌,曾经作为一个整体在敦煌传播,并与唐代一流诗人的作品出现在同一写卷,不仅显示了突厥文学在"边地"的特殊意义,更充分证明了唐代多民族文学交融互动的格局。

第七章　丝路奇葩

——唐代粟特族裔文学考论

粟特人是一个历史悠久的民族,属东伊朗人种,本土为中亚阿姆河与锡尔河之间(一般称为河中地区)的众多绿洲城邦国家,中古史籍常称之为"昭武九姓",具体包括康国(撒马尔罕)、安国(布哈拉)、史国(羯霜那)、曹国(劫布呾那)、何国(贵霜你伽)、米国(弭秣贺)、石国(赭时)、毕国(裴肯特)等①。历史上这些国家时有分合,因为多种对音的缘故,他们在史籍中的名称也颇有出入。粟特地区先后臣属外部强族,在张骞凿空西域以前便与中国有着广泛的联系,中古时期多以独立的身份与中国保持使节交往。

粟特人以善于经商著称,中国的文献称他们"利之所在,无所不至"(《唐会要》"康国"条)。汉代以来,粟特商团在丝路沿线建立了众多的商业网点,形成了不少自足性很强的聚落。入华粟特人为了适应中国文化,很早就改汉姓,"以国为氏",而且形式一般也比较固定,如康国后裔称康氏,安国后裔称安氏,米国后裔称米氏,火寻后裔称花氏或贺氏,戊地后裔称翟氏。从姓氏来判断粟特族裔是国内外粟特研究中经常采用的一种方法,虽然这一处理并

---

① 参考荣新江《从撒马尔罕到长安——中古时期粟特人的迁徙与入居》,《中古中国与粟特文明》"代前言",生活·读书·新知三联书店,2014年,第1—2页。

不严密。

　　入华粟特人经历了漫长而复杂的汉化过程,这主要是因为他们的形貌特征(如"高鼻深目")具有鲜明的民族性,族群文化(聚落方式、宗教信仰、族内婚姻、仕宦特征等)存在很强的封闭性。换言之,他们的族群具有很强的标记性,因而会成为典型的他者。学术界对于入华粟特人的族群文化已经有较为丰硕的研究成果,但对于这个群体的文学情况关注并不多。高人雄教授较早对唐代昭武九姓胡裔的文学情况进行过介绍①,但限于僧侣文学活动和戏剧文化,并未系统梳理相关史料。事实上,粟特族裔的文学成就并不突出,放到整个中古时期来观察也是如此。然而这一"消极史料"本身也有值得研究的价值。

第一节　粟特族裔文学概说

　　中古时期入华粟特胡人的文学活动虽然零星,却颇有特色。具体而言,他们在宗教译经、音乐、民族语创作等方面表现较为突出。入华粟特族裔的社会阶层存在较大差异,他们所擅长的文艺领域也有特殊性。下面从三个专题简要概述他们的文学活动和成就。

一、粟特族裔宗教译经文学

　　粟特胡人因为独特的地理、语言优势,是佛教、景教、祆教、摩尼教等传入中国的主要中介。他们一方面将西方宗教原典传入中土,另一方面也积极转译、纂述西方宗教典籍。宗教典籍的转译是

---

① 高人雄:《汉唐西域文学研究》,第362—415页。

语言文化交流的特殊机制，也是各民族文学关系的触媒，是入华粟特族裔文学的重要组成部分。

内迁粟特高僧多通"五明"，所以在传播佛教等西土宗教上也有特殊的优势。为了传译宗教经典，他们精研汉语，培养了较高的汉文学修为。当然，语言的学习和精进过程比较复杂，我们现在看到一些入华西域高僧的译经，在文章体制、语言风格上都已经非常纯熟，实际上他们经历了长期的熏习。如东晋时西域高僧帛尸梨蜜多，"性高简，不学晋语。每与诸公言论，虽因传译，而神领意解，尽其传致，以为自然纵拔，非常情所测也"①。他流连于当时名士的宾席，名望显重，但他不通汉语，参与讨论还需要翻译，很难说在汉文学中能有所作为。而掌握了汉语的高僧则不同，同为东晋高僧的瞿昙僧伽提婆能"手执梵文，口宣晋语，去华存实，务尽义本"②，语言修养已经较高。这些高僧学语材料说明汉文学的习得是渐进的。在熟练掌握了汉语之后，很多高僧不仅能主持翻译佛典，还能参与佛学辩难。如释吉藏，俗姓安，本安国人，传称其"至年十九，处众覆述，精辩锋游，酬接时彦，绰有余美，进誉扬邑，有光学众。具戒之后，声闻转高。陈桂阳王钦其风采，吐纳义旨，钦味奉之"③。吉藏的佛学在陈、隋、唐之际，得到了上层统治集团的青睐，与他过人的汉语才华密不可分，传中记录隋齐王杨暕召集的一次辩论：

> 京辇英彦，相从前后，六十余人，并已陷折前锋，令名自著者，皆来总集。藏为论主，命章陈曰："以有怯之心，登无畏

① 智昇撰，富世平点校：《开元释教录》卷三，中华书局，2018年，第170页。
② 智昇撰，富世平点校：《开元释教录》卷三，第183页。
③ 道宣撰，郭绍林点校：《续高僧传》卷一一，第392页。

之座;用木讷之口,释解颐之谈。"如此数百句。王顾学士傅
德充曰:"曾未延锋御寇,止如向述,恐罕追斯踪。"充曰:"动
言成论,验之今日。"王及僚友,同叹称美。时沙门僧粲自号
"三国论师",雄辩河倾,吐言折角,最先征问,往还四十余番。
藏对引飞激,注赡滔然,兼之间施体貌,词采铺发,合席变情,
赧然而退。①

这次谈论颇有魏晋清谈的风流遗韵,但经过南朝的玄、佛合流,
此番所论应该不仅仅是佛教义理了。吉藏的弟子智凯也是安国
胡人:

　　从(吉藏)受三论,偏工领叠,所以初章中、假,复词遣滞,
学人苦其烦挐,而凯统之,泠然释顿,各有投诣。及藏入京,
因倍同住,义业通废,专习子史、今古集传,有开意抱,辄条疏
之。随有福会,因而标拟,至于唱导将半,更有缘来,即为叙
引,冥符众望。②

智凯先世也是胡商。他早年禀赋奇异,曾得诗人江总赞誉。他从
佛学而"专习子史、今古集传",事实上开启了文学之路。胡适称智
凯此举是"文匠搜集典故,摘钞名句的法子","'獭祭'的法门"③。
还有学者认为智凯习子史是以中国传统文化为载体,为佛教仪式
文学本土化滋乳之用④。

　　粟特高僧的文学成就集中表现在他们的译经成果上,代表性
人物可以"华严三祖"康法藏为例。他曾参与玄奘的译场,"后因笔
受、证义、润文,见识不同而出译场。至天后朝,传译首登其数。实

①道宣撰,郭绍林点校:《续高僧传》卷一一,第393—394页。
②道宣撰,郭绍林点校:《续高僧传》卷三一,第1260页。
③胡适:《白话文学史》,安徽人民出版社,2019年,第116页。
④李小荣:《汉译佛典文体及其影响研究》,上海古籍出版社,2010年,第554页。

叉难陀赍《华严》梵夹至，同义净、复礼译出新经。又于义净译场，与胜庄、大仪证义"①。他不仅是语言大师、翻经大德，同时也是著名的宗教理论家、哲学家，其传中说："藏本资西胤，雅善梵言，生寓东华，精详汉字，故初承日照，则高山擅价；后从喜学，则至海腾功，得以备询西宗，增衍东美。拔乎十德之萃，撷其九会之芳。"②其学在中、日、韩皆有深远影响，今人皆目之为"华严大师"，论者认为："法藏佛教思想表现出的哲学理论思维是中国佛教各宗派中最高的，堪称中国佛教理论思维的顶峰。"③

玄奘译场中另一位粟特高僧灵辩，在佛经翻译、佛学阐扬、文学创作方面也有不俗的表现。据《佛道论衡》载：

> 灵辩姓安氏，襄阳人也。其先西域古族，晋中朝时，徙居长安白鹿原。永嘉末又南迁，因家于襄阳。宿殖德本，累修净业，家递士农，门传贞素。灵辩载江汉之英灵，胤荆衡之秀气，幼而聪慧，早能言理。年十五出家，听习三论、大乘诸经，究极幽微，尤长白黑。……每至辩波腾迅，词芒洒落，又如河箭飞流，月弦扬彩。永徽年中，暂游东都，声驰天阙。寻奉敕住大慈恩寺，仍被追入内论义，前后与道士李荣等亟经往复。灵辩肃对宸严，纵敷雄辩，神气高迈，精彩抑扬。望敌摧锋，前无强阵，嘲戏间发，滑稽余裕，频解圣颐，每延优奖。④

---

① 赞宁撰，范祥雍点校：《宋高僧传》卷五，中华书局，1987年，第89页。按：法藏参与玄奘译场事，学者颇有质疑，方立天曾列出多条意见否定之，参见《法藏评传》，京华出版社，1995年，第16—17页。
② 崔致远：《唐大荐福寺故寺主翻经大德法藏和尚传》，《大正新修大藏经》卷五十，第282页。
③ 方立天：《法藏评传》，第4页。
④ 道宣撰，刘林魁注：《集古今佛道论衡校注》卷丁，中华书局，2018年，第313页。据校注，"西域古族"，另有多个版本作"胡族"。

襄阳为中古时期粟特胡人的重要聚落之一。朱雷曾考姑臧、长安、襄阳三地之间有由粟特胡商作为"互市"的贸易网络[①]。荣新江又补充了《续高僧传》中智嶷(康国粟特人)、康绚等案例,证成一说:"在魏晋南北朝时期,襄阳位于一个特殊的南北交界地带,从交通上来看,它北通长安,南达江陵,通过江陵可以勾通巴蜀和淮阳,因此粟特商人、僧侣多经停此地,加上康绚一族的迁入,更使这里成为粟特人的一大聚居地了。"[②]龙朔三年四月、六月,佛、道前后论辩于蓬莱宫,灵辩与道士姚义玄、李荣等辩难。后面一次尤为精彩,都收录于《集古今佛道论衡》中。灵辩论说中杂以嘲谑诗,如:"槁木犹应重,死灰方未燃。既逢田甲尿,仍遭酷吏悬。""柱柳异支策,擎枷非据梧。闭口临枷柄,真似滥吹竽。"[③]这也反映了他的滑稽才学。垂拱末年,灵辩曾进入释地婆诃罗译场,参与译《大乘显识经》《大乘五蕴论》等佛典。

　　敦煌作为中西交通的孔道,是粟特胡人聚集之所,当地粟特高僧中不乏有文名者。如释法镜,本姓曹氏,为归义军时期沙州敦煌僧人。早年在敦煌开元寺出家,后随译经大师吴法成学习经论,敦煌遗书中有他学习的笔记《瑜伽随听手镜记》等多个卷子。作为张氏归义军治下的高僧代表,法镜在大中年间率沙州僧团入京讲论,得到唐宣宗的接见,并在长安勘正佛典,授"河西管内京城讲论临坛供奉大德"称号,后返回敦煌继承法成讲经事业。唐僖宗中和三年法镜卒,敦煌高僧悟真为其撰邈真赞。法镜在归义军文坛上具

---

① 参见朱雷《东晋十六国时期姑臧、长安、襄阳的"互市"》,收入《敦煌吐鲁番文书论丛》,甘肃人民出版社,2000年,第327—336页。
② 荣新江:《魏晋南北朝隋唐时期流寓南方的粟特人》,《中古中国与粟特文明》,第51页。
③ 道宣撰,刘林魁注:《集古今佛道论衡校注》卷丁,第306—307页。

有崇高地位,与悟真齐名。

　　与法镜同为吴法成弟子的康恒安,也是归义军时期著名的粟特高僧。他曾担任敦煌灵图寺知藏管理佛经典籍,编成《灵图寺藏吴和尚经论目录》。咸通年间,他与敦煌县令宋智岳奉张议潮之命入京,中和年间升任河西节度门徒兼摄沙州释门法师。敦煌写卷中有不少康恒安的题记,如 P.2854《释门文范》,收录国忌行香文、亡文、杂回向文、发愿文等多篇,文书背后有七处康恒安签署,可能是他收藏或创作的作品。他还与悟真合作撰、书了多篇邈真赞,P.3770《悟真文集》也有多处康恒安签署,所以学者认为他是敦煌都僧统悟真的得力助手①。

　　敦煌文献所见粟特僧尼,有文学活动记录者也不在少数。如沙州大乘寺的曹法律尼,为曹议金侄女,获临坛赐紫大德称号,其邈真赞称:"训门徒之子弟,大习玄风;诱时辈之缁流,尽怀高操。登坛秉义,词辩与海口争驰。不怼来人,端贞乃冰清月皎。"②曹氏家族为粟特后裔,深于汉化,治敦煌时期采取了汉文化为主体的各种政策,为当地的社会稳定和文化繁荣做出了巨大贡献③。

　　敦煌文书中还保存了不少唐代"三夷教"(祆教、摩尼教、景教)经典文献,很多也与粟特胡人有关。粟特胡人不仅是"三夷教"的信众基础,也是传播和译介"三夷教"经典的中坚力量。为了适应入唐传教的需要,以粟特胡人为代表的西域胡人一方面用粟特文、叙利亚文、摩尼文等文字转录了不少"三夷教"经典,另一方面

---

① 参见郑炳林《唐五代敦煌的粟特人与佛教》,《敦煌研究》1997年第2期。
② 郑炳林、郑怡楠辑释:《敦煌碑铭赞辑释》(增订本),上海古籍出版社,2019年,第926页。
③ 参考荣新江《敦煌归义军曹氏统治者为粟特后裔说》,《历史研究》2001年第1期。

也用汉文纂述了一些"三夷教"典籍。如国家图书馆藏北敦00256号写卷《摩尼教残经》,以明使摩尼与弟子阿驮的对话形式,叙述光明众神与黑暗魔王之间的斗争,宣扬光明的特性和高尚品质。虽然是摩尼教义,但多借助佛教词汇。张广达认为:"摩尼教经师在假借佛教术语和名词上做到了极尽移花接木之能事,又善于保持摩尼教教义的个性。"①这个作品叙述生动,修辞繁复,译者应有极高的汉文水平。张广达认为该经的译者应出自伊朗东北部的摩尼教团,虽然与粟特人无直接关系,但摩尼教从这里传播出去,粟特地区和粟特人是中间桥梁。另外一部汉文摩尼教经典《下部赞》,是摩尼信徒礼神、行祭、斋戒、忏悔、悼亡等所使用的赞美诗,韵散结合,主体为七言诗1254句。据写本上信息和学者研究,敦煌《下部赞》是鄜州僧智带到敦煌,此外在吐鲁番也发现若干《下部赞》残篇,其教团信徒的主体应该是粟特人、回鹘人,也包括汉人②。汉人的存在应该也是这部宏大的经典能转译成功的关键,这也是当时胡、汉文学交往的一个具体情境。

　　除了摩尼教之外,景教与粟特胡人也有密切关系。景教在粟特地区的传播,可以追溯到公元6世纪至8世纪,入华粟特胡人是景教的主要信众③。敦煌出土了多件汉文景教宗教文献,如《大秦景教宣元本经》,学者认为是在华景教徒自撰文献,其读者是中国

---

① 张广达:《唐代汉译摩尼教残卷——心王、相、三常、四处、种子等语词试释》,收入《张广达文集·文本、图像与文化流传》,广西师范大学出版社,2008年,第295—348页。

② 参考姚崇新、王媛媛、陈怀宇《敦煌三夷教与中古社会》,甘肃教育出版社,2013年,第272—275页;又参见荣新江、史睿主编《吐鲁番出土文献散录》,中华书局,2021年,第308—310页。

③ 参考葛承雍《唐代长安一个粟特家庭的景教信仰》,《历史研究》2001年第3期。

信徒①。前引洛阳出土景教经幢,上刻有《大秦景教宣元至本经》,与敦煌本同源。据经幢上的信息,这件经幢是元和九年安氏太夫人的族人联合当地的景教教团所建。从题名看,这个教团中很多人都是粟特人。另外一件景教文献《志玄安乐经》,林悟殊认为是一个编撰作品,不是译本②。该作品文字多四、六字句,且多用譬喻,受到唐代佛典的影响很深。如"如水中月,以水浊故,不生影像。如草中火,以草湿故,不见光明"。又如"譬如空山,所有林木,敷条散叶,布影垂阴。然此山林,不求鸟兽,一切鸟兽,自来栖集。又如大海,所有水泉,广大无涯,深浚不测,然此海水,不求鳞介,一切鳞介,自住其中。含生有缘,求安乐者,亦复如是"。有学者称之为"一切景教文献中文字最美丽的,是唐代翻译文学中的一朵奇葩"③。其作者一般被认为是唐德宗时期的景教徒景净,即《大唐景教流行中国碑》的作者。景净是唐代景教译经大德,为波斯人。从景教经幢和景教碑可知,他的译场中应该也有不少粟特胡人。

二、传世文献所见粟特族裔的文学成就

在传世典籍中亦能看到一些唐代粟特后裔在汉语诗文领域的

① 参考林悟殊《敦煌本〈大秦景教宣元本经〉考释》,收入《唐代景教再研究》,中国社会科学出版社,2003年,第175—185页。
② 林悟殊:《敦煌汉文景教写经研究述评》,收入《中古三夷教辨证》,中华书局,2005年,第170—199页。
③ 陈增辉:《敦煌景教文献〈志玄安乐经〉考释》,敦煌文物研究所编《1983年全国敦煌学术讨论会文集:文史·遗书编》,甘肃人民出版社,1987年,第379页。按:《志玄安乐经》现藏日本杏雨书屋,今人所用录文多据20世纪30年代前后羽田亨、佐伯好郎的释文,问题较多。此处引文据陈增辉录文及陈涛重校本,参见陈涛《敦煌本景教〈志玄安乐经〉羽田本、佐伯本录文再比较》,载《史学理论与史学史刊》第21卷,社会科学文献出版社,2020年,第287—307页。

建树。据历代书目，不少粟特族裔有文学著述，如康希铣家族多人有别集，或编纂总集。此外，《新唐书·艺文志》著录《康玄辩集》十卷，注称其字通理，开元中为泸州刺史，可惜此集不传。又如康骈有《剧谈录》二卷，鲁迅称其"选事则新颖，行文则逶迤，固仍以传奇为骨者"①。当代学者评价亦高，李剑国论曰："此作异于杂史笔记者，乃在多述神怪奇异。……文字虽尚雅洁，寡雕丽之词，要亦多所摹画，生动可观，以传奇为骨。叙事最佳者，乃述侠客勇士，不落窠臼，新意颇出。若论唐世豪侠，本书不可不观焉。"②康骈另有《九华杂编》十五卷，已佚。

　　从传世文献来看，唐代有诗、文传世且确定可考为粟特胡裔的文人并不多。唐初的代表有康庭芝，《全唐文》存其《对求邻壁光判》等判文五道，《全唐诗》存《咏月》一首：

　　　　天使下西楼，光含万里秋。台前疑挂镜，帘外似悬钩。

　　　　张尹将眉学，班姬取扇侔。佳期应借问，为报在刀头。③

康庭芝，一作康廷芝、康庭之、康定之、康令之。此诗作者一作沈佺期，一作宋之问。但《全唐诗》另存杜审言《和康五庭芝望月有怀》、沈佺期《和洛州司士康士曹庭芝望月有怀》，可见原诗为康氏之作。康庭芝生卒、籍贯不详。据《唐摭言》卷一"乡贡"条："光宅元年闰七月二十四日，刘廷奇重试下十六人，内康庭芝一人。"④《国秀集》收录其诗一首，《郎官石柱题名》于祠部员外郎下亦载其名。据这些信息，可以简单勾勒其官历。从他和杜审言、沈佺期等人唱和

①鲁迅：《中国小说史略》，上海古籍出版社，1998年，第60页。

②李剑国：《唐五代志怪传奇叙录》，南开大学出版社，1993年，第948页。

③《全唐诗》卷一一三，第1151页。又见《全唐诗》卷五二作宋之问诗，题《望月有怀》，字稍异。

④王定保撰，陶绍清校证：《唐摭言校证》卷一，第27页。

的情况来看,应该颇有文名。另外,开元中有康庭兰,其墓志称"雅重文艺",春秋六十有五,开元廿八年终于东都温柔里之私第[①],时间与康庭芝相符,名字也有关,不知是否为兄弟,附此待考。

盛唐时期的康造,疑与会稽康希铣家族有密切关系。他与皎然交往,在湖州时频有诗歌唱和。皎然《遥和康录事李侍御萼小寒食夜重集康氏园林》中说:"已爱治书诗句逸,更闻从事酒名新。"[②]《夜过康录事造会兄弟》诗亦云:"爱君门馆夜来清,琼树双枝是弟兄。月在诗家偏足思,风过客位更多情。"[③]可见康造兄弟都能诗。大历九年颜真卿、陆羽等十八人作《竹山连句题潘氏书堂》,康造亦预盛会。值得注意的是,康造虽然是久居江南、深于汉化的粟特后裔,但他身上的胡族遗迹仍然可寻。皎然有《桃花石枕歌送安吉康丞》诗,《序》云:"安吉,古桃州也。今为吴兴右邑。士遐副焉。于南山获桃花石,异而重之,珍于席上。士遐将赴京师,故帅诗人以君所宝之物高歌赠行。"[④]另外还有一首《桃花石枕歌赠康从事》诗。据两首诗意,康造(字士遐)为安吉丞的时候采得桃花石,琢磨成为枕头。据《唐本草》:"桃花石出申州钟山县,似赤石脂,但舐之不着舌者是也。"《南海药谱》:"其状亦似紫石英,色若桃花,光润而重,目之可爱。"《本草衍义》:"桃花石有赤、白二种,有赤地淡白点如桃花片者,有淡白地赤点如桃花片者。人往往镌磨为器用。人亦罕服之。"[⑤]康造爱宝重宝、擅长鉴宝赏宝,皎然诗中,"至宝由

① 吴钢主编:《全唐文补遗》第四辑,第438页。
②《全唐诗》卷八一五,第9183页。
③《全唐诗》卷八一七,第9211页。
④《全唐诗》卷八二一,第9261页。
⑤ 李时珍著,王育杰整理:《本草纲目》卷九"金石部"引,人民卫生出版社,2004年,第445页。

来觅(一作鉴)者稀,今君独鉴应欲惜,何辞售(一作集)与章(一作韦)天真,幸得提携近玉人"①,几句至为明显。这些特点与中古时期的胡人颇有相似之处,类似的故事在《太平广记》中多载之。康造的同族康元瑰,曾获得其"同学"司命君所赠天帝流华宝爵而不知,后为胡人鉴别,事见《仙传拾遗》。唐代笔记小说中写鉴宝者多与胡人有关②。皎然或许对于康造的胡族身份也有所察觉,故表出此段逸事。

五代时期泉州诗人康仁杰③,应该也是粟特康国人。泉州为海上丝路的重镇,是中古时期粟特人在南方的重要聚集地。康仁杰闻名于南唐,少时为僧,后陈德诚勉令入仕;又得陈洪举荐官鄂州文学、溧阳主簿,至汾阳令。其本传云"喜儒学,颇自励",人称之"诗中苦吟者","性循素俭,门无诗谒,其所进待乃儒生名士,吟噱终日,曾不少息,晚年弥苦其志"④。本传还记载了他赠池阳守陈德诚诗句"红旆渡江霞蘸水,青蛇出匣雪侵衣",题《升元阁》句"云散便凝千里望,日斜长占半城阴"。

五代时期后蜀安守范,为粟特安国后裔。他曾游天台禅院,并与杨鼎夫等人联句,事见《野人闲话》。安守范父安思谦,史载为并州人,初事孟知祥于太原,后从孟入蜀。并州是中古粟特胡人活跃的主要地区之一,也是沙陀李克用的根据地,沙陀在族源上与粟特本有密切关系。

----

① 《全唐诗》卷八二一,第9256页。
② 参考(日)石田干之助著,张鹏译《长安之春》,三秦出版社,2021年,第36—86页。
③ 按:康仁杰之姓,《诗话总龟》作"唐",《全唐诗》作"庸",皆误。又其为泉州人,《诗话总龟》误为"全州"。参考陈尚君《唐代闽籍诗人考》,收入《唐代文学丛考》,中国社会科学出版社,1997年,第171—183页。
④ 马令:《南唐书》卷一四,《丛书集成初编》本,中华书局,1985年,第98页。

　　除了上面这些诗名颇著的粟特族裔，唐代有诗存世的还有康翊仁、康道、康骈等。此外，从唐人的一些唱和中可以看到一些粟特族裔长于诗歌。如张九龄的《眉州康司马挽歌词》："家受专门学，人称入室贤。刘桢徒有气，管辂独无年。谪去长沙国，魂归京兆阡。从兹匣中剑，埋没罢冲天。"①此康司马不详何人②，从姓氏"康"可知为粟特康国后裔。他家有"专门学"，应该是文学之家。又如贾岛《送康秀才》诗："俱为落第年，相识落花前。酒泻两三盏，诗吟十数篇。"③此康秀才与贾岛同时科考落第，亦长于作诗。

　　诗歌之外，唐代粟特族裔的各类文章也有作品传世。如盛唐时期康子玉有《瓜赋》及《神蓍赋》（以"天生神物，用配灵照"为韵）④。文宗朝时期的康僚，存《汉武帝重见李夫人赋》（以"神仙异术，变化通灵"为韵）及《日中乌赋》（以"辉光映出，栖迹中在"为韵）。据孙樵撰《康僚墓志》："公幼嗜书，及冠，能属辞，尤攻四六文章，援毫立成，清媚新峭，学者无能如。自宣城来长安，三举进士登上第，是岁会昌元年也。其年冬得博学宏词，授秘书省正字。"⑤其赋疑为省试时作。除了赋、序、记文体，唐代粟特族裔文人也留下了一些精彩的作品，如大历年间康仲熊来到睦州，留下了《陪遂安封明府游灵岩瀑布记》一文并刻石，为欧阳修称赏。

---

① 张九龄撰，熊飞校注：《张九龄集校注》卷四，中华书局，2007年，第351页。
② 熊飞注张九龄上诗提出与张九龄同时中"材堪经邦科"者有康元瑰，不知是否即其人。按：康元瑰为康希铣子，活动时间到天宝以后，当非张九龄诗中之人。
③《全唐诗》卷五七三，第6674页。
④ 按敬括有同题赋，据此可知此赋当为省试时作。敬括开元二十五年进士，康子玉的活动时间也据此可知。
⑤《全唐文》卷七九五，第8339页。

　　唐五代时期米崇吉[①],曾注胡曾《咏史诗》,其"序"中说道:"余非士族,迹本和门。……近代前进士胡公名曾,著《咏史》律诗一百五十律一百五十篇,分为三卷。余自卯岁以来,备尝讽诵。可为是非罔坠,褒贬合仪。酷究佳篇,实深降叹。管窥天而智小,蠡测海而理乖。敢课颛愚,逐篇评解。用显前贤之旨,粗裨当代之闻。取消高明,庶几奉古云尔。"[②]今存宋抄《胡曾咏史诗》三卷,署"邵阳叟陈盖注诗""京兆郡米崇吉评注并续序"[③]。张政烺认为:"米氏乃西域米国归化人,即昭武九姓之一。崇吉盖胡兵之子弟。故云'余非士族,迹本和门。'"[④]"和门"即军营之门。唐代粟特族裔多编籍部伍,米崇吉能以武人而从事文学,比较罕见[⑤]。《诗集》中所存米崇吉的序、评,是唐五代粟特胡族罕见的文学批评资料,也能窥见他的一些文学观念,如评《息城》:"近代才子之句,息夫人为楚王生二子,其理难明,盖学浅未周也。夫上古结绳而治,轩辕文字而兴,以立史官,相其褒贬,莫不惩恶劝善,以激将来。讽咏之中,尤宜小细,若成大谬,有误后人,根究其源,实难尽美者矣。"这里提到咏史诗中史实"真""美"问题,甚有见地。

────────────

[①] 按:注胡曾《咏史诗》的米崇吉,一般认为是唐五代到宋初人。另外西夏国有一位叫米崇吉的人,官至西夏首都中兴府府尹,曾出使金国。《金史》卷六一《交聘表》金世宗大定二十五年:"十一月丙申,夏国以车驾还京,贺尊安使御史大夫李崇懿、中兴尹米崇吉、押进甌匣使李嗣卿等朝见。"(中华书局,1975年,第1444—1445页。)

[②] 陈尚君辑校:《全唐文补编》卷八三,第1022页。按:"族"原作"流",据底本改正。

[③] 收入《四部丛刊三编》,据赵望秦考证,米崇吉为唐末人,此书刊于南宋孝宗时,参见《胡曾〈咏史诗〉注本考索》,《中华文史论丛》第七十五辑,上海古籍出版社,2004年,第217—232页。

[④] 张政烺:《讲史与咏史诗》,收入《张政烺文史论集》,中华书局,2004年,第139页。

[⑤] 葛承雍也认为米崇吉是"入居长安汉化很深的移民后代",参见《西安、洛阳唐两京出土景教石刻比较研究》,《文史哲》2009年第2期。

值得注意的是,中古时期粟特族裔在音乐文学方面具有卓越的表现。粟特胡人以擅长乐舞著称,"好歌舞于道"(《新唐书》卷二二一下"康国"条)。粟特胡乐对北朝隋唐音乐影响深远。隋唐燕乐十部伎中,安国伎、康国伎为粟特乐,另外高昌伎、龟兹伎、疏勒伎,与粟特胡乐关系密切。唐代不少音乐家出身粟特胡族,杨荫浏在《中国古代音乐史稿》中曾列举众多[①]。冯承钧也指出唐代《教坊记》中《何满子》《康老子》《曹大子》《安公子》等曲名,皆以粟特胡姓为名[②]。胡人能歌成为唐人心中的一种"通性真实",很多小说故事也以此为背景。如《纂异记》中记载一则故事:家住汴州中牟的张生游河朔回,在郑州板桥外见其妻子与四五胡人饮宴歌诗,张生妻为他们相次而歌,诸人又答诗[③]。从河朔到汴州连接着唐代水陆交通的干线,是粟特胡人行商活跃的贸易路线,并且这一带有胡人后裔定居[④]。这个故事以唐人常见的宴乐行令为背景,而两个胡人身份的强调,则表露了唐代宴饮文化与胡乐的关系。

唐代一些著名文人与粟特音乐家有密切的交往,并著之于诗文,如盛唐时期李颀与安万善,中唐时期刘禹锡、白居易、元稹与米嘉荣、曹纲、何满。不仅如此,唐代一些音乐文学形态也跟粟特胡人有密切关系,如"合生"。据武平一传载:

> 后宴两仪殿,帝命后兄光禄少卿婴监酒,婴滑稽敏给,

---

① 杨荫浏:《中国古代音乐史稿》,人民音乐出版社,1981年,第239—244页。

② 冯承钧:《何满子》,收入邬国义编校《冯承钧学术论文集》,上海古籍出版社,2015年,第398—406页。

③《太平广记》卷二八二,第2250—2251页。

④ 如天宝十一载《康韶夫人赵氏墓志》中称康韶为"陈留开封人"。(赵君平、赵文成编:《河洛墓刻拾零》,北京图书馆出版社,2007年,第394页。)后晋时期检校司空、均州刺史安万金妻何氏(亦粟特人)封"陈留县君"。(《全唐文补遗》第五辑,第445页。)

诏学士嘲之，婴能抗数人。酒酣，胡人袜子、何懿等唱"合生"，歌言浅秽，因倨肆，欲夺司农少卿宋廷瑜赐鱼。平一上书谏曰："……伏见胡乐施于声律，本备四夷之数，比来日益流宕，异曲新声，哀思淫溺。始自王公，稍及闾巷，妖伎胡人、街童市子，或言妃主情貌，或列王公名质，咏歌蹈舞，号曰'合生'。"①

唐代"合生"被一些学者视为院本杂剧之源头，在中国文学史上意义重大。唐宋时期"合生"的演变前人研究颇详，但争议也多②。武平一传中的"合生"是一种表演艺术，歌舞并重，带有民间色彩。任半塘认为，"要皆由胡人编之、演之，尚非当时国风与国伎中之所固有也"③。梵语研究者黄宝生还找到了"合生"的语源——古代印度的"笑剧"，梵语为 Prahasana，译为"波罗合生"，"合生"即其略称④。

　　与胡乐直接相关，粟特胡人在音乐文学领域的创造力也班班可考。一些线索表明粟特人对音乐相关的文体似乎有较高的造诣，也获得了同时人的认可。如前人早已著论的粟特胡人康洽⑤，以乐府鸣于当时，李颀《送康洽入京进乐府歌》中说他"新诗乐府唱堪愁，御妓应传鹡鸰楼"。康洽"入京进乐府"大概是献乐府歌诗或担任乐官。李端《赠康洽》中提到"同时献赋人皆尽，共壁题诗君独在"，不论他献赋经历是否真实，能诗应该是肯定的，可惜的是没有留下只言片语。谢海平认为："在文学上有此造诣，诚异数也。"⑥

①《新唐书》卷一一九，第4295页。
②参见刘晓明《合生与唐宋伎艺》，《文学遗产》2006年第2期。
③任半塘：《唐戏弄》，上海古籍出版社，2006年，第272页。
④黄宝生：《印度古典诗学》，线装书局，2020年，第17页。
⑤陈寅恪：《书〈唐才子传〉康洽传后》，《金明馆丛稿初编》，第315—318页。
⑥谢海平：《唐代诗人与在华外国人之文字交》，文史哲出版社，1981年，第15页。

　　五代末至宋初有一位米姓都知。《南部新书》卷癸载："有米都知者，伶人也。善骚雅，有道之士。故西枢王公朴尝爱其警策云：'小旗村店酒，微雨野塘花。'梁补阙亦赠其诗云：'供奉三朝四十年，圣时流落发衰残。贪将乐府歌明代，不把清吟换好官。'"[1]"都知"是唐代教坊乐官，一般是乐艺娴熟者为之。米都知生活的时代，前人颇有争议[2]。他长于诗歌（"善骚雅"），在朝中四十年作品不少（"贪"字可见），主要的作品应该就是乐诗（"乐府"）。他留下的诗句似乎当得上"清吟"的赞许，但还不能见全貌。

　　晚唐的康骈，留下的《广谪仙怨》词，或许还能看出粟特文人在音乐文学领域的创造力。康骈在《剧谈录》中详细交代自己作此词的经过，在刘长卿、窦弘余旧曲基础上，"骈因更广其词，盖欲两全其事"[3]，于是有此曲。从中可以看出康骈本人在音乐和文学方面的修养。

---

① 钱易撰，黄寿成点校：《南部新书》卷癸，中华书局，2002年，第176页。

② 按：米都知生活年代的争议与"梁补阙"其人有关。岑仲勉《读全唐诗札记》推测其为盛唐人梁肃，后陈尚君考为五代末北宋初之梁周翰，见《〈全唐诗〉误收诗考》（《唐诗求是》，上海古籍出版社，2018年，第65—66页）。陶敏先生从之，见《全唐诗人名考证》（陕西人民教育出版社，1996年，第998—999页）。持此说者尚有陈志坚、梁太济《唐琐事杂考三题》（《中国典籍与文化》2013年第4期）。此后李玫又提出不同意见，认为梁补阙为梁肃并无可能，但梁诗与刘禹锡诗中的米嘉荣非同一人（参见《米都知与米嘉荣相关三事考》，《文艺研究》2016年第8期）。按"都知"一官，《北里志》中尚具有鲜明的民间性质，其演变为朝中教坊官"供奉"，应当在晚唐五代以后。梁肃为盛、中唐之际人物，此时的教坊官员尚未见"都知"一职。

③ 康骈撰，萧逸校点：《剧谈录》卷下，收入《唐五代笔记小说大观》，第1494页。

三、出土文献所见粟特族裔的文学成就

传世文献之外,出土文献中也有不少粟特族裔文学资料,主要是敦煌写卷和出土墓志。除了宗教文学作品之外,敦煌写卷中也保存了一些粟特乐舞、曲辞遗迹,如《苏莫遮》《剑器》等,这些内容也可以视为粟特文学外围材料。此外,敦煌写卷中还有一些粟特族裔的诗文作品,如安雅的《王昭君》诗,有多个写本存世,有重要的研究价值,详本章第二节。另外还有一些作品能展现他们的文学修养。比如 P.4638 中的《曹良才邈真赞》,曹良才为归义军节度使曹议金之长兄,文中说他:"儒宗独步,裁诗而满树花开;指砚题文,动笔乃碧霄雾散。"[1]又如 P.3885 诗文丛抄写卷,有《前大斗军使将军康太和书与吐蕃赞普》[2],就是一篇难得的粟特人创作的作品,有学者认为这是他"给进犯河陇的吐蕃赞普赤德祖赞写了一封调侃意味极浓的挑战信"[3]。虽然这样的作品并不多,但也是观察粟特族裔文学的新角度。

新出墓志是粟特族裔文学的又一宝库。墓志不仅是人物生平资料的重要载体,也是作家展现文才的一个重要文体。新出墓志中粟特族裔的文学资料,具体表现在两个方面:一是保留了他们从事文学活动的记录,二是发现了不少由粟特族裔文人创作(撰书)的墓志作品。墓志材料具有多重性质,比如围绕墓志撰写展示的社会关系,墓志文的文学性,墓志内容展现的历史性,等等。这些材料可以弥补传世文献中粟特族裔文学资料零散、断裂的遗

---

① 郑炳林、郑怡楠辑释:《敦煌碑铭赞辑释》(增订本),第647页。
② 陈尚君辑校:《全唐文补编》卷三五,第420页。
③ 雷闻:《凉州与长安之间——新见〈唐故左羽林军大将军康太和墓志〉考释》,《河北师范大学学报》(哲学社会科学版)2020年第5期。

憾。在文学活动资料的保存方面,新出墓志的价值非常突出。唐以前入华粟特人在文艺方面的表现十分少见,他们更多是从事商业和武职相关的活动。但入唐之后,经过数代的汉化历程,他们在文艺领域开始崭露头角。透过一些可确定是粟特人的墓志,我们可以窥见他们文学方面的表现。然而也需要注意,墓志记录往往有程式化的问题,如元象元年《安威墓志》:"其先,西域安德国人也。氏族之兴,出于西域,帝酷(喾)之苗裔。……□诗书,悦礼乐,玩戎道,习游园。皎然独称,不以荣利动心。"①安同官镇远将军、步兵校尉、武威太守,其家人多为武官。所谓诗书礼乐之好,更多是一种模式化的描述。又如永淳元年《康留买墓志》:"倾意气以接权豪,怀功名而重书剑。"②又永徽四年《安延墓志》中说墓主"不畴弓矢,百中之妙逸群;无意诗书,四始之义宏达"③。这里面所谓"书剑""诗书",未必就确指墓主在文艺方面有很好的修养,文武双全,可能是托文者谀墓之意,或者为文者补足文意之需。

但一些粟特胡人的墓志中提示的文艺修养,可以找到熏习环境的旁证。如神功元年《康文通墓志》:"修身践言,非礼不动。温厚谦让,唯义而行。于是晦迹丘园,留心坟籍。……讲习诗礼,敦劝子孙。"④研究者认为:"康文通自称是青州人,祖父都没有什么正式的官职,他本人是没有入仕的处士,但他留心坟典,讲习《诗》《礼》,已经是彻底汉化的粟特后裔。他所居住的安邑坊,虽然在城东的东市附近,但这里不像西市附近那样,并不是粟特人集中生活之区,说明康文通就像他的名字一样,已经是地道的唐人了,而且

---

① 贾振林编著:《文化安丰》,大象出版社,2011年,第162—163页。
② 吴钢主编:《全唐文补遗》第三辑,第454页。
③ 吴钢主编:《全唐文补遗》第四辑,第328页。
④ 吴钢主编:《全唐文补遗》第九辑,第436—437页。

他的墓葬中表现的文化色彩,也基本上是典型的唐朝文化。"① 随
着入华时间的增长,一些粟特后裔的操行已接近了典型的中国传
统文人,这在神龙元年《安令节墓志铭》中表现得很鲜明:

> 禀谆和以为人,含神爽以为用;在家为孝子,在国为忠
> 臣;于乡党而则恂恂,于富贵而不汲汲;谐大隐于朝市,笑独
> 行于山林。斯则安君见之矣。……处长安游侠之窟,深鄙末
> 流;出京兆礼教之门,雅好儒业。温良泛爱之德,振人趋急之
> 心,固以发自冥机,关诸天性者矣。……翟门引客,不空文举
> 之座;孙馆延才,还置当时之驿。……声高郡国,名动京师。②

看到这样的描写,我们还以为墓主是儒林模范,文苑盛流,自然不
会在意"先武威姑臧人,出自安息国"的出身,也不会在乎其祖上
"武人贞吉,智果为毅"的家风。这样的例子在墓志中并不少,又如
开元廿八年《康庭兰墓志》:

> 公行惟乐善,性实谦冲。虽忝戎班,而雅重文艺。闺门
> 邕睦,容范可观。六籍播于□田,百氏包于辩囿。暨于晚岁,
> 耽思禅宗。勇施馨于珍财,慧解穷于法要。冥冥舟壑,同舍筏
> 而不留;袅袅风林,与焚芝而共陨。③

墓志特别强调康庭兰"虽忝戎班,而雅重文艺",是有意彰显这方面
的修为。康氏晚年"耽于禅宗",可见对汉文化理解之深入④。粟特
人虽然一向以武功显著,但在德行修养方面直逼传统文人,所以引

---

① 荣新江:《中古中国与粟特文明》,第35—36页。
② 吴钢主编:《全唐文补遗》第三辑,第36页。
③ 吴钢主编:《全唐文补遗》第四辑,第438页。
④ 按:《康庭兰墓志》中云有子康韶、康直。出土《唐故颍川康府君天水赵夫人墓志
铭》,志主康韶,陈留开封人,天宝五载卒于长安胜业里私第,天宝六载二月二日
葬于洛阳北邙。志又云赵氏"久从释教,恒游不二之门。德梵行之功,素无疾病"
(见《河洛墓刻拾零》,第394页)。此康韶疑即康庭兰子,其家族有信佛传统。

出他们对文艺的重视,也是顺理成章的事。在一些墓志中,记载了墓主逍遥林泉、雅好文艺的志趣,这跟中国传统文人有契合之处,说明在精神深处他们对汉文化有共鸣。

出土墓志中也揭示了一些粟特族裔家学、文学熏习,仕宦、婚姻、交游方面的情况,可以窥见他们文学成就的积累过程,第四章已论述过初唐墓志中所见康敬本与盖蕃、李大师等人的交游关系和学术渊源,即为一典型案例。又如前文提及的贞元十年《李准墓志》(安元光子)也说:“乃访宿儒,枢衣就学。入闻诗礼之训,出观俎豆之仪。年十五,郡举孝廉,为乡贡之俊,以年齿尚幼,故不趣京师,退而研精,自强不息。”安元光家族先世皆以武功出身,建中年间安元光以平朱泚乱居大功,后赐姓李氏,改名元谅。其子李准、李平仕宦已经由武入文,快速实现了身份转型,李准的墓志就是其兄李平撰文。咸通七年《安士和墓志》:“公讳士和,上党潞城人也。……考讳良素,儒林鸿业,学富九经。寔德长材,闻一知十。不趋名利,靡谒王侯。公禄不窥,安闲乐道,时人号三教通玄先生。”[1]安士和为武将出身,但他的父亲安良素应该有较高的学术修为,而且名声卓著,奠定了家族文学身份。

粟特胡人与汉族文人的交往也透过墓志撰书体现出来。如天宝十载《安思温墓志》,为乡贡进士李暹撰,墓志中说:“君德高业广,风猷众钦。孝友仁慈,淑善温克。博学聪惠,遇物多能。儒释二门,特加精意。篆隶得回鸾之妙;庄周自天性之奇。”[2]安思温有一些才学,其子安令璋请到进士李暹撰志,也说明他们或许有交往。唐代粟特胡人墓志中,为乡贡进士、文人撰写的还不少,如兴

---

① 赵力光主编:《西安碑林博物馆新藏墓志汇编》,第833页。
② 吴钢主编:《全唐文补遗》(千唐志斋新藏专辑),第221页。

元元年李国珍（安暐）墓志，为乡贡进士李休甫撰并书；大中四年安珍墓志，为乡贡明经王仇撰；乾符二年安玄朗墓志，为乡贡进士颜钦撰：见证了粟特胡裔文学道路上的交游圈子。

经过长期的汉文化熏习，不少粟特胡人也由武入文，跻身清望文官行列。墓志中记载了不少粟特胡人出任典型文官，可以从侧面了解他们的文学演进过程。如天成元年《康赞羡墓志》：

> 及于⺀岁，以父荫斋郎出身授弘文馆校书。妙年端谨，声振簪缨，孔融之辩自然，甘氏之材迥秀，擢恩授秘校兼锡银璋。而且性蕴孤高，心思俊杰。念孔门之礼异，终愧前修；叹戎列之家风，实多故事。①

康赞羡家族初以武官出身，到了他这代进入文官阶层，先入弘文馆、再入秘书省。但"戎列家风"似乎跟"孔门之礼"总隔那么一层，之后他还是往武官"故事"一途发展，"乃脱赪绶，除银青光禄大夫、检校右散骑常侍、左监门卫大将军同正、兼御史大夫，仍委永平军补充极职，兼衙内马步军都指挥使"。武功是入华粟特人的家风故事，而文才则是他们融入汉文化更高层次的要求，徘徊文、武双重身份之间，入华粟特后裔作了艰难的抉择。

有了各种文学积累和交游熏习，粟特族裔的文学创作也就水到渠成，出土墓志中有不少是粟特族裔文人所作。这些撰志的粟特人多数有登科的经历，或者为典型的文官，作品也能看出他们的文学造诣，如前文多次引用的《李准墓志》，为其兄李平撰，叙述了李准生平中两次重要经历——讨平朱泚、平凉之盟突围：

> 明年冬，贼臣朱泚潜构凶谋，仆射总潼华之师，龚行天伐。每经险阻，常侍晨昏，克殄妖氛，再清宫阙，令君驰往庆

①　吴钢主编：《全唐文补遗》第五辑，第60页。

贺,奉表南行,冒炎暑赫曦之辰,登巴梁峭绝之路,悬车束马,昼夜兼程,累日之间,至行在所。对扬敷奏,披省表章,上以宗社克复,歔欷良久,循环顾问,嘉叹重叠,庶事详明,特加优奖,即日授同州参军,赐以金帛衣服。……日者蕃寇请盟,王师撤警,登坛将歃,虏以合围,日曀尘昏,人各乱溃。君部曲悉散,单车独驰,突戈矛之锋,出虎狼之口。越川谷之隘,归父母之邦。既至,号泣拜伏,若已再生。

志文颇可补史书之阙。贞元三年闰五月,吐蕃尚结赞与浑瑊于平凉结盟,发生了震惊唐廷的劫盟事件,李平的叙述不仅可以补证史实,而且文字也更有细节和温度。比如"撤警"问题,当浑瑊从长安出发之时,李晟曾告诫他结盟之时要严加戒备,但因为张延赏的进言,德宗命浑瑊对吐蕃推诚以待,勿自猜贰,由此埋下大患。墓志中所说"撤警"情况,与史书所载契合。劫盟发生后,唐军毫无防备,队伍溃散,各自为战,死里逃生,这种境况非亲历不能言。李平是李准之兄,他的记载可谓第一手资料,所以才写得这般鲜活。

第二节　粟特族裔文学的典范
——安雅《王昭君》诗

敦煌写卷 P.2673《唐诗文丛抄》(从徐俊定名)有五言诗《王昭君》一首,题下署"安雅词"[1]。该诗又见于 P.2555(徐俊定名《唐诗文丛抄》,该卷子与俄藏 Дx.3871 可以缀合),亦题《王昭君》,但题下署"安雅"[2]。该诗还见于 S.2049 与 P.4994 拼合卷(徐俊定名《唐

---

[1] 徐俊:《敦煌诗集残卷辑考》,第119页。
[2] 徐俊:《敦煌诗集残卷辑考》,第686—690页。

诗丛抄》），题《王朝君》，题下亦署"安雅"①。三个版本的《王昭君》诗，文字略有差异，可以互校。但关于"安雅"究竟是作者题名、曲名还是其他，争议较多。任半塘在《唐声诗》中认为："'王昭君安雅'，乃五言四句古风十九首，托昭君自述，非歌辞。……'安雅'体名不详。"②柴剑虹则认为：

> P.2555写卷这首《王昭君》题下有"安雅"二字，我以为这并非作者姓名，而是演唱该诗时的乐曲名称。P.2673与P.4994写卷所抄同一首《王昭君》题下写"安雅词"，就是一个证据。……早在晋朝的清商乐中，就有著名的表现昭君出塞故事的《昭君舞》；晋以后，关于昭君舞（明君舞）的记载很少，但《明君曲》仍广为流传。唐代的清商乐里，就保存了晋朝流传下来的《昭君曲》。……《乐府诗集》卷四十四称此为"雅歌曲辞，辞曲而音雅"。可见这个"安雅"是从音乐角度来讲的。我推测因为沙州敦煌地处河西。离安国、康国等昭武九姓故地很近，所以这首《王昭君》有可能是采用安国乐来演唱的《昭君曲》曲词。③

柴先生"安雅"为与安国有关乐曲之论得到一些学者的赞同和申说，如饶宗颐、项楚、高国藩等先生都认为"安雅"是安国乐曲或曲调④。受此影响，一些著作如《全敦煌诗》即以《王昭君安雅词》为题，并标注无名氏作。

---

① 徐俊：《敦煌诗集残卷辑考》，第464—466页。
② 任半塘：《唐声诗》（下），上海古籍出版社，2006年，第196页。
③ 柴剑虹：《研究唐代文学的珍贵资料——敦煌 P.2555 号唐人写卷分析》，收入《敦煌吐鲁番学论稿》，浙江教育出版社，2000年，第25—26页。
④ 参考饶宗颐编《法藏敦煌书苑精华》第五册《韵书·诗词·杂诗文》，广东人民出版社，1993年，第142页；项楚《敦煌诗歌导论》，第61页；高国藩《敦煌本王昭君故事研究》，《敦煌学辑刊》1989年第2期。

也有学者指出"安雅"为《王昭君》诗的作者。徐俊考释三种《王昭君》诗，皆以"安雅"为诗作者，并加标注，但又引前饶宗颐说认为以"安雅"为乐曲"可备一说"[①]。邵文实认为：

> 但考察唐朝诗集文献，很少见到在诗题下方注出其所属性质的，敦煌所存唐诗抄卷，一般也是把作者抄于诗题之后，或者不抄作者，所以按照常规来说，"安雅"当为诗作者。又P.2555卷"王昭君"题下署"安雅词"，联系上文中《昭君怨诸词人联句》一诗，称联句诗人为词人，似乎也说明"安雅"更有可能是诗的作者。[②]

其说颇有见地。朱凤玉也认为安雅当为作者，并且指出天宝二年《大唐故定远将军右威卫翊府左郎将上柱国罗公（昊）墓志铭》作者"前国子进士、集贤殿待制临淄安雅"，与《王昭君诗》作者为同一人[③]，陈尚君稍后在论文中也提到撰《罗昊墓志》的安雅与敦煌写卷中《王昭君》诗之作者应为同一人[④]。

总而言之，以"安雅"为乐曲、乐调或词调的说法并无旁证，敦煌写卷"安雅"题名符合诗文后题作者姓名的惯例；出土墓志已证实盛唐时期确有安雅其人，且与"安雅"题名写卷诗人活动时间正好契合；多重证据可以确认敦煌写卷中的"安雅"为诗歌作者题名。

安雅《王昭君》目前有三个写本，文字略有差异，《全敦煌诗》《敦煌诗集残卷辑考》已有详细的校勘和录文，本文所引据之。

---

① 徐俊：《敦煌诗集残卷辑考》，第125页。
② 邵文实：《敦煌边塞文学研究》，甘肃教育出版社，2007年，第165页。
③ 朱凤玉：《敦煌边塞主题讲唱文学的传播与军旅情怀》，载《敦煌学》第二十七辑，乐学书局，2008年，第58页。
④ 陈尚君：《气贺泽保规〈新版唐代墓志所在总合目录〉出版以来新发表唐代墓志述评》，载邬国平、汪涌豪主编《金波涌处晓云开：庆祝顾易生教授八十五华诞文集》，复旦大学出版社，2010年，第331页。

一、安雅的族属问题

(一)安姓为胡姓考

安姓并非中古中国的汉人姓氏。中古时期姓氏学发达,但《元和姓纂》《古今姓氏书辩证》《通志·氏族略》等书没有明确说安姓有汉人渊源,而都提到了安姓来自西域安息或安国。就文献中具体出现的人物而言,汉唐时期文献中安姓人物非常少见且绝大部分与西域胡人相关。有学者将《汉书》中安期、安国、廷尉安、长史安、安成、安陆君、安陵缠、安稽、安乐等视为汉人安姓的证据①,实际上还值得商榷。如应劭《风俗通义》:"安氏,汉有安成为太守。"这是很多学者据以认为汉人有安氏的重要证据。王利器案:"《姓纂》、《类稿》俱无'为太守'三字。《汉书艺文志诸子略》小说家:'《待诏臣安成未央术》一篇。'应劭注:'道家也,好养生事,为未央之术。'当即其人。"②按《汉书》此条前有:"《待诏臣饶心术》二十五篇。武帝时。"颜师古注:"刘向《别录》云饶齐人也,不知其姓,武帝时待诏,作书名曰《心术》也。"此条后为:"《臣寿周纪》七篇。项国圉人,宣帝时。"③"饶""寿"皆为人名而无姓,疑"安成"也是人名,应劭误以为"安成"是人姓名。又如"安国"也是汉人常见的名字,山东嘉祥发现的汉桓帝永寿三年安国祠堂"许卒史安国"题记。此"安国"究竟是名还是姓名,学者们颇有争议④。赵超认为:

---

① 樊文礼:《唐代的安姓胡人》,《内蒙古大学学报》(人文社会科学版)1998年第2期。

② 应劭撰,王利器校注:《风俗通义校注·佚文》,中华书局,1981年,第513页。

③ 《汉书》卷三〇,中华书局,1962年,第1744—1755页。

④ 一说"安国"为墓祠主人姓名,代表为李发林《山东汉画像石研究》(齐鲁书社1982年版);一说"安国"为名,本姓许,代表为宫衍兴《济宁全汉碑》(齐鲁书社1990年版)。

"安姓本非汉族姓氏……东汉时期,世居中原的汉族中没有安姓。此画像石铭文中言及死者姓氏不详,名为安国。安国是两汉时期屡见不鲜的人名。"[①]其说可从。余如"安陆君",钱大昕在《廿二史考异》中已指出其人即战国时期之安陵君,本魏昭王之弟。"安陵缠",则本姓安陵,见《姓氏急就篇》。卫司马安乐,《汉书》中与光禄大夫忠、期门郎遂成并列,"忠""遂成"都是人名而无姓,安乐自然也可能只是人名,而不是姓安名乐。至于廷尉安、长史安,显然是"官名+人名"的书写模式。汉代史籍记载人名往往不连姓,所以造成不少误会。相反,汉代一些疑似安姓人物中,有一些来自西域,如楼兰王安归(《汉书·昭帝纪》作"楼兰王安"),乌孙小昆弥安日,只是这些人名可能是音译的结果,并不是以安为姓。

　　汉代以安为氏的人物多出自安息国。自张骞通西域,汉朝便与安息互通使节,安息人内迁中国者有东汉末年高僧安世高(安清)[②],其"安"姓应该是遵循汉人"以国为姓"的方法[③]。汉代来自安息的高僧还有安玄,据《高僧传》载:"时又有优婆塞安玄,安息国

---

① 赵超:《山东嘉祥出土东汉永寿三年画像石题记补考》,《文物》1990年第9期。

② 安世高的族源和身份中外学者尚存争议,主要观点有:安息王子说、安息质子说、安息宗室旁支说、木鹿高僧说、布哈拉人说、印度—安息人说等。但主流的观点还是认为安世高为安息人,参见王三三《帕提亚与丝绸之路关系研究》,南开大学博士论文,2014年,第197—205页。

③ 崔致远在《法藏和尚传》中称入华高僧以康居国人为康氏、月氏人为支氏、安息人为安氏,是"因生以赐姓",代表了古人的理解。当代学者如匈牙利汉学家哈马塔,将汉名"安世高"还原为伊朗语名 Arsa(Υ)Kau,认为这个名字的前半部分 Arsa(Υ)即"安世",是安息宗室的称号;后半部分 Kau即"高",则是波斯文和粟特文中常见的中亚地区统治者的称号。李铁匠已经驳其说,并指出安世高是一个汉化外国人姓名,非音译而来,是按照以国为姓的原则,"安"代表其国籍安息,"清"为其名,"世高"为其字。参见李铁匠《安世高身世辨析》,《江西大学学报》1989年第1期。

人。……亦以汉灵之末游贾雒阳,以功号曰骑都尉。"[①]安玄以"游贾雒阳"而入华,其身份实际上是商胡。汉代安息帝国居中国和罗马之间,是欧亚大陆丝绸之路的中枢,安息商人进入中国,带来了丰富的物质和精神文明,不少人还进入汉代中央政府,安玄为"骑都尉"即是如此,这与唐代粟特胡人进入禁军相似。

　　文献中记载的汉代内迁中国安息人很少。安息帝国于公元224年灭亡(曹魏黄初五年),此后中土安姓人物反而大量增加,只是他们并非安息族裔,而是来自中亚粟特地区的安国胡人。粟特地区在汉代为康居属国,据《汉书·西域传》载有五小王:苏薤王、附墨王、窳匿王、罽王、奥鞬王。这些小国后来演变中名称发生了变化,最为常见的一种称呼是"昭武九姓",这也成为中国学者对粟特人的另一个称呼。汉代五小王与后来的昭武九姓国尚能对应:苏薤城即康国,附墨即安国,窳匿即史国,罽城即何国,奥鞬城即火寻[②]。虽然史书记载的昭武九姓国号晚至隋唐之际才出现[③],但粟特胡人内迁中国的时间远在之前[④]。蜀后主建兴五年,诸葛亮进军汉中,"凉州诸国王各遣月支、康居胡侯支富、康植等二十余人诣受

---

① 慧皎撰,汤用彤校注:《高僧传》卷一,中华书局,1992年,第10页。

② 参考余太山《两汉魏晋南北朝正史西域传要注》,商务印书馆,2013年,第133—135页。

③ 参考陈海涛、刘慧琴《来自文明十字路口的民族——唐代入华粟特人研究》,商务印书馆,2006年,第25页。

④ 一些学者把粟特人内迁中国的时间提前到公元1世纪,并认为粟特聚落东汉时已在洛阳、长安、河西走廊、四川定居,参见(俄)马尔夏克著,毛铭译《突厥人、粟特人与娜娜女神》,漓江出版社,2016年,第81页。这一说法可能把东汉安息、康居胡人误为粟特胡人。一般认为粟特胡人规模性地内迁中国在3世纪以后。

节度"①。此处康居胡侯康植，即粟特康氏②。《华阳国志》载泰始八年"胡康水子烧香"，又载元康八年汶山卢水胡安角叛乱事③。安、康都是典型的昭武九姓。至西晋末年十六国时期昭武九姓粟特胡人在内地已经非常活跃。如羯胡石勒，唐长孺考其为昭武九姓石国人④。敦煌吐鲁番地区出土文书也显示当地昭武九姓胡人著籍情况，如北凉玄始十二年翟定辞为雇人耕糜事文书有安儿⑤；北凉承平八年翟绍远买婢券有石阿奴⑥。敦煌吐鲁番地区文书出现粟特胡人以国为氏的现象，一方面说明他们所在国的名号在当时已经有比较固定的翻译或者对音，另一方面说明他们内迁中国早在此前，已经在汉人地方社会形成聚落。

尽管汉代以后出现的安姓多源出安国，但在传世文献和出土文献中安息和安国这两个渊源往往被混在一起。如《隋书·西域传》："安国，汉时安息国也。"⑦岑仲勉已指出此误⑧。不少安姓人物传记也延续这种误解。入华安国胡人以安为姓，在追溯姓源时攀附历史"悠久"的安息作为依据十分常见，但从族源、文化等各种

①《三国志》卷三三，中华书局，1961年，第895页。
②魏义天认为这个时期的康居胡只可能是粟特人，并认为这是早期的粟特商人聚落。参见（法）魏义天著，王睿译《粟特商人史》，广西师范大学出版社，2012年，第35页。
③常璩撰，任乃强校注：《华阳国志校补图注》卷八，上海古籍出版社，1987年，第436、445页。
④唐长孺：《魏晋杂胡考》，收入《魏晋南北朝史论丛》，中华书局，2011年，第403页。
⑤唐长孺主编：《吐鲁番出土文书》（壹），第16页。
⑥唐长孺主编：《吐鲁番出土文书》（壹），第92页。但该文书的时代还有疑问，一说509年。
⑦《隋书》卷八三，第1849页。
⑧岑仲勉：《汉书西域传地理校释》，中华书局，1979年，第206页。

旁证看他们都出自粟特地区的安国。

　　中古时期安氏还有一个渊源,《古今姓氏书辩证》载:"河南安氏,后魏代北安迟氏改焉。"[1]但《通志·氏族略》安迟氏改为迟氏,并非安氏。《魏书·官氏志》有"辗迟氏后改为展氏"条,《姓纂》《广韵》都转引。陈毅认为安迟即辗迟,"辗"与"安"声相通[2]。姚薇元疑"安迟"为"安息"之异译[3],亦可备一说。

　　总之,从史传、姓氏书、墓志等文献中有关中古安氏姓源、族源记载来看,安姓出自安息、安国两源非常清晰,而汉人安姓则极为鲜见。具体而言,两汉时期的安氏人物可能主要来自安息,两汉以后的安氏人物当然可能为他们的后裔,但更有可能出自粟特安国,只是文献中往往将"安息"和"安国"混为一谈。魏义天认为:"粟特语在敦煌吐鲁番文书和突厥帝国中都起到了重要作用,而作为生活用语、而非礼仪用语的婆罗钵语和帕提亚语,似乎没有产生什么影响。此外,索格底亚那移民不断涌入,而在聚落中历经数代、祖先真正源出印度—帕提亚的安氏家族却并不多。"[4]正如汉人对于安国的称呼被粟特本土接受一样[5],入华粟特安国人以安为氏也影响到粟特本土地区。据学者考证:"最晚到八世纪时,汉文中所称的安姓,也已经被居住在内地的粟特胡人所接受,例如在德宗建中三年的一封粟特文书信中,粟特胡人自称为'安

① 邓名世撰,王力平点校:《古今姓氏书辩证》卷八,江西人民出版社,2006年,第119—120页。
② 陈毅:《魏书官氏志疏证》,《二十五史补编》第四册,中华书局,1956年,第4659页。
③ 姚薇元:《北朝胡姓考》(修订本),第412页。
④ (法)魏义天著,王睿译:《粟特商人史》,第76页。
⑤ 参考张广达《唐代六胡州等地的昭武九姓》,《北京大学学报》(哲学社会科学版)1986年第2期。

（An=Ɣ'n）姓俗人 Carfarasarsan'。"①虽然以姓氏来确认族别身份并不严谨，但在学术界，中古时期传世文献、出土唐代墓志、敦煌吐鲁番出土文书等文献中所见安氏人物被视为粟特胡人或后裔，是被普遍认同的。

（二）临淄安氏为粟特胡姓考

单从姓氏的角度只能推定安雅其人出自胡裔，而从安雅籍贯"临淄"则可进一步推断他来自粟特安国。汉画像资料显示，临淄地区自汉代以来就有胡人流寓。魏晋南北朝时期，以临淄为治所的青州地区，长期为北方民族政权占领，而且处于南北交锋的前线，移民频繁，华戎交会。又因为滨海交通之便和丝绸名声之美，青州还是陆上、海上丝绸之路的重要枢纽，中外交流发达。安作璋指出："如果把西安作为著名的丝绸之路的起点，那么其主要源头则在山东。"②齐涛进一步对这个问题作了深入论述：

> 由丝绸之路的主源山东地区到长安，汉唐时代主要有三条运输丝绸的交通干线。……一条可称为中路，由长安出发，东过潼关、三门峡、洛阳直抵定陶，由定陶东去兖州或由定陶北上，抵济南一带，再由济南一带东去，抵淄博、青州等地，这是东方丝绸之路的主干线。③

青州特殊的地理位置、交通条件、物产特色，造就了当地在中外文化交流中的重要位置。东晋孝武帝时僧朗于东岳弘佛："故有高丽、相国、胡国、女国、吴国、昆仑、北代七国所送金铜像。朗供事

① 吴玉贵：《凉州粟特胡人安氏家族研究》，《唐研究》第三卷，北京大学出版社，1997年，第320页。

② 安作璋主编：《山东通史·魏晋南北朝卷》"前言"，山东人民出版社，1994年，第9页。

③ 齐涛：《丝绸之路探源》，齐鲁书社，1992年，第266页。

尽礼，每陈祥瑞。"①所谓胡国、女国、吴国、昆仑或即西域、南海诸国。东晋安帝义熙年间，北天竺高僧佛驮跋陀罗即从海路抵达青州，后往长安从鸠摩罗什。可见青州地区与西域之密切联系②。

　　魏晋南北朝时期青州地区活动的西域胡人有不少是粟特胡人，这从当地出土的画像中可以得到明证，如益都傅家庄北齐武平四年石棺线刻画像、青州龙兴寺卢舍那佛法界人中像中的胡人。关于后者，邱忠鸣通过这一类图像的"图式"和"母题"分析，确认图像中的胡人就是该佛像的供养人，并进一步提出：

> 他们共同出资雕造并以彩绘贴金的庄严方式装饰了这尊佛像。此外，这件作品绘画水平高超，而且造像所费不赀，所以供养人的身份非富即贵。一个基本的结论是他们当为流寓青州的统治阶层中的胡人成员或为富裕的商胡，他们来自西域或北方。因此，这些胡人的画像或许并不一定十分写实，但一定是"现实主义"的艺术，有着相当的事实依据，而非简单而抽象地借用某种粟特美术的粉本。③

她认为画像的供养人是以粟特人为中心的一个胡人商队，他们造像组织的形式也是以商队开展的。这一结论足以证明北朝时期粟特胡人在青州地区的规模和活跃程度。

　　魏晋南北朝时期青州粟特胡人的聚集情况还见于其他文献。庾信《哀江南赋》述先世事迹提及"河南有胡书之碣"，此"胡书"

---

① 道宣：《集神州三宝感通录》卷中，《大正新修大藏经》第五十二卷，第414页。
② 参见王蕊《魏晋南北朝佛教的播迁与东西丝路的连通》，《东岳论丛》2017年第7期。
③ 邱忠鸣：《拈花的胡人——由北齐青州佛衣胡人画像管窥中古丝绸之路上的粟特商队》，载《中古中国研究》第一辑，中西书局，2017年，第217页。

古今学者有多种说法。周一良曾提出粟特文说[1]，林梅村亦申其说[2]。尹冬民论文列举了中古史籍中关于"胡书"的记载，并结合中国发现的粟特文书、石刻、图像材料，得出结论："'胡书之碣'，应当是指庾告云在任职青州刺史期间，青州之地汉化的粟特人或粟特化的汉人，以粟特文字书写之碑碣，胡书即为粟特文字。"[3]其说颇有说服力。

魏晋南北朝时期进入青州地区的粟特胡人，他们的后裔在入唐以后陆续出现在文献中。如前引《康文通墓志》，称青州高密人，或许其祖上已迁居于此。康文通宅第在长安安邑坊，其东靖恭坊有祆祠一所(在十字街南之西)，为粟特胡人或后裔祆教信仰之中心，表明康文通家族与长安粟特胡人或有联系。粟特胡裔还广泛出现于唐代以后青州地区造像中。临朐石门坊摩崖造像群观世音菩萨像龛题记："维大唐天宝□□□□□亥三月丁丑□□□□□广饶□□□宁□敬造观世音菩□□□躯尚为国王帝主师僧父母法界众生咸同斯福安□延供养。"又安大娘造观世音像题记："维大唐天宝……月丁丑朔十九……为身染时患……愿敬造……国主帝王……福□……安大娘……"[4]这两方造像的供养人分别为"安□延"和"安大娘"，都是典型的粟特胡姓。除了安姓人物，唐代临淄周边地区有不少康姓、米姓等典型粟特胡姓人物出现在造像题记中，证明当地粟特族裔群体的活跃。他们内迁当地的时间可能

① 周一良：《评介三部魏晋南北朝史著作》，收入《魏晋南北朝史论集续编》，北京大学出版社，1991年，第179—180页。
② 林梅村：《古道西风：考古新发现所见中西文化交流》，生活·读书·新知三联书店，2000年，第158—160页。
③ 尹冬民：《庾信〈哀江南赋〉"胡书"新证》，《文学遗产》2011年第4期。
④ 临朐县文化广电新闻出版局：《山东临朐石门坊摩崖造像群调查简报》，《文物》2016年第7期。

要追溯到魏晋南北朝时期。安雅自称临淄人，正说明临淄是他的籍贯；而从大范围来看，临淄安氏只是青州地区粟特胡裔的一支而已。

二、安雅的生平考论

安雅的生平，只有敦煌《王昭君》诗和天宝二年撰《罗炅墓志》"前国子进士集贤待制临淄安雅"署名这样两处简单的信息。尽管如此，这两条信息也有深入挖掘的价值。

（一）前国子进士

安雅称"前国子进士"有特殊的原因。唐代所谓"前进士"有特定的含义，据王勋成研究：

> 知进士及第，再经关试，拿到了春关，就可称"前进士"、"前乡贡进士"了。……按唐制，关试后新及第举子参加当年春天的铨选而授官是不可能的，因为唐代对新及第举子还有选格的限制，得守选数年后才准备冬集参选。……唐人进士及第后，还有一个习俗，即在以前曾经题有"进士某"的前面再加上一个"前"字，就变成了"前进士某"，表示自己已进士及第。……故前进士、前明经究其实只是及第举子在守选期间的专称。一旦释褐授官，就再也不能称作前进士、前明经了。……前进士是一个有确切时间概念的称呼，即及第进士自关试后到释褐授官前这一段时间，也就是守选期间始可称为前进士。[1]

安雅在《罗炅墓志》中称"前国子进士"，并非后来补刻"前"字那种

---

① 王勋成：《唐代铨选与文学》，中华书局，2001年，第34—36、73—74页。

情况①,而是表明他已登进士第,但还在守选期间。至于"国子进士"则表明他是以国子监国子生徒资格参加进士选举而登第②。国子监是唐代最高学府,其下有国子学、太学等六学,其生徒资格要求非常高,而国子学为最。据《新唐书·选举志上》:"国子学,生三百人,以文武三品以上子孙若从二品以上曾孙及勋官二品、县公、京官四品带三品勋封之子为之。"③安雅能入国子学自然与其父祖辈的官封相关,从上面的规定来看至少在四品以上。

安雅撰罗炅墓志的时候还在守选期间,而唐代守选年限各有不同。王勋成综合各种资料推断,唐代进士及第者的守选年限一般为三年④。安雅天宝二年六月为罗炅撰墓志称"前国子进士",根据一般的守选规则,他及第时间正常应该在开元二十九年至天宝二年间。当然,若由于种种原因,他一直没有释褐授官,那么他登科及第的时间可能更在开元二十九年之前,这又另当别论。按照正常的情况,在开元二十九年至天宝二年间,进士科的基本情况如下:

---

① 按,从《罗炅墓志》拓片上看,安雅题名一行书法未见补刻痕迹。唐代墓志确实有后来补刻的情形,但主要是针对志文内容如志主及先世名讳、职官、卒葬地(迁葬)信息,笔者尚未发现作者题名出现补刻的现象,请教大方之家。碑刻墓志确有补刻撰书人信息之例,但多出于后人作伪,参考朱剑心《金石学》第三编《说石》第四章"石刻之厄""妄刻"条,浙江人民美术出版社,2015年,第300—301页。

② 按:国子进士究竟是特指国子监下面国子学生徒资格,还是泛指国子监生徒(不特指国子学)资格,存在争议。傅璇琮先生持前说(见《唐代科举与文学》第475页),王勋成持后说(见《唐代铨选与文学》第37页)。唐人另有"太学进士"之称,宋代尤多,"国子进士"为特指说似更为合理。

③《新唐书》卷四四,第1159页。

④ 王勋成:《唐代铨选与文学》,第51—55页。按:对于唐代及第进士必须守选三年才能释褐授官之论,前人亦有商榷,陈铁明、李亮伟通过更多的举证,认为此制大抵符合中、晚唐的情况,却并不符合初、盛唐的实际,参见二人合作《关于守选制与唐诗人登第后的释褐时间》,刊《文学遗产》2005年第3期。

开元二十九年：进士十三人，武殷、周万、李搩、柳芳；知贡举，礼部侍郎崔翘。

天宝元年：进士二十三人，王阅、柳载（后改名柳浑）、赵涓、于益、崔珪璋、李□（李符彩长兄之子）、李华（字华）、许登；知贡举，礼部侍郎韦陟。

天宝二年：进士二十六人，刘单（状元）、丘（邱）为、孟彦深、张谓、乔琳、卫庭训；知贡举，礼部侍郎达奚珣。①

这些登第人物可能与安雅为同年（尚未计算明经及诸科在内），或者说他们与安雅大约在同一时期登第，他们是否有交往需要进一步考索。这其中值得一提的是丘为与张谓。敦煌 P.4994 与 S.2049 拼合卷唐人诗文丛抄，安雅《王昭君》诗之后有丘为《老人篇》。丘为天宝二年进士及第，与王维、刘长卿友善，官太子右庶子，贞元年间卒。据此推测，丘为与安雅诗编在一起或许也因为同年或者有交往的缘故。敦煌 P.2555 写卷唐人诗文丛抄正面安雅《王昭君》诗之后，有张谓《河上见老翁代北之作》。张谓生平傅璇琮先生有考，其中有几点值得注意：

其一，张谓曾在西北一带从军，具体何时去的不详，但天宝十三载春至十四载十一月之间他在封常清幕中。傅先生认为很可能封常清于十三载春入朝时表荐张谓为其幕府属官，因而赴安西，也可能如岑参一样在天宝十三载以前就已在封常清幕中。

其二，张谓的代表作《代北州老翁答》最早见于《河岳英灵集》卷上，则当作于天宝十三载以前，确切的写作年代已不可考。②

---

① 相关名录据孟二冬《登科记考补》、王洪军《登科记考再补正》、许有根《登科记考补正考补》三书。

② 傅璇琮：《张谓考》，收入《唐代诗人丛考》，中华书局，2003 年，第 203—219 页。

敦煌 P.2555 写卷唐人诗文丛抄张谓诗之后，又有岑参《寄宇文判官》《逢入京使》两篇诗，同卷背面抄录岑参《江行遇梅花之作》和《冀国夫人歌词七首》。岑参是天宝三载的进士。安雅、张谓、岑参的诗抄录在一卷可能也有他们三人生平方面的联系，或者他们在天宝二年前后登第，而且可能都有西北入幕经历。他们的作品同时流传于敦煌并非偶然。

安雅与敦煌 P.2555 写卷中诗文作家的联系还不止张谓、岑参两位。同卷有刘长卿《高兴歌》一首。另外，P.4994 与 S.2049 拼合卷安雅《王昭君》诗之后有刘长卿《酒赋》一篇，即《高兴歌》。刘长卿的生平傅璇琮亦有考，其登第时间有争议。但有两条记载值得注意。李肇《唐国史补》卷下：

> 开元二十四年，考功郎中李昂，为士子所轻诋，天子以郎署权轻，移职礼部，始置贡院。天宝中，则有刘长卿、袁成用分为朋头，是时常重东府西监。至贞元八年，李观、欧阳詹犹以广文生登第，自后乃群奔于京兆矣。①

唐封演《封氏闻见记》卷三也载：

> 玄宗时，士子殷盛，每岁进士到省者常不减千余人，在馆诸生更相造诣，互结朋党以相渔夺，号之为"棚"，推声望者为棚头，权门贵戚，无不走也，以此荧惑主司视听。②

据傅璇琮考，在开元天宝之际，进士科还是以由两监者为高，所以诸生尤其热衷奔走于此途③。正如傅先生所说："所谓棚，实际上是在东西两监读书士人的朋党性组织，他们为了争取考试及第，就组

---

① 李肇撰，曹中孚校点：《唐国史补》卷下，收入《唐五代笔记小说大观》，第194页。
② 封演撰，赵贞信校注：《封氏闻见记校注》卷三，第16页。
③ 傅璇琮：《唐代科举与文学》，第44—47页。

织起来,各处奔走,制造舆论,以影响试官们的视听。其中为首者就叫做棚头或朋头。而刘长卿就曾经担任过这样的角色。"①安雅作为国子生,在天宝初登第,自然也可能曾与刘长卿为伍。他们之间更多的联系还有待考索。

进士科是唐代最重要的科举项目,在各科中对于举人的文学水平要求也最高。安雅虽为粟特胡裔,但以国子进士登第,不仅反映出其家族在社会阶层中之地位,也反映出他本人在汉文学方面的造诣。这在对比其他粟特胡裔登科资料中会更明显。根据学者们对唐代登科资料的辑补,除安雅外,唐五代可考的粟特进士只有:嗣圣元年康庭芝;约天宝中米吉炎;会昌元年康僚(又登博学宏词制举),康僚长子康齐,次子康颜;大和中康复;乾符五年康骈;后周显德五年安元度(后落下)。即便再考虑明经和制举科,粟特胡裔也仅有康敬本、康国安、康希铣、康元瑰、康子元、康言(康僚之子)等数人②。

科举是汉人用来区分异族的文化标志,是汉文化想象的重要侧面。非汉人习文儒、登科第表明他们具备了汉人特质。不仅如此,诚如赵振华指出那样,粟特胡人中"走科考入仕道路的后人更是具备了华人的语言和文化心理素质"③。安雅等粟特胡裔正是通过科举之路完成了胡人形象的蜕变。

---

① 傅璇琮:《刘长卿事迹考辨》,收入《唐代诗人丛考》,第272—273页。
② 按:粟特胡裔的鉴别存在困难,仅仅靠姓氏来辨认是不得已而为之的方法,但也只是适用于康、安、米三个纯粹粟特胡姓,至于石、曹、史、毕等,则有汉人及其他族裔相混。登科记中还有一些石、曹、史、毕姓人物,无旁证则难断是否出自粟特族裔。
③ 赵振华:《唐代少府监郑岩及其粟特人祖先》,《中国国家博物馆馆刊》2012年第5期。

（二）集贤待制

安雅称"前国子进士集贤殿待制"，前面已经指出是在守选期间，那么其"集贤殿待制"就是非经由吏部铨选所授的职事官。集贤殿是唐代著名的中央文馆机构，其前身是乾元殿书院，为内府藏书之处，实际负责官方修书任务。褚无量与马怀素在开元五年至八年中曾在此主持图书校写与编目工作，开元六年十二月改名为丽正殿书院。开元十三年四月，张说、康子元等修成《封禅仪注》，唐玄宗诏改集仙殿丽正书院为集贤院。

集贤院的官职设置情况，据《唐六典》卷九"集贤殿书院"条有学士、直学士、侍讲学士、修撰官、校理官、中使一人、孔目官一人、知书官八人、书直及写御书一百人、拓书手六人、画直八人、装书直十四人、造笔直四人、典四人。总论中说："又有待制官名，其来尚矣。汉朱买臣待诏公车。公车，卫尉之属官，掌天下之上书。东方朔、刘向、王褒、贾捐之等待诏金马门，宦署门也。今之待制，即其事焉。"[1]唐代待制官很早就有，《唐会要》卷二十六"待制官"条，贞观元年闰三月二十九日，太宗"延耆老，问以政术。京官五品已上，更宿中书两省，太宗每延与语，询访外事，务知百姓疾苦，政教之得失焉"[2]。从后来的实践看，待制官员来源多样，并非都是高品官员。待制官的职责，据开元十四年七月诏是"期于谠议，时纳箴规"[3]，即献言规谏、上书言事。集贤待制的品级不详，似比校理高一阶。如安雅同时的徐浩，开元十三年后由鲁山主簿荐为集贤殿校理，进集贤殿待制、集贤修撰，天宝以后，为集贤学士[4]。集贤待

---

① 李林甫等撰，陈仲夫点校：《唐六典》卷九，中华书局，1992年，第279页。
② 《唐会要》卷二六，上海古籍出版社，2006年，第590页。
③ 《唐会要》卷二六，第591页。
④ 韦述撰，陶敏辑校：《集贤注记》，中华书局，2015年，第323—324页。

制的员数也不定,据韦述《集贤注记》卷下《学士名氏》载:"自韦绍至高瞻,开元十三年四月迄天宝十五载二月集贤院修撰、校理、待制及文学直等总五十九人。"①陶敏辑考出五十五人。集贤待制的来源也多途,以新登进士及第入集贤院的案例,不止安雅。韦述《集贤注记》载:"卫包,以前乡贡进士直院,其年授内黄簿。"②可见以前进士入院是惯例。陶敏考卫包开元二十三年为集贤校理,撰《庄子音义》,天宝初为集贤直学士,与安雅为同时人。大体而言,集贤院自学士、直学士而下,职官具体情况并不十分清楚。《唐会要》卷六十四"集贤院"条载贞元四年六月,集贤院请将"色类徒多、等秩无异"的校理、待制、留院、入院、侍讲、刊校、修撰、修书及直院等官勒停,只留学士、直学士,"自余非登朝官,不问品秩,并为校理"③。

　　能进入集贤院不仅需要才学,还需要名声和名人的汲引,这从安雅同时的其他一些集贤院人物入院经历可知。安雅为集贤待制的天宝二年前后,是唐代集贤院最为荣耀的时期,李林甫为知院事(开元二十四年十一月代张九龄,至天宝十一载杨国忠代之),陈希烈为副,前后入院的集贤学士、直学士有韦述、贺知章、赵冬曦、吕向、崔藏之、王回质、尹愔、郑钦说、卢僎、包融、徐峤、徐安贞(徐楚璧)、刘光谦、齐光乂、陆善经、卫包、李融、刘秗、韦斌、韦迪、张怀瑰等;集贤校理、待制、修撰有韦绍、徐浩、张煊、王敬从、吴巩、裴朏、李宙、史玄晏、梁令瓒、史惟则、苑咸、朱元昊、樊端、申屠泚等④。

---

① 韦述撰,陶敏辑校:《集贤注记》,第267页。
② 韦述撰,陶敏辑校:《集贤注记》,第316页。
③ 《唐会要》卷六四,第1322—1323页。
④ 按,这里只是列举了开元末(二十九年)和天宝初(元年、二年、三年)确定在集贤院的人,还有一些《集贤注记》中收录,但生平难详,不知是否开元末、天宝初在院中。

　　在安雅前后，集贤院参与了一系列重要文学事件。天宝二年颁行《御注孝经》。天宝三载太子宾客、集贤院学士贺知章归会稽乡里，唐玄宗御制诗饯送，群臣应制和答，其中不少为集贤院中人。安雅为在守选期间，待制集贤而无其他职官，对这些盛事自然会参与或有耳闻。

　　安雅进入集贤院中，参与集贤院文学活动，与院中文学名士群居相切磋，对于他文学素养的提升，自然有莫大的裨益。这些是考察安雅文学造诣的背景。

　　稍作一点推测，安雅集贤待制期间可能还与唐代文学史的双子星——李白和杜甫发生交集。李白天宝元年进入翰林院待诏。翰林院设于唐玄宗开元初年，为待诏之所，具体位置一处在长安大明宫右银台门北、麟德殿之西，一处在兴庆宫金明门内。长安城中集贤殿的位置也有两处，一在大明宫光顺门外之命妇院中，一在兴庆宫和风门南。大明宫中，出集贤院，从光顺门穿过即是翰林院。兴庆宫中，集贤院与翰林院、弘文馆又同处于一侧。同时在馆的人员，进出遵循大致相同的路线，且所居之处相距也不远，自然有可能交往。在 P.4994 与 S.2049 拼合卷安雅《王昭君》诗之后，有李白《惜樽空》(即《将进酒》)，他们的诗出现在一卷中，可能也不是巧合。另外，天宝十一载杜甫曾于集贤院试赋获得出身，轰动一时。从唐代集贤院官员的任职规律看，安雅极有可能一直在集贤院中，如此他就可能与杜甫产生交集了。后文还会提到，安雅的《王昭君》与杜甫《咏怀古迹》其三也存在若隐若现的联系。这些线索是盛唐时期长安文人交游网络的具体表现，也是安雅的诗歌能与李白、岑参、张谓等人的诗编在一起的部分原因。

三、安雅《王昭君》的艺术特色和民族特质

(一)安雅《王昭君》诗的创作时间和本事

安雅《王昭君》诗所在的三种唐诗文丛抄,应该有一定的选择标准和参照"底本"。一个重要的证据就是 P.2673、S.2049 与 P.4994 拼合卷、P.2544 三者之间的关联。潘重规认为 P.2544 是从 P.2673 迻录,S.2049 亦似从 P.2673 迻录①。这三个卷子中,S.2049 与 P.4994 拼合卷和 P.2544 残卷的关系尤为明显。安雅《王昭君》诗在后者中阙载,但通过其他抄录诗文内容和顺序,还是可以看出二者的关系。徐俊认为,这两种写卷"非一人所钞,但所载诗歌及序次却几乎全同。……二卷不是派生关系,而是钞自一个共同的母本。敦煌诗卷中,两个写卷所载作品几乎完全相同者甚少,他们的存在,说明敦煌地区确实流传有某些通行的诗歌选集"②。这个所谓"母本"可能也是 P.2673 所据。

除了上面几个写卷之间存在关联之外,敦煌写卷 P.2748 和 S.2049 与 P.4994 拼合卷之间也有一定关系。前者抄录的高适《燕歌行》、佚名《古贤集》一卷(七言长诗)、《大漠行》三首诗亦见于后者。另外,前者抄录的《王昭君怨诸词人连句》,与后者中安雅《王昭君》诗亦为同一主题的诗歌。当然,二者抄录内容的差异也是很明显的。但是否抄录者参考了多种"母本"或者"祖本"呢? 安雅《王昭君》诗所在"母本"的本来面貌如何已难以确知,该"母本"的选录者是谁,他选录这些诗文的标准为何,亦无从得知,但仍可通

---

① 潘重规:《敦煌赋校录》,《华冈文科学报》1978 年第 11 期。收入郑炳林、郑阿财主编《港台敦煌学文库》第 61 种,甘肃人民出版社,2016 年,第 48—84 页。
② 徐俊:《敦煌诗集残卷辑考》,第 465 页。

过残存的信息推知一些情况。

在三种安雅诗所在抄本中，P.2673、P.4994 和 S.2049 拼合卷抄录作品不多，同卷诗文作者的信息比较清楚，似乎属于盛唐前后。但因为这两种写卷为残卷，不能据此断定整个写本的抄写年代。P.2555 写卷比较完整，内容也非常多，提供了写卷断代的丰富信息。前引柴剑虹论文认为该卷第一部分（柴先生编 P.25551）正、背面所收诗文创作的年代为公元 758—781 年，吐蕃逐渐侵吞河西地区，西州、沙州尚为唐军坚守之时，而这些诗歌抄写的年代则在上元元年至建中二年之间，抄写者为落蕃人毛押牙。柴先生还对P.2555 写卷收录诗歌作了总体的概说，将安雅的《王昭君》诗单独提出，此外还分了几类：一类是边塞诗，约占写卷内容的一半，文字通俗，朴实无华；一类是闺情、闺怨诗，又分为民间闺情诗和文人所写闺怨诗，前者质朴直白、较少雕琢，后者委婉含蓄、讲求声色；一类是咏物诗，语句通俗，其中一些带有边塞生活气息。他的概观论述对我们认识安雅《王昭君》诗出现的背景颇有参考价值。

邵文实将安雅此诗放到整个 P.2555 写卷中进行了分析，认为该诗创作时间至迟应在宝应元年初之前，而该写卷的抄写时间在此之后。他还将诗中所刻画的昭君形象，与《旧唐书》所载唐肃宗宁国公主出降回纥事进行了关联①。他的推断对考察安雅此诗的创作时间和背景具有重要价值，可惜他没有注意到安雅、杜甫以及安雅《王昭君》诗与杜甫《咏怀古迹》昭君咏之间的关系。安雅诗中"一朝来塞门，心存口不论，纵埋青冢骨，时伤紫台魂"一节，与杜甫《咏怀古迹》中昭君咏一首用韵、用语雷同。宁国公主出嫁回纥事，可能是当时诗人咏怀之热点问题，杜诗中涉及宁国公主者还有《留

---

① 邵文实：《敦煌边塞文学研究》，第 167 页。

花门》《即事》等篇。若安雅借鉴了杜甫诗，那其诗的创作时间必然要晚于杜诗创作的大历元年，诗中昭君形象也当本于杜甫。然而，也不能排除安雅与杜甫冥然合契、互不相袭，甚至杜甫借鉴安雅的可能。若如此当又有另外的解读方向。安、杜二人诗歌的关联，可能与二人的生平交集有关。前文已指出，天宝十一载杜甫曾于集贤院试赋获得出身，而安雅极有可能也一直在集贤院中，他们存在"时空伴随"的机会。

前文在介绍安雅生平的时候也提到，与安雅《王昭君》诗出现在同卷的一些诗人，可能和安雅存在联系，如张谓、岑参、李白、刘长卿等。而且这些诗人中如李白、刘长卿等都写过昭君题材的诗歌（安雅诗还借鉴了李白昭君诗的内容）。如此看来，安雅此诗创作的时间、传播的背景还有诸多值得深究的地方，有待更多史料的佐证。

（二）安雅《王昭君》诗的内容和艺术特色

不少学者都注意到了安雅《王昭君》一诗思想内容和艺术特征的独特性。如前引柴剑虹先生论文就指出该诗"是一首情节完整、人物形象丰满的叙事诗。……在这首诗中，不仅王昭君的性格特征得到了维妙维肖的细致刻画，而且在其他昭君诗词中缺乏描绘的汉元帝的形象也写得比较充实"[①]。项楚也指出："按昭君出塞题材，自石崇《王明君辞》之后，骚人墨客见诸吟咏者连篇累牍，而立意各不相同，或叹昭君薄命，或愤宫廷黑暗，或斥君王将相无能，或抒怀才不遇之感。……（安雅诗）颂扬昭君安边和戎、为国牺牲的壮志，这首诗受到敦煌人士的喜爱，大概正因为这种壮志引起共鸣

---

① 柴剑虹：《敦煌吐鲁番学论稿》，第24—25页。

的缘故吧。"① 邵文实则从类型、形式、内容上对安雅此诗作了较为详细的比较分析，如：

> 从内容上看，诗歌一反以往诗作中重在对王昭君悲剧形象的刻画：体柔质弱，娇怯无助，满腹怨尤，自伤自悼，而是从多个角度刻画了一个感情丰满、性格坚强的人物形象。……这首诗中的王昭君是个美丽坚强的女性，她能以国家利益为重，希望通过自己的自我牺牲，换来"胡马不南牧，汉兵无北忧"的和平景象，但又对和亲政策有着清楚的认识，那就是："预计难终始，妾心岂期此。"头脑清晰，特立独行，颇具政治家的风范。诗作者能从这样一个不平凡的角度刻画王昭君这位悲剧女性，实在令人感叹作者的见识不凡。②

除了上述学者们已有的评论，安雅此诗还有一些特点值得申论。在内容上，安雅诗虽然参考了此前或同时有关昭君诗歌，但其主题有新的变化。前文指出安雅诗与杜甫《咏怀古迹》咏昭君篇的契合，但安雅诗的主旨与杜甫诗大相径庭。杜诗正面写昭君悲剧，核心却是在批判和亲政策之非。这也是多数唐代诗人的基本观念，如戎昱《咏史》"汉家青史上，计拙是和亲"，李中《王昭君》"谁贡和亲策，千秋污简编"。安雅诗突破了先前昭君诗固定的套路和僵化的昭君形象，而显示出其复杂性。前引高国藩论文认为"此诗以写昭君自愿请行、追求幸福，为国捐躯而显得别具一格"。事实上，诗并没有写昭君自愿追求幸福，她本心不愿出塞、不愿远嫁（"虽非儿女愿""女为悦己容，彼非赏心处""一朝来塞门，心存口不论"），但最后还是主动放弃了个人幸福，追求国家的、民族的更

---

① 项楚：《敦煌诗歌导论》，第61页。
② 邵文实：《敦煌边塞文学研究》，第168页。

高利益（"终是丈夫雄""为国岂辞死"）。

另外，该诗对于画师毛延寿的批评弱化了，而将矛头转移到汉元帝。"自君信丹青，旷妾在掖庭"，因为皇帝不亲眼纳见而是通过看画来选秀，所以造成昭君虽然有沉鱼落雁之姿，也只能幽居掖庭。开门见山，道出了昭君后来出塞的直接原因。"悔不随众例，将金买帱屏"，她知道贿赂画师是获得皇帝临幸非常普遍的做法，但她相信皇帝的贤明，"惟明在视远，惟聪在听德"。其结果就是"奈何万乘君，而为一夫惑"。诗的焦点都在昭君自己的选择和反应，遂转移了对画师毛延寿（根本没有出现这个人，虚化了）的批判，也削弱了对皇帝的批判。

诗中汉元帝自我批评："顾我不明察，小人能面欺。掖庭连大内，尚敢相曚昧。有怨不得申，况在朝廷外。"这是颇有力度和深度的，尤其能从画师的面欺一事上升到朝廷用人问题，这是历代咏昭君诗文所关注的点。但诗中的汉元帝能由此事得出教训，要谏往追来，则超越了历代昭君诗对汉元帝形象的刻画。若此诗本事为宁国公主嫁回纥，那汉元帝就相当于唐肃宗的角色。当宁国公主出嫁之际，史书只云肃宗"流涕而还"，一副孱弱的样子，恐非汉元帝形象所本，文献亦未见唐肃宗本人自我批评的言论。造成宁国公主出嫁回纥的根本原因是安史之乱。安史之乱爆发后，作为唐代最高统治者的唐玄宗倒是有过一些自我批评的言论。史载玄宗出奔至咸阳望贤宫时：

> 有老父郭从谨进言曰："禄山包藏祸心，固非一日；亦有诣阙告其谋者，陛下往往诛之，使得逞其奸逆，致陛下播越。是以先王务延访忠良以广聪明，盖为此也。臣犹记宋璟为相，数进直言，天下赖以安平。自顷以来，在廷之臣以言为讳，惟阿谀取容，是以阙门之外，陛下皆不得而知。草野之臣，必知

有今日久矣，但九重严邃，区区之心无路上达。事不至此，臣何由得睹陛下之面而诉之乎！"上曰："此朕之不明，悔无所及。"①

郭从谨此说在当时应该很有触动，所以虽为平民而其言论被史臣记录下来。安雅《王昭君》诗中昭君对汉元帝的批评与郭从谨的面诉内容颇有相似之处。如"惟明在视远，惟聪在听德"，即"务延访忠良以广聪明"。"奈何万乘君，而为一夫惑，所居近天关，咫尺见天颜，声尽不闻叫，力微安可攀"，即"阙门之外，陛下皆不得而知……九重严邃，区区之心无路上达"。入蜀以后，唐玄宗又宣诏：

> 朕以薄德，嗣守神器，每乾乾惕厉，勤念生灵，一物失所，无忘罪己。聿来四纪，人亦小康，推心于人，不疑于物。而奸臣凶竖，弃义背恩，割剥黎元，扰乱区夏，皆朕不明之过也。②

这一自我批评在唐代帝王中为仅见。唐玄宗的自我批评与汉元帝的自我检讨是一脉相承的。所谓"推心于人，不疑于物"即"故勒就丹青，所期按声实"；"奸臣凶竖，弃义背恩"即"故我不明察，小人能面欺"；"不明之过"即"尚敢相曚昧"。汉元帝检讨了自己用人（画师）问题，唐人反思安史之乱也多着眼于此，不仅郭从谨进言如此，《旧唐书·玄宗本纪》"史臣曰"也是从"用人之失"来评论天宝以来主政之失的，可与安雅诗对读。可以想见，当时一般的士人自然不敢将批判矛头指向皇帝，然而安雅借咏史之名把这一主题表达出来，显示出卓越的诗识和诗才。

此外，诗中昭君对于出塞和亲的复杂态度一反前人写法。她

---

① 《资治通鉴》卷二一八，第6972—6973页。
② 《旧唐书》卷九，第234页。

这种做法并不是被迫的,也不是心血来潮的,当她得知自己要出塞和亲之后,竟然非常平静地说出"岂缘贱妾情,遂失边番意"这样的话,没有作任何抗拒。她当然也有个人的不情愿,但这种情绪刚刚表露出来就被压抑下去了,或故作坚强("虽非儿女愿,终是丈夫雄"),或破涕为笑("抱鞍啼未已,牵马私相喜"),但都终究难以掩饰她内心的真实想法("一朝来塞门,心存口不论")。她知道此去塞外,对于故国故人只会有无尽的思念,但她无怨无悔。尤其特别之处还在于,她在自己悲苦命运之前,不但没有埋怨和责备那些间接导致她悲剧的"输金人",反而寄语希望她们能玉颜永驻。全诗至此戛然而止,但读者内心已五味杂陈。她越是表现得勇敢,读者越发体会到她内心的脆弱;她越是不动声色,读者却越发能听到她内心的呐喊。安雅塑造的昭君并非一个纯粹的、崇高的自我牺牲典型,而是一个血肉饱满的、令人同情更令人感佩的形象。正如项楚先生指出那样,安雅诗中的昭君形象与敦煌沦陷区军士的处境、心态颇有契合之处,这可能是该诗流传于当地的重要原因。

　　在艺术特征上看,安雅此诗较前代和同时的昭君主题诗歌既有继承,也有创新。词句上的借鉴,如"礼者请行行,前驱已抗旌",直接源于石崇《王明君辞》;"抱鞍啼未已,牵马私相喜",源于庾信《昭君辞应诏》;"太白食毛头,中黄没戍楼",源于薛道衡《昭君辞》;"玉颜长自保"一句显然是李白《感遇》"玉颜长自春"诗的直接引用,而"抱鞍啼未已,牵马私相喜"则与李白《王昭君》诗"昭君拂玉鞍,上马啼红颜"一句相似。前面已经指出,安雅在集贤待制的同时,李白在翰林院待诏,他们可能存在交集,而且他们的诗同时出现在敦煌P.4994与S.2049拼合卷中。又如"终是(一本作"亦是")丈夫雄"一句,与岑参《送李副使赴碛西官车》"功名只向马上取,真是英雄一丈夫"相似。前面说过,安雅与岑参可能存在关系,也可能是安雅诗多元艺术经验中的参照系。

就艺术手法而言,安雅此诗以昭君自述为主线,显然继承了石崇《昭君辞》以来的传统,但不同之处在于其中间加入了昭君与汉元帝的对话,使得叙事更为流畅,人物形象更加丰满。对话本就是乐府、民歌中常用的手法,安雅诗中还引用了不少民谣、民歌、乐府成句,如先秦《五子歌》、汉代《饮马长城窟行》,由此使得该诗兼具了文人诗和民间歌谣的双重特点。早期的研究者以"安雅"为曲调名,也是受这种气质影响所致。

(三)安雅《王昭君》诗的民族特质

在众多昭君主题诗歌中,安雅《王昭君》表现出的"独具特色",其原因固然源自安雅的匠心独运,但也可能与安雅的粟特族裔身份有关。换言之,安雅本人的民族观念和文化观念自觉或不自觉地渗透在这首诗中,使得他与其他汉人作家的昭君诗有显著不同。

中古时期内迁中国粟特胡人(族裔)以鲜明的族群文化特征和其他民族分别开来。比如他们长期保持昭武九姓内部通婚,精神信仰中祆教占据特殊地位。尽管安雅汉化颇深,对于汉文学表现出了精湛的造诣,但内心深处隐藏的粟特族群意识也并非无迹可寻,这从他为罗炅撰写墓志可见一斑。唐代墓志的志主和撰志、书志者,往往有密切的关系。唐代还有一种撰志、书志情况是发生在昭武九姓粟特胡人(或扩大意义上的西域胡人)之间,前文已经指出。安雅为罗炅撰墓志时说缘起"以予书事好直,结交颇深",实际上除了这些关系,他们还同出一大类族群,而且彼此对这一族源存在共识。

民族意识、民族心理对民族文学的创作有重要影响,是民族文学形成特殊风格的重要原因。这一过程是如何发生的,一直是民族文学研究孜孜追求的深层问题。赵志忠指出:

　　一个少数民族出身的作家,即使写的是别的民族生活,也应该是他眼睛里的生活,他脑袋里的思想,与别的作家绝对不会一样。……这种与生俱来的思维方式、心理素质、民族文化传统等,在少数民族作家的作品中,总会或多或少,或明或暗,自觉不自觉地反映出来。……一个作家的民族意识、民族情感、民族心理、民族审美意识,在他的作品中应该是一种自然的流露,不可能是硬性的规定和写某种题材所能决定的。……对于少数民族文学的研究者来说,我们更应该关注民族作家作品中的"潜在的民族特色"或民族情结,要更深入到作品的细节进行全方位的研究,而不是让作家贴上"标签",只停留在作品的表面进行研究。①

　　安雅《王昭君》诗,在主题思想、人物形象等方面与其他汉族诗人所写昭君诗的"背离",或许正是安雅粟特族裔作家自然流露出来的民族文学风貌。

　　首先也是最关键的一个证据,安雅的"王昭君"曲调与粟特有密切关系。"王昭君"为汉代乐府旧题,"相和歌辞"下载西晋石崇以来歌辞。《乐府诗集》引谢庄《琴论》,有"平调《明君》三十六拍、胡笳《明君》三十六拍、清调《明君》十三拍、间弦《明君》九拍、蜀调《明君》十二拍、吴调《明君》十四拍、杜琼《明君》二十一拍,凡七曲"②。唐开元年中梨园别教院"法曲"中有《王昭君乐》。此曲流传日本,《大日本史·礼乐志》载平调《王昭君》曲。《日本国见在书目录》"别集家"有《御制王昭君集一卷》,即"王昭君"。另外,日本京都阳明文库藏《五弦琴谱》大食调有《王昭君》之曲。该谱《夜半

①赵志忠:《比较文学论稿》,民族出版社,2014年,第17—18页。
②郭茂倩编:《乐府诗集》卷二九,中华书局,1979年,第425—426页。

乐》之后、《何满子》之前有"丑年润(闰)十一月廿九日石大娘"题记,卷尾又有"承和九年三月十一日定"文字,学者考此曲是公元842年之前从中国传到日本的[①]。记谱之人"石大娘"极可能就是粟特胡人[②],她所记之《何满子》等曲也是与粟特人关系密切的曲调。饶宗颐等学者曾以"安雅词"为粟特曲调,虽是误会,但粟特音乐在唐代宫廷、民间广为流行,琵琶曲尤为其中代表。安雅所制《王昭君》词长达38韵,为历代相关主题乐诗所罕见。长谷部刚注意到安雅《王昭君》和南北朝至唐代文人制作的乐府诗《王昭君》之间的差异,推测可能跟唐代琵琶说唱艺术有关[③]。其说虽然也是建立在以"安雅词"为曲调的误会上,但联系《五弦琴谱》中"王昭君"曲以及"石大娘"等信息,唐代或许存在粟特音乐体制的《王昭君》曲也不无可能。如此,安雅以粟特胡人身份创作粟特乐曲也就自然而然了。

其次,安雅粟特族裔身份可能直接影响了《王昭君》诗对于胡、汉民族矛盾的书写。张寿林指出,魏晋南北朝时期昭君故事盛行,与当时民族矛盾有关,胡骑侵凌的现实激发了人们对相似处境昭君的同情[④]。罗忼烈将唐宋时期昭君诗歌概括为四类,其中

---

① 参见陈应时《唐传日本〈五弦琴谱〉调名曲名考》,《中国音乐》2012年第4期。
② 音乐研究者多认为此石大娘是唐成德节度使王武俊的乐伎,是当时著名的舞蹈家。题记中的"承和九年"即会昌二年。参见何昌林《唐石大娘传日本〈宝龟五弦谱〉之解译》,《华夏之声》二届二次论文宣讲讨论会,1982年9月20日,北京。但此说仍有待进一步考索。
③ 参考(日)长谷部刚《日本所存中国音乐文学资料之研究》讲座提要,"南大中华文学与文化"在线系列讲座第十一场,新加坡南洋理工大学人文学院中文系暨中华语言文化中心联合举办,于北京时间2022年2月26日9:30—11:30。
④ 张寿林:《王昭君故事演变之点点滴滴》,收入周绍良、白化文主编《敦煌变文论文录》,上海古籍出版社,1982年,第623—624页。

一类即"因当时的民族矛盾而寄托国家之感"[①]。安雅诗中借用了石崇《昭君辞》语句,可见他是受石崇影响的。石诗中"我本汉家子""殊类非所安,虽贵非所荣"等词句,确有胡、汉之辨的倾向。萧涤非认为石崇该诗有着反映民族矛盾、激扬民族自尊之心[②]。后来诗人在这个主题上多有继承和发挥,比如在诗中渲染胡、汉自然景观、风俗文化的差异,敦煌写卷 P.2748 中抄录的《王昭君怨诸词人连句》就有"毳幕不同罗帐日,毡裘非复锦衾年"这样的描写。安雅这一首长诗中,这个主题被淡化了。诗中虽然也用了"边番""远戎"等异族词汇,但并没有突出胡、汉差异,这可能与安雅的民族意识有关。

　　再其次,安雅身上传承的粟特民族精神奠定了《王昭君》诗中包容的民族观念。粟特民族是一支历史悠久、源流清晰的独立民族,虽然先后经波斯阿契门尼德王朝、亚历山大帝国、塞琉古帝国、希腊-巴克特里亚王国、康居王国、嚈哒、突厥、唐帝国、阿拉伯帝国的统治,但民族主体一直没改变,保持着自己的独立性[③],这也反映了粟特人善于变通的民族性格。粟特人以"来自文明十字路口"的商业民族闻名于世。《新唐书·西域传》概括粟特民族(昭武九姓)的特点为:"生儿以石蜜唅之,置胶于掌,欲长而甘言,持宝若黏云。习旁行书。善商贾,好利,丈夫年二十,去傍国,利所在无不至。"[④]羽田亨称其具有"旺盛的伊兰民族精神"[⑤]。中古时期粟特

---

① 罗忼烈:《王昭君与"昭君诗"》,收入《诗词曲论文集》,广东人民出版社,1982年,第10页。

② 萧涤非:《汉魏六朝乐府文学史》,人民文学出版社,1987年,第187页。

③ 参考陈海涛、刘慧琴《来自文明十字路口的民族——唐代入华粟特人研究》,第1—25页。

④《新唐书》卷二二一下,第6243—6244页。

⑤ (日)羽田亨著,耿世民译:《西域文化史》,新疆人民出版社,1981年,第48页。

人的足迹遍布东西各大帝国,他们不仅以商人的角色活跃于丝绸之路,还充当突厥、回鹘等民族包括中原王朝如北周、隋、唐的外交使臣和文化使者。文献中所见中古时期粟特人,既有非常强烈的本民族意识,又表现出随遇而安、易于融合的民族特性(鲜卑化、突厥化、回鹘化、沙陀化、汉化)。不仅如此,粟特胡人的墓葬图像资料也显示他们多元的民族文化。荣新江根据安伽墓出土葬具图像指出:

> 粟特商人的足迹,走遍了东西丝绸之路,他们以四海为家,吸收了各种文化因素。在作为他们葬具的图像上,也表现他们包容多元文化的胸怀和气魄。安伽墓图像上那种不同民族间和睦相处的场景,展现了古代丝绸之路美好的一面。[1]

　　总之,特殊的地理位置和文化传统,造就了粟特民族四海为家的民族特质,这是粟特胡人及族裔民族意识的根基所在。安雅《王昭君》诗所表现出来的超越民族界限认识,或许正是安雅深层民族意识自觉不自觉的流露。

　　最后,粟特女性独立的观念可能也影响了安雅对于昭君形象的刻画。安雅诗中开明、独立的昭君形象与中古时期中国女性形象大异其趣,却与北方民族、西域民族中女性形象十分契合。玄奘记西域风俗"妇言是用,男位居下"[2],反映当地女性地位颇高。薛宗正指出,粟特人中,"正妻地位很高,可以与丈夫并坐胡床见客,

---

① 荣新江:《四海为家——粟特首领墓葬所见粟特人的多元文化》,《上海文博》2004年第4期。

② 玄奘、辩机原著,季羡林等校注:《大唐西域记校注》卷一,中华书局,1985年,第45页。

法律不但允许夫休妻,而且允许妻弃夫,拥有再嫁的权利"①。这与粟特胡人迁徙经商活动有关。敦煌吐鲁番等地出土文书和石窟中也可以看到粟特女性的特殊魅力。如莫高窟196窟,是晚唐粟特何氏家族营建的家族窟,有女性供养人新妇何氏二娘子一心供养题记。郑炳林认为:"一般说来,汉族妇女出现在石窟中基本上是作为家庭的陪衬,而粟特妇女参与石窟绘制同时要把自己的身份体现出来,这是胡姓妇女与汉族妇女区别之处。"②敦煌石窟题记这样的例子还有不少,可见这是粟特女性的群体现象。敦煌地区出土文书还显示,粟特女性在经济活动中也居于主导地位。斯坦因1907年在敦煌西边汉代长城烽火台遗址中发现的八封粟特文古信札,其第一、第三封皆为粟特妇女米娜所写,其一寄给她的母亲查提斯,其二寄给她的丈夫那你铎。信中抱怨了她的丈夫那你铎将自己抛弃在敦煌过着悲苦的日子,信三中写她的愤怒之情:"我宁愿是一只狗或一头猪的妻子,也好过做你的妻子!"③这两封信札不仅显示粟特女性拥有较为充分的人生自由,也表现了粟特女性坚强而独立的个性。这与安雅《王昭君》诗中的昭君形象颇有契合之处。

---

① 薛宗正:《唐代粟特人的东迁及其社会生活》,《新疆大学学报》(哲学社会科学版)1994年第4期。
② 郑炳林、徐晓丽:《晚唐五代敦煌地区粟特妇女生活研究》,《新疆师范大学学报》(哲学社会科学版)2004年第2期。
③ 麦超美:《西晋的粟特聚落:以〈粟特文古信札〉Ⅰ及Ⅲ号信为中心》,收入《敦煌吐鲁番文书与中古史研究——朱雷先生八秩荣诞祝寿集》,上海古籍出版社,2016年,第40—48页。

结 语
——粟特族裔文学的特质问题

众所周知,粟特胡裔以鲜明的民族特质活跃于中古社会。他们既是闻名丝绸之路的流动群体,也是中原地区特殊的外来族裔。特殊的形貌特征、语言文字、聚落方式、族内婚姻、祆教信仰、武力之风等,成为他们重要的族群特征。他们对中古文艺产生了深远的影响,但这种影响究竟有何特质,以往的研究并没有回答。

通过重新阐释相关文献,我们看到了粟特族裔文学在整体上的一些特质。比如粟特族裔在经学领域的表现就颇为特殊,纵横比较出身西域胡裔的经学家何妥、康子元等人,他们身上多有一种汉人学者没有的"活泼",这可能正与他们身上流淌着的"异域之血"有关。虽然少数族裔身份对文学的直接影响缺少坚实的依据,但若说他们家族浓厚的族群文化习气对其学术无一点影响显然也是不切实际的。以安雅为例,与唐代第一流诗人的交往是他成长为优秀作家的重要条件,这也是唐代各民族文学融合的题中之义。而安雅在为族人罗炅撰写的墓志和《王昭君》诗中透露的微妙心理和特殊主张,则证明了少数民族作家深层民族意识、民族情感、民族心理、民族审美对于文学创作的影响。对安雅有关史料的综合解读,显示了民族文学史料阐释的张力,也为民族融合大潮之中、多元一体格局之下唐代民族文学研究提供了示范。

第八章　胡越同风

——浙东唐诗之路上的"胡声"

　　"浙东唐诗之路"的提法已有多年,近年逐渐升温成为唐诗研究的热点。现有成果多侧重于汉族文人在浙东的行迹、诗篇考索及浙东唐诗与佛道文化等方面,极少注意到浙东在对外交流、丝绸之路中的区位意义和文学书写情况。浙东地区在六朝时期已汇入陆上、海上丝绸之路网络,吸引了不少胡僧、胡商流寓或定居。隋唐时期,浙东在全国经济、文化中的地位越来越高,在中外交通尤其是海上丝绸之路中的意义愈发突显出来。浙东山水见证了唐诗的巅峰,浙东唐诗则铭刻了丝绸之路光怪陆离的异域风物。浙东唐诗之路与丝绸之路的交会是唐代胡、汉文化交融的题中之义,也是唐诗万花筒中有待发掘的研究主题。

第一节　中古浙东地区的胡人踪迹

　　以胡僧、胡商为代表的西域胡人是丝绸之路上最为活跃的一个群体①,他们进入中古中国北方的历史前人研究已较为充分,但

---

① 按:唐代"胡人"的所指,在当时文献及后世研究中存在多种说法,大致而言有三个层次的界定:广义上包括当时西北地区的外族;狭义一点是指伊朗(转下页)

在南方尤其是江南地区的史实仍然存在不少空白。陈寅恪较早注意到扬州、桐庐等地有胡人出现的情况[1]，其后学者们还梳理了蜀中、江淮、岭南等南方地区胡人聚落、流寓情况及典型的一些案例[2]，但这些研究都没有注意到浙东地区。有意思的是，环浙东一带都发现了不少胡人活动踪迹，而浙东竟然是一片空白。这似乎与浙东地区海上丝绸之路桥头堡的地位不符。前人关注浙东地区的对外交通主要是面对东北亚诸国的交流，较少注意到与陆上丝绸之路的连接，这或许也与浙东地区胡人活动不频繁，缺乏典范材料有关。然而稽之文献，尤其是唐代浙东诗歌，我们可以发现不少胡商、胡僧、胡人士族流寓、占籍浙东的记录，这无疑给浙东唐诗之路增添了一抹异域的色彩。

　　浙东地区作为陆上丝绸之路的末端、海上丝绸之路的起点，

（接上页）系统的胡人，包括波斯胡、粟特胡、西域胡（塔里木盆地绿洲王国诸族）；更狭义上则专指粟特人。参考荣新江《何谓胡人？——隋唐时期胡人族属的自认与他认》、李鸿宾《"胡人"亦或"少数民族"？——用于唐朝时期的两个概念的解说》二文，收入樊英峰主编《乾陵文化研究》第四辑，三秦出版社，2008年，第3—28页。在唐研究中，"胡人"很难界定为单纯具有外族身份的人群，而是兼顾内迁和汉化后代，所以学者们也交替使用"胡族""胡裔""胡姓"等表述，这是古代民族融合的常态。另外，判断唐代"胡人"身份，学者们经常采用籍贯、姓氏、谱系、文化特征等要素，同时也关注自认、他认等主观认同因素。本文采用"胡人"广义上的意义，同时灵活使用不同的表达，在"胡人"身份的判断上也兼顾多重要素。

① 参见陈寅恪《刘复愚遗文中年月及其不祀祖问题》，《金明馆丛稿初编》，第363—366页。

② 参考荣新江《北朝隋唐流寓南方的粟特人》，收入《中古中国与粟特文明》，第42—63页；姚崇新《中古时期巴蜀地区的粟特人踪迹》，载朱玉麒主编《西域文史》第二辑，科学出版社，2007年，第169—182页；罗帅《中古时期流寓我国南方的粟特人及其遗存》，收入《2008年中国古代史研究生论坛论文集》，2008年，北京，第89—110页；姚潇鸫《东晋时期流寓南方的粟特人补说》，《上海师范大学学报》（哲学社会科学版）2016年第3期。

又是南方丝、瓷的重要产区,很早就吸引了西域胡人流连,虽然未见长安、洛阳、敦煌等地那样呈规模性的胡人聚落,但零星的资料不少。从出土材料和传世文献看,胡人进入浙东地区的时间可以追溯到汉魏时期。当地已陆续发现了汉魏以来的胡俑,如上虞县隐岭汉墓出土的黑釉胡俑头,深目高鼻、络腮胡须、头戴尖顶帽,是典型的西域胡人形象。三国西晋时期浙江东北部胡俑出土更多,其种族可以分为西域和北方匈奴两类,而且呈现出不同的身份阶层[①]。汉晋时期浙东墓葬文物上的各种胡人形象,学者认为反映了当地对于殊方人士、异域风俗的接触和认知,是中西海路交流的佐证[②]。东晋南朝以后,随着浙东地区的开发、人口的迁徙、商业的繁荣,胡人的活动更为频繁,相关的记载也变得越来越多。

一、胡僧

浙东地区是中古时期江南佛教传播的一个中心。出土文物信息表明,包括浙东在内的东南沿海地区佛教的流行与西域胡人的大量涌入密切相关。传世文献也可以证明汉代以来陆续有不少胡人高僧驻锡于此,传法弘教。比较早的是安息高僧安世高,他在汉灵帝末年振锡江南,经豫章、浔阳等地建寺传法,后东游会稽。据康僧会《注安般守意经序》:"此经世高所出,久之沈翳。会有南阳韩林、颍川文业、会稽陈慧,此三贤者信道笃密,会共请受,乃陈慧义,余助斟酌。"[③]可见安世高对会稽士人的佛学传习起到了推动

---

① 李刚:《从汉晋胡俑看东南地区胡人、佛教之早期史》,《东南文化》1989年第2期。
② 刘恒武:《宁波古代对外文化交流:以历史文化遗存为中心》,海洋出版社,2009年,第27—31页。
③ 慧皎撰,汤用彤校注:《高僧传》卷一,第7页。

作用。稍后的康僧会也曾到过会稽境内传法。

东晋南朝时期,进入浙东的胡僧迅速增多,传法方式更为多样,影响也越来越大。如帛僧光,西域龟兹王族之后,穆帝永和年间来到江东,"投刹之石城山……乐禅来学者,起茅茨于室侧,渐成寺舍,因名隐岳"①。这是浙东地区胡僧建寺的较早记录。又如罽宾高僧昙摩密多,辗转西域、中土南北,后从会稽太守孟顗之邀,"乃于鄮县之山,建立塔寺。东境旧俗,多趣巫祝,及妙化所移,比屋归正,自西徂东,无思不服"②。其影响又推而广之。此后还有康国高僧慧明,"齐建元中与沙门共登赤城山石室……更立堂室,造卧佛并猷公像"③。东晋以来胡僧来到会稽传法的情况也见于后来的佛教感应故事,如《法苑珠林》就有晋时会稽严猛出行遇虎因胡人得救故事④。"胡人"成为佛教劝善故事的背景人物,正因现实语境中东晋以来胡僧是浙东胡人的主角。浙东地区,越州佛教尤其兴盛,一些胡族高僧先世已著籍于此。如南朝齐高僧僧行,"本姓支,会稽山阴人。年十三出家,为基法师弟子,住城傍寺。……移住法华寺。……永明十一年卒"⑤。僧行姓支氏,为月氏胡人后裔(《名僧传》列为"中国法师"),当是先世已定居山阴。他与山阴僧悝阐扬佛教,擅名浙东。

隋唐时期,浙东地区的胡僧的例子更多,来源的地区也更为广泛。如释吉藏,俗姓安,本粟特安国人,传称其"貌象西梵,言实东华";"祖世避仇、移居南海,因遂家于交、广之间,后迁金陵而生

---

① 慧皎撰,汤用彤校注:《高僧传》卷一一,第402页。
② 慧皎撰,汤用彤校注:《高僧传》卷三,第122页。
③ 慧皎撰,汤用彤校注:《高僧传》卷一一,第425—426页。
④《太平广记》卷四二六,第3466—3467页。
⑤ 宝唱:《名僧传抄》,《卍续藏经》第134册,新文丰出版公司,1975年,第14—15页。

藏焉";隋平陈以后,"东游秦望,止泊嘉祥,如常敷引。禹穴成市,
问道千余"①。吉藏是安国胡人,所以相貌上还保留一些特征。而
"交、广之间"是南方丝绸之路的孔道,这里用"避仇"的说法疑是为
吉藏先世在交广之间往来贸易作掩饰。吉藏在越州嘉祥寺,对当
地佛学传播功不可没。他的弟子智凯也是安国胡人,"承沙门吉藏
振宗禹穴,往者谈之,光闻远迩,便辞亲诣焉。从受《三论》,偏工领
叠"②。天台宗五祖灌顶求佛时,亦曾得其点拨,"求借《义记》,寻阅
浅深,乃知体解心醉"③。在越州开山立寺的胡僧还有智藏,"姓皮
氏,西印度种族,祖父从华,世居官宦,后侨寓庐陵。……(藏)于
三学各所留心,唯律藏也最为精敏。大历三年,游豫章。……及游
会稽,于杭乌山顶筑小室安禅。乃著《华严经妙义》。宣吐亹亹,
学者归焉"④。

　　天台山国清寺作为东南佛教胜地,天台宗源所在,也是胡僧
流连之处。颜真卿在《天台智者大师画赞》中说:"降魔制敌为法
雄,胡僧开道精感通。又有圣贤垂秘旨,时平国清即名寺。"⑤在智
者大师身边,也集中了一些西域、三韩、日本高僧。如高丽沙门波
若,"陈世归国,在金陵听讲,深解义味。开皇并陈,游方学业。十
六入天台,北面智者,求授禅法"⑥。皇甫曾(一作权德舆)《锡杖歌
送明(有版本无明字)楚上人归佛川》说道:"上人远自西天竺(一
作至),头陀行遍南(一作国)朝寺。口翻贝叶古字经,手持金策声

---

①道宣撰,郭绍林点校:《续高僧传》卷一一,第392—395页。
②道宣撰,郭绍林点校:《续高僧传》卷三一,第1260页。
③道宣撰,郭绍林点校:《续高僧传》卷一一,第717页。
④赞宁撰,范祥雍点校:《宋高僧传》卷六,第120—121页。
⑤陈尚君辑校:《全唐诗补编·全唐诗续拾》卷一八,第928页。
⑥道宣撰,郭绍林点校:《续高僧传》卷一七,第651页。

泠泠。……佛川此去何时回,应真莫便游天台。"[①]诗中的明楚上人,为天竺高僧,长于译经,曾四方游历。谢海平认为皇甫曾与明楚结交于淮南一带,在其贬舒州司马之肃宗代宗之际[②]。佛川在湖州,皎然有《晚秋登佛川南峰怀裴例》诗及《唐湖州佛川寺故大师塔铭》。从湖州到天台,正好在浙东唐诗之路上。

鉴真东渡曾在浙东地区逗留很长时间,明州、衢州等地高僧相随而行,也包括胡人。据《唐大和上东征传》:"相随弟子:……台州开元寺僧思托……衢州灵耀寺僧法载……胡国人安如宝,昆仑国人军法力,瞻波国人善听,都二十四人。"[③]安如宝是粟特胡人,抵达日本后曾担任唐招提寺住持,参与了药师如来立像的建造[④]。

二、胡商

进入中国的胡僧与胡商原本就有密切联系,这从粟特语"萨宝"一词有时兼有"商队领袖"和"祆教事务大首领"双重意义可以看出。浙东地区为内陆沿江丝绸之路和海上交通的交会处,魏晋以来吴、蜀之间胡商已颇为活跃,隋代西域胡人何妥家族的例子也广为人知。又如隋代释道仙传载:"本康居国人。以游贾为业,梁、周之际,往来吴、蜀,江、海上下,集积珠宝,故其所获赀货乃满两船,时或计者,云直钱数十万贯。"[⑤]唐代浙东地区的明州更是海上丝绸之路桥头堡。吴越国《钱亿碑》中说:"四明提封千里,云屋

①《全唐诗》卷二一〇,第2187页。又见《全唐诗》卷三二七,第3664—3665页。
②谢海平:《唐代诗人与在华外国人之文字交》,第33页。
③(日)真人元开著,汪向荣校注:《唐大和上东征传》,中华书局,2000年,第85页。
④(日)菅谷文则:《鉴真弟子安如宝与唐招提寺药师佛像的埋钱》,《扬州大学学报》(人文社会科学版)2009年第4期;又参见(日)木宫泰彦著,陈捷译《中日交通史》,山西人民出版社,2015年,第278—283页。
⑤道宣撰,郭绍林点校:《续高僧传》卷一一,第1011页。

万家……南琛交贸，有蛮舶以时来；东道送迎，有皇华而岁至。"[1]
正好指出明州在陆、海贸易中的特殊区位。当时海上贸易虽然
没有"市舶使"这样的专门机构[2]，但也是地方政府的重要职能之
一。宁波博物馆藏明代万历元年《故将仕郎汾川李公墓志铭》："公
讳岱，字镇南，号汾川。先世陕西西安人。鼻祖讳素立，由唐明州
刺史(原误作"吏")，以夷人市舶事滨海，过台境，遂家台之大汾
乡。"[3]其中透露了唐代明州刺史代行"市舶事"这一重要信息。唐
五代明州成为繁荣的国际市场，东北亚、东南亚、南亚、西亚地区都
发掘出土了唐五代越窑青瓷[4]。

　　浙东地区繁荣的国际贸易，自然会吸引大量胡商到来，在唐诗
中也有一些信息。寒山有一首诗：

　　　　昔日极贫苦，夜夜数他宝。今日审思量，自家须营造。

　　　　掘得一宝藏，纯是水精珠。大有碧眼胡，密拟买将去。

　　　　余即报渠言：此珠无价数。[5]

寒山的生平不详，其生活的时代一说初唐，一说中唐。他长期隐居
在天台山的翠屏山(又称寒岩、寒山)，自称寒山子或寒山。诗中的
"碧眼胡"即西域商胡，虽然这个主题在佛教典籍中常见(详项楚

① 马泽修、袁桷纂：《(延祐)四明志》卷一九，收入《宋元浙江方志集成》第9册，杭州
　　出版社，2009年，第4403页。

② 按：学术界对于唐代五代时期杭州、明州是否设置有"市舶使"，颇有争议。支持
　　明州有"市舶使"或相似机构的史料，多为晚近地方志，因而存在传讹问题。参
　　见何勇强《钱氏吴越国史论稿》，浙江大学出版社，2002年，第321—327页。

③ 马曙明、任林豪主编：《临海墓志集录》，宗教文化出版社，2002年，第162页。

④ 参考林士民《试论明州港的历代青瓷外销》，《海交史研究》第5期，中国海外交通
　　史研究会，1983年，第98—104页；傅亦民《唐代明州与西亚波斯地区的交往：从
　　出土波斯陶谈起》，《海交史研究》2000年第2期。

⑤ 项楚：《寒山诗注》，中华书局，2019年，第543页。

注），但寒山所在的天台山一代，本为胡商、胡僧经行流寓之地，他取材所见所闻入诗也是可能的。

如果说寒山的诗还不能确定，那施肩吾的《过桐庐场郑判官》可以确证当地胡商的活动，诗云："荥（原误作"荣"）阳郑君游说余，偶因榷茗来桐庐。幽奇山水引高步，曈煜风光随使车。算缗百万日不虚，吏人丛里唯簿书。……胡商大鼻左右趋，赵妾细眉前后直。"①施肩吾为睦州桐庐人，元和十年登第。他长期流连浙东山水，诗中自称"东郭野人"。此诗所叙为郑判官在桐庐"榷茗"的情形。唐建中元年始征茶税，后一度废除。贞元九年正式征茶税，大中六年置榷茶，茶税成为一项重要的财政收入。榷茶有专司管理，置榷场，施肩吾诗中提到的"桐庐场"即其一，郑判官则为榷场事务官。榷场虽然是官方专营，但并不完全排斥商人，后者可以从官府榷茶机构购买茶叶，交税后在政府制定地区营销。这自然就吸引了"利之所至，无所不在"的胡商。当然，从官方那里拿到茶叶销售资质并不容易，施诗中提到的"胡商大鼻左右趋"，非常鲜活地描绘了胡商在郑判官前后"走动"的情形，堪称"诗史"。

三、胡族官员

浙东地区自东晋以来，经历了多次改朝换代的移民大潮，因为灾祸、官宦、苛政等原因而小规模地人口流动则更为频繁。如大和四年《徐朏墓志》中说："本居吴兴武康人也，倾（顷）因州将苛虐，人患夺攘，因兹逊于明州，今为慈溪上林开元里人也。"②元和十五年《杨皓澄墓志》："其先弘农人也。……考德玄，前后两任明州奉

① 陈尚君辑校：《全唐诗补编·全唐诗续补遗》卷六，第406页。
② 厉祖浩编著：《越窑瓷墓志》，上海古籍出版社，2013年，第55页。

化县，由尉及丞……受台州司户参军……因先考之任郡，创别业于鄮境。"①墓志中因官占籍浙东的例子颇多。

　　唐代不少胡人后裔进入浙东为官，他们或是集会唱和的召集人，或是地方事业的建设者，以不同的方式留下了印迹，有的最终成为占籍浙东的士族，这是浙东唐诗之路上特殊的一个群体。从文献中看，唐代较早在浙东地区担任官职的是粟特后裔会稽康希铣家族。康氏是中古时期比较常见的粟特姓氏。古人对会稽康氏的族属已有论定。《姓氏急就篇》卷上康氏云："唐有康子元、国安、康軿，希铣亦西胡姓。"②又《（嘉泰）会稽志》卷三"姓氏"条对"康氏"的描述说："周文王子卫康叔之后。又梁有康绚，其先出自康居。"③康居是中古时期粟特康国后裔常见的自称。

　　据颜真卿撰《康希铣神道碑》，其高祖康宗谔，为山阴令，子孙始居会稽；其曾祖康孝范，为临海县令，都是在浙东地区为官；康希铣本人则景云、先天年间先后为睦州、台州刺史；其子孙又有多人在浙东诸县为官：可以说这是一个非常典型的浙东官宦家族。康希铣家族在山阴兰亭、漓渚有别业、祖茔，历历可考，并且与浙东士族颇有联姻关系。据《（万历）绍兴府志》载："康德言墓，在漓渚屃石湖傍。湖之得名以其墓碑石屃。"④今日绍兴漓渚仍有屃石湖，是会稽康氏留下的极少遗迹之一。值得注意的是，康希铣本人曾

①慈溪市文物管理委员会办公室、宁波市江北区文物管理所编：《慈溪碑碣墓志汇编》，浙江古籍出版社，2017年，第8页。

②王应麟：《姓氏急就篇》，影印文渊阁《四库全书》，第948册，台北商务印书馆，1983年，第637页。

③沈作宾等修，施宿、张淏等撰，李能成点校：《（南宋）会稽二志点校》，安徽文艺出版社，2012年，第66—69页。

④萧良幹修，张元忭、孙鑛纂修，李能成点校：《（万历）绍兴府志》，宁波出版社，2012年，第423页。

在浙东台州、睦州为官，在当代影响颇大，并且进入了地方祠祀系统。《（淳熙）严州图经》卷一"坊市"目"陵仙坊"下载："在右厢子城北。相传为康希仙飞升处，今创名。"①又"古迹"目"陵仙角"条下载："在子城西。耆旧传云：唐永徽三年，睦州刺史康希仙登升之处，因以名其地。（原注：角，宜作阁。）事既不经，又无所考据，姑存之。"②康希仙即康希铣。施肩吾有《赠凌仙姥》诗：

> 阿母从天降几时，前朝惟有汉皇知。
>
> 仙桃不啻三回熟，饱见东方一小儿。③

施肩吾本睦州人，此凌仙或与睦州凌仙阁有关。施本人是道士，号栖真子，且多仙道诗。浙东地区流传的康希铣升仙传说，或与康希铣家族之道教信仰有关。

　　康希铣之后，浙东胡族高级官员有台州刺史康神庆。据《赤城志》，他于开元十九年莅职，惜生卒不详④。

　　上元二年至宝应元年，温州刺史康云间也是粟特胡人后裔。据贞元十五年《嗣曹王李皋墓志》："王在温州时……又尝与刺史康云间攻袁晁。"⑤李皋贬温州为上元元年，袁晁起义在宝应元年至二年。康云间为温州刺史应该是特殊时期的安排。此前，他曾为江淮度支使。据《旧唐书·食货志上》："肃宗建号于灵武，后用

---

① 陈公亮修，刘文富纂：《（淳熙）严州图经》卷一，《宋元浙江方志集成》第12册，第5600页。

② 陈公亮修，刘文富纂：《（淳熙）严州图经》卷一，第5608页。

③ 《全唐诗》卷四九四，第5599页。

④ 吐鲁番阿斯塔那506号墓出土文书有开元十九年《□六镇将康神庆抄》一份，有学者认为是同一人，并据称康神庆为西州人。（参见马曙明、任林豪《台州历代郡守辑考》，上海古籍出版社，2016年，第63页。）同一人在同一时间东西悬隔，且职官差异如此，应无可能，当为偶然同姓名。

⑤ 吴钢主编：《全唐文补遗》第一辑，第233页。

康云间、郑叔清为御史,于江淮间豪族富商率贷及卖官爵,以裨国用。"[1]又据《广异记》:

> 乾元中,国家以克复二京,粮饷不给。监察御史康云间,为江淮度支,率诸江淮商旅百姓五分之一,以补时用。洪州,江淮之间一都会也,云间令录事参军李惟燕典其事。有一僧人,请率百万。乃于腋下取一小瓶,大如合拳。问其所实,诡不实对。惟燕以所纳给众,难违其言,诈惊曰:"上人安得此物? 必货此,当不违价。"有波斯胡人见之如其价以市之而去。胡人至扬州,长史邓景山知其事,以问胡。胡云:"瓶中是紫𥟖羯,人得之者,为鬼神所护。入火不烧,涉水不溺。有其物而无其价,非明珠杂货宝所能及也。"又率胡人一万贯,胡乐输其财,而不为恨。瓶中有珠十二颗。[2]

洪州为中古时期南北、东西交通孔道,粟特胡商颇为活跃。有学者指出,"(康云间)是否因经商而得官虽不可知,但肃宗使其任江淮度支,卖官以补时用,与其为粟特人则关系密切。使康云间负责此事,无疑更有利于同粟特商人进行这种官钱的交易"[3]。《广异记》所载"𥟖羯",刘迎胜考为中古安息语珍珠(mwrg'r'yd)的音译,这则故事中卖"紫𥟖羯"的波斯商人可能是一位操安息语的贾胡[4]。这则胡人鉴宝故事也可能是对康云间粟特胡人身份的影射。康云间从江淮到浙东,可能是特殊安排,也可能与他对江南商业网络的

---

[1] 按:《旧唐书》漏"康"字,参见尤炜祥《两唐书疑义考释》,西泠印社出版社,2012年,第170页。按:《唐御史台精舍题名考》卷三有"康云开",劳格以为即康云间,今据石刻,作"间"无误,"开"为传世文献形讹。

[2]《太平广记》卷四〇三,第3251—3252页。

[3] 陈海涛、刘慧琴:《来自文明十字路口的民族——唐代入华粟特人研究》,第253页。

[4] 刘迎胜:《摩合罗考》,载《丝路文明》第二辑,上海古籍出版社,2017,第230页。

了解有关。刘长卿有《旅次丹阳郡遇康侍御宣慰召募兼别岑单父》诗，傅璇琮认为作于至德二载春，时长卿在吴郡做官（长洲尉、摄海盐令），丹阳郡指润州，"旅次"是以公事奉使出行①。蒋寅认为是至德元年春渡江至丹阳作，诗中所言是安史叛乱初起时的情形②。傅说近是。此康侍御或即康云间，他任江淮都支在乾元中，并且带"监察御史"宪衔，刘诗中称"侍御"亦符合唐人习惯。

中晚唐浙东地区刺史层级的胡族高官，还有李抱玉之子李幼清，本为凉州胡人安修仁之后，安史之乱后改姓。李幼清元和元年为睦州刺史，杭州云泉山风水洞有"睦州刺史李幼清元和元年十一月廿□日题"摩崖题记③，即其入浙时题。他在位期间颇有惠政，惜元和二年被镇海节度使李锜所诬贬循州，元和三年量移永州。李幼清也长于文学，建中二年为河东县尉，曾书《阳济夫人刘氏墓志》。柳宗元与之交好，有《同吴武陵赠李睦州诗赞并序》《与李睦州论服气书》等诗文，并为其妾马淑撰志及《尊胜幢赞并序》。

除了高级官员，浙东地区中下层官员中也不乏粟特胡人的身影。刘长卿有《送康判官往新安》（一作皇甫冉诗）

　　　　不向新安去，那知江路长。猿声近庐霍，水色胜潇湘。
　　　　驿路收残雨，渔家带夕阳。何须愁旅泊，使者有辉光。④

按：唐新安郡为歙州，但睦州古亦称新安郡。治下有新安县，文明元年曰新安，永贞元年更名清溪。刘长卿《奉使新安自桐庐经严陵钓台宿七里滩下寄使院诸公》《新安送穆谕德归朝赋得行字》等诗，

---

① 傅璇琮：《刘长卿事迹考辨》，收入《唐代诗人丛考》，第275页。
② 蒋寅：《刘长卿生平再考证》，载《中国典籍与文化论丛》第二辑，中华书局，1995年，第56页。
③ 阮元：《两浙金石志》卷二，浙江古籍出版社，2012年，第35页。
④ 储仲君：《刘长卿诗编年笺注》，中华书局，1996年，第538—539页。

即指睦州新安。唐代节度使、观察使、防御使、团练使、支度使均置判官。但睦州非节度、观察等治所在，而桐庐有榷场，疑此康判官与施肩吾的《过桐庐场郑判官》诗中的郑判官身份相同。

　　综上可知，唐代浙东地区西域胡人的活动具有相当的代表性。这一方面是中外交通不断拓展的结果，另一方面则是当地自然、人文环境吸引所致。西域胡人的到来为浙东文化增添了异域的色调，也引出了浙东唐诗之路上的"胡声"与"胡风"。

第二节　浙东诗坛的"胡声"

　　浙东山水助成了唐诗的巅峰，也见证了丝绸之路的繁荣。一般而言，前者似乎主要是汉族文人墨客的功劳，后者则是西域胡族主导的盛事，但二者并非没有关联。事实上，中古时期活跃于丝绸之路上的胡人，他们熏习汉文学以后，也逐渐踏上文学之路，并在璀璨的汉语诗坛发出了自己的光芒。浙东不仅孕育了康希铣这样的胡人后裔文学家族，也留下了众多胡族文人的足迹，他们的文学活动给浙东文坛带来了特别的"胡声"，也给唐诗之路增添了异域的色彩。其中康希铣家族、白居易、刘蜕等人在文学史上有一席之地。

一、浙东本土胡族文学

　　浙东地区传统上属于汉人的聚居区。东晋以来，随着北方人口的大规模南迁，一些胡族也著籍于此，并逐渐成为地方士族，其中最有代表性的是粟特后裔会稽康氏。康氏未见于敦煌写卷《贞观氏族志》所载会稽郡姓，《新集天下姓望氏族谱》中列入会稽郡姓十四种之一，其原因就与康希铣家族的崛起有关。

　　颜真卿在《康希铣碑》(下文简称《碑》)铭中赞康希铣家族：
"济济多士，东南有笥。缉熙代业，词章发身。"①会稽康希铣家族
以胡族入华而跻身会稽士族之列，主要原因就在于其家族在文化
领域的勃兴，这表现在儒学、史学、文学等多个方面。

　　康希铣父康国安，《碑》云："明经高第，以硕学掌国子监，领三
馆进士教之；策授右典戎卫录事参军，直崇文馆太学助教，迁博士、
白兽门内供奉、崇文馆学士，赠杭州长史。"《旧唐书·罗道琮传》：
"道琮寻以明经登第。高宗末，官至太学博士。每与太学助教康国
安、道士李荣等讲论，为时所称。"②可见康国安任崇文馆太学助教
在高宗时。《碑》云有："《文集》十卷，《注驳文选异义》二十卷、《汉
书□》十卷，《自述文集》二十卷。"康国安书名为《注驳文选异义》，
与萧该、曹宪、李善等人著述取名相反，其所"注驳"者为哪一家还
是并驳之，不得而知。

　　康希铣之侄康子元，在唐代学术史上名声颇著，曾官秘书少
监、会真四门博士、集贤侍讲学士。《碑》载康子元有《周易异义》二
十卷③，他曾与张悦等共同勘定《东封仪注》。

　　康希铣家族的文学成就可圈可点。据《碑》及两《唐书》著录，
康国安有《文集》十卷、《自述文集》二十卷，康显贞(避讳作康明
贞)有文集十卷，康希铣有文集二十卷。另外，康显贞在总集编撰
方面颇有成就，有《词苑丽则》二十卷、《海藏连珠》三十卷、《累璧》

---

① 按：《康希铣碑》通行本多阙字，此依黄本骥编订《三长物斋丛书》本《颜鲁公文
　　集》，收入《丛书集成续编》，新文丰出版公司，1989年，第123册，第337—338
　　页。下引碑文皆出此版本。
② 《旧唐书》卷一八九上，第4956—4957页。
③ 《颜鲁公文集》"侄秘书监集贤院侍讲学士□元撰《周易异义》二十卷"，据康子元
　　官历，阙字正当作"子"字。

十卷。据许敬宗本传：

> 自贞观已来，朝廷所修《五代史》及《晋书》、《东殿新书》、《西域图志》、《文思博要》、《文馆词林》、《累璧》、《瑶山玉彩》、《姓氏录》、《新礼》，皆总知其事。[1]

据《新唐书·艺文志》，《累璧》共四百卷，为许敬宗主持之大型官修类书。康显贞所著《累璧》十卷疑为其分撰时所辑的单行本[2]。许敬宗为杭州新城人，康显贞之侄康珽娶许敬宗孙女，疑两个地方士族之间颇有交集。许敬宗主修一系列总集，是当时文坛盛事，康显贞能预其中，足见其文学修养。

康显贞编纂总集的经验可能有家学渊源。《碑》载孙康南华有《代耕心镜》十卷。此书《宋史·艺文志》总集类尚有著录，作"南康笔《代耕心鉴》十卷"[3]。又《通志·艺文略》"案判"有"《代耕心鉴甲乙判》一卷，唐张南华集唐代诸家判"[4]，南康笔、张南华疑都为康南华之讹。《代耕心鉴甲乙判》当为《代耕心镜》之节本。其书"集唐代诸家判"，当为一部判文总集。《全唐文》存唐南华（即康南华）、康元怀（当为康元瑰之讹）、康子元、康璀、康濯、康季子、季子康（当即康季子）等康氏人物判文多篇，疑诸人之作皆源出康希铣孙康南华所编《代耕心镜》判文集。换言之，康南华《代耕心镜》或为康氏家族判文总集，或者说是康希铣家族之家集。据《康希铣碑》，康希铣年十四明经登第，又应词藻宏丽举，再应博通文史

---

① 《旧唐书》卷八三，第2764页。

② 据新出《张大素墓志》："显庆初，移著作佐郎兼修国史。其后皇上缀集群言，名为《累璧》，储君区别文藻，是称《玉彩》。撰著之始，广征英彦。君以才艺优洽，前后咸预焉。"（毛阳光主编：《洛阳流散唐代墓志汇编三集》，国家图书馆出版社，2023年，第33页。）可见当时预修《累璧》者有多人。

③ 《宋史》卷二〇九，中华书局，1977年，第5397页。

④ 郑樵撰，王树民点校：《通志二十略》，中华书局，1995年，第1794页。

举，再应明于政理举；康元瑰登才堪经邦科；康子元应文史兼优科。《碑》又云："君之先君至南华，四代进士，登甲科者七人，举明经者一十三人。"可见康氏家族在科举道路上十分成功，而科举试判是催生唐代各种判文总集的重要原因①。唐代吏部选人科目繁多，而"书判萃科"是最常见的科目之一。康氏家族的判文总集或由此而来。此外，《康希铣碑》还记其子康元瑰有《干禄宝典》三十卷，《宋史·艺文志》附在康南华《代耕心鉴》下，或亦为一部总集。

康希铣家族在京城、浙东文坛颇有名声。《碑》云："赴海州时，君兄德言为右台侍御史，弟为偃师令，俱以词学擅名，时同请归乡拜扫，朝野荣之。与狄仁杰、岑羲、韦承庆、嗣立、元怀景、姚元崇友善，至是咸倾朝同赋诗以饯之，近代未有此比。"可见康希铣在当时的声誉。天宝三载正月贺知章致仕还乡，唐玄宗率群臣祖饯，亲作诗并序，李白、李林甫等三十八人赠诗。其中就有康德言之子、康希铣之侄康珽的《送贺秘监归会稽》诗，收入《会稽掇英总集》。

康希铣家族与浙东衣冠人物的往还也历历可考。《会稽志》卷十六"碑刻"中叙录康希铣家族人物碑刻，多为会稽士族所撰。如《大理少卿康珽夫人河间郡许氏墓志》，王寿撰，褚庭诲正书；《太子率更令康德言碑》，徐浩正书篆额；《康珽告身碑》，徐浩行书。而康希铣也多次参与会稽地方文化事务，如开元三年《龙兴寺碑》，为康希铣撰，徐峤之正书；开元十一年《香严寺碑》，康希铣撰，徐峤之正书。万齐融《法华寺戒坛院碑》中说到："故洺州刺史徐峤之、工部尚书徐安贞，咸以宗室设道友之敬；国子司业康希铣、太子宾客贺知章、朝散大夫杭州临安县令朱元慎，亦以乡曲具法朋之礼。"②徐

---

① 参见吴承学《唐代判文文体及源流研究》，《文学遗产》1999年第6期。
②《全唐文》三三五，第3393页。

峤之、徐浩、褚庭诲、贺知章等人，皆为会稽士族。《康希铣碑》中还提到，康希铣从台州刺史任致仕时，"邹自然、陈光璧、闻邱景阳、陶暹送至越州，邑子谢务迁、僧陆鉴、校书郎陈齐卿恒为文酒之会，论者休焉"。清人洪颐煊认为："希铣在台州凡两任，四人疑皆台士也。"① 这是康希铣在台州的交往圈子。康希铣后人多在浙东州县为官，也说明他们家族在当地确实有一些声望。

二、浙东流寓胡族文学

东晋以来，一些流寓浙东的胡人、高僧开始与当地汉人文学士族交往，或阐译佛典，或讨论文籍，渐开浙东"胡声"。然而，浙东胡族的文学声音总体上还是比较微弱的。到唐代，这一状况有所改观，康希铣家族以群体形象崛起于盛唐时期，是浙东胡族文学的奇葩。此外，流寓胡族作家在浙东的活动开始趋于频繁。如大历诗人韩翃《和高平米参军思归作》：

> 髯参军，髯参军，身为北州吏，心寄东山云。
> 坐见萋萋芳草绿，遥思往日晴江曲。
> 刺船频向剡中回，捧被曾过越人宿。
> 花里莺啼白日高，春楼把酒送车螯。
> 狂歌好爱陶彭泽，佳句唯称谢法曹。
> 平生乐事多如此，忍为浮名隔千里。
> 一雁南飞动客心，思归何（一作可）待秋风起。②

"米参军"一作"朱参军"，其实当作"米"。米氏为粟特胡姓，形貌上有胡人的特点，所以称"髯参军"。另外，高平为米氏望非

---

① 洪颐煊著，徐三见点校：《台州札记》，中国文史出版社，2004年，第21页。
② 《全唐诗》卷二四三，第2728页。

朱氏望,《通志·氏族略》《古今姓氏书辩证》《万姓统谱》俱载之。
从诗中的意思看,这位米参军已家于越中,但在北方为官,故有"思
归"之心。韩翃此诗为和米参军之作,可见其人能诗;韩诗云"佳句
唯称谢法曹",用谢惠连典故,也表明这位米参军雅好诗歌。

　　巧合的是,晚唐时期李中《宿青溪米处士幽居》诗,也记录了
一位隐居青溪的米姓胡人"高士":

　　　　　寄宿溪光里,夜凉高士家。养风窗外竹,叫月水中蛙。

　　　　　静虑同搜句,清神旋煮茶。唯忧晓鸡唱,尘里事如麻。①

新安江流域之建德至桐庐段,处于粟特商胡行贾之线路上,陈寅恪
已考之。此米姓高士,或亦早前占籍此地之商胡后裔。从建德至
越中,俱见米氏人物的活动,可谓并非巧合。从李中诗"静虑同搜
句"中可知,这位米处士应该也能作诗,二人有同时唱和之事。

　　大历年间,粟特康国后裔康仲熊来到睦州,留下了《陪遂安封
明府游灵岩瀑布记》一文,中云:"县之西有山,山之岩有泉,胜可
知也。薄游于兹,懿彼幽绝,不俟终日,褰裳造焉。遂负绿绮,岸乌
纱,屡及于城隅,杖及于通衢,背山郭之萦纡,乍缓步以趋。"②遂安
为睦州辖县,灵岩瀑布则遂安之盛景,历代地志、诗文多载之③。康
仲熊文中说"薄游",当是在睦州为官,其生平不详。《集古录目》称
"前濮州别驾康仲熊"。《新唐书·艺文志》收录有康仲熊《服内元
气诀》一卷、《气经新旧服法》三卷、《康真人气诀》一卷。《服内元气

----

①《全唐诗》卷七四九,第8531—8532页。

②《全唐文》附《唐文拾遗》卷二三,第10621页。

③《永乐大典》卷之九千七百六十六"灵岩"条,引《赤城续志》:"灵岩在浙江台州府
　　北一十里,又名鹫峰。后有飞瀑。"《遂安县图经》:"在浙江严州府遂安县。"《元
　　一统志》载:"灵岩在浙江杭州府富阳县西南三十里。"《永乐大典》,中华书局,
　　1986年,第5册,第4220页。

诀》，又称《幻真先生服内元炁诀》，《道藏》收入洞神部方法类，《云笈七签》亦收录。该书为道教服内养生术的重要典籍①。康仲熊自称"幻真先生"，《遂初堂书目》等书著录有"幻真先生"《胎息经注》，也是康氏之作。其书"大皆本《老子》谷神不死一章，而畅发其义"②。康仲熊的气功修法学问或有西域文化背景。中古时期，西域胡僧、胡商曾将瑜伽术、医学知识（天竺"五明"之一）传入中土，其中就包括炼气、运气修行功法③。这些知识与传统道教的导引吐纳之术结合多有案例。

康仲熊此文连同书法，得到欧阳修的高度评价。他在《辨石钟山记》附《善权寺诗》《游灵岩记》跋尾中说："览三子之文，皆有幽人之思，迹其风尚，想见其人。至于书画，亦皆可喜。盖自唐以前，贤杰之士，莫不工于字书，其残篇断稿为世所宝，传于今者，何可胜数。"④康仲熊书、文俱佳，而且在地方任基层文官，应该是入华已久的粟特胡人后裔。

在流寓浙东的西域胡族诗人中，较为有名且有作品流传的是戎昱、白居易和刘蜕。中古谱牒多以戎氏为古戎族，但据近年新出唐代戎进、戎谅、戎瑚墓志，可以确定戎氏为西域胡人⑤。戎氏一族南朝时由西域经河南道进入中华，后辗转入仕北朝，最后定居隋唐京师长安。戎昱虽然未详是否为戎进后人，但戎氏为稀姓，他们为同族的可能性极大。前人考戎昱为江陵或长安人，也与戎进家族

① 黄永锋：《〈幻真先生服内元炁诀〉辨析》，《上海道教》2008年第2期。
② 纪昀总纂：《四库全书总目提要》卷一四七，第3791页。
③ 参考陈明《中古医疗与外来文化》，北京大学出版社，2013年，第261—277页。
④ 欧阳修：《集古录跋尾》，人民美术出版社，2010年，第199页。
⑤ 周伟洲：《一个入华西域胡人家族的活动轨迹——唐〈戎进墓志〉疏解》，《西域研究》2018年第3期；《一个入华西域胡人家族的汉化轨迹——唐〈戎进墓志〉〈戎谅墓志〉续解》，《西域研究》2019年第2期。

的迁徙路线相合。此外，《云溪友议》等书载京兆尹李銮以女妻戎昱，嫌其姓戎而令其改之，昱辞以"千金未必能移姓"事，虽为小说家之言，但其中也有"通性之真实"，表明唐人对于戎氏"戎胡"的联想，是戎昱出自胡族的旁证[①]。

戎昱生平疑点颇多，据傅璇琮先生考，他大约生活于开元至贞元年间，肃宗时曾为颜真卿浙西幕僚，代宗时先后在荆南卫伯玉、湖南崔瓘、桂管李昌巘使府，德宗时一度入京为官，后出又为辰州、虔州、永州等州刺史[②]。此外，他还曾在蜀中、陇西、浙东等地生活或为官[③]。戎昱在浙东时也创作过一些诗歌，如《闰春宴花溪严侍御庄》：

> 一团青翠色，云是子陵家。山带新晴雨，溪留闰月花。
>
> 瓶开巾漉酒，地坼笋抽芽。何幸（一作"彩缛"）承颜面，朝朝赋白华。[④]

此诗是在友人严某家做客时作，其《题严氏竹亭》诗应该也作于同时。诗中"花溪"注者多以为成都浣花溪或吴兴县东南之花溪，殊不知浙东境内亦有一"花溪"。据《明一统志》："密浦山，在永康县东北五十里，上有仙坛，为乡人祈祷之所。南有水源，号花溪。……花溪，在永康县东北五十里。清浅可爱，方春桃红李白，夹堤如

---

① 按：戎昱改姓传闻，可能也与安史之乱后唐人排斥胡人的态度有关，包括粟特胡人在内的众多胡人后裔，在安史之乱后采用改换姓氏、郡望等方法来转胡为汉，以规避"非我族类"的歧视。参考荣新江《安史之乱后粟特胡人的动向》，《中古中国与粟特文明》，第19—113页。

② 傅璇琮：《戎昱考》，收入《唐代诗人丛考》，第351—374页。

③ 臧维熙认为戎昱贞元元年可能还一度担任过浙东某州刺史，参见《戎昱诗注·前言》，上海古籍出版社，1982年，第1页。但其说并无证据。

④ 臧维熙：《戎昱诗注》，第31页。

绣。"①花溪为富春江上游水系,戎昱二诗用严子陵典,不仅双关友人姓氏,也切合空间关系。

戎昱身处盛唐和中唐之交,与岑参、王季友等诗人有交游,小有诗名。《新唐书·艺文志》著录《戎昱集》五卷,《全唐诗》存诗一卷。其诗多军旅离别之思,边塞诗自成一格,徐献忠誉之"锐情古作,力洗时波……铿然金石之奏"②。在《逢陇西故人忆关中舍弟》中他说:"数年家陇地,舍弟殁胡军。"③可见他在胡、汉交汇的陇西地区有过一段生活经历,这或许是他热衷边塞题材的重要动因。他的边塞诗如《咏史》("汉家青史上")、《塞下曲》、《苦哉行》、《泾州观元戎出师》、《从军行》等,表现出对边塞胡人、胡风的谙熟和复杂感情,这或许与其家世西域记忆和认同有关。边塞胡笳胡曲与浙东瑶琴清音衰为一集,戎昱诗歌可以说是丝绸之路与浙东诗路交会的典范。

大诗人白居易西域出身问题前文已论及,其诗文中亦颇多西域因素。白居易至少两度流寓浙东,并且创作了不少诗文。第一次是建中四年因两河用兵避乱入越,至贞元四年白居易的父亲为衢州别驾,随父之任,一直到贞元七年才离开。在此期间他为进士科名苦节读书,创作了《江南送北客因凭寄徐州兄弟书》《江楼望归》等诗。值得注意的是,这时期他还创作了《王昭君》二首,前人评价甚高。该诗与戎昱《咏史》的主题颇相呼应。为何在浙东流寓期间有此"胡声",值得玩味。

白居易第二次入浙东是长庆二年至四年为杭州刺史,时元稹

---

① 李贤等:《大明一统志》卷四二,三秦出版社,1990年,第712—713页。
② 徐献忠:《唐诗品》,收入周维德集校《全明诗话》,齐鲁书社,2005年,第1290页。
③ 臧维熙:《戎昱诗注》,第54页。

为浙东观察使、越州刺史，其间白居易一度东游会稽，《会稽掇英总集》收录其《宿云门寺》《题法华山天衣寺》《会二同年》等诗，前二诗元稹有同题之作，当是二人同游①。

白居易的浙东情结一直延续到晚年。大和六年，身在洛阳的他受僧寂然请托，撰写《沃洲山禅院记》，由刘禹锡书丹上石。这篇文章高度概括了浙东山水形胜、宗教人文历史，可谓浙东唐诗之路的纪念碑。文中交代作文缘起说：

> 晋、宋以来，兹山洞开，厥初有罗汉僧西天竺人白道猷居焉，次有高僧竺法潜、支道林居焉。……大和二年春，有头陀僧白寂然来游兹山，见道猷、支、竺遗迹，泉石尽在，依依然如归故乡，恋不能去。……六年夏，寂然遣门徒僧常贽自剡抵洛，持书与图，诣从叔乐天乞为禅院记云。昔道猷肇开兹山，后寂然嗣兴兹山，今日乐天又垂文兹山。异乎哉！沃洲山与白氏其世有缘乎？②

白居易在《与刘禹锡书》中也有提及："沃洲僧记，又蒙与书，

---

① 按：朱金城先生据白居易《云门寺》等诗，证其长庆三年有会稽之游。然此事仍有疑点，周相录注元稹《题法华山天衣寺》诗指出："《白居易集外集》卷中有《题法华山天衣寺》，出处同元诗，然二诗俱可疑。第一，大中始有天衣之名，其时元白俱已殁世。第二，元白诗俱不见于正集。第三，白诗如不伪，白氏当有会稽之行，然白氏成年后从未南游会稽。如此，或孔延之误以他人诗为元白作，或有意作伪以壮会稽之名。"（《元稹集校注》"续补遗"卷一，上海古籍出版社，2011年，第1579页。）三条意见中，第一条比较关键。然而也不能排除元白之作后人改题的情况。

② 白居易著，谢思炜校注：《白居易文集校注》卷三一，中华书局，2011年，第1863—1864页。

便是数百年盛事,可谓头头结缘耳。"①据此可知,白居易受其从侄白寂然之请撰文是表面现象,沃洲禅院从白道猷到白寂然贯穿的白氏世缘才是白居易撰文的暗藏心曲。白居易对于天竺高僧白道猷的"世缘",是学者据以判断其出身西域胡族的重要证据。事实上,与其说这是白居易对于家世西域族源的自我认同,还不如说是白居易对于浙东山水与西域宗教人物关系的历史认同。

晚唐文人刘蜕曾侨寓睦州桐庐,陈寅恪已经考其非汉人。刘蜕有文集《文泉子》十卷,今存辑本六卷。《全唐诗补遗》补诗一首、《全唐诗续补遗》补句一则。陈寅恪在判断刘蜕之族属时曾说:"关于复愚氏族疑非出自华夏一问题,尚可从其文章体制及论说主张诸方面推测,但以此类事证多不甚适切,故悉不置论。"②古人对于刘蜕文章确实有议论。《四库全书总目提要》云:"然唐之末造,相率为纂组俳俪之文,而蜕独毅然以复古自任,亦可谓特立者矣。"③刘熙载甚至说"刘蜕文意欲自成一子"。不知这些特点是否与刘蜕的胡族气质有关。

浙东唐诗之路留下了550余位诗人超过2500首唐诗(据卢盛江编撰《浙东唐诗之路唐诗全编》统计),包括众多唐代诗坛巨星和经典作品,胡族诗人和"胡声"诗歌虽然在其中仅占极小的比例,但意义非凡。无论浙东本土士族康希铣家族,还是流寓胡族戎昱等诗人,身后都连带着丰富的丝路文化信息,他们的"胡声"构成了浙

---

① 白居易著,谢思炜校注:《白居易文集校注·补遗》,第 2064 页。按:白居易此文刻入《淳熙秘阁续帖》卷五,但未见于通行七十一卷本白集,启功、顾学颉、朱金城、谢思炜等皆认为非伪作,参见胡可先《白居易〈与刘禹锡书〉事实考证》,《社会科学战线》2018 年第 5 期。
② 陈寅恪:《金明馆丛稿初编》,第 365—366 页。
③《四库全书总目提要》卷一五一,第 3902 页。

东唐诗之路和整个唐诗之路互联的重要一环,也是胡、汉融合在唐代文学上的重要见证。

第三节　浙东唐诗之路与丝绸之路的交会

浙东唐诗之路与丝绸之路交会是浙东特殊地理位置、文化传统的自然延伸,这里的丝绸之路不仅包括海上,也包括陆上。一般认为,陆上丝绸之路的起点是长安或洛阳,然而近些年来的研究表明,"起点论"已经不是丝绸之路的必备要素了。丝绸之路原本就不是一条相互连通的、真正的路,而是依托各个商业据点(聚落),通过中介转运"接力"的方式进行的网络状贸易方式[①]。可以说唐帝国的主要城市,都在丝绸之路的网络中。浙东唐诗与丝绸之路也是通过这样的网络串联在一起的。

一、文化交流

浙东地区在六朝时期得到迅速开发,并吸引了胡商和胡僧的到来。当时进入浙东的胡人,有经海路进入者,也有经河南道沿江而来者,也有跨越南北边境而来者。进入唐代,尤其唐后期,浙东成为帝国重要的经济支柱,更是吸引了为数众多的陆路、海路胡商。开放的丝路也为浙东文化的传播提供了途径,包括丝绸、茶叶、瓷器等重要商品,以及宗教、文艺元素都得以在西域、浙东之间流通。

在文化输出方面,我们可以看浙东物质、人员、文艺通过丝路在西域传播的案例。浙东是重要的丝绸产区之一,从《新唐书·地理志》所载浙东诸州土贡可见一斑,如越州宝花、花纹等罗,白编、

---

①(美)芮乐伟·韩森著,张湛译:《丝绸之路新史》,第9—11页。

交梭、十样花纹等绫，轻容、生縠、花纱、吴绢，睦州文绫，明州吴绫、交梭绫，名目之多，为诸州之冠。至唐后期，浙东丝织品产业尤其发达，还出现了"吴绫越产"现象。浙东丝织品也通过丝绸之路传到敦煌、青海、新疆等地[1]。

在人员和文艺交流方面，早在六朝时期，江南政权就与西域保持着密切的聘使关系，吐鲁番文书中还保留了南朝使者"吴客"及其写经的资料[2]。另外，敦煌写卷中还保存了浙东文人的作品及其他文人在浙东创作的作品，表明了浙东文学曾在丝路上传播[3]。如贞元三年《越州诸暨县香严寺经藏记》，为越州沙门志闲撰、草堂僧守清书。荣新江先生据此认为："贞元三年吐蕃刚刚开始统治敦煌，远在东南沿海的越州的碑刻摹本可能是在沙州回归唐朝统治以后（848年后）才传到敦煌，这表明在晚唐时期，即使在相隔遥远的越州和敦煌之间，也有碑刻抄本的流传。"[4]这是浙东文学与丝路联通的实物证据。

在文化输入方面，浙东地区也是接纳丝绸之路商品、宗教文化的开放之域。前文已经论及六朝以来西域胡商、胡僧在浙东活动的情况。事实上，不止佛教，中古时期"三夷教"之一的摩尼教也曾传播到浙东。摩尼教传入中国约在武后时期，信徒主要是西域胡人；其后传入漠北，得到回鹘统治者的大力扶持，成为国教。安

---

[1] 参见赵丰、王乐《敦煌丝绸》，甘肃教育出版社，2011年，第210—215页。

[2] 参见唐长孺《南北朝期间西域与南朝的陆道交通》，收入《魏晋南北朝史论拾遗》，中华书局，2011年，第169—197页；荣新江《丝绸之路上的"吴客"与江南书籍的西域流传》，收入荣新江主编《丝绸之路上的中华文明》，商务印书馆，2022年，第236—253页。

[3] 参考陈尚君《唐末在敦煌的江南诗人》，《文史知识》2017年第8期。

[4] 荣新江：《石碑的力量——从敦煌写本看碑志的抄写与流传》，《唐研究》第二十三卷，北京大学出版社，2017年，第313页。

史之乱后，因回纥助唐平乱有功，摩尼教借回纥的支持在华广泛传播。大历六年"回纥请于荆、扬、洪、越等州置大云光明寺，其徒白衣白冠"[1]。越州置摩尼教大光明寺是摩尼教在浙东传播的一个重要信号，此外还有一些旁证，如李德裕《赐回鹘可汗书意》中提及："摩尼教天宝以前，中国禁断。自累朝缘回鹘敬信，始许兴行；江淮数镇，皆令阐教。近各得本道申奏，缘自闻回鹘破亡，奉法者因兹懈怠。蕃僧在彼，稍似无依。吴楚水乡，人性嚣薄，信心既去，禽习至难。"[2]这里提到摩尼教在"江淮""吴楚"传播，与上面越州之域相契，而且明确提到当地有"蕃僧"和信众。另外，《太平广记》引《报应记》载："吴可久，越人。唐元和十五年居长安，奉摩尼教。妻王氏，亦从之。"[3]有学者认为，吴可久夫妇有可能在越时已信奉摩尼教[4]。如此，摩尼教进入东南沿海地区可能很早，而且影响深入。浙东地区唐以后更成为摩尼教（明教）的重要传教区，影响巨大，慈溪的崇寿宫、温州苍南选真寺，都是著名的摩尼寺院，追根溯源，唐代摩尼胡僧的传教之功不能忽视。只是相关直接史料较少，无法勾勒摩尼教在浙东传播的大致轮廓。但摩尼教徒在浙东的出现，无疑给浙东丝瓷之路、唐诗之路增添了丰富的域外因素。

二、文学书写

胡僧、胡商、胡人的流寓、定居，各民族文化的传播流行，给浙

---

[1] 志磐著，释道法校注：《佛祖统纪校注》卷四一，上海古籍出版社，2012年，第962页。

[2] 李德裕撰，傅璇琮、周建国校笺：《李德裕文集校笺》卷五，中华书局，2018年，第81页。

[3] 《太平广记》卷一〇七，第727页。

[4] 参见林梅村《英山毕昇碑与淮南摩尼教》，《北京大学学报》（哲学社会科学版）1997年第2期。

东地区带来了郁郁"胡气",也给浙东诗人留下了深刻印象。浙东
唐诗之路与丝绸之路的连接,吟诵声与驼铃声的交织,构成了唐代
文学版图上一幅奇妙的景观。

　　唐代诗人赓续浙东胡、汉交往的六朝遗事,并建构了另一幅独
特的文学景象,是浙东唐诗"胡风"书写的重要维度。如可能有"胡
人"血统又钟爱山水的李白,一生多次游浙东,并留下了数量可观
的佳作(《浙东唐诗之路唐诗全编》选李白诗歌91首),堪称浙东诗
歌的顶梁柱。天宝六载,李白自吴赴越,经过湖州时作《答湖州迦
叶司马问白是何人》:"青莲居士谪仙人,酒肆藏名三十春。湖州司
马何须问,金粟如来是后身。"[1]迦叶本为天竺胡姓,在唐代多出高
僧,如菩提流志。迦叶家族还是唐代著名的天文历算世家[2]。《元
和姓纂》卷五迦叶氏条称西域天竺人,有贞元泾原大将、试太常卿
迦叶济。郁贤皓先生认为:"此迦叶司马或为迦叶济的族兄。"[3]此
族虽为天竺裔,但汉化颇深,长于文学。景龙二年迦叶志忠以右骁
卫将军知太史事,为韦皇后造符命,作《桑条歌》12篇。李白对于迦
叶氏一家浓重的西域文化背景必然有所了解,所以严羽才说:"因
问人为迦叶,故作此答,不则诞妄矣。"[4]这一发生在浙东唐诗之路
上的"胡—胡"对话,颇可玩味。李白的诗歌中对胡姬、胡物恋恋不
忘,而且往往与江南文化并置,如《白鼻騧》之"银鞍白鼻騧,绿地
障泥锦,细雨春风花落时,挥鞭且就胡姬饮";《猛虎行》之"胡雏绿

---

[1] 安旗、薛天纬、阎琦、房日晰笺注:《李白全集编年笺注》,中华书局,2015年,第769页。
[2] 参见江晓原《六朝隋唐传入中土之印度天学》,《汉学研究》1992年第2期。
[3] 郁贤皓:《李白全集注评》,凤凰出版社,2018年,第1118页。
[4] 安旗、薛天纬、阎琦、房日晰笺注:《李白全集编年笺注》,第770页。

眼吹玉笛，吴歌《白纻》飞梁尘"①。这些异域风情不仅为李白的身世增添了迷幻的色彩，也使得他的诗歌别具奇幻的艺术魅力②。

　　唐代诗人笔下的浙东胡僧也常与浙东山水、漫漫丝路联系在一起，如会稽高僧清江（一作可止）有《送婆罗门僧》："雪岭金河独向东，吴山楚泽意无穷。如今白首乡心尽，万里归程在梦中。"③崔涂《送僧归天竺》也是写给天竺胡僧的，诗云：

　　　　忽忆曾栖处，千峰近沃州。别来秦树老，归去海门秋。

　　　　汲带寒汀月，禅邻贾客舟。遥思清兴惬，不厌石林幽。④

这位天竺高僧曾寓居沃州，今欲归本国。"秦树"指长安，"海门"当指明州等港口。这位胡僧或是从陆路自西沿着丝绸之路入华，而据"贾客舟"句，他应该是依胡商从海路返回天竺。浙东山水为这位归国的胡僧助兴，或许他也形之于诗咏（"清兴"）。

　　胡商、胡僧从国外带来的珍奇宝物，也给唐代浙东诗人增添了"异域的想象"。《全唐诗》中存不少浙东籍汉族士人吟咏胡地异物的诗篇，只是不详是否在浙东作。但浙东作为丝路重要区域，琳琅满目的域外商品进入诗人的视野是必然的。白居易《和微之春日投简阳明洞天五十韵》称越州"瑰奇填市井"，方干《怀桐江旧居》亦载：

　　　　长向新郊话故园，四时清峭似山源。春潮撼动莺花郭，

　　　　秋雨闲藏砧杵村。

---

① 安旗、薛天纬、阎琦、房日晰笺注：《李白全集编年笺注》，第150、1216页。
② 参考谢建忠《李白诗中的西域文化考论》，《贵州大学学报》（社会科学版）2003年第6期；海滨《郁金·琥珀·叵罗·胡姬——李白饮酒诗中西域元素考释》，《西域研究》2011年第2期。
③ 《全唐诗》卷八一二，第9146页。
④ 《全唐诗》卷六七九，第7776页。

市井多通诸国货，乡音自是一方言。此中别有无归计，
唯把归心付酒尊。①

前文已指出桐庐有榷场之利，又有成熟的丝、瓷贸易网络，所以当
地的市场颇具国际化色彩，就连市井中的商品都具有如此国际特
色，证明桐庐地区商业的繁荣。浙东唐诗中提及的胡物，还有如徐
延寿《南州行》中的"金钏越溪女，罗衣胡粉香"②。"胡姬"形象也常
见于浙东唐诗中，如贺朝《赠酒店胡姬》：

胡姬春酒店，弦管夜锵锵。红毹铺新月，貂裘坐薄霜。

玉盘初鲙鲤，金鼎正烹羊。上客无劳散，听歌乐世娘。③

贺朝为会稽人，与于休烈、万齐融、包融为"文词之友，齐名一
时"④。《徐浚墓志》也说："常与太子宾客贺公、中书侍郎族兄安贞、
吴郡张谔、会稽贺朝、万齐融、余杭何謇为文章之游。凡所唱和，
动盈卷轴。"⑤此诗不一定写于会稽，但颇有"胡风"。任半塘说：
"（《乐世娘》）其调入胡乐甚明。"⑥又如桐庐诗人施肩吾的《戏郑申
府》诗："年少郑郎那解愁，春来闲卧酒家楼。胡姬若拟邀他宿，挂
却金鞭系紫骝。"⑦也写到胡姬。不论这些诗歌所写是否为浙东的
情况，这些诗人在家乡耳目所及，对胡人、胡物非常熟悉，其篇什中
出现这些形象也是自然的。

胡人在浙东的流寓和仕宦，也成为唐代一些笔记小说演绎的
对象。戴孚的《广异记》中记载了一则故事：

① 陈尚君辑校：《全唐诗补编·全唐诗续补遗》卷九，第439页。
② 《全唐诗》卷一一四，第1165页。
③ 《全唐诗》卷一一七，第1181页。
④ 《旧唐书》卷一四九，第4007页。
⑤ 吴钢主编：《全唐文补遗》第八辑，第62页。
⑥ 任半塘：《敦煌歌辞总编》，第388页。
⑦ 《全唐诗》卷四九四，第5608页。

　　上元初,豆卢荣为温州别驾卒。荣之妻即金河公主女也。公主尝下嫁碎叶,碎叶内属,其王卒,公主归来。荣出佐温州,公主随在州数年。宝应初,临海山贼袁晁攻下台州。公主女夜梦一人,被发流血,谓曰:"温州将乱,宜速去之。不然,必将受祸。"及觉,说其事。公主云:"梦想颠倒,复何足信。"须臾而寝,女又梦见荣,谓曰:"适被发者,即是丈人,今为阴将。浙东将败,欲使妻子去耳,宜遵承之,无徒恋财物。"女又白公主说之。时江东米贵,唯温州米贱。公主令人置吴绫数千匹,故恋而不去。他日,女梦其父云:"浙东八州,袁晁所陷。汝母不早去,必罹艰辛。"言之且泣。公主乃移居栝州。栝州陷,轻身走出,竟如梦中所言也。①

开元中苏禄称雄西域,为了安抚他,开元二十一年唐室册封阿史那怀道女为交河公主(史误为金河公主),与之和亲。据《阿史那怀道夫人安氏墓志》:"有女曰嫒,婉其如玉,绚兮若画。今上册命为公主,降于突骑施可汗,以修好也。交河开汤沐之邑,咸阳锡邸第之贵。"②苏禄的牙帐就在碎叶。开元二十六年苏禄被莫贺达干所杀,交河公主回国。而据上面的记载,交河公主的女儿嫁给了豆卢荣,并随其到浙东温州任上。这一从西域到浙东的迁徙,非常具有戏剧效应。唐代突厥族裔多与鲜卑胡裔通婚,豆卢荣即鲜卑后裔,并且长于文学,有诗、赋传世。

---

①《太平广记》卷二八○,第2229—2230页。"碎叶"原作"辟叶",据《永乐大典》卷一三一三五引《太平广记》改,参见张国风《太平广记会校》,北京燕山出版社,2011年,第4637页。

②张德臣编著:《渭城文物志》,三秦出版社,2007年,第253页。

三、胡越记忆

浙东唐诗与丝绸之路的交会,不仅通过人物的交流和文学的书写呈现,还凝固为"胡越之间"特殊的文学记忆。如六朝胡僧事迹,尤其是他们开山建寺、吟咏篇什、与文人交往的风流余韵,就成为唐代诗人"浙东记忆"的重要主题。胡族高僧作为汉人士族的座上宾,在六朝清谈集会上也十分耀眼。如东晋时期的竺潜,本丞相王敦之弟,长期在剡山讲法,而且同游者颇多,其高徒中就有粟特后裔康法识。康法识虽为胡人,书法造诣颇高,为名士所重;同游的康昕也是书法名家,亦为粟特胡人,文献特地标明"外国人"(《书断》)或"胡人"(《法书要录》)。又如康僧渊访殷浩家,"值盛有宾客,殷使坐,粗与寒温,遂及义理。语言辞旨,曾无愧色。领略粗举,一往参诣。由是知之。"[1]康僧渊本为胡人,"目深而鼻高,王丞相每调之"[2]。与康僧渊同时渡江的康法畅,"亦有才思,善为往复,著《人物始义论》等。畅常执麈尾行,每值名宾,辄清谈尽日"[3]。这些胡僧的逸事,在唐代浙东文人作品中还经常闪现。

六朝时期还有一些胡僧加入了当时活跃的文人集团。如南齐高僧宝月,本姓康,为粟特胡人,曾为齐竟陵王萧子良文学集团中人[4],存《估客乐》等诗。钟嵘《诗品》以之与帛道猷同列下品,并评

---

[1] 刘义庆著,刘孝标注,余嘉锡笺疏,周祖谟等整理:《世说新语笺疏》卷上之下,中华书局,2007年,第274页。

[2] 刘义庆著,刘孝标注,余嘉锡笺疏,周祖谟等整理:《世说新语笺疏》卷下之下,第939页。

[3] 慧皎撰,汤用彤校注:《高僧传》卷四,第151页。

[4] 参考包得义《永明诗僧康宝月及其诗歌考论》,《求索》2013年第1期。

说:"康、帛二胡,亦有清句。"①宝月与南朝诗人交游的逸事,成为唐人诗中的美谈。如权德舆《送清泫上人谒信州陆员外》:"暂辞长老去随缘,候晓轻装寄客船。佳句已齐康宝月,清谈远指谢临川。"《与沈十九拾遗同游栖霞寺上方夜于亮上人院会宿二首》其二:"名僧康宝月,上客沈休文。共宿东林夜,清猿彻曙闻。"②宝月的传说还延续到后来浙东胡僧与文人中间。据《宋高僧传》载:

> 有会稽云门寺释无侧者,外国人,未知葱岭南北生也。若胡若梵,乌可分诸?建中中越碛东游,得意则止,度其冬夏。后栖越溪云门寺修道。然善体人意,号利智梵僧焉。相传则是康宝月道人后身也,必尝以事征验而知。与名德相遇,谈话终夕。吴兴皎然题侧房壁云:"越山千万云门绝,西僧貌古还名月。清朝扫石行道归,林下眠禅看松雪。"其高邈之状在兹辞焉。③

无侧为西域胡人,而且入华未久,形貌特征依然明显,所以皎然诗中特别标出。除了宝月,唐代会稽永欣寺后僧会传为三国胡僧康僧会后身,"永徽中见形于越……神气瑰异,眉高隆准,颐峭眸碧,而瘦露奇骨,真梵容也"④。"后身"说成为浙东胡僧形象的格套故事。

　　丝绸之路与浙东的连接,在会稽康希铣家族的记忆中也有精

---

① 曹旭:《诗品集注》(增订本),上海古籍出版社,2011年,第560页。按:《诗品》有的版本"康"作"庾",盖字形讹误。又如"康法畅",《世说新语·言语篇》即误为"庾法畅"。余嘉锡说:"考晋代沙门,无以庾为姓者。康为西域胡姓。然晋人出家,亦从师为姓。故孝标以为疑。后《文学篇注》于康僧渊亦云:'氏族未详出处。'足证二人皆姓康矣。"(《世说新语笺疏》卷上之上,第133页。)
② 权德舆撰,郭广伟校点:《权德舆诗文集》,上海古籍出版社,2008年,第89、120页。
③ 赞宁撰,范祥雍点校:《宋高僧传》卷二九,第727页。
④ 赞宁撰,范祥雍点校:《宋高僧传》卷一八,第463页。

彩的呈现。《全唐文》中收录康子元《参军鹘子判》一道，题目为："西州人逯鹘子先任沙州参军，永淳二年赴选冬集，归至甘州，病经二年。今于沙州取选解，不于京台铨试，直赴神都。选曹司判不许，称乡路阻远，既有田收，合便赴选。"对曰：

> 域中有道，天下无外，虽在戎落，亦挂周行。鹘子运偶南薰，地滨西域，久沐唐虞之化，获参州郡之班。万里牵丝，俄毕子荆之任；九流悬镜，行披彦辅之云。①

这里的"逯鹘子"为回鹘人。这道判文应该是一篇拟作，判文中对逯鹘子从西州入京赴选的"虚拟"或许正与康子元家族从西域内迁中原，再迁徙浙东的"历史记忆"有关。

康希铣家族的"丝路记忆"还集中呈现在下面一则故事中。据《太平广记》"司命君"条引《仙传拾遗》云：

> 司命君者，常生于民间。幼小之时，与康元瑰同学。……宝应二年，元瑰为御史，充河南道采访使，至郑州郊外，忽与君相见。……后十年，元瑰奉使江岭，又于江西泊舟，见君在岸上。……赠元瑰一饮器，如玉非玉，不言其名。自此叙别，不复再见。亦不知司命所主何事，所修何道，品位仙秩，定何高卑，复何姓字耳。一日，有胡商诣东都所居，谓元瑰曰："宅中有奇宝之气，愿得一见。"元瑰以家物示之，皆非也。乃出司命所赠饮器与商。起敬而后跪接之，捧而顿首曰："此天帝流华宝爵耳。致于日中，则白气连天；承以玉盘，则红光照室。"……此宝太上西北库中镇中华二十四宝也。②

---

① 《全唐文》卷三五一，第3554页。
② 《太平广记》卷二七，第178—179页。"康元瑰"之"康"原作"唐"，据《正统道藏》本《仙传拾遗》改。

康元瑰为康希铣之子,康希铣在洛阳章善坊有宅。章善坊邻近洛阳南市,其西有波斯寺,东有祆祠,唐代不少胡人聚居于此。这个故事也透露出康希铣家族先世或为胡商的信息,故家中有奇宝,而后来的胡商能鉴之。这一故事中,浙东元素、洛阳元素、岭南元素、丝路元素都被糅合在一起,显示了康希铣家族复杂的文化背景,这或许正是浙东唐诗之路与丝绸之路交会出现的精彩现象。

白居易晚年在洛阳生活胡化①,曾长期住在"毡帐"中。他有《池边即事》诗:"毡帐胡琴出塞曲,兰塘越棹弄潮声。何言此处同风月,蓟北江南万里情。"②在这首诗里,他将塞外胡风与江南风月并举,是"胡越同风"最精彩的注脚。

结　语

唐诗研究是古典文学研究中的显学,并一直在推出新的研究路径。"浙东唐诗之路"概念最早在1991年由竺岳兵先生提出。此后在唐代文学学会、浙江高校、浙江地方政府的支持和推动下,相关研究得以不断推进,并持续升温为近年学术界的热点。2019年11月3日,"中国唐诗之路研究会"成为中国唐代文学学会的分会之一,标志着"浙东唐诗之路"的研究进入了新的阶段。然而,忽略各种"热闹"的新闻报道,"浙东唐诗之路"研究仍然缺乏典范性的成果和成熟的研究范式。竺岳兵先生2002年选编的《唐诗之路综论》一书,就以新闻报道居多,研究论文较少且多为概述性质。傅

---

① 吴玉贵:《白居易"毡帐诗"所见唐代胡风》,《唐研究》第五卷,北京大学出版社,1999年,第401—420页。

② 白居易著,谢思炜校注:《白居易诗集校注》卷二六,中华书局,2006年,第2112页。

璇琮先生在该书的序中说："近十年来,新闻媒体多次报道浙东唐诗之路的学术研究与旅游开发的进展情况。人们已普遍有一个共识:浙东唐诗之路可与河西丝绸之路并列,同为有唐一代极具人文景观特色、深含历史开创意义的区域文化。"①他的这个提法很有前瞻性,但二十年过去了,虽然陆续有不少浙东唐诗之路研究的论著出现,依然没有形成整体的框架和理论的思索,甚至还在此前的研究中"内卷"(比如诗人、诗作的考证,总集的编选)。这种现象也引发了学者的反思。肖瑞峰教授就撰文对"浙东唐诗之路"的学术逻辑和学术空间进行了梳理,并提出了个案研究与整体研究相结合、域内文献与海外文献相结合的研究路径②。另外,胡可先教授也撰文为浙东唐诗之路描绘了一个全面的框架,包括地理之路、文学之路、文化之路、宗教之路、旅游之路,各项之下再细分为其他小项;他还以天台山为例,讨论了唐诗之路与海上丝绸之路交汇的可能③。这些思路让"浙东唐诗之路"不再局限于一个封闭的空间,更符合"唐诗之路"流动的要义。除了赋予新的方向,以往成熟的研究,比如科举与文学、贬谪文学、交通与文学、使府文职僚佐等领域的相关成果,也需要不断整合,为浙东唐诗之路研究打好牢固的基石。

　　学术界对于浙东唐诗之路的研究,多将观察范围局限在浙东,将焦点放在浙东山水诗篇、文人行迹和宗教文化等方面。事实上,浙东唐诗之路并不是一条封闭的路,它连接着整个唐帝国陆上、海

① 竺岳兵主编:《唐诗之路综论》,中国文史出版社,2003年。
② 肖瑞峰:《"浙东唐诗之路"研究的学术逻辑与学术空间》,《绍兴文理学院学报》2018年第6期。
③ 胡可先:《天台山:浙东唐诗之路与海上丝绸之路的交汇》,《浙江社会科学》2019年第12期。

上交通网络,也连接着全国的唐诗之路。浙东地区自汉代以来陆续有西域胡僧、胡商活动,留下了丰富的文学形象和历史记忆。进入唐代,浙东丝、瓷、茶在国内、国际贸易中的地位不断上升,西域胡商沿着陆上、海上丝绸之路纷至沓来,唐朝廷还为此设置了特别的商业网点(如榷场)和管理机构。胡僧、胡商之外,唐代也有不少胡族官员、文人,游宦、流寓浙东,并且留下了优美篇什。胡汉僧俗、官宦、文人交游唱和,山水清音与胡音新声相映成趣,共同构筑了浙东唐诗之路的特殊景观。因为与丝绸之路的交会,浙东唐诗之路已不仅是一条文学之路,还是一条多民族文化交流、碰撞、融合之路:丝、瓷、茶等物质文化通过丝绸之路在浙东、西域、南海之间流通,书籍、写本及多种宗教文化也在浙东、西域、东北亚之间传播和流行。浙东胡、汉文化的交流通过胡、汉文人的交往表现出来,也通过他们的诗文创造得以精彩地记录和呈现。"胡越同风"不仅丰富了浙东唐诗之路的内涵,扩大了整个唐诗之路的格局,也为唐代开放、包容的文化气象增加了新的注解。

下　编
多元视角下的中古胡、汉关系研究

第九章　中古胡、汉文化融合模式

——以话语和文本为中心的分析

中古时期胡、汉民族文化融合是民族历史研究的重要论题。传统的研究思路一般围绕着汉化、胡化两条线索展开,以民族文化大融合的宏大叙事来处理这一主题。随着当代文化批评理论、文化人类学与民族学、历史学的互渗,这一研究思路遭遇了越来越多的质疑和危机。一方面,传统民族融合或者汉化叙事所赖以依存的基本观念比如民族客观论,遭到了严峻挑战,所根据的史料文本也被贴上汉人中心主义偏见的标签。另一方面,微观情境和叙事结构的研究乘势而起,汉化论所简化的复杂族群文化现象和传统研究所缺失的非典范族群文化问题,成为关注的热点。受民族主义思潮影响,民族(族群)认同成为观察民族问题的核心。但学者们已经注意到,认同问题极为复杂:"在今天人类所共享的各种集体认同中,民族认同可能是最基本也最包罗万象的。……其他类型的集体认同(阶级、性别、种族、宗教)可能会与民族认同相互重叠或结为一体。"①

中国古代民族文化研究领域受这一风气影响的代表学者有

① (英)安东尼·D. 史密斯著,王娟译:《民族认同》,译林出版社,2018年,第175页。

王明珂。他的"华夏边缘"研究，较早引入了人类学族群理论与社会记忆理论来阐释中国古代民族关系。将"边缘"作为观察点，既是对传统汉人中心主义的解构，也是一种方法论上的创新。在此基础上，他又提出"历史心性"这一叙事文化结构的概念，用以处理华夏与边缘族源上的交互性问题，构成"中心"与"边缘"的张力。基于反思学的史料解读和微观情境剖析，贯穿于王明珂的"华夏边缘"研究中，其《反思史学与史学反思》更将此提炼为一种方法论①。基于文本、表征（表相）、社会情境（本相）分析，王明珂将古代文献记载的民族文化分为三个层次：事实（facts），反映被描述者（非华夏族）客观的生活习俗与文化表征；叙事（narratives），反映描述者（华夏族）对异文化之主观描述与偏见；展演（performance），华夏与非华夏之间的文化污化、夸耀、模仿和刻意展示、演出。考古发现的民族文化层也可以从这三个方面解读②。这为反思中古民族文化融合问题提供了新的切入角度。

　　斯图亚特·霍尔曾指出，文化认同"总是由记忆、幻想、叙事和神话建构的。文化身份就是认同的时刻，是认同或缝合的不稳定点，而这种认同或缝合是在历史和文化的话语之内进行的"③。对于古代民族文化融合的话语问题，学界关注并不多。出土文献——尤其是少数民族家族人物墓志、少数民族人物撰写的墓志，提供了中古时期民族文化、民族文学的第一手资料，在很大程度上弥补了传世文献汉人话语霸权笼罩的弊端。本章试着借鉴当代民族主义理论、文化人类学中的关键词，结合传世文献与出土文献，

---

① 王明珂：《反思史学与史学反思》，上海人民出版社，2016年。
② 王明珂：《羌在汉藏之间》，中华书局，2008年，第251—252页。
③ 罗钢、刘象愚主编：《文化研究读本》，中国社会科学出版社，2000年，第212页。

来阐释中古胡、汉文化融合的一些模式化叙事，就教大方之家。

第一节　"话语权力"与"文化想象"

陈寅恪曾有一个经典的论断："汉人与胡人之分别，在北朝时代文化较血统尤为重要。凡汉化之人即目为汉人，胡化之人即目为胡人，其血统如何，在所不论。"①这一观点在他的论著中不仅限制在"北朝时代"，而普适于中古时期。从陈寅恪所举的例子来看，他所谓的"文化"，核心有两层意思：一为学说标准，是依汉人典章制度，还是从部族遗风习俗；二为行为标准，是躬行礼法还是悖逆妄为。陈寅恪"文化决定论"虽然精辟，但也存在胡化、汉化一刀切的倾向，而且胡化、汉化并非单纯的"文化表象"能判定。比如乌丸王珪家族，看似汉化程度很高，隋代已有大儒王颎，但以儒学著称的唐初名臣王珪，却因"不营私庙"，违背礼法，为世所笑。于頔家族自北朝以来文儒辈出，号称文史之家，但李绛仍不忘其为"虏族"。这些情况是单纯的汉化或者胡化不能解释的。为此，逯耀东指出：

> 事实上，即使那些进入长城的边疆民族，最后放弃自己原来享有的文化传统，完全融合于汉文化之中，其历程也往往是非常转折与艰辛的。因为文化接触与融合的因素非常复杂，往往在接触与融合的过程中，一旦遭遇挫折与阻碍，必须经过不断地再学习、再适应、再调整之后才能完成。而且不论融合或被融合的双方，都必须付出很高的代价，甚至被融合的民族完全放弃自身的文化传统，但仍然有某些文化的因子，无

① 陈寅恪：《唐代政治史述论稿》，第200页。

法完全被融合而残留下来。这些残留下的文化因子往往在被
吸取后，经过转变成为一种新的文化成分；不仅丰富了汉文化
的内容，也增强了汉文化的活动力量。①

他强调了文化融合的复杂性，无疑更具有解释力。陈寅恪之所以
在胡、汉问题上如此坚持"文化决定论"，与他对中古文化史的宏观
把握有关，但其实他已经注意到了"文化表象"的问题，这是对"文
化决定论"的重要补充。他论沈约生平归命释教，著述文章着意于
此，而临终用道家上章首过之法，"然则家世信仰之至深且固，不易
湔除，有如是者。明乎此义，始可与言吾国中古文化史也"②。又对
刘峻"名教之家"而累世无"菽水之礼"，宇文泰"阳附《周礼》经典
之文，阴适关陇胡汉现状之实"等表里不一的文化现象，也作了精
辟的解释。这提醒我们在处理有关胡姓家族习得汉文化史料的时
候，要有一种超越历史真实的眼光，看到书写主体或者话语所承载
的内容。

　　就中古中国周边民族的文献而言，汉人无疑掌握着最主要的
"书写权"或者"话语权"。美国学者班茂燊(Marc S.Abramson)所
著《唐代中国的族群认同》，重点即在考察唐代族群认同和族群差
异的话语建构(discursive construction)，他指出：

　　　　许多关于非汉族、外族的话语叙述则被唐代精英们用作
明确边界机制的方式，他们认为这些边界机制对于维系种族
上的汉族特质和文化意义上的中国特质是至关重要的。从理
论上来说，通过宣称他们划定种族和文化界限的权力，唐代精

---

① 逯耀东：《从平城到洛阳——拓跋魏文化转变的历程》，中华书局，2006年，导言
　　第3页。
② 陈寅恪：《天师道与滨海地域之关系》，《金明馆丛稿初编》，第38页。

英们将他们在唐朝社会中的地位合法化,并显示了他们引领这一社会的权力。①

有关外族材料的取舍随汉人的认同倾向而转移,"话语"也可能被汉人利用来建构对异族的想象。班茂燊同时指出汉人对异族想象的一种类型:将本民族最高理想标准赋予到外族人身上。汉人的典范史籍(如正史、官方文书等)关注的重点是周边民族归顺、向化的情况,而汉人没蕃、胡化的情形则被视为异端。相应地,胡姓家族汉化、儒化、文士化等符合汉人理想标准的题材成了记录的重点,而胡化、蕃化、蛮化的情节则被选择性遗忘,或者被排斥到非典范性的文本之中(比如笔记小说、私人记录等)。这些经过选择性遗忘的文本是造成"文化想象"的温床。

正史中关于胡姓人物汉文化造诣的描述很多,比如《晋书·刘元海载记》记刘渊:"师事上党崔游,习《毛诗》、《京氏易》、《马氏尚书》,尤好《春秋左氏传》、《孙吴兵法》,略皆诵之,《史》、《汉》、诸子,无不综览。"②《刘聪载记》亦载:"幼而聪悟好学,博士朱纪大奇之。年十四,究通经史,兼综百家之言,《孙吴兵法》靡不通诵之。工草隶,善属文,著述怀诗百余篇、赋颂五十余篇。"③倘若不加辨析,会以为这些入华未久、胡气甚重的人物已经精通汉文化。但这些记载有的来源于史官的"虚饰",唐长孺曾指出:

> 结合时人称之为屠各的诸例便显得《刘元海载记》所述有出于伪托之嫌。《刘元海载记》出于《十六国春秋》已不待论,而《十六国春秋》的根据大约出于和苞《赵记》之类,那是

①(美)班茂燊著,耿协峰译:《唐代中国的族群认同》,人民出版社,2016年,第34—35页。

②《晋书》卷一〇一,中华书局,1974年,第2645页。

③《晋书》卷一〇二,第2657页。

前赵史官颂扬其君主的著作，自然完全照刘曜自己所述记下来，且为之修饰，大都是靠不住的。……《刘元海载记》之说自然出于前赵史官依托著名人物以抬高身价而已。其他如述刘氏一门都博通经史，恐怕也出于捏造。这类例子不独《刘元海载记》为然，如石勒为王衍所识，慕容廆受知于张华，恐怕都是依托名人题目以自重，并非事实。①

又如史载唐代蕃将哥舒翰"能读《左氏春秋》、《汉书》，通大义"②；李光弼"好读班固《汉书》，异夫庸人武夫者"③；浑瑊"好书，通《春秋》、《汉书》，尝慕《司马迁自叙》，著《行纪》一篇，其辞一不矜大"④。这些记载或在传主开篇、结尾补叙的显著位置，或为史臣评语，表彰意味明显。出土蕃将墓志中亦常见类似话语，如《黑齿常之墓志》："府君年甫小学，即读《春秋左氏传》及班马两史，叹曰：'丘明耻之，丘亦耻之，诚吾师也，过此何足多哉？'"⑤研究者通常将这些材料视为唐代蕃人汉化的重要证据，如马驰《唐代蕃将》一书"蕃将汉化"一节中，就将哥舒翰、李光弼的案例作为他们"形夷"而"华心"，汉文化修养高的证据⑥。班茂燊也将这些记载视为非汉人汉化的例证⑦。但这些蕃将能通《春秋》《汉书》等经典的记

---

① 唐长孺：《魏晋杂胡考》，收入《魏晋南北朝史论丛》，第388—389页。

② 《新唐书》卷一三五，第4569页。

③ 《新唐书》卷一三六，第4597页。

④ 《新唐书》卷一五五，第4894页。

⑤ 吴钢主编：《全唐文补遗》第二辑，第358页。

⑥ 马驰：《唐代蕃将》，三秦出版社，1990年，第226—231页。另外，荣新江根据哥舒翰父娶于阗王女，哥舒翰又任安西副都护，驻扎在于阗，而唐代于阗地区发现的汉文典籍，有《尚书孔氏传》《史记》《汉书》等，证明当地有汉文化教育传统，因此推测哥舒翰读《汉书》的地点可能在于阗。参考《关于唐宋时期中原文化对于阗影响的几个问题》，《国学研究》第一卷，北京大学出版社，1993年，第416页。

⑦ （美）班茂燊著，耿协峰译：《唐代中国的族群认同》，第190页。

载是需要质疑的,它们可能是史书中的模式化书写。《三国志·关羽传》引《江表传》有"羽好《左氏传》,讽诵略皆上口"的情节,是"武力"或"军事"的一种映射,因为《左传》本身以记战争为胜。《汉书·艺文志》中还著录《兵春秋》一书,李零认为是集《左传》中的战例为书,后来明代也有《左氏兵略》等类似之作[①]。胡族人物不乏真正研习经典、擅长诗文者,但这些"刻板印象"也可能源于汉人的一种"美化"和"想象"。

"想象"在民族文化传播中也广泛存在,尤其是文学、艺术领域。如史载张鷟文名之盛,武则天时马仙童陷于突厥,"默啜谓仙童曰:'张文成在否?'曰:'近自御史贬官。'默啜曰:'国有此人而不用,汉无能为也。'新罗、日本东夷诸蕃,尤重其文,每遣使入朝,必重出金贝以购其文,其才名远播如此"[②]。又杜确撰《岑嘉州诗集序》赞岑参:"每一篇绝笔,则人人传写,虽闾里士庶,戎夷蛮貊,莫不讽诵吟习焉。"[③]又《翰林盛事》称萧颖士:"文章学术,俱冠词林,负盛名而湮沈不遇。常有新罗使至,云:'东夷士庶,愿请萧夫子为国师。'事虽不行,其声名远播如此。"[④]白居易《读李杜诗集因题卷后》云"咏留千古,声名动四夷";唐宣宗李忱《吊白居易》诗:"童子解吟长恨曲,胡儿能唱琵琶篇。"李商隐《白居易碑》:"姓名过海,流入鸡林、日南有文字国。"白居易族人《白敬宗墓志》也称:"叔伯等,尽皆进士出身,累登科第,名显于四夷。"[⑤]白居易撰《元稹墓

---

① 李零:《兰台万卷:读〈汉书·艺文志〉》,生活·读书·新知三联书店,2013年,第153页。

② 《旧唐书》卷一四九,第4024页。

③ 岑参著,廖立笺注:《岑嘉州诗笺注》"序",中华书局,2004年,第1页。

④ 《太平广记》卷一六四,第1193页。

⑤ 吴钢主编:《全唐文补遗》第一辑,第413页。

志》称:"公凡为文,无不臻极,尤工诗。在翰林时,穆宗前后索诗数百篇,命左右讽咏,宫中呼为元才子。自六宫两都八方至南蛮东夷国,皆写传之。"①书法领域,如杜甫《八哀诗》称李邕"碑版照四裔";张怀瓘《书断》称高丽国人爱欧阳询书,唐高祖感叹"不意询之书名,远播夷狄"。这些汉人文学艺术向周边民族地区传播的说法,可能有文化交流、传播的证据,但在详细考察相关人事及文本层累之后,可以发现相当一些是"文化想象"下的模式化叙事。

"话语权力"和"文化想象"的较量也发生在一些特殊的胡、汉交流领域,比如佛教。佛教从印度传入中国,中国一直居于文化输入"逆差"地位。有感于此,一些中土佛学"倒流"印度的记载就被浓墨重彩地加以渲染。比如《佛祖历代通载》载永嘉禅师《证道歌》,"梵僧归天竺,彼皆亲仰,目为东土大乘经"②。《宋高僧传·唐京兆大兴善寺含光传》也记载:

> 时天台宗学湛然解了禅观,深得智者膏腴。尝与江淮僧四十余人入清凉境界。湛然与光相见,问西域传法之事。光云:"有一国僧体解空宗,问及智者教法。梵僧云:'曾闻此教定邪正,晓偏圆,明止观,功推第一。'再三嘱光或因缘重至,为翻唐为梵附来,某愿受持。屡屡握手叮嘱。详其南印土多行龙树宗见,故有此愿流布也。"

传后有一段很长的议论:

> 系曰:未闻中华演述佛教,倒传西域,有诸乎? 通曰:"昔梁武世,吐谷浑夸吕可汗使来求佛像及经论十四条,帝与所撰《涅槃》、《波若》、《金光明》等经疏一百三卷付之。原其使

---

① 白居易著,谢思炜校注:《白居易文集校注》卷三三,第1929页。
② 念常集:《佛祖历代通载》卷十三,《大正新修大藏经》第四十九卷,第589页。

者必通华言,既达音字,到后以彼土言译华成胡,方令通会。
彼亦有僧,必展转传译,从青海西达葱岭北诸国,不久均行五
竺,更无疑矣。故车师有《毛诗》、《论语》、《孝经》,置学官弟
子,以相教授。虽习读之,皆为胡语是也。又唐西域求《易》、
《道经》,诏僧道译唐为梵。二教争菩提为道,纷拏不已,中
辍。设能翻传到彼,见此方玄赜之典籍,岂不美欤!"①

这段话中所涉中华典籍传入西域的史实亦见于中古史书和佛教
传记,被视为"佛教倒流"的资料②。然而真正有趣的是这段论述后
面隐含着中华佛教与西域佛教争胜之心。文章后面虽承认"西域
者,佛法之根干也;东夏者,传来之枝叶也",但进而指出:"如无相
空教出乎龙树,智者演之令西域之仰慕。如中道教生乎弥勒,慈恩
解之,疑西域之罕及。将知以前二宗,殖于智者、慈恩之土中,枝叶
也。……懿乎智者、慈恩,西域之师焉得不宗仰乎!"这一充满自信
的"宣言"生动地呈露了印度佛教"话语霸权"压迫下中土高僧的微
妙心理状态。

"话语霸权"与"文化想象"依托于胡、汉民族的各种叙事文本
表现出来,是中古时期胡、汉之间伪冒攀附现象的内核,是胡、汉文
化融合的一种特殊形态。

第二节　"身份焦虑"与"文化展演"

中古时期一向被视为民族大融合的关键时期,但民族偏见也

---

① 赞宁撰,范祥雍点校:《宋高僧传》卷二七,第678—679页。
② 参见季羡林《佛教的倒流》,收入《季羡林文集》第七卷《佛教》,江西教育出版社,
　1998年,第405—444页。

并非杳然无迹。在笔记小说中，有关异族或非汉人体质、语言、异俗的嘲讽、谐谑不胜枚举：这是造成胡姓家族身份焦虑的重要因素。在"文化决定论"（或者"文化至上主义"）观照下，胡、汉族群身份的选择问题成为文化身份的认同问题，因而胡姓家族的族属身份焦虑，更多通过文化因素传递出来。文化焦虑表现在很多层面，比如对于政权正统性、合法性的焦虑，如高欢语杜弼云："天下浊乱，习俗已久。今都督家属多在关西，黑獭常相招诱，人情去留未定。江东复有一吴儿老翁萧衍者，专事衣冠礼乐，中原士大夫望之以为正朔所在。"①也可能表现在对家族职业的危机感，如阎立本曾戒其子曰："吾少好读书，幸免墙面。缘情染翰，颇及侪流。唯以丹青见知，躬厮养之务，辱莫大焉。汝宜深戒，勿习此也。"②阎氏本出西域胡姓，传承西域画学，而绘画在中古时代常被视为贱职，非阎立本所希望的家族身份。又如《新唐书·元结传》载：

> 元结，后魏常山王遵十五代孙。曾祖仁基，字惟固，从太宗征辽东，以功赐宜君田二十顷，辽口并马牝牡各五十，拜宁塞令，袭常山公。祖亨，字利贞，美姿仪。尝曰："我承王公余烈，鹰犬声乐是习，吾当以儒学易之。"③

元结家族本为拓跋鲜卑皇族，入唐以后还以武力显，不脱游牧风气。元亨转习儒学，自然是有感于家族这种文化传统面临难以为继的危机。阎立本和元亨的例子代表了不少胡姓家族在文化身份焦虑中的心理活动，也从侧面折射了胡姓家族突破族群弱势地位的心理动力。

---

① 《北齐书》卷二四，第347页。
② 《太平广记》卷二一一，第1617—1618页。
③ 《新唐书》卷一四三，第4681页。

　　胡姓家族应对这种文化焦虑或危机的方式有很多，比如攀附汉人名人祖先、伪冒家族世系、联姻汉人士族等等，由此获得汉人"高门""著姓"的文化身份。这些应对方式之下的一种反应是以典范汉文化"荣耀"来对抗和消解汉人的族性偏见。王明珂将这种攀附、夸耀汉文化属性以洗刷家族外族身份的做法称之为"展演"[①]，中古时期这样的文化展演例子颇多。如《唐摭言》"敏捷"条下载一故事：

> 白中令镇荆南，杜蕴常侍廉问长沙，时从事卢发致聘焉。发酒酣傲睨，公少不怿，因改著词令曰："十姓胡中第六胡，也曾金阙掌洪炉。少年从事夸门地，莫向樽前喜气粗。"卢答曰："十姓胡中第六胡，文章官职胜崔卢。暂来关外分忧寄，不称宾筵语气粗。"公极欢而罢。[②]

面对汉人山东高门卢氏，白敏中的反映很有深意，他自称"十姓胡"，是承认了自己的族属。但他强调自己（包括其家族）在文学修养、官宦地位上并不输山东门第。通过"夸耀"自家官爵和文章来对抗汉人门第，正印证了族群身份特征所隐藏的焦虑，这突出表现于胡姓家族文学创作心理中。除了文章、官爵，科第也是胡姓家族夸耀的重要特征之一。科举是汉人与非汉人重要的族群边界指针。少数族裔通过应举不仅可以获得汉人的身份认同，而且能掩盖家族"异类""野蛮"和"无文化"的标记。《桐江诗话》"白乐天诗兄弟中第"条载：

> 乐天与弟敏中、行简三人相继皆中第。乐天作诗云："自怜郡姓为儒少，岂料词场中第频。桂折一枝先许我，杨穿三箭

---

① 王明珂：《羌在汉藏之间》，第258页。
② 王定保撰，陶绍清校证：《唐摭言校证》卷一三，第560页。

尽惊人。"其自言兄弟中第,曲折尽矣。乐天自作墓志,以白
起为祖,故曰"自怜郡姓为儒少"也。①

白居易家族为西域胡姓,其入华或在北朝,但家族文化的积累并非
一朝一夕可成。"自怜郡姓为儒少",是传统经学领域白氏家族的
劣势;"岂料词场中第频",是今朝科举之下家族的勃兴。这道出了
不少新兴家族尤其是胡姓家族的心声。据《(万历)粤大记》载:

> 宁原悌,钦江人。宁氏世为合浦豪族,原悌即刺史纯从
> 孙也。纯能以诗书礼仪教其族人。原悌少好学,武后永昌元
> 年举进士。以贤良策试于廷,时对策者千余人,诏吏部尚书李
> 景谌糊名校覆,以张说为首。后览对,置说乙科而擢张柬之第
> 一,原悌第九。原悌出荒服,得上第,朝野咸叹异之,授秘书
> 省校书郎,累官至谏议大夫。②

宁原悌,今人以之为古代壮族,实唐代南方蛮族,但他在科场
的成绩挫败了汉人对于他们文化落后的偏见③,所以成为历代方
志书写的典范。

在中古时期的胡族人物墓志中,可以看到对家族人物文学造
诣、文化修为近乎刻意而且刻板的叙述,也是上述心理下的反应。
甚者,一些夸耀还演变为自夸,如谢观自撰墓志铭:

> 其先陈郡阳夏人。东晋太傅文靖公安十六代孙。五代祖
> 偃,仕隋为记室参军。……吾生慕云鹤,性耽烟霞,秘籍仙经,

---

① 郭绍虞辑:《宋诗话辑佚》,中华书局,1980年,第343页。
② 郭棐纂:《(万历)粤大记》卷一九,书目文献出版社,1990年,第344页。
③ 虽然宁原悌展示了宁氏家族慕化的一面,但他们作为钦州俚獠酋帅的身份并未
　改变,所以有学者认为:"无论他们如何努力地呈现出自己文明的一面,宁氏生
　活的环境及其统治方式都无法逃脱族类偏见。"参见(新西兰)龚雅华著、魏美强
　译《汉唐时期岭南的铜鼓人群与文化》,南京大学出版社,2023年,第189页。

常在心口。药炉丹灶，不废斯须。生世七岁，好学，就傅能
文。及长，著述凡卅卷。尤攻律赋，似得楷模，前辈作者，往
往见许。开成二年，举进士中第。[①]

谢观为谢偃五世孙，本高车族裔（《旧唐书》本传称本姓"直勒氏"，
据刘知几《史通》云本姓"库汗氏"）。谢偃祖仕北齐，谢偃自隋入
唐，当不至于"数典忘祖"，但在其撰《玉牒真记》中却"抹黑"自己
的祖先："重以中原涂炭，戎羯凭陵，衣冠礼乐，扫地将尽，数百年
间，未闻正朔。"[②]可见他已经以华夏"衣冠"士族自居，而直呼祖先
为"戎羯"。谢观则进一步攀附陈郡谢氏谢安家族。谢观之子谢
承昭为其姊谢迢所作的墓志又云：

> 夫人谢氏，讳迢，字升之。东晋太傅文靖公安十九世
> 孙。当永嘉南迁，王室多难，我文靖公以文武全略，匡辅成
> 功，茂德鸿勋，传于晋史。……夫人五世祖偃，仕隋为记室参
> 军。……（夫人）九岁善属文，尝赋寓题诗曰：永夜一台月，高
> 秋千户砧。其才思清巧，多有祖姑道韫之风。[③]

在当时谱学发达的背景下，说他们自己不知道祖先的族源或许是
牵强的，合理的解释是他们在某种压力下对自己族源、世系作了刻
意的避讳和修正，而文学正是他们的重要依托。南朝谢氏家族以
文学著名，谢安一系尤为唐人膜拜，谢观自序文学造诣及著述，可
视为传承"家学"的表述，而以一种有趣的"自夸"出现，这在汉人叙
事中较少见。更明显的是谢观女，墓志特意引用其诗文，用以接续
上谢氏家族才女谢道韫，值得玩味。文化身份是破解胡姓家族文

---

① 吴钢主编：《全唐文补遗》第一辑，第400—401页。
②《全唐文》卷一五六，第1595页。
③ 吴钢主编：《全唐文补遗》第一辑，第396页。

学中夸耀背后隐秘心理之关键所在,也是影响民族认同的变量,越是显性的文化要素,越是指向认同的焦虑。胡姓家族对文学的重视或许正是他们在汉人"凝视"下对汉人身份认同焦虑的反拨。

　　对于族群身份的焦虑也表现在一些特殊的情境中,比如佛道论衡。众所周知,佛教作为外来宗教在中国经历了反复的"崇""毁"斗争。历代佛道论衡中,佛教"胡教"的身份常常成为被攻击的重点。中外高僧为了调和佛教华夷之别曾做过不少努力,其中"老子化胡说"就是一个经典的"想象"。"老子化胡说"可谓华夷冲突的前线,如显庆五年唐高宗在洛阳宫中令僧静泰与道士李荣论《老子化胡经》,二人反复论驳,教史义理而外,不乏"人身攻击",尤其是理屈词穷的道士李荣。如他说:"大道老君,皇帝所尚。何物绿睛胡子,剃发小儿,起自西戎,而乱东夏?"静泰回答:"如来出现,彼处为天中。我皇御宇,此间为地正。佛法有嘱,委以皇王。有感必通,何论彼此。若限以华裔,恐子自弊于杜邮。老是楚人,未知何地。又荣向云绿精胡子,自是葱岭已东。李荣仲卿之鄙辞,亦无关于佛事。"[1]单纯从教义而言,李荣早被静泰驳斥得不知所措,然而一旦"绿睛胡子"论抛出,还是具有很强的破坏性,静泰不得不反而攻击道教以自解,最后唐高宗也只得下令停止论争。尽管历代佛道论衡并没有朝着华夷之辨一路发展,但这无疑是表露在外的痛点。

第三节　"自我宣称"与"话语建构"

　　民族认同有所谓"他认"(Ethnic Others)与"自认"(Ethnic Self)

---

①道宣撰,刘林魁注:《集古今佛道论衡校注》卷丁,第290—291页。

的区分,这也可以套用到文化认同上。人类学、社会学对于"本土经验""地方性知识"的关注,以及后现代批评对"话语霸权"的挑战,掀起了民族文化研究向内的转向。班茂燊指出:"基本主题和'备用意思形态'在唐代文献中不断浮现,逐步构建起非汉族和汉族作为他者和自我的话语叙述。"①就中古民族关系而言,汉人掌握着最丰富的民族知识和最庞大的书写权力,胡族人物的谱牒、传记、墓碑等体裁的文学作品多是出自汉人之手,汉人往往利用这种"话语权"展开对异族的"文化想象"。胡族在习得汉文化之后自然希望争取发言权,以"自我宣称"来对抗汉人的"文化想象",这是消解其文化焦虑的终极方法,"族际话语"的建构即是这样的一种方式。

"族际话语"伴随着族源攀附、世系伪冒,首先在同姓胡汉之间展开。仇鹿鸣研究鲜卑高氏与汉人渤海高氏之间的关系,曾举高峤撰《高缋墓志》这一典型的例子:

> 志主高缋出自渤海高氏高祐一支,是高德正的玄孙,而墓志的撰写者高峤则是高士廉之孙,高欢从弟高岳玄孙,两支尽管皆号称渤海高氏,但据上文考订,出自于高欢支系的高峤乃是渤海高氏的假冒牌无疑,但有意思的是志后原署:族父绛州曲沃县令乐安县开国公峤撰文,从这一题名中可知高峤与高缋两支已经互相认同,视为同宗,从高缋后人邀请高峤撰写墓志一事还可以推知这两支间的关系颇为密切,尽管高峤所撰志文中对于高缋的先世叙述得颇为详尽、准确,应该不难发现两支并非同源,但对于同宗的认同与想象却能够超越这种疑问,使两个本没有关系的家系之间建立起密切的关联,其背

---

① (美)班茂燊著,耿协峰译:《唐代中国的族群认同》,第31页。

后的意义究竟如何，是一个需要进一步探索的问题。[①]

唐人同姓幼、长之间称"族叔""族父"颇为常见，但并不一定确有世系关系，比如李白在《陪族叔刑部侍郎晔及中书贾舍人至游洞庭五首》诗中称李晔为"族父"。又如于公异撰《于申墓志》，署"从叔、朝散大夫前行尚书祠部员外郎"[②]。于申出河南于氏于寔一系，为鲜卑万纽于氏族裔；而《旧唐书》本传称于公异为吴人，其出汉人于氏可能性更大。倘如此，则于公异自称于申之"从叔"，是以汉人而攀附"虏族"[③]，这也证明族群认同的主观性。于公异通过撰志将自己与显赫的河南于氏家族联系在一起，这是"族际话语"的特殊形式。

"族际话语"在胡姓家族之间有更重要的意义。北朝胡姓大多经历改姓、复姓的反复过程，造成本出同源而各自为姓的局面，而他们之间的关系也是很微妙的。这种"同出一族"的默许，在"族际话语"这种特殊文本中表现得最为生动。比如《独孤仁政碑》署"□□刘待价撰""吏部常选弘农刘珉书"。王昶以为二人皆匈奴族裔河南刘氏："即如此碑书撰皆刘姓，而又皆宏农人，当即所云河南刘氏之派，此亦可见其与独孤甚亲。其言独孤先世，无异自言，故能详悉若此。"[④]刘待价、刘珉二人不详所出，王昶之言可作参考。河南刘氏与独孤氏本同出匈奴之裔而分为二派，且各自显要

---

① 仇鹿鸣：《"攀附先世"与"伪冒士籍"——以渤海高氏为中心的研究》，《历史研究》2008年第2期。

② 吴钢主编：《全唐文补遗》第四辑，第75页。

③ 《资治通鉴》卷二三七，唐宪宗元和二年十二月条载："山南东道节度使于頔惮上英威，为子季友求尚主；上以皇女普宁公主妻之。翰林学士李绛谏曰：'頔，虏族；季友，庶孽，不足以辱帝女，宜更择高门美才。'"（第7647页。）

④ 王昶：《金石萃编》卷六九，《历代碑志丛书》据嘉庆十年经训堂刊本影印，江苏古籍出版社，1998年，第403页。

当世。这样的例子还见于北朝隋唐时期的侯莫陈氏与陈氏等家族之间。虽然在现实中二者或故意避讳族源之问题，但通过"族际话语"维系彼此的认同，却又心照不宣。

　　"族际话语"在汉化已深的胡姓家族可能并不稀见，但在那些部族文化遗存浓郁、汉化水平不高的一些家族，其特殊的意义便彰显出来了，可以唐代粟特胡人后裔为例来说明。入华粟特后裔是"逆汉化"的典型代表，他们本民族的通婚、信仰、习俗在历经多代之后犹能传承，而在文学、经学等汉人典范文化领域的建树则很少。但在有限的粟特文人作品中却可以看到一种"族际话语"的情况。前文已经提及的康杰撰《大唐北岳恒山封安天王之铭》，安雅撰《罗昇墓志铭》（罗氏为西域胡族），米士炎撰《何德墓志铭》、《炽俟迦墓志》（炽俟族出突厥），史恒撰《康夫人墓志》，石镇撰《曹彦瑰母康氏墓志》、《白守忠暨夫人龙氏墓志》（中古龙氏族出焉耆），翟运撰并书《米继芬墓志》，李平（本姓安）书其父《李元谅（安元光）墓志》又撰其弟《李准墓志》，等等，都是粟特胡人为另一粟特胡人（或与粟特胡人关系密切的胡族）撰（或书）墓志文。相互请托为文是他们汉文化水平提高的一个表现，但另一方面也可能隐含着他们自己掌握"话语权"的愿望，有一种族群意识在其中。比如米士炎所撰二篇墓志，皆署"京兆进士"，其中何德为粟特胡人、炽俟迦夫人康氏也是粟特胡人，绝非巧合。求志者与撰志者可能共同带着一种"同族"的思维默契，隐含着"脱颖而出"的粟特文人在建构"族际话语"方面的努力。相比安氏、康氏、史氏、何氏、曹氏等发展程度比较高的粟特胡姓而言，米氏显然更为弱势。米士炎则是唐代极为罕见的米姓进士。两个胡人家族请他撰志，自然也是希望借助他的"话语"重塑家族的形象，而米士炎也确实利用掌握的"知识"精心为他们构建了族源文本。如《何德墓志》云："公讳德，

字伏德,庐江潜人也。分邦于晋,授姓于韩。远祖避难江淮,韩何
声近,因以命氏。故汉有武,魏有夒,晋有邵,宋有偃。衣冠钟鼎,
弈叶蝉联。"① 这是典型的"汉化"叙事。《炽俟迍墓志》云:"公讳
迍,字伏护,阴山人也。发源本于夏后,弈叶联于魏朝。累生名王,
代有属国,入为冠族,道远乎哉。……铭曰:玄冥封域,乌丸苗裔。
向化称臣,策名谒帝。"② 这一族源参考了开元廿四年裴士淹所撰
炽俟迍父炽俟弘福墓志的叙事:

> 公讳弘福,字延庆,阴山人也。其先夏后氏之苗裔。粤
> 若垂象著名,天有髦头之分;封疆等列,地开穷发之乡。袭广
> 大而居尊,务迁移以成俗。和亲通使,冒顿于是兴邦;保塞入
> 朝,呼韩以之定国。则有大臣贵种,当户都尉,必及世官,作
> 为君长,其或处者,我称盛门。……其词曰:阴山之下地气良,
> 贤王之昆宗枝强。生我名将护朔方,简于圣主曜帝乡。③

从这里也可以看出,作为粟特文人,他们所掌握的"知识"还只能在
汉人的话语体系中选择④,但他们内心深处却隐含着对族源、家世
的一种"追忆"和"想象",这也可以看作是一种"影响的焦虑"。因
为史料的缺乏,目前还不能还原胡姓家族之间如何通过文学话语
重新建构家族记忆的细节,但这一倾向值得重视。

　　还值得注意的是,胡、汉族群话语建构因文类而异,内容和尺
度由此不同。比如碑志文是胡族人物攀附和夸饰的温床,而笔记

---

① 吴钢主编:《全唐文补遗》第三辑,第97页。
② 西安市长安博物馆编:《长安新出墓志》,第189页。
③ 吴钢主编:《全唐文补遗》第二辑,第22页。
④ 班茂燊以唐代粟特胡人为例指出:"那些已经部分融入主流中华文化但又保持其
自身族群认同的非汉人,开始能够逐步熟练地使用那些广为接受的族群话语概
念,不管是直接使用还是假之以人,其目的都在于取得社会地位和政治权力,以
跟他们所获得的军事和经济实力相称。"《唐代中国的族群认同》,第15—16页。

小说则多汉人嘲谑和排调的土壤。相比之下,佛教文献中的族群知识和话语建构更为大胆和暴露。或许是佛教的特殊出身为一些胡族、胡人提供了"护身符"。比如唐代高僧法琳曾对李世民直言:"拓跋达阇,唐言李氏,陛下之李,斯即其苗,非柱下陇西之流也。……窃以拓拔元魏,北代神君,达阇达系,阴山贵种。经云:'以金易鍮石,以绢易缕褐,如舍宝女与婢交通。'陛下即其人也。弃北代而认陇西,陛下即其事也。"①这可谓惊世骇俗之论,颠覆了李唐王室的族群想象。刘盼遂引陈寅恪观点说:"此事实足唐为氏蕃姓之铁证,赖存于释氏书中,得未遭摧烧耳。"②此事虽争讼不已,但仅从史料的角度而言,佛教文献功不可没。

　　中古系列《高僧传》对于僧人的异族出身往往不讳言,甚至一些已经汉化得无迹可寻的胡族也会标记出来。如《隋西京大兴善寺北天竺沙门那连耶舍传》记居士万天懿:"懿元鲜卑,姓万俟氏。少出家,师婆罗门,而聪慧有志力,善梵书语,工咒符术。"③又如《唐上都章敬寺悟空传》:"京兆云阳人,姓车氏,后魏拓跋之远裔。"④《魏书·官氏志》:"后魏献帝命疏属曰车焜氏,改为车氏。"⑤唐代不少车氏已经完全没有拓跋鲜卑的"意识",但在佛教文献中居然还被揭出。余如西域、天竺、罽宾、吐火罗等不同族别的高僧,都赖此类传记方显身份本源。这可以说佛教族群知识建构的特殊路径。

①彦琮:《唐护法沙门法琳别传》卷下,《大正新修大藏经》第五十卷,第210页。
②刘盼遂:《李唐为蕃姓考》,收入聂石樵辑校《刘盼遂文集》,北京师范大学出版社,2002年,第648页。
③道宣著,郭绍林点校:《续高僧传》卷二,第34页。
④赞宁撰,范祥雍点校:《宋高僧传》卷三,第50页。
⑤《魏书》卷一一三,第3006页。

第四节　"文本的张力"
——契苾何力"诵古诗"故事新解

　　汉人对于胡族"文化想象"与胡族自身的"文化展演"，相互作用机制颇为复杂，包括文本创作、舆论造势、传播接受与再度阐释等过程。汉人的文献记载可能存在偏见和刻板形象，而胡姓家族自我宣称的"族际话语"也不能完全脱离汉人语境而自立。胡、汉之间"默契"的文化叙事，表明了他们都希望借助文化特征或标记来"遮蔽"或"修饰"族源差别，这正是胡、汉融合的思想基础。胡、汉之间通过建设性的话语磨合方式，逐渐形成一种大家都能认同的文化主题或者叙事模式，如族源、谱系等等。比如北魏皇室族源攀附的过程，先有崔浩"拓跋之祖本李陵之胄"之说，此说随着崔浩国史案破产，但流传到南朝，被沈约《宋书》等汉人典籍再阐释，一直延续至唐代，成为北朝胡姓的一个重要族源[1]。而在另一端，大和二十年孝文帝下诏宣称拓跋氏为黄帝之后，此后墓志等文体中很快开始传播这一说法，如正始四年《元绪墓志》："开基轩符，造业魏历，资羽凤今，启鳞龙昔。"[2]永平三年《魏故宁陵公主墓志》："遥源远系，肇自轩皇，维辽及巩，弈圣重光。"[3]二人均为拓跋王室成员。其后拓跋宗支及非拓跋宗室的胡姓家族也开始以黄帝为族源。如正光四年《奚真墓志》："其先盖肇侯轩辕，作蕃幽都，分柯

---

① 参见温海清《北魏、北周、唐时期追祖李陵现象述论——以"拓跋鲜卑系李陵之后"为中心》，《民族研究》2007年第3期。
② 赵超编：《汉魏南北朝墓志汇编》，天津古籍出版社，1992年，第53页。
③ 赵超编：《汉魏南北朝墓志汇编》，第57页。

皇魏,世庇琼荫,绵弈部民,代匡王政。"①奚真本为达奚氏,拓跋宗族十姓之一。又孝昌三年《和邃墓志》:"其先轩黄之苗裔,爰自伊虞,世袭缨笏,式族命三朝,亦分符九甸。"②和邃本姓素和氏,为鲜卑白部族人。又大象元年《安伽墓志》:"其先黄帝之苗裔,分族因居命氏。"③安伽本西域粟特胡人。北朝以来胡姓家族对于黄帝族源的广泛攀附,是倒逼汉人黄帝认同的一个动力,经过胡汉之间长期的积极互动和默契合作,中古时期民族大融合与胡汉共同体得以形成,并且成为中华民族"炎黄"认同的重要阶段④。

在微观层面上,胡、汉之间的"文化想象"与"文化展演"也有密切的关联。下面再以契苾何力诵古诗一事作为例证来剖析。据刘𝒸《隋唐嘉话》载:

> 司稼卿梁孝仁,高宗时造蓬莱宫,诸庭院列树白杨。将军契苾何力,铁勒之渠率也,于宫中纵观。孝仁指白杨曰:"此木易长,三数年间宫中可得阴映。"何力一无所应,但诵古诗云:"白杨多悲风,萧萧愁杀人。"意谓此是冢墓间木,非宫中所宜种。孝仁遽令拔去,更树梧桐也。⑤

刘𝒸此书著于天宝初,说明至迟在这一时期契苾何力"诵古诗"之事已广为流传。刘𝒸与其父刘知几、兄刘贶都曾监修国史,但对于这一史料却是很谨慎的。《隋唐嘉话》一书的性质,刘𝒸自己在序言中说得很明白:"余自髫𫘫之年,便多闻往说,不足备之大典,

① 赵超编:《汉魏南北朝墓志汇编》,第142页。
② 赵超编:《汉魏南北朝墓志汇编》,第207页。
③ 罗新、叶炜:《新出魏晋南北朝墓志疏证》(修订本),第291页。
④ 参考尚永亮、龙成松《中古胡姓家族之族源叙事与民族认同》,《文史哲》2016年第4期。
⑤ 刘𝒸撰,程毅中点校:《隋唐嘉话》卷中,中华书局,1979年,第29—30页。

故系之小说之末。"此书原名《传记》，又名《国史异纂》①，即是要与"国史"相区别。但在此后一些版本的唐国史中却记载了契苾何力"诵古诗"之事。《太平御览》引《唐书》即载上引契苾何力事，文字与《隋唐嘉话》几无异。又据大中八年柳喜撰《契苾通墓志》：

> 公讳通，字周物，姓契苾氏。其族系源流，载在国史。五代祖何力，在贞观初，发齿尚幼，率部落千余帐，效款内附。太宗嘉之，授左领军将军。后以征讨有劳，尚临洮县主，为葱岭道副大总管。忠烈义勇，存乎本传。时有司修蓬莱宫，树以白杨。烈公吟古诗以讽，主事者喻其旨，立命伐去之。其敏识精裁，为时所推。②

柳喜刻意强调了契苾何力"吟古诗"之事，这可能是出于契苾通后人的要求，并且援引"国史"作为旁证，强化这一印象。今本《旧唐书》中没有契苾何力吟古诗之事，证明《太平御览》所引《唐书》与唐国史同出一源。刘餗之时契苾何力"诵古诗"事尚为"小说"，但至迟大中时期的国史似已正式将之纳入官方文本。这一方面可能是契苾何力家族地位影响所致，另一方面可能也与国史编撰中史料的层累有关，而在本质上则反映了对于契苾何力家族"文化"身份的确认。

　　回到事实层面，契苾何力是否可能真的具备"古诗"修养，能赋诗言志呢？刘餗对此史料作"小说"处理，已表达了他最初见到这一材料的判断。即便"古诗十九首"所依托的《文选》在唐初非常兴盛，但揆诸契苾何力本人之经历，他习得古诗并且能精妙地解

---

① 关于《隋唐嘉话》书名之演变，详周勋初《〈隋唐嘉话〉考》，收入《唐人笔记小说考索》，江苏古籍出版社，1996年，第165—180页。
② 吴钢主编：《全唐文补遗》第一辑，第358页。

读是值得怀疑的。据契苾何力本传及出土墓志文献,其家族本铁勒别部之酋长,九岁而孤,贞观六年始随其母内附沙州,时已二十六岁[1]。至龙朔中他竟成为一个深于汉化的"诗人"。姑且不说他入唐以后胡化未泯、戎马倥偬之际是否有机会接触汉文学,就其年岁而言已过授学之阶段。另外,契苾何力家族的婚、宦犹存部族遗风。仕宦上,契苾何力以前家族代领部落酋长,契苾何力子孙多为边裔武将,而且世代领贺兰都督,管理周边民族:都具有非常鲜明的部族之风[2]。而且契苾部在契苾何力内附之后依然十分活跃,圣历二年《崔玄籍墓志》载其"龙朔三年,除陇州长史,仍奉使凉州巡抚契苾部落。衔国朝之命,悦归附之心"[3]。此凉州的契苾部族落即契苾何力内附时所追随者。契苾何力家族之婚姻也颇值得推敲。契苾何力尚临洮县主,契苾何力子契苾明尚胶西公李孝义女,皆为宗室,有政治婚姻之背景,难以推测背后的胡风胡俗。此外,契苾家族之婚姻关系中:契苾何力第六女嫁右金吾将军常山县开国公史氏[4],契苾通娶庐江何氏[5],二人疑皆出粟特胡姓;契苾明女嫁左屯卫将军皋兰都督浑大德[6],出铁勒浑部,为部族间通婚。另

---

[1] 据鲁连的考订,契苾何力生年约在大业二年(606),其贞观六年内附时已是26岁之首领,其说大致可信。参见《论契苾何力》,《新疆大学学报》(哲学社会科学版)1988年第2期。
[2] 参考董春林《唐代契苾家族与研究》,湘潭大学硕士学位论文,2008年。
[3] 吴钢主编:《全唐文补遗》第三辑,第508页。
[4] 吴钢主编:《全唐文补遗》第二辑,第442页。
[5] 吴钢主编:《全唐文补遗》第四辑,第180页。
[6] 哈彦成:《唐契苾部浑公夫人墓志考析》,《中国历史文物》2005年第6期。

外,史载契苾嵩与回纥承宗有通婚①,本回纥族人。以上通婚家族皆出身胡姓,"胡化"特征明显,这暴露了契苾何力家族真实的文化选择。李商隐有《赠别前蔚州契苾使君》诗:

> 何年部落到阴陵?奕世勤王国史称。夜卷牙旗千帐雪,朝飞羽骑一河冰。
>
> 蕃儿襁负来青冢,狄女壶浆出白登。日晚鸊鹈泉畔猎,路人遥识郅都鹰。②

此契苾使君即契苾通,为契苾何力之后。李商隐诗中并没有提到其祖先"吟古诗"的文化荣耀典故,却是一派边疆胡蕃景象,这不由得令人重新思考契苾何力"诵古诗"背后的文化背景。

在契苾何力"诵古诗"之事流传稍前的时期,开元二十一年有契苾梁宾撰《大唐故三品孙吏部常选契苾府君墓志并序》,志主契苾尚宾与撰、书志者契苾梁宾二人皆契苾何力曾孙。这一文本可以说是一个典型的"族际话语"。契苾梁宾在墓志中渲染自家兄弟的文才,可能带有"夸耀"和"展演"的成分,但契苾梁宾既能作志并书,则其文学水平已经达到相当的程度,也证明契苾何力家族已经开启了文学转型。同时期契苾何力"诵古诗"之美谈开始流传,无论是出于契苾何力子孙的鼓吹,还是汉人文士的有意宣传,都表明通过文学修为来消弭契苾何力家族异族色彩、重塑其家族文化形象的努力。王明珂曾举"刘自元移碑"故事,来说明羌、汉族认同变迁的问题:

---

① 《旧唐书》卷一百三:"初,凉州界有回纥、契苾、思结、浑四部落,代为酋长。……由是瀚海大都督回纥承宗长流瀼州,浑大德长流吉州,贺兰都督契苾承明长流藤州,卢山都督思结归国长流琼州。右散骑常侍李令问、特进契苾嵩以与回纥等结婚,贬令问为抚州别驾,嵩为连州别驾。"(第3192页。)

② 刘学锴、余恕诚:《李商隐诗歌集解》(增订重排本),中华书局,2004年,第456页。

　　"刘自元移碑"故事,在民国时期之北川地方文献中被"重述",由汉人观点隐喻北川"羌番"如何爱慕、攀附汉人文化,以及由非汉土著观点表现被视为番民或"蛮子"者如何利用、玩弄族群边界,以解脱被"范定"的劣势社会身份。故事也隐喻着汉与非汉族群边界的近代变迁。[①]

契苾何力诵古诗这一故事与"刘自元移碑"故事类似,都是胡、汉之间通过话语调整,来调和认同边界的情况,并且这种认同边界还在时间维度上变迁。然而话语调整并不能消解人们对于真实族群的想象。契苾何力家族内附之时安置于敦煌,契苾何力诵古诗之事在晚唐敦煌地区也曾流传。敦煌写卷P.4660乾符三年至六年间抄本悟真撰《康秀华邈真赞》背面抄录一首诗:

　　　　悲咽老来怨恨多,寂然空镜坐阶墀。燕语莺啼愁煞我,那堪更睹雁南飞。

　　　　人生厚薄谁能定,世路应知有盛衰。苦是释门先老将,临年谁料数分离。

　　　　前岁珍珍抛我去,今春象象又先归。北堂空有行来迹,西院休闻诵古诗。[②]

这是一首"习禅"之作,其中"诵古诗"典故疑与契苾何力有关,诗意在传达盛衰无常之感。而正面的瓜州刺史兼左威卫将军康秀玉邈真赞文中,正好有"一身崇秩,荣耀多丛……否泰消长,一吉一凶"云云,与此诗形成"互文"。康秀玉为粟特胡人,契苾何力为突厥契苾部族人,都曾在唐代军事史上留下浓墨重彩的痕迹。抄书人这一处理可能也隐含特殊的族群想象。

---

① 王明珂:《羌在汉藏之间》,第164页。
② 张锡厚主编:《全敦煌诗》,作家出版社,2006年,第3993—3994页。

　　到了五代以后契苾何力"诵古诗"之事被再度阐释,赋予了更多的"文化想象"。《旧唐书》契苾何力传删去诵古诗的记载,就表明了当时史臣的态度。另外,据《唐会要》卷三十"大明宫"条小注：

> 初,遣司稼少卿梁孝仁监造,悉于庭院列白杨树。左骑卫大将军契苾何力入宫中纵观,孝仁指白杨曰："此木易长,不过二三年,宫中可得荫映。"何力不答,但诵古诗曰："白杨多悲风,萧萧愁杀人。"意谓此特冢墓木也。孝仁遽令伐去之,更植桐柏,谓人曰："礼失,求之于野,固不虚也。"①

《册府元龟》略同,此外还有《新唐书》的版本,更为简省。"礼失求之于野,固不虚也"的评论当出于宋人之口。很显然,宋人对于契苾何力身上的文化现象感到惊讶,他们一方面视契苾何力为"野"（蕃人）,但另一方面又用"礼"（古诗）来完成他们的"文化想象",消除对于其族属的偏见。《新唐书》也是如此,一方面将契苾何力列入"蕃将",另一方面又载其吟咏古诗,还将这种"文化想象"扩展到其后代身上,对其子孙的文学修养和儒学品性作了高度评价。宋人重新阐释契苾何力"诵古诗"之事,是胡汉语境再度变迁的结果,但与唐人相同之处在于他们都是对胡族的一种"文化想象"。

结　语

　　陈寅恪曾指出："须知鲜卑本无文化可言,要有学术文化,非一朝一夕所能达到。鲜卑贵族自不能等到懂得儒学或有了'隽才'之后,才取得与汉人士族同等的社会地位。……（定姓族）目的在使鲜卑贵族的政治社会地位,能与北方汉人崔、卢、李、郑等大姓迅

速一致起来。"①这虽然是说北魏定姓族之事,但却道出了文化习得之真谛。文化地位可以通过政治手段来实现,但文化精神则非累世积累难养成。毛汉光曾提出一种考察胡姓家族"文士化"过程的模式:

> 士族文武性质之转变,北朝胡姓比较明显。……胡姓亦开始学文,这是汉化的重要部分,至孝文帝时,由于孝文积极推展,以及北魏积百年来的风气已成,所以州郡乡里都弥漫着一片学术气氛,……许多胡姓亦倾向于学术,其中变迁,并非一朝一夕可成,要之,有关一个家族性质的转变,要以代(generation)为单位来观察。②

传统民族文化融合研究的"汉化"模式之所以被人诟病,就是缺乏历时、共时层面的考量。毛汉光的代际说即关注到了历时的问题。另外,班茂燊提出唐代非汉人族群变迁的三大趋势:绅士化(gentrification)、军事化(militarization)、本地化汉化(localized hannicization)③,也是在多个层面考量族群融合模式的探索。

文化人类学有关族群融合叙事模式的研究,为我们理解中古民族融合问题提供了新思路。胡、汉之间的文化选择和习得,在文本呈现方式上,可以概括为汉人的"话语权力"和"文化想象",胡姓家族的"身份焦虑""文化展演""话语建构"等主题,这些主题可能会以一种模式化、层累性的情节展开,虽然是历史"真实"的一种遮蔽,却是考察中古民族文化融合中胡、汉互动的绝佳视角。陈寅恪曾提出"通性的真实"和"个性之真实",这是对历史真实的一种

---

① 万绳楠整理:《陈寅恪魏晋南北朝史讲演录》,黄山书社,1987年,第266页。
② 毛汉光:《中国中古社会史论》,上海书店出版社,2002年,第94页。
③ (美)班茂燊著,耿协峰译:《唐代中国的族群认同》,第198—199页。

通透观念。民族文化研究不仅要追求"史实"和"真相",也要重视"心态"和"情境",本书关注中古时期民族文化融合过程的史志书写方式、话语依托主体、文化主体心态、文本层累过程等问题,正是基于这样的思考。

第十章　中古胡、汉氏族理论的反思
——以《氏族论》为中心

　　托名柳芳的《氏族论》(唐代文史研究者又称《姓系论》),是中国古代谱学的经典作品,也是中古时期胡、汉氏族理论集大成之作,"既是一篇谱学简史,又是一篇谱学名论。其后,凡论氏族,莫不宗之"①。中古文史研究者频繁"断章取义"地引用这一文献,而多未注意到其基本概念、通篇结构的矛盾之处,也未深入考察其史论渊源。何启民曾对该文中涉及的一些问题提出过质疑:该文有所删节而非全本;其中一些观念比如郡姓、虏姓的说法不太正确,当时没有这种用法②。但总体上他并未否认柳芳之功劳,而且其论述主体在于柳文所涉及的历史背景,对于文章本身的问题未作进一步考论。李浩也曾专文辨解过文中的一些概念③,但亦未触及《氏族论》文本的内部问题。本章拟在前人基础上提出一些不成熟的假设咨教大方之家。

---

① 谢保成:《隋唐五代史学》,商务印书馆,2007年,第369页。
② 何启民:《柳芳氏族论中的一些问题》,载《唐代研究论集》第二辑,新文丰出版公司,1992年,第563—598页。
③ 李浩:《"关中郡姓"辨析》,《历史研究》2000年第5期。

第一节　《氏族论》与《唐书》的关系

一、《氏族论》与《唐书》

《氏族论》，最完整的版本最早见于《新唐书·儒学传》柳冲传中①，但其中一些内容在此之前已经有多个版本。《唐会要》"氏族"条总论云：

> 氏族者，古史官所记，故官有世胄，谱有世官。过江则有侨姓，王、谢、袁、萧为大；东南则有吴姓，朱、张、顾、陆为大；山东则有郡姓，王、崔、卢、李、郑为大；关中亦号郡姓，韦、裴、柳、薛、杨、杜为大；代北则有虏姓，元、长孙、宇文、于、陆、源、窦为大。各于其地，自尚其姓为四姓。今流俗相传，独以崔、卢、李、郑为四姓，加太原王氏为五姓，盖不经之甚也。②

这一段内容就是《氏族论》的删节版。同条后文又载："乾元元年，著作郎贾至撰《百家类例》十卷。"小注云："至贞元中，左司郎中柳芳论氏族，序四姓，则分甲、乙、丙、丁，颁之四海，世族则先山东，载在《唐历》。"③这又是《氏族论》内容的一个引述。《唐会要》这两处记载，透露了《氏族论》的本来面貌及其所依托文献的一些信息，是破解《氏族论》的关键所在。

若据《唐会要》小注之说，《氏族论》是贞元年间柳芳所著《唐历》中的内容，是否如此呢？柳芳之卒年，有学者以为在贞元十年

---

① 《新唐书》卷一九九，第5676—5680页。按：本章引《氏族论》文字，不特别注明者，皆引自《新唐书》此版本。
② 《唐会要》卷三六，第773页。
③ 《唐会要》卷三六，第776页。

左右①，其《唐历》为编年体，"起隋义宁元年，迄大历十三年。或讥其不立褒贬义例而详于制度，然景迁生亟称之，以为《通鉴》多取焉"②。《文献通考》"《唐历》四十卷"条下引李焘之言："本朝欧阳修、宋祁修唐纪、志及传，司马公修《资治通鉴》，掇取四十卷中事几尽。……今此篇首注起隋义宁元年，讫建中三年，凡百八十五年，而所载乃绝于大历十四年。"③《通鉴考异》所引《唐历》最晚一条为大历十年二月辛卯；晁公武所见版本下至大历三年；李焘所见之版本下讫大历十四年，但"篇首"注下讫建中三年。综上而言，柳芳在世至少至建中三年，其最有可能卒于建中至贞元年间，《唐会要》"贞元中"之说似有所据。

《唐历》至宋代尚存，欧阳修、司马光等"掇取四十卷中事几尽"。就《资治通鉴考异》引用情况看，多达180条，未见有关柳芳论氏族文字。另外，日本镰仓时期学者藤原孝范所编类书《明文抄》引《唐历》22条，亦未见《氏族论》有关文字④。《唐历》是柳芳有感于自己参撰之国史《唐书》有阙，遂据高力士提供的信息另起"义例"编成，其体例是编年，古今学者虽引其书，但亦斥其多小说轶闻，很难说具有"颁之四海"的影响。倘若如此，论氏族文在其中似不太可能。

柳芳参与修撰之《唐书》或许是《氏族论》更好的依托，也符合"颁之四海"的内容定位。《唐会要》引柳芳论氏族，注云出于《唐

① 郝润华：《关于柳芳的〈唐历〉》，《史学史研究》2001年第2期。
② 晁公武撰，孙猛校证：《郡斋读书志校证》，上海古籍出版社，1990年，第199页。
③ 马端临著，华东师大古籍所标校：《文献通考·经籍考》，华东师范大学出版社，1985年，第480页。
④ 参考姚晶晶《中日书籍交流中的柳芳〈唐历〉》，浙江工商大学硕士学位论文，2013年，第35—45页。

历》，疑为《唐书》之误。

柳芳参与修撰的《唐书》，是唐国史的一部分。杜希德曾将唐代各种国史的渊源作成一个"亲缘表"，清晰揭示了其间的关系[1]。柳芳的《唐书》直接渊源是韦述的《唐书》，而韦述的《唐书》又源自吴兢的《国史》。吴兢本传云：

> 《国史》未成，十七年，出为荆州司马，制许以史稿自随。中书令萧嵩监修国史，奏取兢所撰《国史》，得六十五卷。……天宝八年，卒于家，时年八十余。兢卒后，其子进兢所撰《唐史》八十余卷，事多纰缪，不逮于壮年。[2]

吴兢所撰两种史书都为未完成稿，成为后来韦述续作的基础。韦述本传中说："国史自令狐德棻至于吴兢，虽累有修撰，竟未成一家之言。至述始定类例，补遗续阙，勒成《国史》一百一十三卷，并《史例》一卷，事简而记详，雅有良史之才。"[3]韦述这部《国史》也没有完成，后来柳芳作了增补。《旧唐书·柳登传》云：

> 父芳，肃宗朝史官，与同职韦述受诏添修吴兢所撰《国史》，杀青未竟而述亡，芳绪述凡例，勒成《国史》一百三十卷。上自高祖，下止乾元，而叙天宝后事，绝无伦类，取舍非工，不为史氏所称。然芳勤于记注，含毫罔倦。属安、史乱离，国史散落，编缀所闻，率多阙漏。[4]

如此，则柳芳的增补多达十七卷。但事实并非如此，这牵涉到史书中有关"国史"和"唐书"两个称呼的混乱问题。

---

① （英）杜希德著，黄宝华译：《唐代官修史籍考》，上海古籍出版社，2010年，第145页。
② 《旧唐书》卷一〇二，第3182页。
③ 《旧唐书》卷一〇二，第3184页。
④ 《旧唐书》卷一四九，第4030页。

《玉海》卷十二"正史"门引《集贤注记》，对唐《国史》和《唐书》的分合和成书过程有一段叙述，详载参纂诸人信息：

> 史馆旧有令狐德棻所撰《国史》及《唐书》，皆为纪传之体。令狐断至贞观，牛凤及迄于永淳。及吴长垣在史职，又别撰《唐书》一百一十卷，下至开元之初。韦述掇缉二部，益以垂拱后事，别欲勒成纪传之书。萧令嵩欲早就，奏贾登、李锐、太常博士褚思光助之，又奏陆善经、梁令瓒入院，岁余不就。张始兴为相，荐起居舍人李融专司其事，谏议尹愔入馆为史官，未施功而罢。①

前引《吴兢传》称其有《国史》六十五卷（《新唐书》作"六十余卷"，《唐会要》《册府元龟》作"五十余卷"），《唐史》八十余卷。这里又说《唐书》一百一十卷。实则这些都是吴兢及后来史官整理的史书的不同名号。有关"国史"和"唐书"两个概念的争议，尤其是《太平御览》引《唐书》问题，学者们已多有论述②。事实上，从《集贤注记》的记载来看，吴兢以后，"国史""唐书"之名已经合并，可统名为"唐书"。萧嵩主持的项目最后没有完成，但成为后来韦述创作《国史》的基础应无异议，因为前后的主事者其实都是韦述。《文献通考》"《唐书》一百三十卷"条引《崇文总目》云：

> 唐韦述撰。初，吴兢撰《唐史》，自创业迄于开元，凡一百一十卷。述因兢旧本更加笔削，刊去《酷吏传》，为纪、志、

① 王应麟撰，武秀成、赵庶洋校证：《玉海艺文校证》，凤凰出版社，2013年，第559—560页。

② 参考吴玉贵《唐书辑校》，中华书局，2008年，前言；唐雯《〈太平御览〉引"唐书"再检讨》，《史林》2010年第4期；温志拔《〈太平御览〉引"唐书"之性质考论》，《史学史研究》2010年第2期；罗亮《〈太平御览〉中的"唐书"考辨》，《中山大学学报》（社会科学版）2022年第4期。

列传一百一十二卷。至德、乾元以后,史官于休烈又增《肃宗纪》二卷,而史官令狐峘等复于纪、志、传后随篇增缉,而不加卷帙。今书一百三十卷,其十六卷未详撰人名氏。①

这里提到的《唐书》一百三十卷,包括韦述"纪、志、列传一百一十二卷"(不包括《史例》一卷)和于休烈等人的增补。《柳芳传》中说他在韦述《国史》一百一十三卷基础上"绪述凡例,勒成《国史》一百三十卷",其实就是此处的《唐书》一百三十卷。后者于休烈增补二卷,还有十六卷不知为何人增补,并没有说是柳芳所作。由此看来,柳芳对韦述《唐书》的增补内容还有疑义,但他参与过这项工作则无疑。蒲立本认为柳芳增补部分,包括玄宗本纪、卒于713至758年间的人物传记、书志中的某些段落以及外族诸传②。另外,《崇文总目》还提到《唐书》一百三十卷有"史官令狐峘等复于纪、志、传后随篇增缉,而不加卷帙",这也是一个重要信息。杜希德认为令狐峘"还对各卷的结尾作了增补,可能包括增添晚近发生的事件,加进传主儿辈的名人的仕宦经历等诸如此类的修订"③。固然如此,但这种不加卷帙、随文增绪的方法,可能并不是令狐峘首创,而是《国史》或《唐书》纂修过程中沿用的方法。这一部一百三十卷的《唐书》就是今本《旧唐书》的直接源头。

二、《氏族论》与《唐书》"氏族志"

前面通过辨析指出托名柳芳的《氏族论》,可能是韦述、柳芳等人编撰的《唐书》中的内容,倘如此,那这些内容具体应该在《唐

---

① 马端临著,华东师大古籍所标校:《文献通考·经籍考》,第469页。
② (加)蒲立本著,马建霞译:《〈资治通鉴考异〉和730—763年间的史料来源》,载冯立君主编《中国与域外》第三期,社会科学文献出版社,2018年,第35—62页。
③ (英)杜希德著,黄宝华译:《唐代官修史籍考》,第161页。

书》中哪一部分呢？这需要从《唐书》的体例说起。《集贤注记》以韦述、柳芳等所撰《唐书》为"纪传之体"，《新唐书·韦述传》亦称撰国史"遂分纪、传，又为《例》一篇"[1]。其实《唐书》还有"志""表"两种体例。前引《崇文总目》"述因就旧本更加笔削，刊去《酷吏传》，为纪、志、列传一百一十二卷"，其后"令狐峘等复于纪、志、传后随篇增缉"。从这一描述来看，韦述可能是《唐书》"志"这一体的创立者。《玉海》"雍熙修史院"条下载北宋雍熙四年九月直史馆胡旦建议修国史的奏议云：

> 唐太宗述国初起义，纪、传、表、志，每朝编录，至代宗成百三十卷，今旧《唐书》是也。望准汉、唐故事，撰纪、表、传、志，以备将来国史。[2]

吴玉贵以为胡旦奏中的"旧《唐书》"是指唐代《国史》，即韦述等《唐书》的别称[3]，是独具卓识的。但吴玉贵怀疑胡旦称韦述《唐书》中有"表"，笔者以为还有商榷余地。《新唐书·艺文志》著录有柳芳《唐宰相表》三卷，应该也是柳芳"绪成"《唐书》中的内容，详后文辨析。

　　既然《唐书》兼备纪、传、志、表各体，那《氏族论》应该属于哪一部分呢？我们注意到，柳芳《氏族论》之外，另有《食货论》一文，亦为史论。而"氏族""食货"，都是正史"志"下常见之目。杜希德精湛的研究指出，《旧唐书·食货志》是在柳芳《国史》（即《唐书》）中一篇现成的"志"的基础上形成的[4]。由此可以推测：《氏族论》或许是《唐书》"氏族志"的内容。

---

① 《新唐书》卷一三二，第4530页。
② 王应麟：《玉海》卷一六八，江苏古籍出版社，1987年，第3082页。
③ 吴玉贵：《唐书辑校·前言》，第10页。
④ （英）杜希德著，黄宝华译：《唐代官修史籍考》，第209—212页。

　　我们还可以通过《唐书》《通典》《旧唐书》《唐会要》这四种史源关系密切的史书中的有关记载来对比观察。柳芳《食货论》的内容,在《通典》《唐会要》《旧唐书》中都有对应。《氏族论》的文字,则只有《唐会要》这一个观察窗口。《氏族论》与《唐会要》卷三十六"氏族"门的体例有对应关系。《氏族论》的内容分为两大板块:一是总论历代氏族,二是总论历代谱学,汇集各个时期代表性的谱学家、谱学著作。而《唐会要》"氏族"也是总说然后汇编唐代各时期谱学成果。二者在这两个部分都存在对应:其一,《唐会要》"氏族"总论即《氏族论》中文字。其二,《唐会要》"氏族"乾元元年条注(应该是苏冕所注)引柳芳贞元中论氏族事,内容亦同《氏族论》。但问题是,柳芳增修韦述的《唐书》(《国史》)应该在上元元年之前就已奏御览,那贞元中柳芳论氏族怎么会在《唐书》中,而不是《唐历》中呢? 这与《唐书》的不断修撰增补有关。柳芳上元中贬黔中,但随后即被召回史馆任职,而且他在"永泰中按宗正谱牒,自武德已来宗枝昭穆相承,撰皇室谱二十卷,号曰《永泰新谱》"[1]。可见他在史馆时做过"氏族"相关工作,或许就与继承韦述《唐书》"氏族志"的编纂有关。后文还会从史料渊源上讨论《氏族论》与韦述谱学的关系,但柳芳的增补或许也是《氏族论》的一部分。值得注意的是,现存的《氏族论》文本,编辑、增补可能还不止柳芳。《崇文总目》提到令狐峘对《唐书》一百三十卷"于纪、志、传后随篇增缉,而不加卷帙",明确提到了"志",他是否在《氏族论》所依托的"氏族志"中加入内容,不得而知,但今本《氏族论》内容和结构的混乱,可能就是多位史臣不断增续的结果。

　　《通典》《旧唐书》不收录柳芳之文也是能理解的,因为它们没

---

[1]《旧唐书》卷一四九,第4033页。

有设置"氏族志"或者相关条目，所以无法安插《唐书》"氏族志"的相关内容。《新唐书》同样面临这个问题，其解决办法是将《唐书》"氏族志"内容编辑到柳冲《姓族系录》之后，补充成为唐代谱学、谱学家传论，由此造成柳芳论氏族之言不在柳芳本传而在《儒学传·柳冲传》后的特殊现象。《文苑英华》收录《食货论》却不收《氏族论》，反映了韦述、柳芳《唐书》在五代、宋初被分割、改编进入不同史书的事实，也反映了"氏族志"这一体例在当时特殊的命运。

唐代前期是谱学理论发展及谱牒编撰的高峰，《氏族论》中的观念正是当时社会思潮的回响。刘知几《史通》"书志"篇中提出的在"国史"中立"氏族志"的观点值得注意：

> 盖可以为志者，其道有三焉：一曰都邑志，二曰氏族志，三曰方物志。……逮乎晚叶，谱学尤烦。用之于官，可以品藻士庶；施之于国，可以甄别华夷。自刘、曹受命，雍、豫为宅，世胄相承，子孙蕃衍。及永嘉东渡，流寓扬、越，代氏南迁，革夷从夏。于是中朝江左，南北混淆；华壤边民，虏汉相杂。隋有天下，文轨大同，江外、山东，人物殷凑。其间高门素族，非复一家；郡正州曹，世掌其任。凡为国史者，宜各撰氏族志，列于百官之下。①

刘知几在长安二年至景龙四年中，"三为史臣，再入东观"（《史通·自叙》），预修《国史》（《唐书》）。他提出在"国史"中立"氏族志"是一个非常重要的信号。先天元年刘知几奉诏与柳冲等人修撰《氏族志》；开元二年又参与刊定《姓族系录》，可以说实践了他的氏族论点。葛晓音教授指出，天宝时期文儒复古主义浪潮中出

---

① 刘知几撰，浦起龙释，王煦华整理：《史通通释》卷三，上海古籍出版社，2009年，第66—68页。

现了"士族观念的回潮"及"恢复士族制"的理论倾向,而当时谱学盛行正是重要的依托背景①。《氏族论》中云:"唐承隋乱,宜救之以忠,忠厚则乡党之行修;乡党之行修,则人物之道长;人物之道长,则冠冕之绪崇;冠冕之绪崇,则教化之风美,乃可与古参矣。"反映的即是这种复古主义氏族论。韦述、柳芳等人都是谱学家,将这种氏族复古理想投射到《国史》的修撰中,而"氏族志"一目之设立正是这种复古主义思潮的集中表现。然而韦述、柳芳等人的复古理想并没有得到实现,《氏族论》一文之命运即是最好的证明。究其根源,盖因他们的氏族理想是逆历史潮流的。氏族所维系的门阀制度在唐前期(主要是在科举扩大影响之后)已趋瓦解,唐代官方三次大修氏族志只延续到开元以前即是最好的证明。另外,刘知几的氏族理想中含有重要的缺陷,他希望氏族志能"甄别华夷",这与北朝以来至于唐中期民族融合的大趋势相悖而行。刘知几、韦述、柳芳论氏族的观点在后世没有得到回响,正史亦不传"氏族志"一体;韦述、柳芳《氏族论》之文更是被"改编"才得以流行,明矣。

第二节　韦述之谱学与《氏族论》

前面一节提出一种假说:托名柳芳的《氏族论》可能是《唐书》"氏族志"中的内容,这一体例创始于韦述,是当时复古主义思潮在谱学领域的回应。但还有一个更重要的问题:《氏族论》一文究竟出于韦述还是柳芳,还是二人合作? 这需要从二人的学术经历来考察。从韦述的谱学著作中可以看到更多《氏族论》的影子。

---

① 葛晓音:《盛唐"文儒"的形成和复古思潮的滥觞》,《文学遗产》1998年第6期。

韦述家族以谱学著称于史，韦挺曾参与《大唐氏族志》一百卷的编纂工作；《新唐书·艺文志》史部谱牒类著录韦鼎《韦氏谱》十卷、韦绚《韦氏诸房略》一卷。开元二十四年韦述撰《韦虔晃墓志》："公又纂辑本系，撰《韦氏官婚谱》十三卷、《宗派图》一卷，斯亦敦叙之深旨，贻厥之素业也。"[①]墓志中韦述自称"侄孙"。在这样一个谱学兴盛的家族熏习下，韦述治谱也成就卓著。史载韦述的谱学著作有《开元谱》二十卷、《国朝宰相甲族》一卷、《百家类例》三卷。其中《开元谱》别撰自《姓族系录》，体例类似诸官修大型氏族志，没有《氏族论》的依托语境，下面主要就韦述后面两部著作来谈。

一、《百家类例》

《新唐书·艺文志》史部著录了韦述《百家类例》三卷、孔至《姓氏杂录》一卷。据《新唐书·孔至传》："历著作郎，明氏族学，与韦述、萧颖士、柳冲齐名。撰《百家类例》，以张说等为近世新族，剟去之。……初，书成，示韦述，述谓可传，及闻（张）垍语，惧，欲更增损。述曰：'止！丈夫奋笔成一家书，奈何因人动摇？有死不可改。'遂罢。时述及颖士、冲皆撰《类例》，而至书称工。"[②]按此段史源为《封氏闻见记》卷十"讨论"条。前引《唐会要》乾元元年著作郎贾至撰《百家类例》十卷条，王应麟《玉海》注云："按《贾至传》由单父尉拜起居、中书舍人，徙岳州司马。宝应初，召复故官。不曾迁著作郎，疑是孔至。"[③]又注其书有十六、十九卷之异。王说是

①陕西省考古研究院编：《陕西省考古研究院新入藏墓志》，第266页。
②《新唐书》卷一九九，第5685页。
③王应麟撰，武秀成、赵庶洋校证：《玉海艺文校证》，第770页。

也。萧颖士、柳冲的《类例》未见著录。孔至之书韦述曾读过,那么
韦述自己的《百家类例》三卷(《崇文总目》《中兴书目》作一卷)与
之关系自难以撇清。《唐会要》载孔至之书体例清楚:前有"序旨",
为氏族总论的文字;正文为"大谱",分百氏条列,各条下附注。据
此,孔、韦二人之《百家类例》存在两种可能:一是韦述采用孔至谱
学的方式编撰《唐书》"氏族志",总论即《氏族论》,正文为各氏条
析,而其单出的形态就是《百家类例》三卷(或一卷);二是韦述直接
删节孔至之书成为《唐书》"氏族志"正文内容,遂别衍出一个三卷
本或一卷本的《百家类例》。

再就"类例"这一种类型的著作体制而言,韦述《百家类例》
也极有可能是《氏族论》之依托。关于"类例"一词的意思,《隋
书·许善心传》载:

> 于时秘藏图籍尚多淆乱,善心放阮孝绪《七录》更制《七
> 林》,各为总叙,冠于篇首。又于部录之下,明作者之意,区分
> 其类例焉。[1]

许善心《七林》的"类例"即目录学中之提要、叙录。"各为总叙,
冠于篇首"这正符合《唐书》"氏族志"之特点。韦述本传云"开元
初,为栎阳尉,秘书监马怀素奏述与诸儒即秘书续《七志》,五年而
成"[2]。可见他对《七录》《七林》一类图书总目编纂体制非常熟悉,
将之引入"氏族志"体例乃顺理成章之事。又刘𫗧《隋唐嘉话》载:

> 代有《山东士大夫类例》三卷,其非士类及假冒者,不见
> 录,署云相州僧昙刚撰。后柳常侍冲亦明于族姓,中宗朝为相
> 州刺史,询问旧老,云:"自隋以来,不闻有僧昙刚。"盖惧嫉于

---

①《隋书》卷五八,第1427页。
②《新唐书》卷一三二,第4530页。

时，故隐名氏云。①

在《氏族论》文中，正好引用过"齐浮屠昙刚《类例》凡甲门为右姓"之说，说明氏族问题有"类例"之体，而韦述对这一体例谙熟。韦述之学本承自柳冲，而柳冲亦曾求昙刚之学，而且也曾撰《类例》，可知韦述《百家类例》渊源有自。韦述增补吴兢之《国史》，"始定类例"，与《百家类例》同名，这绝不是巧合，而透露出了《唐书》"氏族志"与《百家类例》之间的关系。《唐会要》"氏族"条在孔至《百家类例》之后注"至贞元中左司郎中柳芳论氏族，序四姓则分甲、乙、丙、丁，颁之四海，世族则先山东"，这一安排正好说明《氏族论》与孔至《百家类例》有关，进一步证实了《氏族论》与韦述《唐书》的关系。另外，前引柳芳对韦述《唐书》的修订也是"绪述凡例"，类似韦述"类例"之体，可能也是在韦述总论性文字的基础上稍有增补。

二、《国朝宰相甲族》

韦述有《国朝宰相甲族》一卷，宋代多种书目曾著录之，如《直斋书录解题》"谱牒类"载："《唐宰相甲族》一卷。唐韦述、萧颖士等撰。自王方庆而下，十有四家。"②《玉海·艺文》"唐相谱"条引《崇文总目》于此稍详："《宰相甲族》一卷（《艺文志》同），韦述、萧颖士撰。记相门甲族王方庆、李义琰、崔元暐以下凡十四家。"③萧颖士与韦述同在史官修纂，二人合著之《宰相甲族》极有可能为《唐书》原始材料之一部分。但韦、萧之书只有十四家。《玉海》"唐相

① 刘𩩍撰，程毅中点校：《隋唐嘉话》卷下，第44页。按：本条又见《大唐新语》卷九"著述"条。《太平广记》卷一八四"类例"条引文出于《国史补》，《刘宾客嘉话录》亦引。考辨参见周勋初《唐语林校证》卷二，中华书局，1987年，第175页。
② 陈振孙撰，徐小蛮、顾美华点校：《直斋书录解题》卷八，第228页。
③ 王应麟撰，武秀成、赵庶洋校证：《玉海艺文校证》，第775页。

谱"条引《中兴馆阁书目》另有《唐相谱》一卷:

> 不知作者,纪武德元年裴寂为相,讫李忠臣大历十四年拜平章事。末云今上大历十四年五月即位,十五年正月一日改元建中。所记宰相六人,至关播而止,盖德宗时所谱也。[1]

《唐相谱》一卷所记录宰相止于关播。关播建中三年拜相,至兴元元罢,贞元十三年卒,正好与柳芳同时。疑此《唐相谱》一卷即柳芳增补之韦述、萧颖士《宰相甲族》一卷。又据《直斋书录解题》"谱牒类"著录:

> 《唐相门甲族》、《诸郡氏谱》共一卷。不著名氏,甲族八十六家,《氏谱》自京兆八姓而下,凡三百五十姓。[2]

此《唐相门甲族》与韦述《宰相甲族》书名相似,而且也是一卷,应该是同一性质的书,或者就是同一部书,只是有后人的增续。至于《诸郡氏谱》,疑本为《唐相门甲族》的一部分,所以合编在一起为一卷。《玉海》"唐百家类例"条引《中兴书目》载:

> 《百家类例》一卷,工部侍郎韦述撰。又以大唐缙绅进姬周十八姓,大唐相门甲族八十六家附其后。[3]

对比《直斋书录解题》"《唐相门甲族》《诸郡氏谱》"条,"姬周"即"京兆"之别称,而"十八姓"为"八姓"之误。换言之,附录于韦述《百家类例》之后的这个本子就是《唐相门甲族》《诸郡氏谱》。既然该书附于韦述书之后,二者肯定有莫大的关系,试作如下推测:

其一,《唐相门甲族》《诸郡氏谱》就是韦述、萧颖士《国朝宰相甲族》,是《唐相谱》和《诸郡氏谱》的合称,前者专记宰相,后者

---

[1] 王应麟撰,武秀成、赵庶洋校证:《玉海艺文校证》,第775页。
[2] 陈振孙撰,徐小蛮、顾美华点校:《直斋书录解题》卷九,第228页。
[3] 王应麟撰,武秀成、赵庶洋校证:《玉海艺文校证》,第770页。

别著宰相之外其他甲族、郡姓。韦述、萧颖士首编，柳芳后来做了增订。

其二，《唐相门甲族》《诸郡氏谱》就是韦述《百家类例》的改编本。前文推测韦述《百家类例》是删节自孔至十卷本之《百家类例》，孔书有"百家"，而《唐相门甲族》《诸郡氏谱》有八十六家，三百五十姓，大致相当。

因为《百家类例》与《国朝宰相甲族》都依托于《唐书》"氏族志"，所以这两种假设并没有矛盾，只是不知这是《唐书》"氏族志"原书的形态，还是南宋时将散佚后的二者合编的结果。而且这种合编本来也有其合理性：《百家类例》原本就是诸郡大族、甲族之谱，而宰相为甲族之尤。韦述在修订《唐书》时，将二者合编到"氏族志"名下，也才有柳芳等人之增补。倘若韦述之谱学著作没有编入《唐书》，仅仅是私人著述，则柳芳不会照例增续，这进一步证明：《氏族论》依托于《唐书》而非《唐历》，其渊源则是韦述谱学著作。再进一步而言，《氏族论》疑为韦述《百家类例》总论中的内容，而《国朝宰相甲族》为其正文。其他如《唐相谱》《诸郡氏谱》等，则可能是柳芳等后人的在韦述谱录基础上的增续或改编。

不仅如此，柳芳可能还作了另外一件开创性的工作。《新唐书》中著录柳芳有《大唐宰相表》三卷。前文指出《中兴馆阁书目》著录之《唐相谱》一卷，疑为柳芳增补韦述《宰相甲族》的内容。三卷本《大唐宰相表》的出现进一步证明柳芳确实有过类似的工作，而且他作了一些改编：将"氏族志"中的主要内容（《唐相谱》《唐相门甲族》等）转化为"宰相表"。这看上去很难理解，实则体现了韦述、柳芳等人对于当时"氏族"材料的不同处理，也正好符合《唐书》"表""志"二体兼备的特点。今本《新唐书》卷六十一至六十三《宰相表》为三卷之数，与柳芳《宰相表》相合，虽然包括了柳芳之后的内容，但三卷之数可能沿用了柳芳的框架，杜希德甚至认为柳芳此表可能是《新唐书·宰相世系表》的"底本"①。

　　从《唐相谱》到《唐相门甲族》《诸郡氏谱》，再到《宰相表》，不仅仅是史源文本的层累，更是史学书写范式的传承。韦述在《唐书》中创立"氏族志"时，可能已酝酿着"宰相表"。一方面，盛唐以后谱学没落，氏族不兴，史书也没有"氏族志"一体，谱学的内容无法安插，而谱学最直接的形式便是"表"，这为"氏族志"之转型提供了契机。另一方面，氏族、甲族之盛无过宰相，唐代以后亦如此。由此，"氏族志"的内容转移到"宰相表"一体中，这是中古时期史书体例变迁的一个重要环节。韦述等人所编《唐书》"氏族志"是否成型已难以确知，但具有发凡起例性质的《氏族论》，以及《百家类例》或者《宰相甲族》《宰相表》等文献则无疑显示了《唐书》在"氏族"编撰方面的功绩。今日所见《新唐书·宰相表》其渊源即韦述《唐书》之"氏族志"。

　　据《唐国史补》卷上"柳芳续韦书"条载："柳芳与韦述友善，俱为史官。述卒后，所著书有未毕者，多芳与续之成轴也。"②这一材料明示了韦述著作与柳芳的关系。古人著述，尤其是像正史、国史这样为层累完成者，其署名往往以最终成书者为据，个中功劳，除史料历历有载者，余则千载之下犹需发覆。柳芳、韦述"著作权"的问题，亦需作如是观。

---

① （英）杜希德著，黄宝华译：《唐代官修史籍考》，第161页。按：《新唐书·宰相世系表》源于《元和姓纂》等材料，或非柳芳《大唐宰相表》影响的产物，疑杜说误以《新唐书·宰相表》为《新唐书·宰相世系表》，或翻译致误。
② 李肇撰，曹中孚校点：《唐国史补》卷下，第166页。

第三节　《氏族论》史源和关键概念辨析

前文已论《氏族论》依托《唐书》存在之文本形态及其与韦述、柳芳的关系等问题，但对于该文的内容尚未作具体分析。考虑到该文出于韦述、柳芳二人甚至更多人之手，又经《新唐书》删节，对于《氏族论》文本内容的分析是一项非常困难的工作。不少学者对于《氏族论》之质疑，都是就其内容而言，这方面已取得不少进展。下面在前人之基础上，仅从《氏族论》所涉及的史料渊源及一些关键概念作一番补说。

一、《氏族论》与《隋书》谱牒类文献叙录之关系

前文推测《论氏族》出于《唐书》"氏族志"，或"氏族志"相关条例。自《魏书》之后，隋唐之间所编正史皆不著"氏族志"一体，韦述、柳芳欲通论氏族问题，可以参考之史料只能是历代谱牒类著作。《隋书·经籍志》谱牒类后叙云：

> 氏姓之书，其所由来远矣。《书》称："别生分类。"《传》曰："天子建德，因生以赐姓。"周家小史定系世，辨昭穆，则亦史之职也。秦兼天下，划除旧迹，公侯子孙，失其本系。汉初，得《世本》，叙黄帝已来祖世所出。而汉又有《帝王年谱》，后汉有《邓氏官谱》。晋世，挚虞作《族姓昭穆记》十卷。齐、梁之间，其书转广。后魏迁洛，有八氏十姓，咸出帝族。又有三十六族，则诸国之从魏者；九十二姓，世为部落大人者，并为河南洛阳人。其中国士人，则第其门阀，有四海大姓、郡姓、州姓、县姓。及周太祖入关，诸姓子孙有功者，并令为其宗长，仍撰谱录，纪其所承。又以关内诸州，为其本望。其《邓

氏官谱》及《族姓昭穆记》，晋乱已亡。自余亦多遗失。今录其见存者，以为谱系篇。[①]

这是唐代前期论谱牒较早也较完整的文字。对比韦述、柳芳《氏族论》原文，可以明显看出其中的渊源关系：

（1）"周家小史定系世，辨昭穆，则亦史之职也。"对应《氏族论》："氏族者，古史官所记也。昔周小史定系世，辩昭穆。"

（2）"汉初，得《世本》，叙黄帝已来祖世所出。"对应《氏族论》："故古有《世本》，录黄帝以来至春秋时诸侯、卿、大夫名号继统。"

（3）"《传》曰：'天子建德，因生以赐姓。'"对应《氏族论》："左丘明传《春秋》，亦言：'天子建德，因生以赐姓，胙之土，命之氏；诸侯以字为氏，以谥为族。'"

（4）"秦兼天下，划除旧迹，公侯子孙，失其本系。"对应《氏族论》："秦既灭学，公侯子孙失其本系。"文字雷同。

（5）"后魏迁洛，有八氏十姓，咸出帝族。又有三十六族，则诸国之从魏者；九十二姓，世为部落大人者，并为河南洛阳人。"对应《氏族论》："'虏姓'者，魏孝文帝迁洛，有八氏十姓，三十六族九十二姓。八氏十姓，出于帝宗属，或诸国从魏者；三十六族九十二姓，世为部落大人。并号河南洛阳人。"文字基本沿用。

（6）"其中国士人，则第其门阀，有四海大姓、郡姓、州姓、县姓。"对应《氏族论》："'郡姓'者，以中国士人差第阀阅为之制"。

上面六条是《氏族论》渊源于《隋书》之明证。《隋书》为唐代官修史

书,其中谱牒类文献的叙录,代表了唐代初期氏族学的成果。唐国
史之编撰,始于令狐德棻等人,而成于吴兢、韦述、柳芳,跨越了整
个唐代前期,对于各时期的谱学成就自然会有所参考。这也进一
步证明:韦述《唐书》中"氏族志"体例之创制渊源有自。

二、柳芳对"郡姓"概念之转换

《氏族论》中最经典、被引用频次最高的部分是五大姓类的
说法:

> 过江则为"侨姓",王、谢、袁、萧为大;东南则为"吴姓",
> 朱、张、顾、陆为大;山东则为"郡姓",王、崔、卢、李、郑为大;
> 关中亦号"郡姓",韦、裴、柳、薛、杨、杜首之;代北则为"虏
> 姓",元、长孙、宇文、于、陆、源、窦首之。[1]

这一段话的前面纵论"魏氏立九品、置中正……以定门胄"到"晋、
宋因之……贾氏、王氏谱学出焉",然后突然接这一段论述,文
脉跳脱,颇疑这段文字是柳芳对韦述原文中"山东之人""江左之
人""关中之人""代北之人"四种地域氏族(郡姓)的补注,但柳芳
很大程度上"误解"了韦述之原义。下面就"郡姓"和"虏姓"两个概
念做一番辨析。

"郡姓"一词,唐人文献中较少出现,更未曾将"关中""山东"
之大姓固定称为"郡姓"。相比之下,中古时期的文献更常用"四
姓"指代某区域的大姓、望姓。"四姓"之说,汉文典籍中较早似起
于东汉永平九年诏四姓小侯开学置五经师,四姓专指外戚樊氏、郭
氏、阴氏、马氏诸子弟。魏晋南北朝时期,"四姓"一词作为地方大

---

①《新唐书》卷一九九,第5677—5678页。

族、豪族的专名广泛出现于各种文献中①。《氏族论》说:

> "郡姓"者,以中国士人差第阀阅为之制,凡三世有三公者曰"膏粱",有令、仆者曰"华腴",尚书、领、护而上者为"甲姓",九卿若方伯者为"乙姓",散骑常侍、太中大夫者为"丙姓",吏部正员郎为"丁姓"。凡得入者,谓之"四姓"。又诏代人诸胄,初无族姓,其穆、陆、奚、于,下吏部勿充猥官,得视"四姓"。北齐因仍,举秀才、州主簿、郡功曹,非"四姓"不在选。故江左定氏族,凡郡上姓第一,则为右姓;太和以郡四姓为右姓;齐浮屠昙刚《类例》凡甲门为右姓;周建德氏族以四海通望为右姓;隋开皇氏族以上品、茂姓则为右姓;唐《贞观氏族志》凡第一等则为右姓;路氏著《姓略》,以盛门为右姓;柳冲《姓族系录》凡四海望族则为右姓。不通历代之说,不可与言谱也。今流俗独以崔、卢、李、郑为四姓,加太原王氏号五姓,盖不经也。②

唐长孺认为:"柳芳所述疑即本之太和十八年定四海士族的规定。……由于柳芳不是专记太和之制,《新唐书》所引又必多删节,因此上引这段话,仅只简单的概略而已。"③他引《魏书·崔玄伯传附崔僧渊传》崔慧景歌颂孝文帝"分氏定族,料甲乙之科;班官命爵,清九流之贯"的文字,和《资治通鉴》齐建武三年薛宗起与孝文帝争辩氏族甲、乙和郡姓事,证明柳芳之说确有依据,独具慧眼。而上文已指出,《氏族论》此段与《隋书》叙北魏定汉人姓族事有关,"郡姓"也是从中而来。唐长孺先生指出柳芳之说与《隋书·经

---

① 杨德炳:《四姓试释》,《魏晋南北朝隋唐史资料》第七辑,内部资料,1985年,第40—46页。
② 《新唐书》卷一九九,第5678页。
③ 唐长孺:《论北魏孝文帝定姓族》,收入《魏晋南北朝史论拾遗》,第82页。

籍志》"似乎很难相合",但二者事实上还是能关合起来的:柳芳的
"四姓"就是高门,其"郡四姓"则对应《经籍志》中"四海大姓"。"四
海大姓表明他们门阀之高超越州郡范围,但不管怎样,士族高门
也必需系于郡,至少表面上仍由诸郡中正列上于州大中正,上申吏
部。"①唐先生并没有对柳芳"郡姓"的概念作进一步说明,也没有
联系到山东、关中"郡姓"的问题。

　　《隋书》中的"郡姓"为次于四海大姓(即全国性大族)一等的
氏族,为什么在《氏族论》中一变而成了总摄北魏汉人姓族的概念
呢? 一种可能是"郡姓者"三个字为涉前衍文;另一种可能是柳芳
有意用"郡姓"概念来替代当时更具有普遍意义的"四姓""右姓"等
概念。无论这一段是韦述的原文还是柳芳的说明,显然"右姓""四
姓"等概念在唐人已有争议,所以柳芳试图另起炉灶,借用了"郡
姓"一词来圆说韦述的思想。

　　北魏定汉人氏族等第,"四姓"包括膏粱、华腴、甲、乙、丙、丁
六等,还有其他文献的印证。据元和十二年《李岗墓志》:"魏氏
重山东氏姓,定天下门族,有甲乙之科,不唯地望之美,兼综人物
之盛。泊高齐、周、隋、有唐,益以光大焉。故氏族志泊著姓略,文
宪公及叔父允王凤升,并为四海盛门。"②北魏定汉人氏族确实有
"甲乙之科",但并没有用"郡姓"的概念,而是用"四姓"。《魏书》
以勋臣八姓等同汉人四姓即为明证。唐初魏征等编纂《隋书》,
"郡姓"也只是"四姓"中之一类。柳芳所谓山东"郡姓""王、崔、
卢、李、郑",在此之前也属于"四姓"概念范畴。另外,唐代又有
"五姓""七姓"说。《隋唐嘉话》卷中:"薛中书元超谓所亲曰:'吾

---

① 唐长孺:《论北魏孝文帝定姓族》,第88页。
② 吴钢主编:《全唐文补遗》第五辑,第427页。

不才,富贵过分,然平生有三恨:始不以进士擢第,不得娶五姓女,不得修国史。'"又:"高宗朝,以太原王、范阳卢、荥阳郑、清河博陵二崔、陇西赵郡二李等七姓,恃其族望,耻与他姓为婚,乃禁其自姻娶。于是不敢复行婚礼,密装饰其女以送夫家。"①前引李浩论文已证明关中"郡姓"包括裴、柳、薛,但墓志中也是用"四姓"而非"郡姓"。

柳芳以"郡姓"作为北魏定汉人士族等第的总称来取代"四姓"显然是一种误读,而以郡姓为山东、关中士族之专称愈使"郡姓"的概念发生迁移。如果以山东和关中两个区域代指北魏境内汉人氏族(士族)尚可,但以"韦、裴、柳、薛、杨、杜"为北魏关中郡姓之首则不可,因为北魏时期裴、柳、薛从惯例上和房支迁徙上都算不上关中士族。如果说这是唐代关中"郡姓"之实,那更证明柳芳用唐代之观念套用北魏定氏族之谬误。

三、柳芳对"虏姓"内涵的转换

《隋书·经籍志》论后魏迁洛氏族,不曾云"虏姓",《氏族论》沿用《隋书》之文,却在前加了"虏姓者"一句,这个操作最大的嫌疑人就是柳芳。"虏姓"这一概念在唐代确实存在。天宝十三载独孤洧撰其父《独孤挺墓志》云:

> 独孤氏汉皇孝景之后,中山靖王之子。北征猃狁,便寄单于,保于崇丘,因以命氏。后与魏帝并驱中原,迁居河南,时谓虏姓也。先人讳挺,字挺。五代祖信,仕魏至大司马,辅周拜尚书令,隋封赵国,唐赠梁王。八子列侯,三女为后,功

---

① 刘餗:《隋唐嘉话》卷中,第28、33页。

业备彰于国史,勋荣尽载于家牒。[1]

志主独孤挺出自独孤信之后,为北朝以来有名的外戚世家,其族源为匈奴屠各部。仔细校对拓片,其中"虏姓"一词无误,也未见补刻痕迹。"虏姓"一词多出现在宋人之典籍,带有鲜明的华夷之辨色彩。这方墓志是唐代文献中称"虏姓"的罕见案例,但出自独孤洧的自称,不禁令人诧异。独孤挺葬于天宝十三载闰十一月十一日,其子撰墓志当在其时,而"虏姓"之说更早之前可能就已成为社会上流行之术语了。这也从侧面说明,当时"虏姓"之种族色彩已大大淡化。

　　唐代谱牒中本来就有胡汉分著之体。先天年间柳冲等人所修之官方氏族志《姓族系录》,一个重要的特点即"取德、功、时望、国籍之家,等而次之。夷蕃酋长袭冠带者,析著别品"[2]。即分蕃、汉著录。池田温对此有详细之研究,他认为《姓族系录》中的"蕃"主要是指唐代内附尤其是8世纪初之后大量内附的蕃人[3]。那这些"夷蕃"中,是否可能包括北朝"虏姓"呢?除了《姓族系录》,唐人所撰谱牒还有一种是胡汉分列的,即裴扬休的《百氏谱》。该书《宋史·艺文志》著录为五卷;《玉海》卷五十"唐百氏谱"条引《中兴馆阁书目》云:"国子助教裴扬休撰。凡三百五十八姓,汉姓三百七,蕃姓一百二十五。"[4]《百氏谱》其书不存,其体例据宋人云是蕃姓、汉姓分列。倘若以此"蕃姓"单单指唐代内附之蕃人,恐怕不至于有"一百二十五"姓之多(占收录全部姓氏之三分之一还多),其

---

① 赵力光主编:《西安碑林博物馆新藏墓志续编》,第344页。

② 《新唐书》卷一九九,第5676页。

③ 参考(日)池田温《唐朝氏族志研究——关于〈敦煌名族志〉残卷》,收入刘俊文主编《日本学者研究中国史论著选译》第四卷,中华书局,1992年,第688—689页。

④ 王应麟撰,武秀成、赵庶洋校证:《玉海艺文校证》,第776页。

中或许有大量的北朝"虏姓"。裴扬休其人生平不详,《宋史·艺文志》列之于萧颖士与曹大宗之间,当与韦述、柳芳为同时之人。上面这两种谱牒采用蕃(胡)汉分列的体例,足以启发当时的谱学家以"虏姓"为一个固定的氏族群体来进行研究。总而言之,《氏族论》中的"虏姓"一句,可能是柳芳引入当时谱学中的一个术语对韦述"代北之人"的注释。

柳芳提出"虏姓"以"元、长孙、宇文、于、陆、源、窦首之",可能是他自己建构的序列,一方面他置换了"虏姓"的内涵,另一方面他也重谱了"虏姓"的序位。因为这一序位无论在北魏还是唐代,都不是当时氏族的实况。北魏时期,"宗族十姓"是氏族之首毋庸置疑,又有"穆、陆、贺、刘、楼、于、嵇、尉八姓,皆太祖已降,勋著当世,位尽王公;灼然可知者,且下司州、吏部勿充猥官,一同四姓"①。柳芳所谓"元、长孙、宇文、于、陆、源、窦"为"虏姓"之首,不符北魏之情况。而且柳芳之"虏姓"也不是"宗族十姓"与"勋臣八姓"简单的结合:宇文、窦为"四方著姓",源氏本河西秃发氏裔,本为拓跋之支族,但未列入"宗族十姓",亦未入《官氏志》。唐代从唐太宗起就确立了"崇今朝冠冕"的官本位氏族观念,依照此标准,唐代陆氏或许不能入"虏姓"之首行列。事实上,源、陆二姓被排入虏姓之首可能有柳芳本人的"私心"。柳芳天宝六载撰《源光乘墓志》云:

> 昔元魏绍于天,南迁于代。胤子让其国,西据于凉。大王小侯,初传荒服,析珪担爵,(疑阙一字)毕中州。故太尉陇西宣王贵于代京,太武谓之曰:与朕同源。因以锡姓。……铭曰:浚哲惟源,感神而生。世雄北野,分王西平。锡姓云代,

登台洛京。诞兹贤哲，以奉皇明。[1]

又开元二十八年陆据撰《源衍墓志》：

> □□□□□函洛，霸河西而争天下；魏起恒代，朝云朔
> □□诸元。大王小侯，相望信史，其源氏乎。君讳衍，河南人
> 也，左丞府君讳光俗之中子。……后来有柳芳、王端、殷晋、颜
> 真卿、阎伯玙，皆稀世鸿宝，一相遇便为莫逆之交。夫君辩不
> 如柳，庄不如王，介不如陈郡，勇退不如颜氏，危言不如伯玙。
> 然此五君子，动静周旋，辄以君为表缀，何哉？岂不以处衡轴
> 之中，无适莫之谓。……据不佞，亦从竹林之会，相与考君德
> 业，雅合谥典，非臣下所制，阙而不书。[2]

源衍为源光俗子、源光乘侄，陆据、柳芳先后为其一家撰志，陆据还
交代了自己与源衍、柳芳、王端、殷晋、颜真卿、阎伯玙等人之"竹林
之会"。《陆据墓志》即王端天宝十四载撰，亦已出土[3]。传世文献
中更清晰地显示了源、柳、陆诸人之联系。李华《三贤论》即将源、
殷、陆、柳列为"萧门"中人，他们这一"文化圈"，通过相互吹嘘，相
互抬高，形成了葛晓音教授所说的盛唐士人群体在"士族观念的回
潮"背景下的结群方式。再仔细对比陆据和柳芳所撰墓志中源氏
家族族源叙事，会发现二者之间惊人的巧合：柳芳文中之"大王小
侯"与陆据文中"大王小侯"完全相同；柳文之"云代""洛京"，陆文
之"恒代""涵洛"都有相似的痕迹。柳芳后来撰源氏族源时，自然
会查看先前的文本（或者源氏家状），而陆据又与之交游，所以文字
上有参照。但更深层的意义其实是他们之间"文章之友"与"门第

---

[1] 吴钢主编：《全唐文补遗》第一辑，第165—166页。
[2] 吴钢主编：《全唐文补遗》第六辑，第61—62页。
[3] 吴钢主编：《全唐文补遗》（千唐志斋新藏专辑），第235—236页。

相高"的交游结群方式。由此,陆氏、源氏被柳芳排入"虏姓"之首的序位中就可以理解了。

综上所述,柳芳对于韦述四大姓类的补充,尤其是用"郡姓"来注释"山东之人""关中之人",用"虏姓"注释"代北之人",并作排位的做法,既不是北朝时期氏族的旧貌,也非唐代氏族的现状,不仅违背了韦述的本意,也不符合《隋书·经籍志》谱牒类叙录所建立起来的氏族论传统,更挟带了他的私心。而柳芳这一段补充竟成为中古论氏族之名言,此治文史者不可不留意之事。

结　语

《新唐书》所存《氏族论》经历多次编辑,大致可以说韦述为原创,柳芳可能有增补,《新唐书》作删节。根据前文辨析,结合《氏族论》之文字内容、形式结构、逻辑演进,此处试对这一重要文本的层累过程作一个"还原",并将意见按之于后。

第一段:自"氏族者,古史官所记也"至"先王之封既绝,后嗣蒙其福,犹为强家"。总论古代氏族。

第二段:自"汉高帝兴徒步,有天下"至"由是有谱局,令史职皆具"。论汉至晋宋氏族特点。

第三段:自"过江则为侨姓,王、谢、袁、萧为大"至"代北则为虏姓,元、长孙、宇文、于、陆、源、窦首之"。本段《唐会要》曾节引之。从时间上言,晋宋之后,当接着南朝齐、梁、陈、北朝魏、周、齐、隋。无论如何,此处内容都显得非常突兀,疑为对后文第七段的注解,阑入此处。

第四段:自"虏姓者,魏孝文帝迁洛,有八氏十姓"至"北齐因仍,举秀才、州主簿、郡功曹,非四姓不在选"。本段接上文晋宋氏族的内容，论北魏太和定胡、汉氏族之情况。"虏姓者""郡姓者"，疑后人注释阑入正文的标记。删除则文义豁然。

以上四段通论历代氏族，为"史"。下面为评述历代氏族，为大唐氏族张本。

第五段：自"故江左定氏族，凡郡上姓第一"至"今流俗独以崔、卢、李、郑为四姓，加太原王氏号五姓，盖不经也"。前文所论下及北齐，后文又接隋，而此段中夹隋唐事，时间逻辑错乱。盖本段本为注释"四姓"的文字，"四姓"即"右姓"。

第六段：自"夫文之弊，至于尚官"至"于是乎士无乡里，里无衣冠，人无廉耻，士族乱而庶人僭矣"。本段上接第二段。"文"为先秦时代之氏族特点，此后"尚官""尚姓""尚诈"分别对应汉代、魏晋宋、北朝氏族特点。"隋承其弊"之"其"，当指北齐，北齐"非'四姓'不在选"，是"尚姓"之极则演为诈。

第七段：自"故善言谱者，系之地望而不惑"至"四者俱弊，则失其所尚矣"。这里提到四大姓类，与第三段相照应：山东对应郡姓；江左对应吴姓；关中亦对应郡姓；代北对应虏姓。这里以地域分族群，并没有涉及时间观念，但前面四大姓类的说法却放到任何时代都有歧义，足见该段"夹缠"后人的观念。

第八段：自"人无所守，则士族削"至"冠冕之绪崇，则教化之风美，乃可与古参矣"。这段当为结穴之大文字。尚官、尚姓皆有其"弊"，隋之选人更"不本乡党"，韦述提出的建议是回到"周、汉之官人"时代，即乡选里举之时代，这是典型的复古主义思想，即所谓"与古参"，亦韦述时代谱学之宗旨。

以上论述历代氏族特点竟，后则专就谱学著作、谱学家而言，乃是从第二、三段中衍生出来的，疑出自柳芳或其他史官之手。

第九段：自"晋太元中，散骑常侍河东贾弼撰《姓氏簿状》"至

"王氏之学,本于贾氏"论南朝谱学,主要是贾、王之学,疑补注第二段"贾氏、王氏谱学出焉"。

第十段:"唐兴,言谱者以路敬淳为宗,柳冲、韦述次之。李守素亦明姓氏,时谓'肉谱'者。后有李公淹、萧颖士、殷寅、孔至,为世所称。"这段话提到韦述,可以确定非韦述之文。至于是柳芳之语还是《新唐书》编者之语,从语气上看,笔者倾向于后者。若能得诸人生平时间比对,则可定论,附此待考。

第十一段:"初,汉有邓氏《官谱》,应劭有《氏族》一篇,王符《潜夫论》亦有《姓氏》一篇。宋何承天有《姓苑》二篇。"疑此段在第九段之前,为补注第二段汉代以来谱学的内容。正好接着贾、王谱学。何承天为南朝宋人,但贾、王跨越南朝时期,所以何承天接着贾、王亦无碍。

第十二段:"谱学大抵具此。"此段为结语,疑在文尾。

第十三段:"魏太和时,诏诸郡中正,各列本土姓族次第为举选格,名曰'方司格',人到于今称之。"按:疑此段在第九段之后,接着南朝谱学之后,论述北朝谱学。

综上所述,《氏族论》文本可以前后分为两大板块:其一是总论历代氏族特点,评骘利弊,提出方案,不涉及谱学著作及具体概念的辨析;其二是总论历代谱学,汇集各个时期代表性的谱学家、谱学著作。可以推测:其中第一个板块极有可能为韦述所作,这与他的谱学著述相一致,可以相互证发;而第二个板块则可能为柳芳或后人增补之文。造成争议的文字是在韦述原文之间插入的一段关于"侨姓""郡姓"等五大姓类的注解。将《氏族论》一文分析出两层不同的内容,其文本的逻辑和观念其实是很清晰的。约言之,《氏族论》一文就著作权而言,或许应该有韦述的份,而不应单记在柳芳名下,这与当时人对韦述谱学成就的赞誉相一致。柳芳对于

韦述原著的增补，虽然反映了当时一些谱学观念，但更挟带了他的
"私货"，这是造成《氏族论》逻辑和结构矛盾的主要原因。

　　《氏族论》一文被视为中古氏族理论的集大成之作，尤其是其
中关于五大姓类、四姓等概念的描述，被视为经典而广泛引用。但
矛盾的是，学者们或将五大姓类的说法视为北朝氏族的状况，或将
之作为唐代氏族的现状。造成这一矛盾的原因在于没有厘清《氏
族论》的文本出处、史源及文本创作过程。《氏族论》原本可能是韦
述、柳芳等人修撰的《唐书·氏族志》中的内容，因《唐书》累修过
程中体例的变迁，其内容被分散到《唐会要·氏族》中，后来单独
成篇流传，至《新唐书》又附录到《儒学传·柳冲传》后。多次的创
作、增补，是造成《氏族论》文本内容、结构矛盾的重要原因之一。
《唐书·氏族志》可能吸收了刘知几在《史通》中提出的在"国史"中
立"氏族志"以"甄别华夷"的观点，是当时复古主义思潮在氏族领
域的回响。《唐书·氏族志》的主要内容可能以韦述《百家类例》和
《国朝宰相甲族》两部书为原型，柳芳也有所增补，而《氏族论》则可
能是《氏族志》中总论或凡例一类的内容。从内容来看，《氏族论》
的主要内容、概念都源于《隋书·经籍志》谱牒类叙录和当时谱学
成果。

　　如果说武则天时期对于门阀士族的排抑是中古氏族思想基
础衰落的诱因，盛唐时期可以说是氏族主义的回光返照，或者是中
古氏族理论和撰述的集大成。这一时期涌现出一大批著名的谱学
家，完成了唐代最后一次大型官修氏族志，而且一些细微的层面如
官修史书的体例设置也打上了当时氏族理论的烙印，《唐书·氏
族志》的成立就是最明显的例证。然而《氏族论》的命运见证了这
场氏族主义复古高潮的衰落。在韦述、柳芳等人修撰的《唐书》之
后，唐国史的修撰工作中断。其他一些官私史书，对于氏族内容并

没有给予重视,韦述、柳芳等人开创"氏族志"(可能还包括"宰相表")一体被放弃,相关的史料被打散到其他史书中(如《会要》),或者散佚。《氏族论》为中古氏族理论画了一个不完整的句号,但也是中古氏族研究反思的新起点。

第十一章　中古胡姓郡望的
成立与民族融合

　　依托于门阀士族问题，郡望一直为中古史研究所关注。正如毛汉光指出的那样："士族乃具有时间纵度的血缘单位，其强调郡望以别于他族，犹如一家百年老商店强调其金字招牌一般。故郡望与士族相始终。"[①]随着新出墓志的涌现，相关研究呈现出了新的生机，其中有两个趋势值得重视：一是"务实"的研究，挖掘郡望发育、生长和衰亡的谱系[②]；一是"务虚"的研究，钩沉郡望制作、伪冒和攀附的痕迹[③]。二者都得益于新出墓志积累的大量郡望数据。早前的研究和最新的动向，所关注的重点都是郡望与汉人士族的

[①] 毛汉光：《中国中古社会史论》，第238页。

[②] 这可以美国汉学家谭凯（Nicolas Tackett）的《中古中国门阀大族的消亡》（*The Destruction of the Medieval Chinese Aristocracy*）为代表，原著2014年于哈佛大学亚洲中心出版，2017年胡耀飞、谢宇荣翻译为中文，由社会科学文献出版社出版。

[③] 这可以仇鹿鸣《制作郡望：中古南阳张氏的形成》一文为代表，在文中他提出一个纲领性的问题："郡望与谱系是中古时代重要的知识资源，但这种知识如何传播、流布，士人如何习得这种知识，进而加以利用、改造，将其作为冒入甚至制作郡望的一种手段，通过对祖先记忆的重构，谋取高贵的社会身份乃至背后的政治、经济利益，这是本文通过对张氏诸望的检讨所欲回答的问题。"（《历史研究》2016年第3期）

关系，而较少注意到郡望与非汉人家族（胡族）的关系。事实上，在中古胡、汉共同体背景下，胡姓郡望的发育、成长和衰亡，除了具有一般士族发展规律外，还具有族群认同和民族融合的意义，因而值得深入发掘。陈寅恪的"关陇本位政策"已将郡望问题作为宇文泰聚合胡、汉的一个关键要素提出来，并给予了浓墨重彩的描述，沿着他的思路还可以进一步拓展。通过改造郡望来调整胡、汉关系，其渊源为孝文帝迁洛之后的一系列改制。胡、汉郡望整合是中古胡、汉共同体社会形成的一个重要因素，是中古民族融合宏大叙事的题中之义。

第一节　胡姓郡望的成立过程

　　胡姓郡望的成立，需要放到中古这一长时段来观察方才有意义。范兆飞指出："中古郡望的成立，源于两个因素的有机结合：一是地域主义的形成，二是家族主义的确立。魏晋之际华夏帝国崩溃，国家权威的影响有所减弱，而象征社会势力的家族主义和地方主义却呈现出分庭抗礼之势。郡望由此突破地域的概念，成为士族门第的名片和护身符，其形成确立乃至式微滥用的历史过程，见证了中古士族政治社会的成立和崩溃。"①在郡望成立之阶段，"地域"和"家族"是郡望的两大支撑，不仅标识着对地方社会、文化资源的"垄断"，而且形成了维系这一局面的各种"文本"，比如谱牒、谱志。在郡望崩溃之际，郡望与著籍发生分离，郡望仅仅成为一个符号，伪冒的现象严重。这一实一虚两条线正是理解胡姓郡望成

---

① 范兆飞：《中古郡望的成立与崩溃——以太原王氏的谱系塑造为中心》，《厦门大学学报》（哲学社会科学版）2013 年第 5 期。

立过程的起点。下面分为两个时段来观察。

一、魏晋南北朝时期胡姓郡望发育情况

胡姓部族或家族源出华夏边缘，原本无汉人郡望或籍贯之说，内迁之后，族群离散，改汉姓，占籍各地，逐渐以郡望自高。占籍与郡望本为一义，因人口的迁徙、分支的繁衍、同姓的攀附和伪冒的出现，遂别为二①。郡望在各个时代并不是稳定的，有兴废升沉，其地域分布也不平衡。魏晋南北朝时期是少数部族内迁的高潮时期，也是胡姓郡望发育的关键时期。考察这一时期的郡望、郡姓并没有像唐代氏族志（郡望表）一类资料可以利用。胡阿祥根据相关史料和郡望、郡姓的标准，整理出《两晋南北朝时期郡望郡姓分区对照表》，得98郡281郡姓，其中胡姓郡望包括：西平源氏，陇西乞伏氏，略阳苻氏、吕氏，南安姚氏，临松沮渠氏，敦煌令狐氏，河东薛氏，上党石氏，新兴刘氏，赫连氏，北秀容尔朱氏，广牧斛斯氏，神武贺拔氏，代郡穆氏、于氏、陆氏、长孙氏、尉氏、罗氏、源氏、奚氏、陆氏、侯莫陈氏、尉迟氏、宇文氏，云中斛律氏、独孤氏，昌黎宇文氏、豆卢氏、慕容氏，河南元氏、穆氏、独孤氏、贺若氏、刘氏、长孙氏、房氏、阎氏、窦氏，辽西宇文氏②。胡姓的界定和辨识存在多重的困难③，上面所列显然不是全部，只是比较可靠的一些，计17郡，41郡姓，分别占整个郡姓分布的17%和15%，这并不是很高的比例。

---

① 参考岑仲勉《唐史余沈》卷四"唐史中的望与贯"条，中华书局，2004年，第229—233页。

② 胡阿祥：《中古时期郡望郡姓地理分布考论》，《历史地理》第十一辑，上海人民出版社，1993年，第114—117页。

③ 按：本书对于胡姓的认定主要参考姚薇元《北朝胡姓考》（修订本）、陈连庆《中国古代少数民族姓氏研究——秦汉魏晋南北朝少数民族姓氏研究》二书。

而且胡姓郡姓集中分布在代郡和河南。胡阿祥也指出其统计并不是绝对数据,而是一个大致概况。

魏晋南北朝时期兴起的胡姓郡望,多数有占籍之实,如河东薛氏本为曹魏时从蜀中徙居河东的一支"蜀"族,其族源北朝以来便屡起争议,尤其是"蜀薛"这一身份,陈寅恪已辨其非华夏旧族[1]。东魏兴和四年《薛怀俊墓志》:"出于河东之汾阴县。昔黄轩廿五子,得姓十有二人,散惠叶以菣疏,树灵根而不绝。"[2]墓志称薛氏出自黄帝,与拓跋氏自称黄帝之后一样,为胡姓家族常见的攀附型族源叙事,从侧面暴露了其出自胡姓的渊源。薛氏自魏晋之际迁徙河东汾阴之后不断发展壮大,成为河东大族,与裴氏、柳氏相颉颃。

这一时期胡姓家族在发展过程中经历了两次重要的官方郡望改定事件。一次是孝文帝太和十九年六月:"丙辰,诏迁洛之民,死葬河南,不得还北。于是代人南迁者,悉为河南洛阳人。"[3]第二次是北周明帝二年三月:"庚申,诏曰:'三十六国,九十九姓,自魏氏南徙,皆称河南之民。今周室既都关中,宜改称京兆人。'"[4]这两次集中改望涉及的范围较大,是北朝胡姓郡望发育的基点。这两次调整扩大了河南、京兆两个郡望在胡姓家族中的意义,事实上开启了郡望与著籍分离的大门,很多并未占籍于这两地的胡姓家族也以之为姓望。

北朝时期胡姓攀附汉人谱系和郡望的情况也开始蔓延开来,而且有迹可循。如北魏恩幸大臣侯刚,史书载:"河南洛阳人,其先

---

①陈寅恪:《魏书司马叡传江东民族条释疏及推论》,《金明馆丛稿初编》,第84页。
②罗新、叶炜:《新出魏晋南北朝墓志疏证》(修订本),第182页。
③《魏书》卷七,第178页。
④《周书》卷四,第55页。

代人也。……刚长子详，自奉朝请稍迁通直散骑侍郎、冠军将军、主衣都统。刚以上谷先有侯氏，于是始家焉。正光中，又请以详为燕州刺史，将军如故，欲为家世之基。"[1]据《魏书·官氏志》："胡古口引氏，后改为侯氏。"[2]侯刚即出身此族，但为了攀附汉人上谷侯氏，他不仅占籍于上谷，还为其子谋官于当地，欲培育地方基础。《侯刚墓志》中称："上谷居庸人也。其先大司徒霸，出屏桐川，入厘百揆，开谋世祖，道被东汉。"[3]侯刚之孙《侯义墓志》亦称："燕州上谷郡居庸县人。"[4]俨然上谷侯氏大族了。但侯刚家族占籍上谷并没有贯彻到底，侯刚孝昌二年"葬于马鞍山之阳"，在洛阳；侯义大统十年"葬于石安县孝义乡崇仁里"，在咸阳。相比之下，源出高丽的高肇家族的郡望改造更具有代表性。史载：

> 高肇字首文，文昭皇太后之兄也。自云本勃海蓚人。五世祖顾，晋永嘉中，避乱入高丽。父飏，字法修。孝文初，与弟乘信及其乡人韩内、冀富等入魏，拜厉威将军、河间子；乘信明威将军。俱待以客礼。遂纳飏女，是为文昭皇后，生宣武。……肇出自夷土，时望轻之，及在位居要，留心百揆，孜孜无倦，世咸谓之为能。宣武初，六辅专政，后以咸阳王禧无事构逆，由是委肇。肇既无亲族，颇结朋党，附之者旬月超升，背之者陷以大罪。[5]

高肇一族自称"勃海"望，在当时并没有获得认可，"时望轻之"。而且因为其"勃海"望为攀附，并无真正的乡里基础，所以高肇在

① 《魏书》卷九三，第2004、2006页。
② 《魏书》卷一一三，第3008页。
③ 赵超编：《汉魏南北朝墓志汇编》，第188页。
④ 罗新、叶炜：《新出魏晋南北朝墓志疏证》（修订本），第223页。
⑤ 《北史》卷八〇，第2684页。

朝只能结为朋党。但高肇一系为了攀附"勃海"高氏(这也是宣武帝的设计)，确实作了很多努力：高肇兄、子如高显、高植、高湛、高庆、高贞，都归葬渤海；高肇本人长期担任冀州大中正，并安排高庆出任冀州刺史元愉之主簿，都是意图打造本地势力。虽然高肇一族的占籍活动也不算彻底，但高氏郡望攀附却成功了[①]。

　　另外一个攀附汉人郡望但汉人社会对其认同不一的例子是鲜卑纥豆陵氏。内迁纥豆陵氏改为窦氏，遂攀附汉人扶风郡望。北魏永平四年《杨阿难墓志》："曾祖母扶风窦氏。父秦，北平太守。"[②]窦秦疑出鲜卑纥豆陵部而冒称扶风望。史传中较早攀附扶风的窦氏人物为北魏太武帝、文成帝时期的窦瑾，其本传载："顿丘卫国人也。自云汉司空融之后。"[③]攀附扶风名人窦融之后，但魏收以"自云"质疑之，而且也没有书扶风郡望。《窦瑗传》："辽西辽阳人。自言本扶风平陵人，汉大将军窦武之曾孙崇为辽西太守，子孙遂家焉。"[④]虽称扶风郡望，但"自云"之说也证明其攀附不被认可。又《窦泰传》："字世宁，太安捍殊人也。本出清河观津胄。祖罗，魏统万镇将，因居北边。"[⑤]这里则撇开了与扶风窦氏的关系。相较于史传的"权威性"，墓志中鲜卑窦氏攀附扶风望的情况显得更为明显。北齐天保六年《窦泰墓志》云："公讳泰，字宁世，清河灌津人。昔章武以退让为名，司空以恂恂著称。仍与王室，迭为甥舅，故已德隆两汉，任重二京。虽将相无种，而公侯必复。世载有

---

① 罗新、叶炜：《新出魏晋南北朝墓志疏证》(修订本)，第71—72页。又参见罗新《漫长的余生：一个北魏宫女和她的时代》，北京日报出版社，2022年，第223—226页。

② 赵超编：《汉魏南北朝墓志汇编》，第62页。

③ 《魏书》卷四六，第1035页。

④ 《魏书》卷八八，第1907页。

⑤ 《北史》卷五四，第1951—1952页。

归,名贤间起。"①虽然没有称扶风人,但"章武"指窦广国,"司空"
指窦融,也是攀附扶风望了。又如庾信《赵国公夫人纥豆陵氏墓
志》称夫人"扶风平陵人。魏其朝议,列侯则莫能抗礼;安丰奉图,
功臣则咸推上席"②。"魏其"指窦婴,"安丰"指窦融,也是攀附扶风
窦氏。

　　总体而言,北朝胡姓郡望成立的早期,更多有占籍之实。一
些长久聚居于某些民族地区的胡姓家族,以占籍地为基础形成了
郡望,如天水、冯翊的氐羌胡姓雷、党、赵等。还有一些陆续内迁
而没有经历两次集中改望的部族,保留了边地作为籍贯,后来也演
变为郡望。如广牧斛斯氏、神武贺拔氏、云中斛律氏等。值得注意
的是,并不是所有的胡姓占籍最后都发育成为郡望。史传、出土墓
志所书籍贯、郡望数量更多,分布也更为广泛。如《库狄业墓志》称
"荫山人"③,即因为高车库狄部在孝文帝迁洛以后并未随迁,而保
留了部落组织留在北边诸镇。《库狄洛墓志》称"朔州部落人"④,亦
是如此。这符合这一时期内迁胡姓家族的分布规律。

二、唐代胡姓郡望发展的情况

　　进入唐代,门阀士族的地方基础逐渐崩溃,一些号称大族的郡
姓"世代衰微,全无冠盖"⑤,但郡望作为社会地位和婚宦清望的象
征意义犹存,崇尚郡望的习气并未有所消减,随之而来的是攀附的

① 赵超编:《汉魏南北朝墓志汇编》,第394—395页。
② 庾信撰,倪璠注,许逸民校点:《庾子山集注》卷一六,中华书局,1980年,第
　 1035页。
③ 罗新、叶炜:《新出魏晋南北朝墓志疏证》(修订本),第180页。
④ 赵超编:《汉魏南北朝墓志汇编》,第414页。
⑤ 吴兢撰,谢保成集校:《贞观政要集校》卷七,中华书局,2003年,第396页。

盛行和各种姓氏谱或郡望表的涌现。以安史之乱为界,唐前后期的郡望、郡姓情况不同。敦煌吐鲁番地区出土多件郡姓氏谱文书,反映了唐代不同时期郡姓的分布、数量情况。胡阿祥根据这些资料,制作了《唐前期郡望郡姓分道对照表》和《唐后期郡望郡姓分道对照表》①。前期共85郡望、363郡姓,后期90郡望、799郡姓(缺7姓)。下面在这两个表的基础上,将胡姓郡望作一个整理。

表2　唐代胡姓郡望分布表

道名	郡望	郡姓	
		前期	后期
关内道	京兆	金	于、米、支、员、扈、康、夫蒙、金
	冯翊	雷、党	鱼、党、雷
	扶风	窦	窦、井
	安定	安	安
	郃阳		支
陇右道	天水	赵、龙、狄、姜	赵、姜、龙、狄、双
	武威	安、曹、石	石、安
山南道	襄阳		荔非
	南阳	井、白	白、井
河东道	河东	薛	薛
	高平	米、独孤	独孤
	太原	尉迟	尉迟、龙
	上党	赫连	
河北道	渤海		赫连、纥干
	广平	唉	唉

---

① 胡阿祥:《中古时期郡望郡姓地理分布考论》,第121—125页。

淮南道	广陵		支
	同安		仆固
河南道	河南	贺兰、丘、穆、祝、窦、独孤	穆、独孤、丘、祝、元、贺兰、慕容、古、山、侯莫陈、房、宇文
	颍川		豆卢
	泰山		斛斯
	北海	倪	倪、娥
	乐安	元	长孙
	彭城		支
	兰陵		万俟
江南道	松阳		瞿昙
	会稽		康

上表的统计显然也不是唐代胡姓郡望的全部,但可以作为一个参考。据表,唐前期胡姓郡望15,占18%;郡姓28,占8%。唐后期胡姓郡望25,占28%;郡姓55,占7%。结合魏晋南北朝时期胡姓郡望、郡姓的数据(郡望17,占17%;郡姓41,占15%),可以看到一个现象:魏晋南北朝至唐前期,胡姓郡望的数量和比例大致保持平稳,而至唐后期则有一次较大的增长。胡阿祥注意到了鲜卑、羌、铁勒、天竺、昭武等族诸多姓氏在唐前、后期广泛分布于各地的现象,但并未作解释。王仲荦对此有一个更为详细的论说:

> 泽州高平郡有独孤氏,并州太原郡有尉迟氏……可见鲜卑族望不仅代居京兆、洛阳,而且分布居住在大河南北了。此外如羌族大姓,雍州京兆郡有夫蒙氏,同州冯翊郡有党氏、雷氏,襄州襄阳有荔非氏。又如淮南道舒州同安郡住有出自铁勒九姓之一的仆固氏,江南道处州松阳郡住有出自五天竺

的瞿昙氏，陇右道凉州武威郡住有出自昭武九姓的石氏、安氏。……这些族姓，被列为著姓郡望，那就是说他们在所住地区，还拥有一定的经济地位和政治地位、社会地位，他们有较高深的文化修养，可以说不是很简单的事了。①

《新集天下姓望氏族谱》反映的是唐后期郡望、郡姓的资料，王仲荦将这个文件中新郡望的出现视为"新兴的族望在开始抬头，门阀士族独占的局面已经开始动摇"的表征。而包括胡姓郡望在内的新郡望出现的原因，他将之归结为这些家族的地方化，这一观点也启发了其他一些学者的研究②。但郡望的形成其实需要长时间的积累，唐代后期的姓氏谱中所载胡姓郡望，可能萌芽、形成于唐代前期，唐代后期粟特族裔会稽康氏的案例就是如此。

　　对于唐后期产生的大量胡姓新望，还应该注意"虚"这一条线索，即胡姓攀附汉姓郡望的可能。这一过程当然从魏晋南北朝时期已经开始了，不过唐代更为泛滥。刘知几对此有激烈的批评：

　　　　且自世重高门，人轻寒族，竞以姓望所出，邑里相矜。……（原注：又今西域胡人，多有姓明及卑者，如加五等爵，或称平原公，或号东平子，为明氏出于平原，卑氏出于东平故也。夫边夷杂种，尚窃美名，则诸夏士流，固无惭德也。）在诸史传，多与同风。（原注：如《隋史牛弘传》云："安定鹑觚人也，本姓寮氏。"至于它篇所引，皆谓之陇西牛弘。《唐史谢偃传》云：本姓库汗氏，续谓陈郡谢偃，并其类也。）此乃寻流

---

① 王仲荦：《〈新集天下姓望氏族谱〉考释》，《蜡华山馆丛稿》，中华书局，2007年，第447页。

② 王春红：《从两件敦煌文书看代北虏姓士族的地方化》，《湖州师范学院学报》2009年第6期。

俗之常谈,忘著书之旧体矣。[①]

刘知几特别点出"西域胡人"明氏、卑氏及谢偃的例子,可见他对胡姓的郡望攀附现象是很清楚的。入唐之后,胡姓家族的郡望攀附和世系伪冒相结合,成为他们获得"汉人"身份的重要途径。如前举鲜卑窦氏,在北朝时期攀附扶风郡望,尚未完全获得汉人社会的承认;但唐代鲜卑窦氏从郡望、世系、家族文化等不同层面都攀附到扶风窦氏,已完全占据了汉人扶风窦氏之名实。

第二节　胡姓郡望的社会认同

郡望是中古士族的"金字招牌"和"护身符",既然如此,就存在认证、注册和注销的情况。而在这一点上,胡、汉郡望还存在差异。正如胡阿祥所指出的那样,魏晋南北朝时期胡姓郡望的出现,"并不代表这些胡人家族当时已为汉人大家族社会所认可与接纳"[②]。在不同的书写话语体系、接受对象中,胡姓郡望所获得的社会认可并不相同,下面试从两个方面作一个探索。

一、胡姓郡望的书写

中古文献对于胡、汉关系的书写,往往存在一些模式化的叙事策略(参见第九章),而其中蕴含的认同关系也非常复杂。胡姓郡望在不同的文献或者文类中所得到的认同是不同的。例如魏晋南北朝时期官方史书中对于胡姓族属、族源的记载有一种特殊的模式,即"籍贯＋族属＋人物"的体例,这是不同于其他时代的一个重

---

① 刘知几撰,浦起龙释,王煦华整理:《史通通释》卷五,第134页。
② 胡阿祥:《中古时期郡望郡姓地理分布考论》,第116页。

要特点。如"凉州休屠胡梁元碧""凉州名胡治无戴"①，"汾州吐京群胡薛羽""五城郡山胡冯宜都、贺悦回成"②，"平原乌丸展广、刘哆""中山丁零翟鼠"③，相关例子不胜枚举。但这一书写体例在唐代及之后的文献中逐渐减少，籍贯被郡望取代，族属标记则被淡化或取消。在史书之外，谱牒类文献对于胡姓郡望的记载也有不同。唐长孺论南北朝士籍时指出："事实上现实中法律所承认为士族的总比姓氏书中所记载的多得多。"④官方姓氏书所持之士庶标准为最严，但入谱郡姓依然存在伪滥。唐代前期，官方多次大修氏族志，其中《贞观氏族志》可看做一个纲领。敦煌残卷中提到本次氏族整理共八十五郡，合三百九十八姓（实收二百九十三姓），应当反映了贞观时期氏族的基本情况。奏文残卷末云："其三百九十八姓之外，又二千一百杂姓，非史籍所载，虽预三百九十八姓之限，而或媾官混杂，或从贱入良，营门杂户，幕客（原作"慕容"）商贾之类，虽有谱亦不通。如有犯者，剔除籍。"⑤未入录的"二千一百杂姓"中胡姓当占不小比例，从残卷中也可以看到大量胡姓入谱，这是一个重要的信号：唐初官方谱牒已在试图整合胡、汉姓望结构。官修氏族志中胡姓或蕃姓所在何等、入谱之家族为谁不得而知，但官方谱牒却有限制胡姓郡望攀附及伪冒的潜在功能。然而从实际效果来看，卷帙浩繁的氏族志被束之高阁，不便利用，其约束功能大打折扣，郡望伪滥的情况并未得到有效制约。

　　需要注意的是，唐代氏族志并不都指向胡、汉混一，还有一些

---

①《三国志》卷二六，第735页。

②《魏书》卷六九，第1531页。

③《晋书》卷一〇四，第2725页。

④唐长孺：《魏晋南北朝隋唐史三论》，中华书局，2011年，第370页。

⑤王仲荦：《〈唐贞观八年条举氏族事件〉残卷考释》，《𪩘华山馆丛稿》，第349页。

氏族志隐含着"甄别华夷"的意图,这主要体现在氏族志中胡、汉分别著录的方式上。上一章曾论及柳冲等修《姓系录》、裴扬休《百氏谱》,就区分蕃(胡)姓、汉姓,这种分列的体例对于胡姓郡望显然是不利的,惜未见具体的区分原文。氏族谱志文献中区别蕃汉华夷这一情况,似乎主要出现在开元天宝年间,这与当时氏族主义复古思潮有关。当时谱学界对于胡姓郡望还形成了一个专门的术语——"虏姓"。前引韦述、柳芳《氏族论》对此有经典的表述。《氏族论》实际上为韦述、柳芳等人编撰的《唐书·氏族志》中内容,"虏姓"的出现,表明胡姓郡望的涌现引起谱学界的重视,虽然这一称呼指向的是胡、汉区别,但客观上而言却成为了胡姓郡望获得社会认同的关键一步。

　　相比之下,有密切关系的行状、家谱、碑志这些文类对于胡姓郡望要包容得多。或者说,这些文类是胡姓郡望得到社会认可的最低限度,故而墓志中所见胡姓的占籍或者郡望数量远远大于史传或姓氏书。另外,这些文类中胡姓郡望的伪冒和攀附也是很普遍的。如前举河东薛氏,本为魏晋以来从蜀中迁徙河东汾阴的少数部族,但在《薛孝通赗后券》中以河东名族自称:

> 大魏太昌元年□月十日,代郡刺史薛孝通,历叙世代赗后券。河东薛氏,为世大家,汉晋以来,名才秀出,国史家乘,著显光华者历数百年。厥后竞仕北朝,繁兴未艾,今远官代北,恐后之子孙不谙祖德,为叙其世代以志,亦当知清门显德有所自也。①

陈直最早引用此石刻,说出土于太原,出土地点可能为薛氏之祠

① 陈直:《南北朝谱牒形式的发现和索隐》,《西北大学学报》(哲学社会科学版)1980年第3期。

堂。也有学者认为该石刻系伪刻①。从石刻文本书写和传播接受的角度而言，即便这是一方伪刻亦是薛氏郡望改造的衍生文本。进入唐代以后，为了强化河东郡望之实，薛氏对自己的族源、谱系进行了改造，《新唐书·宰相世系表》"薛氏"条就是一个集大成文本。这个文本应该渊源于薛氏家谱，其中将河东薛氏的谱系无缝上承汉代名人薛广德：

> 广德生饶，长沙太守。饶生愿，为淮阳太守，因徙居焉。……衍生兖州别驾兰，为曹操所杀。子永，字茂长，从蜀先主入蜀，为蜀郡太守。永生齐，字夷甫，巴、蜀二郡太守，蜀亡，率户五千降魏，拜光禄大夫，徙河东汾阴，世号蜀薛。②

其中不仅"制造"了薛氏占籍河东的历史渊源，还篡改了"蜀薛"作为族姓的意义。结合《氏族论》中以薛氏为关中"郡姓"之大者可知，河东薛氏已从"虚""实"两条线完成了汉人名族的改造。

二、胡姓郡望的自认、他认与互认

　　胡姓郡望知识主要依赖汉人的古典文献，但胡姓新望的认定则是双向的，胡姓家族的"自认"与汉人社会的"他认"并行不悖，甚至很难区分。前引天宝十三载独孤挺为其父独孤洧所撰墓志中载其家族族源，自称"虏姓"，应该是接受了当时汉人谱学中的概念。前面引韦述、柳芳《氏族志》中将"虏姓"作为五大姓类之一。独孤挺这一自称这也证明，胡姓郡望在当时获得了汉人知识精英的认同，其胡、汉区分的功能是很微弱的。

　　在中古时期各种郡望书写中，可以视为"自认"的家状和"他

---

① 杨强：《"薛孝通贶后券"辨伪》，《文博》2002年第3期。
② 《新唐书》卷七三下，第2990页。

认"的姓氏书、史传也存在交集。如《元和姓纂》现存十卷中,直接标明引用家状者就有一百四十余姓。在所引家状中,可以确定为胡姓者如天水双氏、河南云氏、平凉员氏、是云元氏、河南潘氏、箝耳氏、云南段氏、河南窦氏、拓王氏等。这些自称的文献被吸纳进入姓氏书,自然是胡姓郡望获得社会认同的重要契机。

　郡望书写的另外一类重要文类——墓志,也是自称和他称的结合。如颜真卿作《康希铣神道碑》,详述康氏姓源、谱系及会稽占籍之由,其内容究竟是颜真卿的手笔还是根据康希铣家人提供的家状而作,无法得知,但颜真卿这一篇文章对于粟特族裔会稽康氏被社会认可起到了重要的作用。

　胡姓郡望得到社会认可,还可以从一种特殊的"他认"方式中得到印证,就是汉人攀附胡姓郡望的情况,这可以从汉人清河房氏和高车族河南房氏两望的攀附翻转来观察。清河房氏为魏晋以来汉人高门,至唐初房玄龄时代盛极一时;而河南房氏为高车贵族屋引氏所改。从北朝以来,河南房氏攀附清河房氏的例子不绝如缕,这并没有什么特别之处,值得注意的是清河房氏攀附河南望的情况。圣历二年《房逸墓志》载:房逸,字文杰,魏郡清河人,曾祖宣,隋郑州荥阳县丞;祖恭,隋定州司马;父策,不仕。房逸终官贝州清河县尉,有子玄之、玄则、兴昌[1]。房逸自称清河人,又在清河本籍任用,其家族出于清河房氏似乎无疑。但大历十三年《房众墓志》称河南洛阳人,本家代北,徙居河南;曾祖文杰,贝州清河县令;祖兴昌,长沙郡长沙县令;父旷曜,朝州朝阳县令[2]。房众的曾祖文杰即房逸的字,二篇墓志的世系正好连在一起。但《房逸墓志》称

---

① 吴钢主编:《全唐文补遗》第六辑,第346—347页。

② 吴钢主编:《全唐文补遗》第六辑,第462页。按:贝州原误作具州,据拓本改。

魏郡清河，《房众墓志》称代北、河南，为何同一家族而前后相异如此？究其原因，在房逸之时，虽然经历了永徽四年房遗爱谋反案，但清河房氏影响犹在，所以房逸一家虽非房玄龄一支，尚称清河望；而房逸之后，河南房氏有房融、房琯相继入相，家族勃兴，河南遂成为房氏著望，有压过清河之势。房逸、房众的例子表明，郡望的认同是随政治、文化之升沉而变迁的，胡姓郡望认同也是如此。

胡姓郡望的认同，还有一种特殊的形式是"互认"，这可以从鲜卑高氏与汉人渤海高氏之间的关系中看出。前引长安三年高峤为高缵撰墓志，题名中自称"族父"。高缵为高德正的玄孙，而高峤则是高士廉之孙。虽然都号称渤海高氏，但后者为鲜卑高氏的"假冒牌"。墓志导演了一场胡、汉高氏互认"同宗"渤海郡望的好戏。

尽管胡姓郡望通过各种方式在汉人社会获得了认同，但也不是没有反拨的情况。社会舆论是反映胡姓郡望认同的重要表征。还是以房氏为例，《太平广记》引《启颜录》：

> 唐有姓房人，好矜门地，但有姓房为官，必认云亲属。知识疾其如此，乃谓之曰："丰邑公相（注：丰邑坊在上都，是凶肆，出方相也）是君何亲？"曰："是某乙再从伯父。"人大笑曰："君既是方相侄儿，只堪吓鬼。"①

按照上引文字面意思，此则"笑话"颇难理解，若改"丰邑公相"为

---

① 《太平广记》卷二六〇，第2027页。按此事《两京新记》西京"丰邑坊"条较详："南街西通延平门。此坊多假赁方相輴车送丧之具。武德中，有一人姓房，好自矜门阀，朝廷衣冠，皆认以为近属。有一人恶其如此，设便折之。先问周隋间房氏知名者，皆云是从祖从叔。次曰丰邑公相与公远近，亦云是族叔。其人大笑曰：'公是方相侄儿，只可吓鬼，何为诳人！'自是大丑，遂无矜诳矣。"参见辛德勇《两京新记辑校》，三秦出版社，2006年，第66页。

"丰邑方相"则豁然可通（"公""方"形讹）。唐代房、方音同，用"房相"谐"方相"以折辱"姓房人"乱攀房姓宰相为亲属。《启颜录》的成书时间尚有争议，房姓之相可能是清河房氏的房玄龄，也可能是河南房氏的房融或房琯，这个自矜"门第"的房姓人出自哪一支不清楚，但当时的社会舆论无疑对这种攀附行为有所回应。胡姓郡望的社会认同，也应放到这一背景下来考察。

第三节　"想象的共同体"
——胡姓郡望成立与中古民族融合

胡姓郡望的形成和演变，是中古胡、汉融合宏大主题之下的重要课题。最早对这一问题进行深入探讨的是陈寅恪。陈寅恪在讨论李唐氏族时便提出贺拔岳、宇文泰改易姓望的过程："盖贺拔岳、宇文泰初入关之时，其徒党姓望犹系山东旧郡之名，迨其后东西分立之局既成，内外轻重之见转甚，遂使昔日之远附山东旧望者，皆一变而改称关右名家矣。此李唐所以先称赵郡，后改陇西之故也。"①其后在《隋唐制度渊源略论稿》中，对宇文泰"关陇文化本位政策"的集中论述，也将郡望问题作为一个关键提出：

> 故宇文苟欲抗衡高氏及萧梁，除整军务农、力图富强等充实物质之政策外，必别有精神上独立有自成一系统之文化政策，其作用既能文饰辅助其物质即整军务农政策之进行，更可以维系其关陇辖境以内之胡汉诸族之人心，使其融合成为一家，以关陇地域为本位之坚强团体。……约言之，西魏宇文泰改造汉人姓氏及郡望之政策分为二阶段，其先则改山东

---

① 陈寅恪：《李唐氏族之推测后记》，《金明馆丛稿二编》，第341页。

郡望为关陇郡望，且加以假托，使之与六镇发生关系。其后则
径赐以胡姓，使继鲜卑部落之后。①

陈寅恪将郡望改造视为维系胡、汉共同体的精神力量。在《唐代政
治史述论稿》中，他进一步强调了郡望改造在"关陇本位政策"中的
重要性，称其为"精神文化方面尤为融合复杂民族之要道"，而且在
"汉人姓氏及郡望之政策"之外补充了"改易胡人之河南郡望为京
兆郡望"的政策②。

　　"关陇本位政策"下胡姓郡望的改造，对于北朝隋唐之世胡、
汉融合的格局影响深远，陈氏文中多有提及。曹印双也认为改易
郡望是民族融合的重要举措：

地域是人们的生存空间，客观环境对人心理的塑造也是
潜移默化的。来自不同地域、不同文化背景的人，如何在新的
共同生存空间中融合认同，这是需要引导的。改易郡望姓氏、
赐姓就是具体举措。……郡望姓氏是"关中本位政策"空间要
素内涵的反映，郡望姓氏与地域结合，心理想象与客观现实对
接无碍，才能谈及本位，才能收到显著效果。③

通过改造郡望来整合胡、汉关系虽然集大成于宇文泰的"关中本位
政策"，但其渊源则为孝文帝迁洛之后的一系列改制。正如学者指
出的那样，孝文帝改制以后，胡、汉一体化，民族边界日益模糊：

一方面，胡人已有家族的自我认同意识。孝文改制后，
内迁少数民族族群归属感和民族意识趋于淡化，以姓氏为象
征的家族归属感和家族自我认同意识日渐浓烈。最为主要的

---

① 陈寅恪：《隋唐制度渊源略论稿》，第101页。
② 陈寅恪：《唐代政治史述论稿》，第198—199页。
③ 曹印双：《"关中本位政策"新论——以隋唐帝国形成的基础要素为中心》，《陕西
　师范大学学报》（哲学社会科学版）2014年第2期。

表现是,胡人与汉人一样,已有强烈的郡望意识。郡望是家族地位的标识,是中古时期家族主义的极端表现。郡望所代表的家族认同可以超越时空域限。[①]

孝文帝改制,本来就包括品序胡姓郡望等级的内容,"又诏代人诸胄,初无族姓,其穆、陆、奚、于,下吏部勿充猥官,得视'四姓'"[②]。胡姓郡望与汉人门阀郡望一样,和社会地位、选举、婚姻直接相关,所以胡姓郡望意识的增强是自然的事。更为重要的是,"河南洛阳人"这一身份对于北朝民族融合的意义,因为这一身份从空间上确立了北朝胡姓家族的"华夏性"。

继承孝文帝之策略,宇文泰改易胡、汉郡望走了另外一条路线,就是重塑"武川"地域认同。赵翼论"周隋唐皆出自武川"云:"周、隋、唐三代之祖皆出于武川。……区区一弹丸之地,出三代帝王,周幅员尚小,隋、唐则大一统者,共三百余年,岂非王气所聚,硕大繁滋也哉。"[③]韩昇将"武川英豪"视为一个移民群落,而武川则是他们的"第二故乡"[④]。陈寅恪本意杨隋、李唐并非出自六镇,宇文泰将西迁胡、汉集团改易郡望,"并附会其家世与六镇有关,即李熙留家武川之例,以巩固其六镇团体之情感"[⑤]。换言之,武川是宇文泰为其党徒建构起来的"故乡",是一个"想象"的同乡共同体。"武川帮"原本是一个胡、汉共同体,但在"同乡意识"的维系下,他们本来的族源、籍贯甚至族系都被改窜或遗忘了,而这种家族历史

---

① 柏贵喜:《四—六世纪内迁胡人家族制度研究》,民族出版社,2003年,第295—296页。
②《新唐书》卷一九九,第5678页。
③ 赵翼著,王树民校证:《廿二史札记校证》卷一五,中华书局,1984年,第319页。
④ 韩昇:《隋文帝传》,人民出版社,1998年,第39页。
⑤ 陈寅恪:《唐代政治史述论稿》,第199页。万绳楠整理《陈寅恪魏晋南北朝史讲演录》第十七篇也有"杨隋、李唐非出自六镇"条,第288—291页。

的"失忆",对于重塑移民群体的认同具有重要意义,王明珂指出:

> 历史失忆与认同变迁常发生在移民情境之中。移民所造成的新族群环境,除了提供结构性失忆滋长的温床外,也往往促成原来没有共同"历史"的人群以寻根来发现或创造新的集体记忆,以凝聚新族群认同。[①]

武川集团正是一个没有共同历史的新族群,所以宇文泰的族群改造运动获得了成功,以至于隋唐之世的纠正运动也未能完全恢复这一群体的真实籍贯、族源,即陈寅恪所说:"盖公私著述叙及籍贯或仅据回复至第一阶段立言,或径依本来未改者为说,斯其所以彼此差异也。"[②]

　　同样是重建共同地域意识以凝聚新的族群认同,孝文帝选择洛阳[③],宇文泰选择武川,同途而殊效。洛阳在华夏文化中,一直以"天下之中"为称,代表地理、文化等诸多方面的正统性[④]。"宅兹中国"自然就拥有了族群上的正统意义,引领了"汉化"的潮流。反观宇文泰所据关中,当时既非华夏文化中心,亦非汉人正朔所在,

---

① 王明珂:《华夏边缘:历史记忆与族群认同》(增订本),第29页。
② 陈寅恪:《唐代政治史述论稿》,第200页。
③ 拓跋鲜卑内迁以后,一度以"代郡"建构"乡里观念",《魏书》卷七《高祖纪上》载延兴二年十有二月庚戌:"诏以代郡事同丰沛,代民先配边戍者皆免之。"这种"却以他乡为故乡"的家国意识,是包括拓跋鲜卑在内胡族"寻根"过程中所采取的特殊"汉化"策略。
④ 参考李久昌《国家、空间与社会——古代洛阳都城空间演变研究》第三章"天下之中说与列朝都洛"一节的评述,三秦出版社,2007年,第163—185页。周公"天下之中"的观念,本来就含有整合殷商移民的族群文化意义,以及四夷道里的文化交通意义。华夏社会本有"以地理别种族"之思想,华夷之辨的另一种表述华裔之辨即地理上的族群分辨。孝文帝以洛阳为政治中心,确立了国家地理上的正统意义;同时将之作为少数部族的新的"地理中心",使得胡姓家族占据了有利的地理认同。这其实暗合了"天下之中"思想的原始内涵。

故不得不采取"关陇本位政策"，其重塑"武川"认同，配合赐姓、领部族等手段，走上了鲜卑化的逆流。

宇文泰重塑"武川同乡"共同体的做法，在安禄山的"营州同乡"还有回响。据《安禄山事迹》载：

> 安禄山，营州杂种胡也，小名轧荦山。母阿史德氏，为突厥巫，无子，祷轧荦山神，应而生焉。是夜赤光傍照，群兽四鸣，望气者见妖星芒炽落其穹庐。①

《旧唐书·史思明传》亦载：

> 史思明，本名窣干，营州宁夷州突厥杂种胡人也。……与安禄山同乡里，先禄山一日生，思明除日生，禄山岁日生。②

安禄山既然生于唐代羁縻边州之"穹庐"之中，乡里制自然不可能推及于此。史思明为"同乡里"人，可能是安、史有意编织的"同乡意识"，与宇文泰的"武川乡里"一样，意在凝聚营州各族。谢思炜认为安禄山称营州人是以发迹地为籍贯："他著籍柳城的'本地化'行为，很可能是他在成为幽州节度使后为巩固自己的地位、强化对属下的号召力而有意为之。"③安禄山以"同乡"来号召营州各族，直接的原因是当地粟特胡人聚落的存在。但另一方面，安禄山的"同乡"集团并不限于粟特胡人，而是一个包括突厥、奚、契丹等少数部族以及胡化汉人的多民族共同体。从这个意义上看，所谓营州"同乡"，也是一个"想象的共同体"，是安禄山整合族群认同，重塑地域共同体的手段。

总之，中古时期胡姓郡望的发育、嬗变和消亡，应该放在当时

---

① 姚汝能撰，曾贻芬点校：《安禄山事迹》卷上，第73页。
② 《旧唐书》卷二〇〇，第5376页。
③ 谢思炜：《"杂种"与"杂种胡人"——兼论安禄山的出身问题》，《历史研究》2015年第1期。

民族融合宏大主题之下来理解。从大的方面来看,隋唐帝国的成立,本质上就是胡、汉共同体形成的过程,正如谷川道雄指出那样:

> 部族共同体与由贵族领导的乡党共同体这两个世界还肩负着一项重要的课题,即克服汉代世界帝国在结构上存在的矛盾。这两个各自有着运行轨道的世界相互影响,最终生成了一个新的世界——新贵族主义国家。作为其完成形态的唐朝世界帝国同时具备了克服汉代世界帝国的最终形态,而胡汉两个共同体则构成了从汉代到唐代这一巨大历史运动轨迹的两条基线。[①]

在其他地方他也指出:"隋唐帝国是一个由胡汉两族的共同体社会经相互渗透、合成,共同建设的新贵族主义国家。这是中世共同体的结晶,就其意义而言,恰恰意味着中世国家的完成。"[②]在这个胡汉共同体中,以郡望整合为特征的地域共同体是重要的组成部分。地域关系的融合虽然有现实的路线,但以"想象的共同体"整合胡汉民族认同的意义同样深远。

结　语

　　中古时期胡、汉民族大融合的进程存在多条认同路径,包括族源神话的重塑、地域关系的整合、文化机制的凝聚等。这些认同关系的形成,有赖于多重因子的整合,郡望便是其中重要的一环。岑仲勉曾指出:"唐人冒宗,乃郡望统一之滥觞,五代再乱,人并郡望

---

① (日)谷川道雄著,李济沧译:《隋唐帝国形成史论》,上海古籍出版社,2011年,第12页。
② (日)谷川道雄著,马彪译:《中国中世社会与共同体》,中华书局,2002年,第105—106页。

而忘之,由是李姓唯号陇西,王姓只知太原,同氏者便认同宗,不同氏者便如异宗,是为我国种族混乱之第二次大变。族姓之歧见,虽消灭于上层,又移植于下层,此论汉族发展史所不可以忽视之一点。"[①]这一论断高屋建瓴地指出了郡望统一在中华民族融合发展史上的重要意义。从族群互动的角度来观察中古时期胡、汉郡望趋一的现象,一方面,大量少数民族内迁打破了汉人稳固的地理空间意识,伴随着民族大迁徙运动,汉人需要一个"想象的"共同地域来维系"我族"意识,于是同姓联宗、攀附郡望的现象滋生;另一方面,从朔漠到中原的少数部族,通过族源、姓氏、世系的改造,完成了谱系汉化,而攀附汉人郡望,与汉人形成"想象的"共同地域集团。上述两股潮流的合流在形式上表现为郡望的虚化和趋一,而实质却是胡、汉民族关系的调整和融合。

---

① 岑仲勉:《隋唐史》,商务印书馆,2015年,第112页。

第十二章　中古胡族谱系的"制造"

——"遗忘"与"记忆"的两个案例

　　研究中古胡族一个非常重要的先决条件就是判断他们的族属,而这项工作很长时间以来都是通过姓氏来开展的。中国姓氏书有悠久的传统,自魏晋南北朝以来,姓氏书中开始注意到"胡姓"问题。《真诰》中记裴真人弟子辛仲甫,周真人弟子泉法坚,桐柏弟子于宏智、竺法灵,后陶弘景小注云:"辛、泉、于、竺皆似胡姓也,当是学佛弟子也。"①此处的"胡姓"已为合成词了。当时的姓氏书中亦可以见到"胡姓"这一专名。《元和姓纂》"箝耳"姓引南朝梁贾执的《姓氏英贤传》:"本胡姓,天监初有箝耳期凌,自河南归化。"②这些姓氏有西域胡人,也有羌人,说明在这个时期,"胡姓"作为一个统称胡族姓氏的词语已经定型。另外,在中古时期还有"虏姓""蕃姓"等一些用法,说明从姓氏判断胡族的身份已经很成熟。当时有的姓氏书也采用胡、汉分列的体例,如唐先天至开元初,柳冲等修《姓系录》、裴扬休《百氏谱》。唐宋以后的姓氏书中对于胡

---

① 陶弘景撰,赵益点校:《真诰》卷一四,中华书局,2011年,第251页。按,《真诰》陶弘景小注有"墨书小字""朱书小字"之别,今传版本除了少量有标注之外,大多已没有此差别,不知这些小注中是否阑入后世之说。

② 林宝撰,岑仲勉校记,郁贤皓、陶敏整理,孙望审订:《元和姓纂》卷五,第776页。

族族源、谱系的记载，也是研究中古胡族的重要参考资料。其后还产生了专门研究胡姓的著作，如陈毅《魏书官氏志疏证》、姚薇元《北朝胡姓考》、王仲荦《鲜卑姓氏考》、陈连庆《中国古代少数民族姓氏研究——秦汉魏晋南北朝少数民族姓氏研究》等。这些研究多数聚焦于胡族的早期、典范形态，对他们的后代着墨较少。苏庆彬的《两汉迄五代入居中国之蕃人氏族研究——两汉至五代蕃姓录》有所不同，其中包括两汉至五代时期北狄、东胡、西羌、西域、东夷五大部属，25种族属330余姓氏及人物的考订汇编，并以表的形式将胡姓家族世系清晰地显示出来；将胡姓人物世系延伸到唐五代，对于我们研究胡族及其后裔的变迁具有参照价值。

　　记载中古胡族的谱系资料，主要是《元和姓纂》和《新唐书·宰相世系表》。据学者研究，唐代宰相369人，胡人出身者计20姓36人（可疑者尚不计入），占总数的十分之一[①]。此外，中古碑志也是记录胡族谱系的重要资料。通过谱系的上溯，是完成胡族后裔或家族建构的有效工作，也是中古胡族研究中常见的方法。

　　然而，贯穿于中古胡、汉家族的族源、谱系建构和伪冒，使得胡族谱系的修复、还原工作变得治丝益棼。鲜卑早期世系之重建、侯景家族世系的伪造、李唐先世世系的改造，是统治阶层伪冒、改造的典型例子。在高级贵族和普通士族中间流行的"世系嫁接""世系伪造"亦不鲜见。内迁胡族后裔在世系伪冒、改造方面，也不甘下风，而且他们有更为迫切的社会阶层流动和民族融合需要。如出身"蜀"（南北朝时期的一种民族称呼）的河东薛氏家族疑

---

① 贾敬颜：《"汉人"考》，《中国社会科学》1985年第6期。又一说唐宰相369人，凡98族，其祖上大都有蕃人汉化或汉人蕃化之经历，参见马驰《唐代蕃将》，第12页。

将谱系嫁接到汉代薛广德家族,安兴贵家族将世系嫁接到北朝安同一族①。随着谱系的改造与整合(当然需要连带改汉姓、攀附郡望等工作),一些家族身上的"民族""族群"标签被"遗忘",俨然汉人"高门大族",随着时间的流逝(代际的扩展)更加彻底。这也是中古初期轰轰烈烈的胡族内迁运动,到了中古后期大多无迹可寻的重要原因。从这个意义上看,中古胡族的谱系建构与整合,对于当时民族文化的认同和民族融合起到了重要作用。本章拟从白居易家族和阿史那家族的谱系问题出发,考察胡族谱系建构与整合的具体情境,及其中涉及的族群记忆和遗忘问题。

第一节 白居易家族谱系的
"改造"和"遗忘"

白居易家世族源(是胡还是汉)、谱系(是否"李树代桃")、籍贯与祖业(太原、韩城、下邽)、婚姻(白居易父母"舅甥婚")等诸多谜题,是白居易研究中历久弥新的话题。李商隐在《白居易墓碑铭》中已有"公之先世,用谈说闻"的疑惑,后世的传述一定程度上使得这些问题变得更为扑朔迷离。前人对这些问题的解读已经取得了相当的成绩,但也遇到了瓶颈。随着白居易家族人物墓志的不断涌现,上述问题获得了解决的契机。

---

① 参考唐长孺等编《汪篯隋唐史论稿》,中国社会科学出版社,1984年,第275页;又参吴玉贵《凉州粟特胡人安氏家族研究》,《唐研究》第三卷,北京大学出版社,1997年,第295—337页。

一、新出墓志与白居易家族世系补正

《新唐书·宰相世系表》（以下简称《表》）白氏条所载内容是现存白居易家族最早、最全的世系，但因为各种原因其中存在不少错讹和脱漏。沈震炳、罗振玉、岑仲勉、周绍良、赵超等学者已有校正和补遗，用到了白羡言、白庆先（白羡言子）、白知新（白羡言同曾祖弟）等出土墓志①。此后白氏族人墓志又不断出现，可以继续补正《表》的问题，下面依次论列。

1.《大唐故襄州司马袭邵陵郡开国公墓志铭并序》（志盖题"大唐故白府君墓志铭"）

> 君讳慎言。……曾祖建，北齐骠骑大将军、吏部尚书、中书令、南昌郡开国公、食邑二千户。……祖君恕，国初员外散骑常侍、仓部郎中、太常少卿、封邵陵郡开国公。……父大照，起家授朝散大夫、拜通事舍人、嘉州治中、袭封如故。……公即治中之元子也。……袭邵陵郡开国公。……春秋五十有三，以其年九月十六日遘疾薨于襄州司马之官舍。嗣子前郓州须昌县令涓……以开元廿七年九月十二日安厝于汜水县东表圣乡大岯里平原之新茔。②

按：此志世系缺白建之子白士逊（《白知先墓志》作"白逊"）一代，《白羡言墓志》亦缺。白大照、白慎言一支不见《表》，可补。志中载白建及后人的封爵尤详。志云白建封"南昌郡开国公"，但南昌

---

① 赵超：《新唐书宰相世系表集校》，第889—893页。
② 齐运通编纂：《洛阳新获七朝墓志》，中华书局，2012年，第224页。

郡始于唐天宝元年[①]，在此志之后，且与白氏似无关联。《北史·白建传》载："武平末，历位尚书、特进、侍中、中书令，封高昌郡公。"[②]高昌郡，晋成帝咸和中张骏置，前秦、后凉、西凉皆因之，为东晋、十六国、北朝时期最西之郡，龟兹、焉耆之地与之相接，白氏既有出于龟兹一支，用高昌郡为封爵颇为合理，疑石刻"南昌"乃"高昌"之讹。白建之子、孙、曾孙都封"邵陵郡开国公"，《白庆先墓志》亦载"曾祖君恕，唐任太常少卿、邵陵郡开国公"。《宰相世系表》载白建"字彦举，后周弘农郡守、邵陵县男"[③]。沈炳震认为后周无此人，《表》未知何据。周绍良引白羡言、白知新墓志中白建为北齐司空，白居易《白季康墓志》白建为北齐五兵尚书诸说，认为《表》误作北周。按邵陵郡即昭陵郡，三国吴宝鼎元年置，治昭陵县（今湖南邵阳市），后因晋武帝讳改为邵陵郡。《舆地纪胜》记邵阳县古迹又"白公城"，引晏殊《类要》云："即楚大夫白公也。"[④]白建后代自述族源出楚白公，其爵封邵陵，盖因此故。《北史·白建传》云武平七年卒[⑤]，《北齐书》未详，只是说"卒，赠司空"，未载白建有"邵陵县男"的封爵。《表》中白建的官、爵问题，一种可能是白建活到北周灭齐之后，在周为官封爵，而爵位后为子孙所袭，白居易所说的赐

①《旧唐书》卷四一《地理四》岭南道白州条云："天宝元年，改为南昌郡。乾元元年，复为白州。"此"南昌郡"之始作行政区名。作为封爵，"南昌郡"还出现在约至德年间成书的《建康实录》，称刘宋时沈庆之封"南昌郡公"，但据《宋书》本传为"南昌县公"。天宝元年之前文献中的"南昌郡"仅《白慎言墓志》孤例。

②《北史》卷五五，第2004页。

③《新唐书》卷七五下，第3412页。

④王象之著，李勇先校点：《舆地纪胜》卷五九，四川大学出版社，2005年，第2227页。

⑤按：武平一为北齐后主高纬年号，历时七年，七年十二月改元隆化；又为北齐范阳王高绍义的年号，历时四年，至北齐亡国。

庄宅韩城之事也是因此而来。另一种可能是白建卒后，北周后朝廷对白建重新追封，而追封之爵是可以为子孙所袭的，同样的例子也见于史籍①。至于白建为"男"而其子孙为"公"则可能是《表》或《表》所依托的白氏族谱有讹误。

2.《唐故开府仪同三司守太傅致仕上柱国太原郡开国公食邑二千户赠太尉白公墓志铭并序》

公讳敏中，字用晦。……以咸通二年七月十五日，薨于凤翔府公馆。享年七十。……曾祖温，朝检校尚书都官郎中，赠给事中。祖鏻，皇扬州录事参军，赠左仆射。烈考季康，皇宣州溧水县令，赠司徒。前娶河东薛氏，追封河东郡太夫人。有子二人：长曰阐，杭州於潜尉。次曰幼文，睦州遂安尉。再娶平阳敬氏，累封郑国太夫人，皇绥州刺史令琬之女。公即司徒之第三子，郑国太夫人之出也。公前娶博陵崔夫人，解县令宽第五女。有女三人，二人早殁，一人适今主客员外郎皇甫炜，亦殁。后娶今卫国夫人韦氏，秘书少监同靖之女。……有女二人，皆早世。男曰征复，秘书省著作郎。次曰崇儒，秘书省校书郎，皆先公而殁。女二人，一人继归今主客员外郎皇甫炜，亦殁。一人归前集贤殿校理张温士，亦殁。主祭男曰可久，京兆府参军。年在童卯。……女曰锦儿。征复娶博陵崔氏，有男曰承孙，见任秘书省校书郎。……以其年十月三十日，归葬于华州下邽县义津乡洪义原。前崔夫人合袝，从先

---

①《魏书》卷七一《裴叔业传附杨令宝传》："卒，追封邵陵县开国子，邑二百户，赐帛三百匹，赠征虏将军、华州刺史。子彪，袭爵。永熙中，征虏将军、中散大夫。齐受禅，例降。"（第1577页）

茔,礼也。①

白居易在《白季康墓志》中提到其薛氏夫人生二子一女,长子某,於潜尉;次子某,睦州遂安尉。顾学颉以为於潜尉应即《表》中崇嗣,排行七;遂安尉应即《表》中传规②,二人《表》中皆为白敏中子③,盖未见《白敏中墓志》故有此猜测。周绍良《新唐书宰相世系表校异》据此墓志补白敏中兄白阐、白幼父两人。白敏中祖名,《表》作"潾",而墓志作"鏻"。《表》中白敏中有子:顺求,字几圣;崇嗣,字光祚;傅规,字庆余。皆不见于墓志,而墓志多出征复、崇儒、可久三人,不知是否一人而异名,或名、字相混,或《表》中文字有讹。征复有子承孙。志文中还提到白敏中之孙"昭应县尉夷道",不详具体是何人子。

3.《唐故太原白府君墓志铭并序》

> 君讳邦彦,其先太原人也。……曾祖讳季庚,皇任襄州别驾,赠大理少卿。王父讳行简,皇任尚书膳部郎中。考讳景受,皇任监察御史。先府君婚杨氏,即汉太尉震之后,门族不书可知也。外祖讳鲁士,皇任长安县令。……以咸通四年二月廿三日辞世于履道里第,享年十八□年月不便未归祔先府

---

① 吴钢主编:《全唐文补遗》第三辑,第245—247页。按:白敏中之兄,录文作"幼文",据拓片"文"当为"父"之误。白居易有亲兄曰"幼文"。
② 按:"传规",中华书局点校本《表》作"傅规"。"传规"见于中唐人名,亦符合名、字互训原则,"傅规"则无此用法,疑当从前者。"傅""传"古籍中常互讹。元稹《授王沂永宁县令范传规安邑县令制》,《元和姓纂》亦讹为"傅规",岑仲勉已校正,参见《元和姓纂》卷七"范氏"条,第1152—1153页。
③ 顾学颉:《白居易世系、家族考》,收入《顾学颉文学论集》,第17—18页。

君莹，以其月廿七日权厝于洛阳县委粟乡□（字残损不清）。①按白邦彦不见《表》。李商隐《白居易碑》和《表》都以白景受为白居易子，而墓志为白行简子，据此可断白居易以白行简子景受为嗣，解决了历史上纷争的白居易嗣子问题②。志文中还提到其兄白邦翰，《表》有载。

4.《唐前宣州参军白君妻南阳邓氏墓志铭并序》

> 邓氏……后汉有大司徒禹，二十二代生唐给事中俭。给事生故右金吾胄曹，道高不仕。胄曹生前宣歙军副使敞。白氏妻，副军长女也。外牛氏，故丞相奇章公僧孺外孙。……逮其父副宣军，疾乃愈。遂适前其府参军太原白幼敏。……咸通四年七月十三日，医不救，年三十二。……有男曰小荣。曰最郎。曰经荀，才二岁。一女在室。明年八月十八日，葬于河南府洛阳县清风乡白氏先茔之次。③

按白居易有兄曰"幼文"，弟曰"幼美"；前引《白敏中墓志》载其前母薛氏有子白阐、白幼父。此志之白幼敏，与"幼文""幼父""敏中"兼名，又与白敏中为同时期人物。更重要的是，白幼敏妻邓氏为牛僧孺之外甥女，这也与白敏中一系的党派婚姻特征契合（详后文）。因而，白幼敏为白居易、白敏中兄弟行人物可能性极大。

5.《大唐故白府君墓志铭并序》

> 府君讳公济，字子捷，本太原人也。……行年六十五，大和五年辛亥岁五月十八日终于私第。曾祖讳璘，皇任扬州录

---

① 赵文成、赵君平编：《秦晋豫新出墓志蒐佚续编》，国家图书馆出版社，2015年，第1246页；又参考白剑《白居易家世考辨》，《根在河洛》（洛阳姓氏文化研究会会刊）2007年第2期。
② 参见胡可先、文艳蓉《新出石刻与白居易研究》，《文献》2008年第2期。
③ 吴钢主编：《全唐文补遗》第八辑，第202页。

事参军。祖讳论，皇任坊州宜君县令。……有嗣子六人，孟曰宗祜，仲曰宗晟，季曰元佩。……次曰敬宗，又曰仲儒。……幼曰敬璋，前试左金吾卫兵曹参军、兼同州防御押衙。……有女一人，适彭城刘仲文。……府君与姚氏夫人，大中九年岁次乙亥十一月丁未朔四日己酉，合葬于东原，去庄三里，祔先茔域也。①

6.《唐故白府君墓志铭并序》

　　府君讳敬宗，字子肃，其先太原晋阳人也。……高祖温，不仕。曾若镛，唐朝散大夫、秘书郎。祖季论，坊州宜君县令。父公济，不仕。……府君不仕……享年三十九，会昌六年八月二十日，终于私第。……有子二人，长曰知让，前同州衙推。幼曰知礼，故同州防御散将。……乾符六年十一月十七日，合葬于先茔之右。嗣子知让，号恸泣血，命笔志行。②

白公济、白敬宗父子墓志同时出土于韩城，但二志所载祖先辈分有矛盾，名讳也有异③。白敬宗之高祖白温，似即白居易、白敏中曾祖，但前者不仕，后者官都官郎中。白公济之祖白璘，似与白敏中祖白鏻为同一人，官职也相同；但《白敬宗墓志》白璘作白若镛，而且官职也不同，似为另一人。二方墓志皆白氏家人所作，文字上也有因袭关系④，且相距不过二十四年，造成这种差异的原因可能是

①吴钢主编：《全唐文补遗》第五辑，第435页。
②吴钢主编：《全唐文补遗》第一辑，第413页。
③按：将白公济、白敬宗父子墓志合看可知，《白公济墓志》中"曾祖讳璘""祖讳论"当分别作祖、父。出现这一辈分问题可能是由于墓志是白公济之子所作的缘故。
④《白公济墓志》："盛族簪缨，内外轩冕。皆进士出身，俱登甲科。名位爵秩，尽达于世间；勋业文学，并载在国史，故不书耳。"《白敬宗墓志》也称："叔伯等，尽皆进士出身，累登科第，名显于四夷，位达于一品，故不书耳。"

存在过继情况，即白若镛无子，过继了白璘（鏻）之子白论（季论），这在唐代墓志中是常见的情况，也符合白若镛一系不显的事实。白居易过继白行简子景受，而白景受子白邦彦墓志还以白行简为父，亦是如此。总之，白公济一支与白居易、白敏中一支关系疑窦尚且不少，现姑且将之作为白建之后编入谱系中（参附图3）。

7.《唐故高道南阳白公夫人高氏盖祔墓志铭并序》

公讳贵，字子道，本并州太原人也。得姓于楚平王太子之后。十一代祖建，北齐中书舍人兼给事中。九代祖懋，唐栝州刺史。七代祖通，驾部员外。谪官于蓟，因为妫州缙阳人。祖讳璘。父讳旻，每自藏明，不求善价，宗族称孝，乡党称仁。公即其仲子也。……洎光启三年丁未三月廿二日，属纩于新妫州之私第，享年八十。夫人高氏……以中和二年正月十二日，先公而终，享年六十三。以龙纪元年己酉十月十五日，合葬于所居郡之西南七里白马村之原，礼也。有子二人。长曰从殷，幽州节度衙前将、充蓟门都亭馆使、银青光禄大夫、检校国子祭酒兼殿中侍御史。……次曰从章，北门亲事、银青光禄大夫、检校太子宾客兼监察御史。……公之长子先娶彭城刘氏，不幸早亡。再婚故汉阳县令、赏绯成稹之季女。次子娶故防御知军副使郭殷之仲女。①

墓志出土于北京延庆谷家营村，对于白建后嗣谱系具有重要补正意义。据墓志所载，白建有孙栝州刺史白懋，此人不见于其他文献，但据《宰相世系表》白氏和其他白氏墓志，白建之孙辈人物确实有名字从"心字底"者，如白君恕、白君懋，白懋名字亦从"心字底"。墓志又载白建玄孙驾部员外白通，而《宰相世系表》白氏载白建有

---

① 鲁晓帆：《唐白贵夫妇墓志考释》（下），《收藏家》2017年第12期。

子白士通,官利州都督。白建玄孙、曾孙分别名通、士通,有违家人避讳原则。墓志又载白通之后(据墓志计算,不含本身计,为五世孙)有白璘,为白贵之祖。而《宰相世系表》白士通曾孙也有白璘(又写作潾、鏻)。墓志载白贵之父为白旻,此人为唐代与韩幹、薛稷齐名的花鸟画名家,见于《历代名画记》。白居易《画雕赞并序》中"旻"作"昊",称之为"宗兄"。若据墓志,白旻为白建十世孙,而据白居易所作文字及出土白氏墓志材料,白居易为白建六世孙,则白旻为白居易族玄孙。综合上面这些信息,我们推测郭升所撰白贵一系世系所谓"十一代""九代""七代"算法可能是"标准年代学"的推算[1],其原因在于白贵家人所提供的家状或家谱有问题。但白贵祖白璘、父白旻,当不至于误记。若要做一个猜测,白通或即白士通,符合白璘一系的真实情况。根据排行原则和其他确定的白氏谱系,姑且把这一支编到白氏存疑谱系中(参图3)。白贵望称南阳,这是白氏在中唐以后新出现的情况[2]。白氏郡望由高昌转为太原,又转而为邵陵,再转而为南阳,胡化色彩越来越淡了。

二、白居易家族族谱文本的制作和层累

通过前面对白居易家族世系的梳理,我们在《宰相世系表》白氏的基础上重新整理绘制了白居易家族的世系图(图3)

---

① 白建卒于武平七年(576),白贵卒于光启三年(887),相距311年,按照每一代30年算,连本身计正好十一代。

② 永泰元年于益撰《白道生碑》载其子白元光封南阳郡王(《全唐文》卷三七一),这是白氏封爵南阳的较早案例。乾宁二年李潜撰《白敬立墓志》署"南阳白公"(《全唐文补遗》第八辑,第232页)。后唐明宗内人白氏封南阳县君(《五代会要》卷一)。今本《姓纂》白氏条散佚,白氏郡望不得而知,但《事类备要》以白氏入"南阳,商音",又引《姓纂》之文,则"南阳"或《姓纂》原本所标白氏之郡望。《通志·氏族略》白氏"望出南阳、太原"。

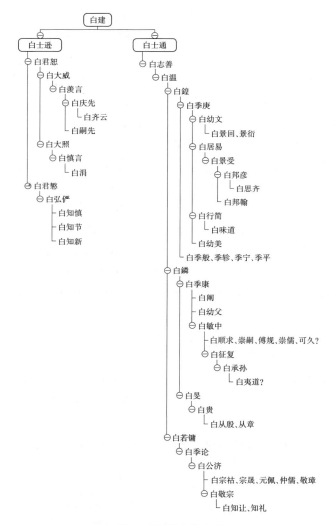

图 3　白居易家族世系图

注:资料来源拙著《新唐书宰相世系表胡族部分补正》(待出版)。"?"号处标识存疑。

尽管如此,白氏世系仍然疑点重重,而且这一问题是从白建开始的。白居易在《襄州别驾府君事状》中说:"初,高祖赠司空,有功于北齐,诏赐庄宅各一区,在同州韩城县,至今存焉。故自司空而下,都官郎中而上,皆葬于韩城县。"①《宰相世系表》白氏条又载"白建字彦举,后周弘农郡守、邵陵县男",陈寅恪曾据此提出一公案:

> 此白建既字彦举,与北齐主兵大臣之姓氏名字俱无差异,是即白香山所自承之祖先也。但其官则为北周弘农郡守,与北齐赠司空之事绝不能相容,其间必有窜改附会,自无可疑。岂居易、敏中之先世赐田本属于一后周姓白名某字某之弘农郡守,而其人却是乐天兄弟真正之祖宗,故其所赐庄宅能在后周境内,后来子孙远攀异国之贵显,遂致前代祖宗横遭"李树代桃"之阨耶?②

陈寅恪这一说法在学术界影响颇深,顾学颉、蹇长春等学者都曾申其说。今据新出白士逊一系人物白羡言、白慎言、白知新等墓志,已能确证这一系出自白建之后,陈寅恪的观点需要修正。但为什么《宰相世系表》会有这样的记载,白氏家族人物墓志中又为何会出现不同的祖先形象,这要从白氏族谱文本的制作和层累说起。

（一）白氏族谱制作阶段

唐代白氏族谱目前无法见到,但可以通过那些依托族谱撰成的墓志、家状等来窥见其族源、谱系的内容。现存较早、较完整的白氏族源文本是开元二十三年的《白羡言墓志》:

> 昔天命祝融,制有于楚。洎王熊居太子生胜,避地于吴,

---

① 白居易著,谢思炜校注:《白居易文集校注》卷九,第404页。
② 陈寅恪:《唐代政治史述论稿》,第280页。

锡号白公,爰命氏矣。胜孙起,适秦为良将,爵武安君。始皇
践祚,思武安大业,封太原侯,今为太原人也。后十五叶生
建,仕齐为中书令,赠司空公。……铭曰:芈强霸兮我氏出,贻
孙谋兮世咸秩。①

这一族源记述了白氏起源、得姓始祖、始迁祖、近祖等。其中有一
个世系断层:白起至白建的世系为"十五叶"。有意思的是,白羡
言子白庆先的墓志,创作稍在其父前,其中说:"秦将武安王起廿七
代孙。嘉猷□谋,备于旧史。"②白羡言为白建玄孙,白庆先为白起
二十七代孙,则白建为白起二十二代孙。白羡言父子之间的世数
推算龃龉如此,显然是没有一个定型的族谱为依据的结果。其后,
开元二十七年《白知新墓志》记其族源如下:

自楚王开国,代济其美;白公受县,不陨其名。乃后疏泾
水以厚秦,坑长平而燔赵,授诗藩邸,精易庠门,英杰相迹,文
武不坠。高祖建,北齐司空。……铭曰:祖始祝融,降及熊绎。
国分于楚,县受于白。贤俊袭嗣,衣冠赫弈。秦汉以来,武文
踵迹。③

前引开元二十七年张鼎撰《白慎言墓志》记其族源:

轩辕之裔,为重黎也,掌四时之官;为祝融也,配五行之
位。粤自周代,郁为国师,次则文武勋高,受封于楚。后乃子
男鼎盛,食邑于吴,号谥荐兴,英能间出,累袭边宠,封于太
原,其后因菜居焉,今为彼郡人也。④

以上白知新、白羡言、白慎言皆出自白士逊一支,墓志撰写也大致

———————

① 吴钢主编:《全唐文补遗》第二辑,第507页。
② 吴钢主编:《全唐文补遗》第七辑,第383页。
③ 吴钢主编:《全唐文补遗》第五辑,第367—368页。
④ 齐运通编纂:《洛阳新获七朝墓志》,第224页。

同时，他们比较一致的关键信息是：祝融之后、楚国王族、白公封吴、白起。但文字上还没有明显的承袭关系，说明当时白氏族谱可能尚未形成稳定的、统一的文本。

开元、天宝年间，白氏族源、谱系文本中还有一些"异类"，如天宝六载《白守忠墓志》："轩辕氏之远裔也。昔乙丙将秦，穆公称其霸世；武安坑赵，惠王成乎帝业。其后流芳竹帛，铭勋钟鼎，盛德繁祉，代有其人。"[①]此白氏一族当为龟兹王族之近裔，族群特征尚浓（白守忠妻为焉耆龙氏），未见与白居易一族有联系，但族源也是远攀黄帝，经白乙丙、白起而下承。

（二）白氏族谱整合阶段

白士逊一系人物在天宝以后杳然无迹，无论传世文献还是目前所见出土文献都是如此，取而代之的是白士通一系。这一系的族源叙事有相当的共性，族谱文本也开始出现稳定和统一的特征。元和六年白居易撰其祖父《故巩县令白府君事状》：

> 白氏芈姓，楚公族也。楚熊居太子建奔郑，建之子胜居于吴楚间，号白公，因氏焉。楚杀白公，其子奔秦，代为名将，乙丙已降是也。裔孙曰起，有大功于秦，封武安君。后非其罪，赐死杜邮。秦人怜之，立祠庙于咸阳，至今存焉。及始皇思武安之功，封其子仲于太原，子孙因家焉，故今为太原人。自武安以下，凡二十七代，至府君高祖讳建，北齐五兵尚书，赠司空。[②]

白居易"二十七代"之说与《白庆先墓志》相同，文字、内涵上则与

---

① 故宫博物院、陕西省考古研究院编：《新中国出土墓志·陕西（肆）》（下），第140页。
② 白居易著，谢思炜校注：《白居易文集校注》卷九，第395—396页。

《白羡言墓志》存在诸多一致。白居易自然看不到白羡言、白庆先墓志,他只能是因袭白氏族谱的内容。因此可以猜测在白羡言父子之后,白氏家族内部可能逐渐形成了一个稳定的、统一的族谱文本,后来的白氏家族多源于此。白居易这一文本的不同之处是作了"标准年代学"的重构:白起卒秦昭王五十年(前257),白建卒武平七年(576),则其间计八百三十四年,按照三十年一代,正好是二十七代,完全契合白居易的设定。顾炎武曾谓白居易"不考古",事实上白居易深谙此道。

白居易《襄州别驾府君事状》中有关白建"赐田"的内容,在乾符六年《白敬宗墓志》中被因袭:

> 其先太原晋阳人也,颛顼帝之后。帝之裔孙曰起。起为秦将,封武安军(编者注:似为"君"),有功于秦,与(编者注:似为"予")立祠。将军二十代孙,府君七代祖建,齐中书令,赠司空,有功于齐,诏赐庄宅二所,在同州韩城县临汾乡紫贝里,府君所居者是也。[1]

不考虑前述白公济、白敬宗父子墓志的一些问题,白公济与白居易、白敏中可谓同出白温的从兄弟,关系密切。从白公济父子墓志祖先人名、官爵与白居易一系记载的异同来看,其内容可能不仅"复制"了白居易家状、白敏中墓志等文本,也参考了白氏族谱的内容。进而言之,白居易撰家状中赐庄宅之事,也可能是源于白氏族谱的内容,《白公济墓志》《旧唐书·白居易传》等记载则又转述了白居易的说法。

白公济之后,白氏族谱中稳定的信息和新的变化见于龙纪元年《白贵墓志》和中和三年《白贵夫人高氏墓志》。前者记族源云:

---

[1] 吴钢主编:《全唐文补遗》第一辑,第413页。

"得姓于楚平王太子之后。十一代祖建……楚平得姓,武安遗胄。"
与此前白氏墓志相同。另外,墓志记载白鳞之名作"璘",与《白公
济墓志》相同,从细节上可以看出二者共同的渊源。白贵夫人高氏
墓志则出现了一个新的信息:

> 南阳郡白公五郎,远祖乃后魏人也,任陕州刺史。后因
> 派流,萍长燕地,即公之为胄胤也。公名公贵,字思崇。凤传
> 将校,代列公侯。性本萧疏,僻耽云水。远祖有吞赵之效,合
> 袭弓裘;近宗无慕仕之心,怀安私室。[1]

墓志署"前节度要籍杨去回撰"。鲁晓帆认为"五郎"是白贵八世
祖;"远祖乃后魏人也,任陕州刺史"是指白五郎生于东魏末年,唐
初任陕州刺史。这完全是误读。事实上,"南阳郡白公五郎"应该
是指白贵,而"陕州刺史"是指白建。《宰相世系表》白氏条载:"白
建字彦举,后周弘农郡守、邵陵县男。"弘农郡即唐陕州。前面已经
指出《表》中白建的官爵可能源于白建入周后拜封,也可能是后周
的追封。白贵夫人墓志中白建为"陕州刺史"更印证了白建确实曾
有此官。但其出现的时间晚至唐末,与《表》大致同时,证明它们可
能共同源于某一种晚出的白氏族谱。

与上面的文献所载不同,咸通二年高璩所撰《白敏中墓志》中
也出现了一个新的白氏族源版本:

> 谨按:白氏受姓于楚,本公子胜理白邑,有大功德。民怀
> 之,推为白公。其后徙居秦。实生武安君,太史公有传,遂为
> 望族。元魏初,因阳邑侯包为太原太守,子孙因家焉,逮今为

---

① 鲁晓帆:《唐白贵夫妇墓志考释》(上),《收藏家》2017年第11期。按:原文点断
　　多误,今据文意重定如上。

太原人也。①

值得注意的是,这里没有提及白建,而出现了一个白包。咸通三年
毕諴撰《白敏中神道碑》云:"其先太原人,楚公子胜理白邑,时楚
自称王,卿士有功德(后阙)。"②其文字与高璩文仿佛,当同据白敏
中行状。据高璩在墓志开头之序文,白敏中行状为其孙白夷道呈
奉,而这一家状可能也是源于白氏家谱。唐以前,阳邑侯之封仅见
于汉明帝时冯鲂;在此前的白氏族源文本中,也没有提到阳邑侯、
太原太守的痕迹,这极有可能是白氏家谱构拟的"荣耀祖先",但
并不是像蹇长春所说是高璩"出于对墓主的回护而虚构的一个人
物"③。

（三）白氏族谱定型阶段

白氏世系集大成于《新唐书·宰相世系表》,其叙白氏族源云:

> 白氏出自姬姓。周太王五世孙虞仲封于虞,为晋所灭。
> 虞之公族井伯奚媵伯姬于秦,受邑于百里,因号百里奚。奚生
> 视,字孟明,古人皆先字后名,故称为孟明视。孟明视二子:
> 一曰西乞术,二曰白乞丙,其后以为氏。裔孙武安君起,赐死
> 杜邮,始皇思其功,封其子仲于太原,故子孙世为太原人。二
> 十三世孙后魏太原太守邕,邕五世孙建。④

《古今姓氏书辩证》与此版本同出一源。此族源之太原太守白邕,
当即《白敏中墓志》中的白包,可能是传抄字形讹误问题。白敏中
墓志虽千年之后重出幽冥,但其碑矗立地表,《新唐书》作者欧阳

---

① 吴钢主编:《全唐文补遗》第三辑,第244—245页。
② 孙惠芬:《渭南发现唐〈白敏中神道碑〉》,《碑林集刊》第十辑,陕西人民美术出版
　　社,2004年,第145—148页。
③ 蹇长春:《白居易评传》,第22页。
④ 《新唐书》卷七五下,第3412页。

修在《集古录》中曾著录考跋之。另外，白敏中碑、志作者毕諴、高璩都贵为宰相，其文章流传当世可能性极大，《宰相世系表》与之暗合并不奇怪。但《表》中白氏姬姓、虞仲诸说，完全不同于此前白居易、白敏中诸人族源，为一全新的说法。从白敏中碑、志所据家状来看，白邕（或白包）可能很早就是白氏族谱中的人物。《宰相世系表》白起二十三世至白邕（白包），邕又五世至白建，两个断层计二十七世，也刚好关合前举白庆先墓志、白锽事状中构拟的世系断层，可能是有祖本参考的。进一步而言，从元魏建国之邓国元年（386）至白建卒之武平七年（576），相距一百九十年，若以三十年为一世，则约六世。去除白建本身不计，正好五世。这也可以看到白氏谱牒构拟中一直都存在的"标准年代学"①。《表》的族源文本相比《白敏中墓志》更为定型，其渊源又为何呢？

　　一般而言，《表》以《姓纂》为骨干，但今本《姓纂》白氏文字散佚，岑仲勉据章定《名贤氏族言行类稿》卷五十二所引《姓纂》之文及陈振孙《白文公年谱》，补《姓纂》佚文一段如下：

　　　　黄帝之后。《风俗通》，秦大夫白乙丙，嬴姓，又有白起。
　　楚有白公胜，楚平王太子建之子也。周白圭，汉白生。②

《姓纂》成书于元和七年。白居易《太原白氏家状二道》作于元和六年，原注云："元和六年，兵部郎中、知制诰李建按此二状修撰铭志。"前面已经说过，白居易的文字渊源为白氏族谱。上面这一段文字可以看出林宝并没有参考白居易的家状。岑仲勉已经指出，元和七年稍前或之后的一些文献，林宝可能无法看到。白居易上

---

① 按：白邕（包）在白氏家谱中的出现虽然可能是据于"标准年代学"，但人物的设计则应该是有原型的。考虑到《魏书》所载白建与唐邕的密切关系，"世称唐白"，还有"并州赫赫唐与白"之称，疑白邕（包）是以唐邕作模型构拟出来的。
② 林宝撰，岑仲勉校记，郁贤皓、陶敏整理，孙望审订：《元和姓纂》卷十，第1588页。

家状的时间与林宝编书时间相近,未列入参考是可以理解的。但《姓纂》是否可能原本记载有白建一系,后来散佚了呢?从宋人所见林宝对白氏族源叙述的文字看,这种可能不大。《表》这个文本在族源、世系上,都不同于白居易、林宝所见,尤其是一些"独特"的细节,如白邕其人、白建"后周弘农郡守、邵陵县男"身份。《白慎言墓志》的出土,确认了《宰相世系表》白建"邵陵县男"的渊源,证明白建之后白士逊一系(白慎言、白知新等)、白士通一系(白锽、白鳞等)同出一源。《白贵夫人高氏墓志》,确认了白建"弘农郡守"的身份。总之,白氏族谱在不同支系流传过程中,由于种种原因,一些已有的信息发生了"变容",一些缺失的信息被"填空",《表》即是版本之一。

《表》所记人物下限为白居易曾孙"思齐,郑州录事参军"。据嘉靖二年白自成《白氏重修谱系序》:思齐生活于后梁、后唐之际,因履道宅坏,同光二年改为普明禅院。思齐子奏绩迁居洛阳都城,生二子,长慕圣,次慕道。白氏谱系即是从迁都城以来编次。而康熙五十九年白锦《白氏重修谱系序》中说:"是时,我白氏四代祖——思齐迁入洛城,改葬高祖景受墓于邙山之阳。至六代祖,长曰慕圣,而始著谱焉。"[1]可见《宰相世系表》所据白氏家谱即慕圣所修,当时已是五代后期。

综上所述,开元以来至五代,白氏家族内部流传的族谱有一些比较稳定的信息,但也有不断增加、填空的内容,这一绵长的族谱制作和层累过程,也是一个谱系建构的过程。白建"后周弘农郡守、邵陵县男"的封爵,"赐宅韩城"的情节,"阳邑侯太原太守白邕

---

① 白书斋续谱,顾学颉注释:《白居易家谱》,中国旅游出版社,1983年,第2页、第11页。

（包）"等人物，应该放到这一背景下理解。而在白氏族谱层累中是否存在非同族支系攀附、嫁接的情况值得思考，这些问题有待更多的史料，比如出土后唐天成四年牛渥所撰的《白全周墓志》，就赫然声称"即唐礼部侍郎居易之后，因官，流散子孙异乡焉"[①]。此时距白居易去世不过八十余年，伪冒之风已如此。

第二节　阿史那家族谱系的"断裂"和"重构"

唐-突厥的关系是唐代对外关系的主场。唐代前期一百多年的双方拉锯战中，大量的突厥人内迁到中原，深刻影响了唐代的军事、政治格局。然而到了唐代后期，众多的内迁突厥族裔，却很快就"消失"在历史的浪潮中，只有少数家族（如哥舒翰家族、浑瑊家族、契苾何力家族）延续了荣光。这其中"退潮"最快的就是突厥王族阿史那家族。他们曾活跃在唐代前期的诸卫系统和边疆高官中，然而到了唐代后期却鲜见身影了。这其中可能有两个重要的原因：一是内迁阿史那家族很快开启了汉化进程，不断消解民族特性，融入到汉人社会中；二是内迁阿史那人物因为改姓史氏，弱化了外族的显性标识。本节将以《元和姓纂》中所载阿史那家族谱系为例，进行一番考察，还原一个被"遗忘"的突厥后裔家族。

一、《元和姓纂》阿史那氏谱系的断讹

现存唐代突厥阿史那氏家族的谱系，最详细的记载见于《元和姓纂》卷六"六止"史氏"河南"望条下：

[①] 杜建录、邓文韬、王富春：《后唐定难军节度押衙白全周墓志考释》，《宁夏社会科学》2015年第2期。

> 本姓阿史那，突厥科罗次汗子，生苏尼失。入隋，封康
> 国公。怀德郡王。生大奈，子仁表，驸马。生忠，左骁卫大将
> 军、薛国公。忠生晡，宋州刺史。晡生思元，右金吾大将军。
> 思元生震、晋、巽、泰。震，右监门将军，生弘、宁寂、容。宁寂
> 生备。容，冀王傅。巽，光禄少卿。泰，蜀州刺史，生寅、审。
> 审，吉州刺史。①

这一段文字存在脱漏、错简，问题颇多。岑仲勉较早进行了校订，
但限于材料，问题仍没有解决。这个谱系里面包含了唐代突厥阿
史那氏族裔在仕宦、文化演进中的重要信息，对于研究唐代胡族融
入汉人社会也具有典型意义，下面分段进行讨论。

（一）阿史那苏尼失一族谱系的问题

《姓纂》载苏尼失为科罗可汗之后。关于苏尼失一族谱系，文
献记载颇有争议，学者们各有其说。史载：

> 阿史那社尔，突厥处罗可汗子也。……贞观初，阿史那苏
> 尼失者，启民可汗之母弟，社尔叔祖也。其父始毕可汗以为沙
> 钵罗设……及颉利为李靖所破，独骑而投之，苏尼失遂举其众
> 归国，因令子忠擒颉利以献。太宗赏赐优厚，拜北宁州都督、
> 右卫大将军，封怀德郡王。贞观八年卒。忠以擒颉利功，拜左
> 屯卫将军，妻以宗女定襄县主，赐名为忠，单称史氏。②

岑仲勉指出：若苏尼失为启民可汗之母弟及阿史那社尔的叔祖，则
其父应为处罗侯可汗，而始毕可汗为其胞侄，此矛盾一；若苏尼失
为始毕可汗之子，则其为启民可汗之孙，为阿史那社尔的从兄弟，
此矛盾二。此外，《通典》《旧唐书》另载沙钵略为启民可汗之子颉

---

① 林宝撰，岑仲勉校记，郁贤皓、陶敏整理，孙望审订：《元和姓纂》卷六，第825页。
② 《旧唐书》卷一〇九，第3288、3290页。

利可汗之"从侄"，与上面矛盾又相交织。他提出一种假设：《旧唐书》苏尼失本传中"始毕可汗"乃沙钵略可汗或始波罗可汗之异译，即苏尼失为沙钵略之子，则与启民可汗为从兄弟，《旧唐书》世系文字只需要改"母弟"为"从弟"便上下无碍。《通典》《旧唐书》以颉利可汗为沙钵略从侄实际上颠倒了叔侄关系①。卢向前则根据突厥婚俗认为《旧唐书》所载信息无误：苏尼失的母亲先嫁启民的父亲处罗侯可汗，又嫁启民的儿子始毕可汗（即婚其祖母），生苏尼失，从母系角度看苏尼失就是启民的同母异父的弟弟，即启民可汗之母弟，社尔叔祖，颉利可汗之从侄②。这两种说法影响最大，但亦莫衷一是。

在出土墓志中也发现了苏尼失一系新的信息。上元二年《阿史那忠墓志》载："公讳忠，字义节，其先代人，今为京兆之万年人也。……曾祖大原，祖邕周，并本国可汗。……父苏，左骁卫大将军、宁州都督、怀德元王。"③志文中阿史那忠之父"苏"即苏尼失。劳心较早据此将苏尼失谱系定为沙钵略可汗摄图—都蓝（大原）可汗雍虞闾—邕周—苏尼失—阿史那忠④。王义康赞同岑仲勉的推定，将《阿史那忠墓志》中的"大原""邕周"对应乙息记、沙钵略父子；又据史载开皇十一年都蓝可汗"遣其母弟褥但特勤献于阗玉杖，上拜褥但为柱国、康国公"一事与《姓纂》所说苏尼失"入隋封康国公"对堪，认为苏尼失即褥但特勤，由此拟定《姓纂》苏尼失一段文字大体为"突厥科罗汗子沙钵略汗，生雍虞闾（或都蓝），次子苏尼

---

① 岑仲勉：《突厥集史》，第186—187页。
② 卢向前：《唐代胡化婚姻关系浅论——兼论突厥世系》，收入《敦煌吐鲁番文书论稿》，江西人民出版社，1992年，第40—43页。
③ 吴钢主编：《全唐文补遗》第一辑，第50页。
④ 劳心：《东突厥汗国谱系之我见》，《新疆大学学报》（社会科学版）2000年第4期。

失,入隋封康国公,唐怀德郡王"①。

王庆卫又据新出贞观十七年《史善应墓志》进一步补充了上述观点,据墓志载:

> 公讳善应,字智远,河南洛阳人也。其先夏禹之苗裔,历殷周秦汉,雄据幽朔。晋末,讬跋氏南迁,芮芮部乖散,掩有其地,与中国抗衡。本起突厥山,因以为号。曾祖颉杰娑那可汗,祖乙史波罗可汗。……父褥檀特勤,随开皇中因使入朝,值本国丧乱,遂留不返,随文帝授上柱国,封康国公。君即第四子也。②

他同意王义康褥但特勤(即墓志中的褥檀特勤)和苏尼失为同一人的看法,还补充了《隋书》中一条材料,大业三年正月突厥染干"率左光禄大夫、褥但特勤阿史那职御……并拜表,固请衣冠"③。阿史那职御即褥但特勤苏尼失之汉名。

此后汤燕又据北京大学图书馆新入藏总章三年史善应子《史崇礼墓志》,对上述学者的观点进行了推进,墓志载:

> 君讳崇礼,河南洛阳人也。……曾祖乙史波罗可汗,周驸马都尉、左右骁卫大将军、上柱国、雁门公,志略雄远,风神爽迈。祖实,随右武卫大将军、上柱国、康国公,皇朝赠本官。……父善应,随右光禄大夫、左武卫武牙郎将,皇朝左翊卫中郎将、银青光禄大夫、使持节北抚州都督抚州诸军事、

①王义康:《突厥世系新证——唐代墓志所见突厥世系》,《民族研究》2010年第5期。

②王庆卫:《新见唐代突厥王族史善应墓志》,《中国国家博物馆馆刊》2014年第4期。

③《隋书》卷一二,第279页。

　　左卫将军、弓高县开国侯、食邑七百户。①

史善应父子墓志得到了一个对应谱系:缬杰娑那可汗(乙息记可汗)/科罗——乙史波罗可汗(沙钵略可汗、始波罗可汗)/摄图——褥檀特勤/实——善应——崇礼。但汤燕否定了苏尼失即褥但特勤的说法,而采纳了卢向前对苏尼失为始毕可汗之子的认定,推测褥檀特勤可能与泥利可汗之弟婆实特勤为同一人。

　　传世文献和新出墓志中有关苏尼失的资料大致如上,学者们还从不同角度对苏尼失一族的谱系进行了还原,为我们后面的研究奠定了基础。

　　《姓纂》载苏尼失生大奈,岑仲勉已指出这一节为错简。苏尼失之后当接《姓纂》:"生忠,左骁卫大将军、薛国公。忠生晡,宋州刺史。晡生思元,右金吾大将军。""晡"即"𬯎"之讹。阿史那忠碑、墓志及史传所载皆可互证。但阿史那忠其人也存在争议,这又给《姓纂》文本复原带来了困难。《旧唐书·突厥传》载太宗破东突厥后,令阿史那思摩领颉利旧部徙居白道之北,思摩部畏薛延陀,不肯出塞:"于是命礼部尚书赵郡王孝恭赍书就思摩部落,筑坛于河上以拜之,并赐之鼓纛。突厥及胡在诸州安置者,并令渡河北,还其旧部。又以左屯卫将军阿史那忠为左贤王,左武卫将军阿史那泥孰为右贤王以贰之。"②《新唐书·突厥传》载此事之后补叙一条:"右贤王阿史那泥孰,苏尼失子也。始归国,妻以宗女,赐名忠。"③由此引出阿史那忠与阿史那泥孰究竟是一人还是两人的争议。岑仲勉在诸说基础上提出:"左、右贤王应是两人,突厥降附者

---

①　汤燕:《新出唐史善应、史崇礼父子墓志及突厥早期世系》,《唐研究》第十九卷,北京大学出版社,2013年,第571—572页。
②　《旧唐书》卷一九四上,第5164页。
③　《新唐书》卷二一五上,第6041页。

甚多，未必令忠身兼二职，'泥孰'二字，正《新传》误中之误耳。"①
此后薛宗正又考泥孰为阿史那弥射（详后文）。阿史那忠、泥孰、
弥射之间错综复杂的关系，使得《姓纂》所载苏尼失一系的谱系变
得更加纠缠。要解决这些矛盾，《姓纂》文本内证变得尤为重要，后
文将从这一点出发展开探讨。

　　《阿史那忠墓志》云"子太仆卿暕"，与《旧唐书》本传相符。《姓
纂》多出宋州刺史一职。《姓纂》又载"暕生思元，右金吾大将军"，
出土天宝七载《史瓘墓志》可补：

　　　　公讳瓘，姓史氏，其先阴山之系，自翊亮中土，轩裘代袭，
　　今京兆人也。……曾祖讳忠，皇朝封怀德郡王，镇军大将军，
　　赠荆州大都督。祖讳元暕，太仆卿、上柱国、薛国公。考讳思
　　贞，通事舍人。②

墓志载阿史那忠封怀德郡王，但阿史那忠之碑、墓志、传均无此记
载，而只说其父苏尼失有此封，有学者认为这可能是史氏后人误
记③。另外，《史瓘墓志》中阿史那暕全名为元暕，也略有不同。《姓
纂》载阿史那暕子"思元"，墓志另有子"思贞"，取名规则相同，也
可旁证"思元"为阿史那暕子无疑。

　　（二）阿史那弥射家族谱系的问题

　　目前传世文献与出土史料都未见有阿史那思元之后的信息，
《姓纂》载思元有四子"震、晋、巽、泰"没有旁证，相反可以找到这
一系其实属于另一突厥支系阿史那弥射之后的佐证。

　　据《旧唐书》载："阿史那弥射者，室点密可汗五代孙也。……

① 岑仲勉：《突厥集史》，第620页。
② 郭茂育、赵水森编著：《洛阳出土鸳鸯志辑录》，第104页。按："翊"字原作"诩"，
　误，今据拓片改。
③ 毛阳光：《两方唐代史姓墓志考略》，《文博》2006年第2期。

弥射在本蕃为莫贺咄叶护。贞观六年,诏遣鸿胪少卿刘善因就蕃立为奚利邲咄陆可汗,赐以鼓纛、彩帛万段。其族兄步真欲自立为可汗,遂谋杀弥射弟侄二十余人。弥射既与步真有隙,以贞观十三年率所部处月、处密部落入朝,授右监门大将军。"[1]《金石录》著录有《唐兴昔亡单于阿史那弥射碑》云:"单于讳某,字弥射。"[2]其碑已佚,赵明诚指出《碑》所记多与《旧唐书》弥射事合。阿史那弥射的生平争议源于《旧唐书》本传之前的一段记载:

> 咄陆可汗泥孰者,亦称大渡可汗。父莫贺设,本隶统叶护。武德中,尝至京师。时太宗居藩,务加怀辑,与之结盟为兄弟。既被推为可汗,遣使诣阙请降,太宗遣使赐以名号及鼓纛。贞观七年,遣鸿胪少卿刘善因至其国,册授为吞阿娄拔奚利邲咄陆可汗。明年,泥孰卒,其弟同娥设立,是为沙钵罗咥利失可汗。[3]

同一传中,前有贞观七年鸿胪少卿刘善因册咄陆可汗泥孰为吞阿娄拔奚利邲咄陆可汗,后有贞观六年鸿胪少卿刘善因册阿史那弥射为奚利邲咄陆可汗,学者于此莫衷一是。薛宗正通过排比泥孰和弥射生平资料,提出七条证据力主西突厥咄陆可汗泥孰即阿史那弥射,进而提出四条证据证明文献中所载东突厥阿史那思摩的右贤王阿史那泥孰也是阿史那弥射[4]。吴玉贵则认为阿史那弥射受封奚利邲咄陆可汗是《旧唐书》误记,他对薛文中阿史那弥射与西突厥咄陆可汗泥孰、东突厥阿史那泥孰为一人的证据也提出了

---

①《旧唐书》卷一九四下,第5188页。
②赵明诚著、金文明校证:《金石录校证》卷二四,第417页。
③《旧唐书》卷一九四下,第5183页。
④薛宗正:《阿史那弥射生平析疑》,《民族研究》1985年第1期。

不同意见①。然而吴文主要是就文献层面反驳薛宗正的观点，并没有对涉及人物活动和背景进行全盘考察。此后薛宗正又撰文补遗阿史那弥射生平，对吴玉贵提出的一些问题作了回应②。二人观点都是建立在对传世文献记载一定程度的"纠谬"基础上，相对而言薛宗正的论述充分、更切合相关人物所处历史背景，但是否为定论还有待进一步的研究。

　　考虑到弥射与泥孰是否为一人的争议，阿史那弥射至室点密之间的谱系成为空白。而即便弥射为室点密"五代孙"这一信息也有问题。沙畹将阿史那弥射、步真列于室点密的第五代子孙中，对此岑仲勉有异说，他将阿史那弥射列为"室点密系，中间世代有缺者"③，并未在阿史那弥射前补充任何信息。林幹的西突厥可汗世系表也只是单列阿史那弥射为兴昔亡可汗至阿史那元庆、阿史那献三代④。薛宗正因为视弥射与西突厥咄陆可汗泥孰为一人，由此定其谱系为：室点密——达头可汗——咄六叶护——射匮可汗——莫贺咄叶护（设）——阿史那泥孰（弥射）——阿史那元庆，填补了室点密之后、阿史那弥射之前的人物⑤。但莫贺设一系与室点密无明确之佐证，岑仲勉已经指出，并列入"准室点密系"谱系⑥，薛宗正之谱系也没有解决此问题。

---

① 吴玉贵：《阿史那弥射考》，《民族研究》1988年第3期。
② 薛宗正：《阿史那弥射生平事迹补阙——兼论西突厥二咄陆可汗与东突厥右贤王之谜》，载《新疆史文集：纪念历史研究所成立50周年》（内部资料），新疆社会科学院历史研究所，2007年，第17—28页。
③ 岑仲勉：《西突厥史料补阙及考证》，中华书局，1958年，第121—123页。
④ 林幹：《突厥史》，内蒙古人民出版社，1988年，第238页。
⑤ 薛宗正：《突厥可汗谱系新考》，《新疆大学学报》（哲学社会科学版）1998年第4期。
⑥ 岑仲勉：《西突厥史料补阙及考证》，第126、128页。

阿史那步真之后人墓志出土可以作为阿史那弥射家族谱系的参照。据开元十五年《阿史那怀道墓志》："可汗讳怀道。……五代祖室德媚可汗，鹰扬云中，虎据天外。横行者五十万众，厥角者卅六蕃。曾王父阙氏叶护，复旧德之名业，有先君之介胄。大父讳步真，号咄六叶护。……贞观中入朝，拜骠骑大将军、濛池大都护，册继往绝可汗，此圣人所以昭文德也。"①按志主阿史那怀道即阿史那步真之孙，传世文献亦有载。志中"室德媚可汗"当即室点密之异译；"阙氏叶护"则尚难找到对应人物。史载阿史那步真为弥射之"族兄"，今据墓志，步真确实出室点密，但为其孙，并非五世孙。步真之孙怀道开元十五年卒，弥射之孙献亦开元中卒，代际也颇契合。这可旁证弥射为室点密"五世孙"说存在问题。

　　尽管弥射之前世及其自身存在争议，但其后嗣则是很清楚的。《旧唐书》弥射传后，附载其子阿史那元庆、孙阿史那献的生平。《新唐书·贺鲁传》还记载弥射有子元爽，与萧嗣业追至石国擒回贺鲁。阿史那元庆失四镇后被杀，其子俀子被吐蕃册为可汗，内侵四镇②。元庆另一子献，在开元年间的诏书中已单称史献，生平详孟凡人和薛宗正钩沉③。

　　张说《敕四镇节度王斛斯书》："四镇蕃汉健儿，并委卿随所召

---

① 钱春丽：《唐濛池大都护阿史那怀道墓志考》，《文博》2016年第1期。
② 敦煌本吐蕃文书《大事纪年》有"东叶护可汗"（ton ya bgo kha gan），活动时间在吐蕃的马年（694）——鼠年（700）间，日本学者佐藤长、意大利学者伯戴克都将之比定为阿史那俀子，说他被吐蕃封为十姓可汗。参考杨铭《东叶护可汗（ton ya bgo kha gan）考》，收入《吐蕃统治敦煌西域研究》，商务印书馆，2014年，第183—188页。
③ 参考孟凡人《阿史那献辑传注释》，收入《北庭史地研究》，新疆人民出版社，1985年，第237—246页；薛宗正《阿史那献生平辑考》，《新疆大学学报》（哲学人文社会科学版）2009年第1期。

募，可得几许，仍具数奏闻。史震袭父可汗，即令彼招辑，兼与卿计会，并临事处置，无失所宜。"①薛宗正推测此史震是阿史那献之子，袭其可汗之位②。

幸运的是，阿史那献一族的资料在出土墓志中得到了补正。其一是洛阳出土开成二年史温如撰并书《唐故秀士史府君墓志铭并序》：

> 府君讳乔如。其先起自大隋，享金蝉之宠盛；弈世为我唐臣，有石奋之令称。尝著勋力，布在史册。□□□华毂二百余载，史臣名儒皆孰之。故不重□□□□□随特进、安西大都护。高祖献，皇司农卿□□□□□□肃国公。曾祖震，左监门大将军。祖寂，皇□□□□□□书监。监生二人，长供、次备。供不仕，早□□□□□□畿佐，登柏台、践粉署，累从国相，军领光□□□□□□考殊绩，时谓良二千石。有二子，府君即濮州鲤庭之长也。……温如以兄弟之堂也，故得以志之。③

其二是大中元年史同撰《唐故河南史夫人墓铭并序》：

> 女弟曰怙，庚申而生，乙丑而谢。……曾王父献，皇朝右金吾卫大将军、关内支度营田甲杖、右街使。王父震，皇朝右监门卫大将军，赠太常卿。显考寀，皇朝自殿中丞，历丹延二州刺史、御史中丞、冀王傅，赐紫金鱼袋。④

仔细比堪《姓纂》文字与两方墓志，可以补史献、史震的官历

①《全唐文》卷二八六，第2899页。

②薛宗正：《突厥可汗谱系新考》，《新疆大学学报》（哲学社会科学版）1998年第4期。

③按：该墓志录文见于《全唐文补遗》第六辑、《唐代墓志汇编续集》，但关键信息颇有出入，今据图版（见《洛阳出土历代墓志辑绳》，中国社会科学出版社，1991年，第658页），结合诸家录文重新厘定。

④毛远明、李海峰编著：《西南大学新藏石刻拓本汇释》（释文卷），第377页。

和后嗣信息。史献的生平，在前引孟凡人和薛宗正梳理之外，可以补司农卿、肃国公、关内支度营田甲杖、右街使等官职。文献中载史献开元中累迁右金吾大将军，卒长安，史乔如墓志所阙六字应该即此。史震的官职，《姓纂》载为右监门将军，墓志为一作"左监门大将军"，一作"右监门卫大将军"，"左""右"有差异。

　　史震的后人，两方墓志所补充的信息更为丰富。据《姓纂》："震，右监门将军，生弘、宁寂、容。宁寂生备。容，冀王傅。巽，光禄少卿。泰，蜀州刺史，生寅、审。审，吉州刺史。"岑仲勉认：

　　　　此文如无舛误，亦可有两种读法：一为"生弘宁、寂、容宁，寂生备"也；二为"生弘、宁寂、容，宁寂生备"也。两者中似前者近是。若有脱衍，则更难以揣测矣。《白氏集》三一有《史备授濠州刺史制》，殆即此之备，其前官为将仕郎、守光州刺史、云骑尉。[1]

今据《史乔如墓志》《史怗墓志》可知，《姓纂》中史震之子，"寂"为一人，非"宁寂"；"容"即"宷"，官冀王傅。总之，弘、宁、寂、容（或宷）皆为震子，弘字可能有讹。史震兄弟四人名字都从《周易》卦名，其子侄命名则从"宀"，颇有规律。《史怗墓志》的撰者史同，为史宷之子。史寂之子史备，即史乔如父，据墓志云为"二千石"，当为濮州刺史。结合墓志、《姓纂》还有其他史籍，可看出史乔如家族至其父辈依旧十分显赫，为卿、为刺史者多人，但也保留了阿史那家族以武力经略边疆的家风，如史宷官丹、延二州刺史。这个家族在唐代晚期的资料，尚未完全发掘出来，一个重要原因就是他们以"史"氏行于世，非谱牒联系已经难以详其族属。

---

① 林宝撰，岑仲勉校记，郁贤皓、陶敏整理，孙望审订：《元和姓纂》卷六，第825—826页。

根据上面多重对应基本可以确定:今本《姓纂》阿史那忠一系至思元以后误接阿史那弥射之后史震一系,岑仲勉没有校出。《姓纂》史震一系的人物关系,据出土墓志也能初步厘清。

二、《元和姓纂》阿史那氏谱系的重构

(一)《姓纂》史氏、阿史那氏条互勘

前文初步梳理了阿史那苏尼失和阿史那弥射两支人物的生平争议问题,以及辑本《姓纂》苏尼失与弥射两个家族谱系误接的情况,下面进一步考察造成这一误接的原因,以及《姓纂》原本的可能形态。《姓纂》关于阿史那氏的记载,除了史氏条,还有阿史那氏条:

> 夏后氏后,居涓兜牟山,北人呼为突厥窟。历魏晋十代为君长。后属蠕蠕,阿史那最为首领。后周末,遂灭蠕蠕,霸强北土盖百余年。至处罗、苏尼失等归化,号阿史那。开元改为史,并具史注。长安右卫大将军、宾国公阿史那忠节,左骁卫大将军阿史那大节。贞元神策将军、兼御史大夫阿史那思暕,并其支族。[①]

前引王义康文对《姓纂》河南史氏"突厥科罗汗子沙钵略汗"条文本有一个简单的构拟,他认为这段内容本是《姓纂》阿史那氏下的。事实上,《姓纂》河南史氏、阿史那氏两部分内容还值得推敲。

《姓纂》存在同源两姓各表的体例。北朝隋唐时内迁胡族多数经历改姓,《姓纂》对于这些胡姓,除了人物较少者合叙之外,一

---

① 林宝撰,岑仲勉校记,郁贤皓、陶敏整理,孙望审订:《元和姓纂》卷五,第573—574页。按:原文有讹误,已据岑仲勉校记改。另外,点校本在"突厥窟历"后断句,有误,当以"历"属下。

般是原姓和改姓同时收录,两姓各表。从《姓纂》流传下来的部分看,虽然同时收录两姓,但其中的人物一般不重复,或详此而略彼,或一源而一流,各表一支:这是一个规律。比如万纽于氏与河南于氏、伊娄氏与河南伊氏、侯莫陈氏与河南陈氏、独孤氏与河南刘氏都是如此。《姓纂》卷五阿史那氏详于族源,其下列人物都未经改姓,其中就有苏尼失;而卷六河南史氏为阿史那氏改单姓者,略于族源,其下也有苏尼失一系:这有违《姓纂》的体例。若不是错简等原因,那就当另有说明,正好《姓纂》卷五阿史那氏条下就有"开元中改为史,并具史注"这样一个说明。但这一说明颇难理解,对比《通志·氏族略》"阿史那氏"条:"夏氏之裔,居兜牟山,北人呼为突厥窟。……至处罗、苏尼失等归化,号阿史那。唐开元更为史氏,并已见史官氏。"[1]再对比《名贤氏族言行类稿》"阿史那"条:"《姓纂》:夏氏之胤,居夔牟山,北人呼为突厥窟。……至处罗、苏尼失等归化,号阿史那,开元改为史氏。"[2]上面两书内容显然是杂抄自《姓纂》和其他史传。此外,赵明诚在《阿史那忠碑》跋尾引《姓纂》也有"阿史那氏,开元中改为史"一段文字[3]。仔细揣摩这四种记载,笔者认为《姓纂》"并具史注"和《氏族略》"并已见史官氏"应该是"并见史氏"的讹、衍,意思是处罗、苏尼失另见于史氏条下,这样文本就豁然可通,也不违背《姓纂》"同源两姓各表"的体例,因为苏尼失一系后来确实改为史氏了。从宋人所引《姓纂》内容的错杂情况,我们推测《姓纂》有关阿史那氏的内容可能很早就有散佚,阿史那氏、河南史氏两条下的内容可能也存在混乱。

---

① 郑樵撰,王树民点校:《通志二十略》,第184页。
② 章定:《名贤氏族言行类稿》卷五九,影印文渊阁《四库全书》,第933册,第803页。
③ 赵明诚著,金文明校证:《金石录校证》卷二四,第417页。

（二）科罗、苏尼失、史大奈一系文本的构拟

《姓纂》史氏条载："突厥科罗次汗子,生苏尼失。"岑仲勉对此做了梳理：

> 《新书》一一〇："阿史那社尔,突厥处罗可汗之次子。"
> 《通志》亦云："贞观内属有阿史那社尔,乃突厥可汗之次子。"
> 此"突厥科罗次汗子",殆"突厥科罗汗次子"之讹,系叙社尔
> 而夺其名者。苏尼失以贞观四年始降,封怀德郡王。"入隋封
> 康国公"六字,殆后文"大奈"下所错简。①

详其意,当是以社尔为突厥处罗可汗次子,"科罗"为"处罗"之讹。《姓纂》阿史那氏条下已经说有"归化"的"处罗"一系,是否就是指阿史那社尔一系呢？按唐人称处罗,有两说：一是指西突厥泥撅处罗可汗达漫,其对应的说法还有曷萨那可汗,而行文中往往省略为处罗,此人是隋时归化的(详后)。另一位东突厥处罗可汗,是启民可汗之子、始毕可汗之弟、颉利可汗之兄,又号俟利弗设,此人并未归化,唐代文献记载亦少。因此,"科罗"是"处罗"之讹的情况,在《姓纂》河南史氏条下应该是不合理的,若定要说是"突厥科罗次汗子"是"突厥处罗次汗子阿史那社尔"之讹脱,我们更倾向于认为这一系是《姓纂》卷五阿史那氏条下的内容,因为阿史那社尔未见改姓史氏的记载。《姓纂》史氏条下必然还有一支改姓史氏的处罗可汗后代。

事实上,若不承认《姓纂》卷六河南史氏条下的"科罗"为"处罗"之讹,也可以缀合其谱系。前文所述有关科罗与苏尼失、苏尼失与褥但(檀)特勤(阿史那职御、史实)的关系问题,都没得出一个结论。有鉴于此,基于《姓纂》文本来缀合诸人关系或许是一条

---

① 林宝撰,岑仲勉校记,郁贤皓、陶敏整理,孙望审订：《元和姓纂》卷六,第825页。

出路。

　　汤燕否定王义康褥但特勤非苏尼失之说，仅仅以《姓纂》文本脱误太多为由，却并没有回应《姓纂》中"科罗""康国公"这两个重要信息都与褥但特勤契合的问题。科罗汗子沙钵略，若以苏尼失为褥但特勤，苏尼失的争议、"康国公"的问题都可以迎刃而解，《姓纂》文本也贯通无碍。

　　但二人的不同之处也是显见的。首先，褥但特勤开皇入使，值本国丧乱，遂留不返，其子善应仁寿中追入宿卫，武德元年与兄达漫（即西突厥处罗可汗，详后文）自山东归唐；而苏尼失和阿史那忠则是贞观中李靖破颉利可汗之后，从灵州西北的本蕃归附。其次，史善应为褥但特勤第四子，大苏尼失子阿史那忠27岁，其上还有三人为兄，则其间年龄差距也过大。另外，苏尼失、褥但特勤之后，祖业、祖茔都发生了离合。阿史那忠上元二年卒洛阳尚善里第（65岁，生于611年），同年葬昭陵；曾孙史瓘天宝六载卒洛阳兴敬里，天宝七载葬于伊汭乡之西原。史善应贞观十七年卒于隆庆里第（49岁，生于585年），同年葬雍州万年县洪原乡之少陵原；子史崇礼总章二年卒，三年葬明堂县洪源乡之少陵原。诸如此类不同之处，虽然可以从隋末父子兄弟离散各领所部、入唐归附时间先后不同来解释，但终究未洽。退一步，倘若承认褥但特勤不是苏尼失，但他们为兄弟，同出沙钵略，这样《姓纂》中科罗、康国公两个线索便能得到解释，苏尼失、褥但特勤也可以编织到一个谱系之下。

　　上面初步解决了《姓纂》史氏条下科罗、苏尼失、康国公的文本联系，那"生大奈，子仁表，驸马"这一段该如何解释呢，这就牵涉到史大奈的问题。史大奈其人，生平疑点颇多。大业七年，他与处罗可汗入降于隋。《旧唐书》卷一九四下处罗传后附其事迹。传世文献未详大奈的先世，幸运的是敦煌写卷和出土墓志中，发现了重要的材料。敦煌写卷 S.2078 正面抄录《佛说无量寿宗要经》，背面杂抄中有习字范本《史大奈碑》残本，据整理者释读，其中有一些重要信息：

> 祖莫贺可汗，钟纯粹之□□，莫（奠）崇高之统业，无竞惟烈，有道可宗，固已韶穆，□重徽猷，大继武威，畅卢山之泽，流昌海之城。父失咄弥设，忠能赞国，孝实安亲，任重栋梁，赖深舟楫。公夙彰奇表，幼有大志，深沈靡测，卓卓不群。……有随之季，声驰中国，炀帝闻而嘉之，固就招聘，轺轩结彻，璧帛相仍。大业七年，奉珍入侍，禮（礼）同戚属，宠冠列蕃。……〔武〕德元年，拜上柱国，封康国公，食邑三千户，赐缯一千段、生口卌人、锦衣一袭，以示荣宠。三年，授右翊卫将军。①

洛阳出土开元廿四年《大唐故太中大夫守安州都督府别驾上柱国乐陵县开国侯史府君墓志铭》载：

> 公讳思光，字昭觉，河南洛阳人也。……曾祖统，随光禄大夫。祖大奈，太原元从功臣第一等、右武卫大将军、上柱国、賨国公，赠辅国大将军，食渠州实封五百户。父仁基，左右金吾将军、绵华宁三州刺史、上柱国、乐陵县开国侯。夫人南安县君庞氏，左金吾大将军、濮国公第六女也。长子元一，鸿胪寺丞。嗣子孚，太子通事舍人。②

2019 年陕西咸阳周陵镇出土高昌王族麹嗣良夫人史氏墓志载：

---

① 参见游自勇、赵洋《S.2078v "史大奈碑"习字之研究》，武汉大学中国 3 至 9 世纪研究所编《魏晋南北朝隋唐史资料》第三十辑，上海古籍出版社，2014 年，第 169—170 页。
② 毛阳光主编《洛阳流散唐代墓志汇编续集》，国家图书馆出版社，2018 年，第 261 页。按："賨国公"，拓片如此，当为"窦"之误刻。

夫人河南洛阳人也。……曾祖统，随金紫光禄大夫、卫尉卿。……祖大奈、随金紫光禄大夫，并州留守。……（唐）初授左卫大将军、凉州都督、上柱国、窦国公，食实封五百户。[1]

根据这三则重要材料可知，史大奈祖为莫贺可汗；父为失咄弥设，汉名"统"。根据史载，突厥莫贺（即"何"）可汗有两位：一是摄图，号称"伊利俱卢设莫何始波罗可汗"，又称沙钵略可汗；二是摄图之弟处罗侯，一称叶护可汗，开皇七年摄图死，隋遣长孙晟持节拜为莫何可汗，次年卒。史大奈之祖当为二者之一，同出乙息记可汗科罗。如此《姓纂》"史氏"条突厥科罗汗与史大奈的关系便可连缀。但问题是，史大奈的父亲"失咄弥"或"阿史那统"，暂时无法找到对应。墓志载史大奈有子仁基、仁彦，与《姓纂》"大奈，子仁表"互足，可见《姓纂》文本有据。

根据上面对科罗可汗、苏尼失、史大奈一系的考察，结合《姓纂》文本，可以先厘定此系的构拟谱系（Ⅰ）：

本姓阿史那。突厥科罗汗【生沙钵略，次子处罗侯。沙钵略子实（或者职御），】苏尼失。【实（或者职御），入隋，封康国公。生善应，善应生崇礼。苏尼失，入唐封】怀德郡王。生忠，左骁卫大将军、薛国公。忠生晡，宋州刺史。晡生思元，右金吾大将军。思元生【后阙。】

【处罗侯子统（失咄弥设），随光禄大夫，】生大奈，【右武卫大将军、窦国公，】子仁表，驸马。【仁基，左右金吾将军。生思光】

这里将《姓纂》断简的原文拆开，并且在原文基础上补入了相关的

---

① 郑旭东、郑红翔、赵占锐：《新出唐高昌王族麴嗣良及夫人史氏墓志研究》，《敦煌研究》2023年第1期。

成分，每一个字都用上了①。这当然只是一种假设，并非说《姓纂》原本如此，但已经可以一定程度上体现出科罗、苏尼失、褥但特勤、史大奈之关系。希望这一段谱系的构拟，能为后面进一步展开相关人物关系的分析提供线索。

（三）处罗与阿史那弥射一系文本的构拟

《姓纂》卷五阿史那氏条内容提醒我们：在史氏条下有处罗、苏尼失两系的内容。但《姓纂》河南史氏条下却只有科罗—苏尼失一系内容，没有处罗。科罗—苏尼失一系我们已经构拟如上，那处罗一系的情况如何呢？《姓纂》河南史氏能够与处罗相接在一起的显然就只有史震一支。下面一一推敲。

西突厥处罗可汗全称为泥撅处罗可汗，生平详见《隋书·突厥传》。大业初因为处罗可汗抚御无道，部族叛离，又为铁勒所败，当时裴矩正在敦煌招揽西域，遂借处罗可汗之母向氏之名招之。大业六年隋炀帝巡边至于大斗拔谷，欲会处罗，但处罗因为其国人不从，竟不来，隋炀帝大怒。正好赶上处罗之酋长射匮遣使来求婚，裴矩遂进离间之计，扶持射匮攻处罗。射匮为达头之孙，咄陆之子，处罗之叔父。处罗败，逃至高昌，高昌王麴伯雅报告隋，隋炀帝于是遣派裴矩带着处罗之母向氏至玉门关招纳，大业七年十二月己未，处罗来朝于临朔宫。大业八年，处罗从征高丽，赐号为曷萨那可汗。大业十年正月，又嫁以信义公主。隋末江都之乱，处罗随宇文化及至河北。化及将败，奔长安投靠李渊。武德初卒。

阿史那弥射—史献一系能否接到处罗之后呢？这牵涉到处罗

---

①按："康国公"的问题较为复杂，目前至少有三个阿史那族人有此封，我们认为放到阿史那职御（史实）名下较为合适。至于《史大奈碑》中"康国公"说，与其子孙墓志、史传皆不合，疑抄书者误。

之先世与室点密的关系问题。处罗为泥利可汗之子,鞅素特勤之孙,但关于鞅素特勤争议颇多,有多种说法:

（1）室点密之后。沙畹认为:"射匮可汗为咄陆之子及达头之孙,同时又为曷萨那之父之弟,按葛萨那之父即泥利可汗,而泥利可汗为鞅素特勤之子,顾其人又为射匮可汗之兄,而射匮为咄陆之子,则咄陆与鞅素特勤应属一人矣。"[①]

（2）为木杆之后。一个核心证据是:昭苏县城东南种马场小洪那海石人背面粟特铭文第6行载泥利可汗为木杆之孙,据此可推鞅素特勤为木杆之后[②]。

（3）不详。岑仲勉认为史籍所谓射匮为处罗可汗之"叔父",并不能作胞叔父解。都六(即沙畹文中的"咄陆")与鞅素特勤非同一人。鞅素特勤究竟为达头之别子,或者胞侄,甚至从侄(东突厥之后),难以决断[③]。

若处罗出室点密一系,而弥射又为处罗之子,则正好符合"室点密五世孙"之说。但从上面诸说来看,处罗非室点密一系而为木杆系人物似乎有更充分的证据。若如此,则弥射似无可能为处罗之后。但应注意:(1)说其实就是唐人的理解,后世通过其他史

---

① (法)沙畹著,冯承钧译:《西突厥史料》,商务印书馆,1935年,第2页。赞成其说有如刘义棠《突厥可汗世系考》,《边政研究所年报》1976年第7期;又魏良弢《突厥汗国与中亚》,《西域研究》2005年第3期。

② 参见(日)大泽孝著,于志勇译《新疆伊犁河流域的粟特文题铭石人——关于突厥初世王统的资料》,《新疆文物》2001年第1、2期合刊;又参考朱振宏《从"小洪那海突厥石人"探讨泥利、泥撅处罗父子与隋朝关系发展》,收入严耀中主编《唐代国家与地域社会研究——中国唐史学会第十届年会论文集》,上海古籍出版社,2008年,第368—416页。按:目前这段粟特文题记的解读尚未成为定论,因而也不能作为确证。

③ 岑仲勉:《西突厥史料补阙》,第120页。

料综辑而考证出来的"真实"可能并不是唐人所认可的。《姓纂》多采家状、家谱资料，对于祖先的谱系可能更不会如现代学者那样精确；而且谱牒攀附的情况也是存在的。所以处罗出自室点密之后，而弥射为其子，并非不可能。退一步而言，即便处罗出自木杆系，但弥射的前世，除了"室点密五世孙"这一信息之外，并没有其他的旁证。而这一重要信息无论从室点密至弥射间隔时间的"标准代际"还是从阿史那怀道墓志所提供的"相对代际"对照来看，都存在问题。所以综合而言，处罗和弥射之间并不是完全没有父子关系的可能。

根据《姓纂》卷五阿史那条中"互文"，卷六河南史氏条下有处罗一系，但其名号封爵都已阙佚。假设弥射是处罗之子，就可以将《姓纂》河南史氏下有关文本连缀起来，作为构拟谱系（Ⅱ）：

【处罗可汗生弥射。弥射生元庆、元爽。元庆生献。献生】震、晋、巽、泰。震，右监门将军，生弘、宁、寂、容（案）。宁【生某。】寂生备。容（案），冀王傅。巽，光禄少卿。泰，蜀州刺史，生寅、审。审，吉州刺史。

如同前文构拟谱系（Ⅰ），这一构拟也只是一种假设，并不是说《姓纂》原文就是这样。《姓纂》的行文方式多变，辑本脱漏的文字可能还有更多，比如每个人的官爵。上文构拟的谱系，是希望找到人物关系的合理解释。下面就从处罗与弥射之间的关系来推导。

将阿史那弥射一支谱系接到处罗可汗之后，更为核心的证据在《史乔如墓志》中。志文载其祖先："尝著勋力，布在史册。□□□华毂二百余载，史臣名儒皆熟之。故不重□。□□□□□随特进、安西大都护。高祖献……"根据唐代墓志的行文规律，"高祖献"前阙名之人当为"献"之父或者再前之祖。前文已考史乔如出自阿史那弥射，在其高祖史献之前，其天祖为阿史那元庆，再前为阿史那弥射。元庆的活动时间未入隋,因而阙人绝非元庆可知。弥射贞观十三年内附,为兴昔亡可汗兼左卫大将军、昆陵都护,卒于龙朔二年。从年龄和生平旁证看,也不太可能在隋代为"特进、安西大都护"。即便弥射为阿史那泥孰或咄陆可汗泥孰,依薛宗正所考其早期事迹,也不存在内附隋为特进、安西都护的可能。

　　隋代安西都护的资料,较早是吴玉贵据出土墓志中的信息钩沉出来的[1]。此外,余太山、李大龙等继有申论[2]。《史乔如墓志》的出土进一步补充了隋代安西都护的资料,因而具有重要的史料价值。最近刘森垚又撰文专门讨论这一问题,认为从大业六年到武德二年,隋代的安西都护大约存在了十年时间[3]。若依我们的假设:弥射为处罗可汗之子,则"特进、安西大都护"可以对应处罗,这从处罗的生平中也能找到某些线索。综合前人所说,处罗内附之后正好赶上安西都护转型时期,作为曾经的十姓可汗、西域共主,处罗当然是非常有可能担任安西都护的。隋炀帝一度想"复其故地"可能正好对应处罗以安西都护经略西域的经历。进一步来说,隋代大业以后归化的突厥族裔,只有处罗因为是西突厥十姓可汗最适合担任安西都护,承担经营西域的任务。再从《史乔如墓志》说其祖先"尝著勋力,布在史册,□□□华毂二百余载",这一相对时间来看(开成二年之前的二百余载正相当于隋唐之际),处罗也是非常契合的。

---

[1] 吴玉贵:《突厥汗国与隋唐关系史论》,中国社会科学出版社,1998年,第124—127页。

[2] 参见余太山《隋与西域诸国关系述考》,《文史》2004年第4期(总第69辑),第49—57页;李大龙《都护制度研究》,黑龙江教育出版社,2003年,第108—111页。

[3] 刘森垚:《隋代安西都护蠡测》,《西北民族大学学报》(哲学社会科学版)2016年第5期。

结　语

　　华夏民族特重谱系,且有悠远的记录历史,文字世系的记录可以追溯到商代甲骨和青铜铭器上的家谱[①],世系书更是亘绵不绝。谱系是共祖意识之下,维系共同体社会的基本纽带,也是凝集家族、族群、民族记忆的重要线索。世系伪冒、改易也伴随着汉文化历程。唐代统治集团李氏的世系改易,为唐史之一段公案,已由陈寅恪揭出,其发凡起例尤为精辟:"世系改易之历程,实不限于李唐皇室一族,凡多数北朝、隋唐统治阶级之家,亦莫不如是,斯实中国中古史上一大问题,亦史学中千载待发而未发之覆。"[②]李唐皇室之族属姑且不论,陈寅恪所提问题及提供之方法,对中古北方族裔的谱系问题颇有启发。谱系改易在汉人而言或为攀附门第,但就北方族裔而言则还有消除族源身份、规避种族偏见的深层含义。汉文化主体,面对为数颇多的北方族裔,也试图运用谱系建构的方式将其纳入汉文化共同历史记忆之中。由此看来,中古北方族裔的谱系建构具有民族认同的重要意义。

　　中古胡族谱系的改造并非在一种权力裹挟下完成。一般认为,汉人(尤其是文人)是"话语"主导者,他们通过古典知识的巧妙整合,为胡族找到了"合理"的族源,并建构了"理想"的谱系,如张说为粟特族裔安忠敬撰的碑中为他们家族找到了北朝的"祖先",并巧妙地将世系对应上,这些"知识"是安忠敬家族难以编纂的。在其他一些语境中,胡族自身的话语、汉人对于胡族的"刻板印象"、

────────────

① 王鹤鸣:《中国家谱通论》,上海古籍出版社,2011年,第44—47页。
② 陈寅恪:《唐代政治史述论稿》,第197页。

特殊的历史语境可能会影响胡族世系的改造。正如罗新指出那样：

> 我们今天一律视为史料的那些历史碎片，就是往昔岁月中持续进行的竞争的结果。如果参与竞争的力量比较多元，各竞争力量间的平衡度也比较高，那么留存下来的史料就会显得较为混乱，因而给后来研究者开放的空间就比较大。如果参与竞争的力量比较单一，而且竞争者之间在资源和权力方面严重失衡，那么竞争的结果就会只剩下优胜者整齐划一的历史叙述。在这个意义上，相互矛盾的史料可以看作是不同历史叙述长期竞争的残迹，对这些历史残迹的分析，可以看得出时代的地层关系。历史不只是记忆之间的竞争，还且也是遗忘之间的竞争。[①]

在胡族世系的改造问题上，同时代的统治阶层、家族力量、知识阶层和后来的知识阶层，都曾参与了所谓的"竞争"。唐代一些具有代表性的胡族最终消失在历史的舞台，像是被历史"遗忘"一样，正好反映了胡、汉融合的真相。

回到白居易家族和阿史那家族的例子，我们可以更加清晰地看到"记忆"与"遗忘"在胡族谱系建构与整合中的意义。白居易家族的族源扑朔迷离，一个主要的原因就是其家族的谱系经过了不同时段、不同支系、不同力量的改造。今日谈白居易的族源，很多人从西域龟兹胡人说。从白居易家族的谱写改造来看，"龟兹"族源在早期谱系中确实被提及或暗示，但越往后痕迹越淡，直至被完全遗忘。在唐代，真正主导白居易家族谱系改造的力量已经转移到白居易等知识阶层的手中，他们自然不会张扬"龟兹"说，明清时期白氏谱牒都未重申此说。"龟兹"说"死灰复燃"更多是近代以来

[①] 罗新：《有所不为的反叛者》，上海三联书店，2019年，第29页。

民族主义意识外溢的效果，陈寅恪、姚薇元就是重要的"推手"。

阿史那家族的情况也很复杂，但与白居易家族又不同。首先，作为突厥王族，阿史那氏早期的世系本来就存在很多争议，一方面是因为突厥文字记录不如中原丰富、完备，另一方面则因突厥中盛行的收继婚俗使得谱系观念混乱。其次，阿史那氏内附时间较早，改汉姓史氏较早，融入汉人的时间也较早，但也有不少阿史那氏较晚内附、未改姓或改姓时间较晚的，族群标签非常明显。再其次，阿史那后裔中缺乏具有较高文学修养的人物，所以家族力量在族源和世系建构中的作用微薄。这些造成了阿史那氏世系破碎不堪的情况。天宝中突厥灭亡后，内迁突厥阿史那后裔迅速"消失"在史籍中。比如阿史那弥射一系，到天宝中史震之后，已经难觅踪迹。若非《姓纂》及家族人物墓志，阿史那氏似乎就这样"消失"了。前文对阿史那氏家族谱系的重组和构拟，也是站在现代的立场对于历史史料的一种处理，代表了一种干预历史"遗忘"的竞争力量。事实上，阿史那家族的"突厥"记忆，在唐代还有很多的呈现形式。如咸通七年《唐故如夫人渤海史氏墓志铭并叙》，为其外甥李坦所撰，其中说："如夫人姓史氏。其先阴山达官，在高宗朝内附，郁为中华之豪族。父昭，代州水运押衙。策功塞垣，树德军旅。门风自肃，家声共高。"[1]从这个描述来看，史氏应该是突厥阿史那氏后裔。虽然阿史那的标记已经被遗忘，但突厥族源被转化为"阴山"祖先，"军旅"家风也被遗传下来。这个记录是从史氏的外甥口中说出的，也代表一种"家族话语"，只是声音比较微弱。种种力量的竞争，推动了阿史那氏"消失"或者说"融合"在唐宋以后历史洪流中。

---

[1] 毛远明、李海峰：《西南大学新藏石刻拓本汇释》（释文卷），第399页。

后　记

　　这本小书终于要面世了，但我并没有感到十分高兴，却有一丝丝的悲凉。这是一段漫长的问学之路，孤独、无助又惶恐。游移在一个个陌生的学科领域，徘徊在主流学术共同体门外，自己左右互搏，求发现之快乐，求内里之安然，几乎是这十余年来的主导心态。某日，与二位友人雅集，曾戏作自题写照："松下先生斗室窝，孤灯幢幢影矬矬。面目黎黑指爪直，筋骨支离肩坡驼。平生所业非显学，冷门绝系之杂科。饱食蠹虫功坟籍，断简残碑细观摩。补苴罅漏颇自得，披沙得金亦呵呵。读书千卷非经典，著述百万缀丝窠。十年避地成孤陋，帝京名都罕经过。同学要津早策足，后进龙门已投梭。面壁兀然愧妻子，东西南北风尘多。赖有故人存深契，煎茶论道慰蹉跎。昔日悠悠江海志，半作幽光随逝波。"大致接近这些年的状况。

　　很多老师告诫我们，年轻学者辉煌的时期是读博的三四年，此后十年中基本上就是啃老本了，至于有没有"第二春"则看你的冲劲和心性。我的老本似乎啃得快了些，很快就青黄不接了。为此，我曾寄深情于这本小书，希望它与我十年来的学术心结作个了断，逼迫我重新开荒，耕种下一块土地，打开一片新世界。然而每一次校订书稿都发现言未尽意，半折心始，遂"大动干戈"，甚者增删数千字，所以迟迟未能定稿。电脑中保存了不同版本十数稿，已难以分辨层叠异同关系。然而终究还是要走到终点了。

感谢尚永亮、徐希平二师在特殊时期为本书赐序，他们一直以来的照拂和鼓励给了我极大的勇气和信心。感谢爱人丹阳这些年的支持和付出，书稿中的很多资料是我们当年一字一句从模糊的拓片中录出，武大珞珈山的樱花雨，杭州白沙泉的风雪夜，绍兴漓渚的�石湖，成都锦江畔的万里桥，我们曾一起走过，因此问学之路才多了一份笃定。最后，还要感谢责编洪春兄的宽仁，不仅让拙著得以在书局"起死回生"，还容许了我严重的拖延症。

癸卯花朝于滨城松下斋